张中行 著

負暄三話

北 京 出 版 集 团
北京十月文艺出版社

目　录

启功

日前由李慧陪伴，登浮光掠影楼，进谒启功先生，要他的手写影印尚未印成的《启功絮语》复印本。何以如此急急？是因为近一两年，我旧习不改，仍写些事过或事微而未能忘情的，积稿渐多，想走熟路，集为《负暄三话》。前两本的编排旧例，都是反三才之道，人为先；人不止一位，也要排个次序，我未能免势利眼之俗，也为了广告效应，列队，排头，要是个大块头的。于是第一本拉来章太炎，第二本拉来辜鸿铭，说来也巧，不只都有大名，而且为人都有些怪，或说不同于常的特点。现在该第三本了，既然同样收健在的，那就得来全不费工夫，最好是启功先生，因为他也是既有大名，又有不同于常的特点。且说有如扛物，大块头的必多费力，我畏难，从设想凑这本再而三的书之日起，就决定最后写这篇标题为《启功》的。现在，看看草目，六十余名都已排列整齐，只欠排头未到，畏，也只好壮壮胆，拿笔。拿笔之前，听说继《启功韵语》之后，又将有"絮语"问世，夫絮，细碎而剪不断、理还乱之谓也，姑且承认启功先生谦称自己的韵语为打油，推想这絮语的油必是纯芝麻，出于我们家乡的古法小磨的，所以我必须先鼻嗅口尝，然后着笔。以上这些意思，也当面上报启功先生。他客气几句，我听而不闻，于是就拿到《启功絮语》的复印本。回来看了，自然又会得到几次人生难得的开口笑。其时正临近癸酉年中秋，我忙里偷闲，往家乡望了"月是故乡明"之月，吃了尚未新潮的月饼，由絮语引发的欢笑渐淡，难得再拖，只好动真格的，拿笔。

拖，至少一部分是来于畏，畏什么？正如我多次面对启功先生时所说："您这块大石头太重，我苦于扛不动。"重，化概括为具体，是：所能，恕我连述说也要请庄子来帮忙，是"两涘渚崖之间，不辩牛马"；为人，是"东面而视，不见水端"。——既已向古人求援，干脆再抄一处，包括所能和为人，是《后汉书·黄宪传》所说："汪汪若千顷陂，澄之不清，淆之不浊，不可量也。"说到澄之不清，淆之不浊，想大动干戈之前，先来个由芥子见须弥的小注。比如你闯入他的小乘道场（曾住西直门内小乘巷），恭而敬之地同他谈论，或向他请教，诗文之事，他会一扯就扯到"我腿何如驴腿"，此即所谓澄之不清。又比如70年代早期，他的尊夫人章佳氏往生净土，于是一如浮世所常见，无事生事，有事就更多好事者，手持红丝，心怀胜造七级浮屠之热诚，入门三言两语，就抽出红丝往脚脖子上系，他却一贯缩腿敬谢，好事者遗憾，甚且不解，而去，可是喜欢道听途说的人不就此罢休，于是喜结良缘的善意谣传还是不胫而走。对此，他有绝招，是我所亲见，撤去双人床，换为单人床，于今几二十年，不变，此即所谓涑之不浊。总之,这之后就只得来个杂以慨叹的总评:不可量也。

可是好事者走了,还有多事者,会反唇相讥:"你不是也量过吗?那就不是不可量了。"我想,这是指我写过这样几篇文章:《〈论书绝句〉管窥》《〈启功韵语〉读后》《〈说八股〉补微》《两序的因缘》《书人书事》。也许还有别的,一时想不起来,也就不去查了。现在是要声辩,虽然所写不止一篇,对于启功先生的所能和为人,还无碍于我的评论,"不可量也"。

理由不止一项。其一,我的所谈都是皮毛,自然不能见"宗庙之美,百官之富"。其二,有所见,或更进一步,有所评,都是瞎子摸象之类,对的可能性并不大。其三,限于所能中的见于书本的(如文物鉴定就不,或说难于,见于书本),如主要讲鉴古的《启功丛稿》,我就不敢碰,因为过于专,过于精,我是除赞叹以外,不能置一辞。其四,关于为人,我见到面团团兼嘻笑,听到"我腿何如驴腿",所有这些,是整体的千百分之一呢,还是连之一也不是呢,是直到现在我也说不清楚。说不清,还敢写,亦有说乎?曰有,是依据事理,了解自己尚且不易,况他人乎?可是自司马子长以下,还是有不少人,或自发,或领史馆之俸,为许多人,包括列女和僧道,写传记。太史公写项羽,写张良,没见过,专就这一点说,我写启功先生就有了优越性,是不只见过,而且来往四十年有余。就说只是皮毛吧,想来皮是真皮,毛也不假,写出来,给想看名人的人看看,也不无意义吧?

所以还是放开笔，任其所之，写。

由有辫子可揪的地方写起，那是著作，白纸黑字，市上可见，一点不含糊。只能计立或卧于我的书架子上的，有以下这些（以出版时间先后为序）：

诗文声律论稿	1977年中华书局
古代字体论稿	1979年文物出版社
启功丛稿	1981年中华书局
启功书法作品选	1985年北京师范大学出版社
启功书法选	1986年人民美术出版社
书法概论（主编）	1986年北京师范大学出版社
启功韵语	1989年北京师范大学出版社
论书绝句	1990年生活·读书·新知三联书店
汉语现象论丛	1991年商务印书馆（香港）有限公司
说八股	1992年北京师范大学出版社
启功书画留影册	1992年北京师范大学出版社
启功论书札记	1992年北京师范大学出版社
启功絮语	即将出版

一大串都是书"名"，夫名者，实之宾也，而想到实，那就"荡荡乎

民无能名焉"。不敢翻检看，只说还有的一点点印象。《启功丛稿》里有一篇《董其昌书画代笔人考》，长万言以上，发旧隐如数家珍，不知别人怎么样，我看了，不是想进一步研究，以求略知古书画的门径，而是不想再沾边，因为太深，太难，只能安于不知为不知。这样说，我是被他的学识吓倒了。学识来于头脑。来于手的就更厉害，书，一笔一画，画，一枝一叶，与今人比，不便说，无妨与古人比，至少我觉得，说书超过成铁翁刘的翁，画超过扬州八怪的有些怪（尤其山水），总不为过。以上这些只是有辫子可揪的。还有无小辫也就难于揪住的，只说两项。一项是，据我所知，他肚子里还有大批存货，因为受"能者多劳"之累，即使想掏也掏不出来。证据多得很，只举一种，是一次闲谈，不知怎么扯到《兰亭序》帖，他说："问题很复杂，至少要二十万字以上才能说明白。"他忙，常常被逼得东躲西藏，也就只好不写。另一项是书画佳作，多到数不清，都"散而之四方"，也就实有而若无。只就我个人说，生性懒散，又不过于爱管闲事，可是数十年来，揩他手之油，大至牌匾，小至书签，中间有画卷、条幅、对联、题跋，等等，少数为自己，多数为亲友，总在百件以上吧，他"四海之内皆兄弟"，所作数量之大，就虽可想而实难知了。上面说肚子里的存货，用"大批"形容，其实还应该加上"多种"，比如直到不久前看了他的《说八股》，才知道他还作过八股文，会作八股文。他生于1912年壬子，其时已是变帝制为共和，就说是姓爱新觉罗吧，也太稀奇了。

如果有什么光的探测器，对准他的肚皮（从旧而俗之习，不说心，更不说大脑），咔嚓一响，我想一定会有许多新发现。暂时还未照，也就只好等照见后再说。这里只说一些已经能够看到的。其中一种是一般人不很清楚甚至并未注意的，是书画等的鉴定。这方面，成为名家，也许比善书善画更难，至少是同样不容易，因为不只要有机会，见得多，还要有能深入分辨的慧心和慧眼。启功先生得天独厚，外有机会，公藏私藏，几乎所有名迹他都见过，又内有慧心慧眼，还要加上他能书能画，深知其中甘苦，所以成为这方面的有数的一流专家。

他忙，也因为这方面的多能，比如前些年，由上方布置，他同另两三位专家，周游一国，看各大博物馆的收藏，看后要点头或摇头，回来，我庆幸他大饱眼福，他说也相当累。私就更多，他走出浮光掠影楼，常有人拿出一件甚且抱出一捆，请他看，不下楼，也会有不少人叩门而入，也是一件或几件，请他看，希望看到他点头。有的还希望他在上面写几句，以期变略有姿色为容华绝代。他宽厚，总会写几句。但有分寸：精品，他掏心窝子说；常品，说两句不疼不痒的；赝品，敬书"启功拜观"云云，盖曾拜曾观，并非假话也。说到这里，我应该感谢他对我的网开一面，因为，比如请他看尚未买的文徵明书《长恨歌》册，已买（知未必真，因价特廉而收）的祝枝山临《景龙观钟铭》卷，他都未说"拜观"，而说"假的"。到此，想说两句似题外而非题外的话，像这样的"广陵散"，不想法使之下传，而让这现代化的嵇叔夜今天东家去开会，明天西家去剪彩，以凑电视之热闹，总是太失策了吧？

说过一般人未注意的，要接着说一般人（包括不少海外的）都注意的，书法。这里要插说一项一般人也不很清楚的，是启功先生的浮世之名，本来是画家，近些年为能者多劳的形势所迫，画过于费时间，书可以急就章，才多书少画（或说几乎不画），在人的印象中就成为单纯的书法家，并上升为书法家协会主席。众志成城，又因为他本人执笔，多谈书而少谈画，吾从众，也就撇开画而专谈书法。可是这就碰到大难题，而且不止一个。只说两个。其一，出于他笔下的字，大到榜书，小到蝇头小楷，又无论是行还是草，都好，或说美，可是如果有人有追求所以然之癖，问怎么个好法，为什么这种形态就好，我说句狂妄的话，恐怕连启功先生自己也答不上来。我想，这就有如看意中的佳人，因觉得美而动情，心理活动实有，却只能意会而不能言传。勉强言，如我有时说的，"看这'有'字，简直就是《圣教序》"，"外圆润流利而内钢筋铁骨，是书法造诣的最上乘"，都是说了等于不说。总之，无能为力，也就只好改说第二个难，不离文字的。这是指他的论书著作，主要是《论书绝句》和《论书札记》。有书问世，白纸黑字，如绝句，且有自注，何以还说难？是因为书道，上面说过的，微妙之处，可意会不可言传，启功先生老婆心切，欲以言传，也无法避精避深，于是读者，以我为例，看，字都认识，至于其中奥义，就有如参"狗子还有佛性也无"的"无"，蒲团坐碎，离悟还是十万八千里。单说《论书绝句》，一百首，由西京的石刻木简说到自己的学书经历，如生物之浑然一体，牵一发必动全身，没有寝馈于书苑若干年的苦功，想得个总体的了解，也太难了。只好躲开这整体，由《论书札记》里抄两则看看：

　　行书宜当楷书写，其位置聚散始不失度。楷书宜当行书写，其点划顾盼始不呆板。

　　人以佳纸嘱余书，无一惬意者。有所珍惜，且有心求好耳。拙笔如斯，想高手或不例外。眼前无精粗纸，手下无乖合字，胸中无得失念，难矣哉。

我们看了，都会感到这是金针度人，可是参，何时能参透呢？启功先生以书法名世，或说惊世，而单单在这方面他最难了解，正所谓不可量也。

　　还有个不可量是他所谓"韵语"，想了解他的为人，更不可不看。不知道由于人性还是由于习惯，或人性兼习惯，诗词所写多是人的内心深处。于是居常隐的就会成为显，即使是影影绰绰的。又于是写《〈启功韵语〉读后》，我就特别有兴趣。这里又谈他的"韵语"，虽然新加上他的"絮语"，想了想，我还是没有什么新意见。但抄旧的，就说是自己的，也会引来偷懒之讥，所以还是来个新瓶子装旧酒。可说的不少。先说板着面孔的，是一，他大写其俳谐体，所得有两个方面：一方面是为自己画了最逼真的像，另一方面是可以稳拿"前无古人"这顶桂冠。还有二，是以口语甚至俗语入有格律的诗词，可以为胡博士的《白话文学史》增添一宗宝贵的财富，可惜这位博士三十年前见了上帝，不及见之了。接着说画像，也会遇见难题，是一些熟人所习见，面团团，嘻嘻哈哈，不玩笑不说话，于是表现为韵语的俳谐吗？我在拙作"读后"里就曾推想，恐怕背后或深处还有东西，那是庄子的"以天下为沉浊，不可与庄语"。怎见得？有诗（广义，即韵语）为证：

> 古史从头看。几千年，兴亡成败，眼花缭乱。多少王侯多少贼，早已全都完蛋。尽成了，灰尘一片。大本胡涂流水账，电子机，难得从头算。竟自有，若干卷。
>
> 书中人物千千万。细分来，寿终天命，少于一半。试问其余哪里去？脖子被人切断。还使劲，断断争辩。檐下飞蚊生自灭，不曾知，何故团团转。谁参透，这公案。

（《启功韵语》卷二《贺新郎·咏史》）

这是看透一切，或用佛家的话说，万法皆空。空，也就兼能破我执，也有诗为证：

> 中学生，副教授。博不精，专不透。名虽扬，实不够。

高不成，低不就。瘫趋左，派曾右。面微圆，皮欠厚。妻已亡，并无后。丧犹新，病照旧。六十六，非不寿。八宝山，渐相凑。计平生，谥曰陋。身与名，一齐臭。

（同上书卷三《自撰墓志铭》）

像这样字面轻松而内容沉重的，"韵语"里随处可见。碍难多抄，又舍不得，只好换个地方，再来一首：

老妻昔日与我戏言身后况，自称她死一定有人为我找对象。我笑老朽如斯那（哪）会有人傻且疯，妻言你如不信可以赌下输赢账。我说将来万一你输赌债怎生还，她说自信必赢且不需偿人世金钱尘土样。何期辩论未了她先行，似乎一手压在永难揭开的宝盒上。从兹疏亲近友纷纷来，介绍天仙地鬼齐家治国举世无双女巧匠。何词可答热情洋溢良媒言，但说感情物质金钱生理一无基础只剩须眉男子相。媒疑何能基础半毫无，答以有基无础栋折梁摧楼阁千层夷为平地空而旷。劝言且理庖厨职同佣保相扶相伴又何妨，再答伴字人旁如果成丝只堪绊脚不堪扶头我公是否能保障。更有好事风闻吾家斗室似添人，排闼直冲但见双床已成单榻无帷幛。天长日久热气渐冷声渐稀，十有余年耳根清净终无恙。昨朝小疾诊疗忽然见问题，血管堵塞行将影响全心脏。立呼担架速交医院抢救细检查，八人共抬前无响尺上无罩片过路穿街晾盘儿杠。诊疗多方臂上悬瓶鼻中塞管胸前牵线日夜监测心电图，其苦不在侧灌流餐而在仰排便溺遗臭虽然不盈万年亦足满一炕。忽然眉开眼笑竟使医护人员尽吃惊，以为鬼门关前阎罗特赦将我放。宋人诗云时人不识余心乐，却非傍柳随花偷学少年情跌宕。床边诸人疑团莫释误谓神经错乱问因由，郑重宣称前赌今赢足使老妻亲笔勾销当年自诩铁固山坚的军令状。

（《启功絮语·赌赢歌》）

歌洋洋六百言，也通篇抄，是有所为，为"奇文共欣赏"。欣赏什么？说我自己的，浮面是笑，再思就如入宝山，发现世间稀有的。其实也不难说，是如他的多种所能，一般人办不到。

不只一般人，连禅宗典籍"道婆烧庵"公案里那位庵主也办不到，因为二八女子抱定，他说"枯木倚寒岩，三冬无暖气"，是还在挣扎，"断百思想"；启功先生则"十有余年耳根清净"，可谓已经是悟之后的境界。这境界，我有时想，与他的书法相比，也许应该评价更高吧？这更高，是隐藏在他的俳谐之后的，所以面对他，或面对他的有些著作，只看见嘻嘻哈哈，就只是浅尝，甚至说会上当。俳谐后也常常是更多的严肃。这严肃，有时也会挑帘出场，如下面的两首就是这样：

金台闲客漫扶藜，岁岁莺花费品题。

故苑人稀红寂寞，平芜春晚绿凄迷。

觚棱委地鸦空噪，华表干云鹤不栖。

最爱李公桥畔路，黄尘未到凤城西。

（《启功韵语》卷一《金台》）

苔枝依旧翠禽无，重见华光落墨图。

寄语词仙姜白石，春来风雪满西湖。

（《启功书法作品选》第119页题自画梅花）

像这样的诗，正如我过去所曾说，是一旦正襟危坐，就不让古人了。

韩文公有句云，"余事作诗人"，所以介绍启功先生，更要着重谈大节。大节为何？开门或下楼，待人诸事是也。这就更多，只想谈一些见闻。其一是对陈援庵（名垣，史学家，曾任辅仁大学校长，书斋别署励耘书屋）先生，或口说，或笔写，他总是充满敬佩和感激之情，说他的"小"有成就，都是这位老先生之赐。这当然不是无中生有，但实事求是，我觉得，推想许多人也会这样想，说"都是"，就未免言过其实。可是多年以来，直到他的声名更多为世人所知的时候，他总是这样说，也总是这样想。是不实事求是吗？非也。是他的"德"使他铭记一饭之恩，把自己的所长都忘了。这种感情还有大发展，是近些年来，他的书画之价更飞涨，卖了不少钱，总有几十万美元吧，他不要，设立奖学金，名"启功奖学金"，合情合理，可是他坚持要称为"励耘奖学金"。这奖学金，陈援庵先生健在的时候无从知道，如果泉下有知，微笑之后，也当泣下沾襟吧？

其二，由楼名的"浮光掠影"说起，这也是谦逊，推测本意与"云烟过眼"不会差多少。云烟过眼，是见得多，也可以兼指多所有。与项子京之流相比，启功先生自然是小户，但因为眼力高，时间长，碰巧（据我所知，他不贪，也就不追）流入先则道场后则红楼的，精品或至精品也不少。其中一些我见过，只说一两件印象最深的，一大条幅查士标的山水，题字占面积的一半以上，雍正御题"玉音"赏田文镜的青花端砚，都是罕见的珍品。他看这些像是都无所谓，随手来，随手去，最后索性"扫地出门"，都捐献给可以算作他的故土的辽宁博物馆。我的见闻中有不少迷古董的，像他这样视珍奇为身外物的，说绝无也许太过，总是稀有吧。

其三，想到秀才书驴券，字已满若干页，总当说点更切身的，以便终篇。这是想以我同他的多年交往为纸笔，为他画个小像。我有幸，与曹家琪君在同一学校当孩子王，曹君原是启功先生的学生，不久就上升为可以相互笑骂的朋友，他爽快热情，与我合得来，本诸除室中人以外都可以与朋友共之义，他带着我去拜识启功先生。其时启功先生住鼓楼西前马厂，所以其后我的歪诗曾有句云："马厂斋头拜六如（唐寅，亦兼精书画），声闻胜读十年书。"这后一句写的是实情，因为见一次面，他的博雅、精深和风趣就使我大吃一惊。不久他迁到鼓楼东黑芝麻胡同,我住鼓楼西,一街之隔,见面的机会更多。总是晚上在他的兰堂,路南小四合院的南房。靠东两明是工作室,有大的书画案;西一暗是卧室,闲坐闲谈多是在这一间。他的未嫁的姑母还健在,住西房,他的夫人不参与闲谈之会,或在外间,或往西房。夫人身量不高,(与我们)沉默寡言,朴实温顺,女性应有的美都集在性格或"德"字上,不育,所以启功先生在《自撰墓志铭》中说"并无后"也。还是谈晚间之会,我只是间或到,必到的有曹君家琪,因面长,启功先生呼之为驴,有马先生焕然,启功先生小学同学,也是寡言,可是屁股沉,入室即上床,坐靠内一角,不到近三更不走,有熊君尧,寄生虫学家。所以启功先生有一次说:"到我这儿来的都是兽类,有驴,有马,有熊,有獐(明指其内弟章五);您可不在内。"这显然是"此地无银三百两"的笔法,我一笑,说在内也好。现在回头理这些旧账干什么呢?是因为不很久之后,大局变为,也要求,"车同轨,书同文字",先是我成为自顾不暇,接着启功先生成为"派曾右",其后又迁到西城他内弟的住处小乘巷,远了,想到北城兽类欢聚之事,不禁有"胜地不常,盛筵难再"之戚。且说那时期我正编一种内容为佛学的月刊,启功先生曾以著文的实际行动支持,署名"长庆",想是因为唐朝元白二人诗文结集都用这个名字。其时他不似现在之忙,正是揩油的好机会,记得曾送去真高丽纸一张,一分为二,画两个横幅,一仿米元晖,一仿曹云西,受天之祐,经过"文化大革命",今尚存于箧中。说到揩油,这大概是揩油之始。

14

其后，60年代到70年代，他在小乘巷，送走了夫人，美尼尔病常发作，80年代迁往西北郊师范大学小红楼，更远了，可是我还是紧追不舍。为什么？主要是为揩油，连带的是还没有忘"声闻胜读十年书"。感谢他有宽厚待人的盛德，总是有求必应，如果所写之件不面交，有时还附个小札，说"如不合用，再写"。近几年来，揩油的范围还不断扩张，说个最大的，是求写序文。他仍是有求必应，送去书稿，有时间看，写，没时间看，也写。宽厚的表现还有"意表之外"的，太多，只说两件，算作举例。一件是我的拙作《负暄琐话》印成之后，托人送去，正心中忐忑待棒喝，却接到夸奖的信，其中并有妙语"摸老虎屁股如摸婴儿肌肤"，"解剖狮子如解剖虱子"云云。如果没有这老虎和狮子，我也许就没有勇气写"续话"和"三话"了吧？另一件是一次登上浮光掠影楼，见室内挂一王铎草书条幅，稀有之精，一面看一面赞叹。他说是日本影印台湾"故宫"的。说着，取来竹竿，挑下，卷，说："您拿走。"我推辞不得，只好接受，谢。——应该更重谢的是他不得不答应，入我这本拙作，站在六十七名之前，当排头。如此恩重如山，而我曾无一芹之献，如何解释？是他什么都有，而我是连一芹也没有。勉强搜罗，也只是祝他得老天爷另眼看待，心脏不健，健了，血压不低，低了，越活越结实。然后我就可以多受教益，多得几次开口笑，还有一多，更不可忘，是继续揩油。

季羡林

季羡林先生是中外知名的学者。知名，这名确是实之宾，与有些人，舍正路而不由，也就真像是抟扶摇而上者九万里的不同。可是这实，我不想说。也不能说，因为他会的太多，而且既精且深，我等于站在墙外，自然就不能瞥见宗庙之美，百官之富。不过退一步，不求美，不求富，我也不是毫无所见。就算是概貌吧，大致有三个方面。一是语言，他通很多，母语即汉语之外，世上通行的英、法、德之类也可不在话下，他还通早已作古的梵语和吐火罗语。另一个方面可以算作重点，是研究、翻译有关印度的经典著作。这方面，他用力最多，贡献最大；说大，还有个理由，是这类必须有为学术而献身的精神始能从事的工作，很少人肯做，也很少人能做。还有一个方面是他兴趣广泛，有时也从象牙之塔里出来，走向十字街头，就是说，也写杂文，甚至抒发幽情的散文。

方面这样广，造诣这样高，成就这样大，我这里是想说闲话，只好躲开沉重的，另找点轻松的。这轻松的是自从我们成为不远的邻居之后我的见闻。北京大学校园（雅称为燕园）内东北部有六座职工宿

16

舍楼，结构一样，四层，两个楼门，先为黄色，1976年地震后修整变为白色。五座在湖的东部，由南向北排列；一座单干，在湖的北部偏西。我女儿住东部由北向南的第二座，我自70年代中期到那里寄居。其时老北大时期即任数学系教授的申又枨先生住湖北部那座楼，我们有来往。地震以后不久，申先生因病逝世，申夫人迁走，房子空出，大约是80年代早期，季先生迁来。我晨起沿湖滨散步，必经季先生之门，所以就成为相当近的邻居。可是我不敢为识荆而登门，因为我据以推断的是常情，依常情，如季先生名之高，实之重，也许要拒人于千里之外吧？就是经过同事兼老友蔡君的解释，我还是没有胆量登门。蔡君也是山东人，与季先生是中学同学，每次来看我，总要到季先生家坐一会儿。我本来可以随着蔡君去拜访，仍是常情作祟，有意而终于未能一鼓作气。蔡君才也高，而举止则慢条斯理，关于季先生，他只说中学时期，英语已经很好。这就使我想到天之生材，如季先生，努力由己，资质和机遇，总当归诸天吧？

结识之前，有关季先生的见闻，虽然不多，也有值得说说的。用评论性的话总而言之，不过两个字，是"朴厚"。在北京大学这个圈子里，他是名教授，还有几项煊赫的头衔，副校长，系主任，研究所所长，可是看装束，像是远远配不上，一身旧中山服，布鞋，如果是在路上走，手里提的经常是个圆筒形上端缀两条带的旧书包。青年时期，他是很长时期住在外国的，为什么不穿西服？也许没有西服。老北大，在外国得博士学位的胡适之也不穿西服，可是长袍的料子、样式以及颜色总是讲究的，能与人以潇洒、高逸的印象。季先生不然，是朴实之外，什么也没有。语云，不是一家人，不进一家门，季夫人也是这样，都市住了多年，还是全身乡里气。为人也是充满古风，远近邻舍都称为季奶奶，人缘最好，也是因为总是以忠厚待人。与季夫人为伴，家里还有个老年妇女，据说是季先生的姊母，想是因为无依无靠吧，就在季先生家生活并安度晚年了。总之，单是观察季先生的家（包括家内之人），我们的印象会是，陈旧，简直没有一点现代气息。室内也是这样，或说更是这样，墙，地，以及家具，陈设，都像是上个世纪平民之家的。唯一的不同是书太多，学校照顾，给他两个单元，靠东一个单元装书，总不少于三间吧，架上，案上，都满了，只好扩张，把阳台封上，改为书库，书架都是上触顶棚的，我隔着玻璃向里望望，又满了。

大概是80年代前期，不记得由谁介绍，在季先生家门口，我们成为相识。以后，我清晨散步，路过他家门口，如果赶上他在门口，就打个招呼，或者说几句闲话。打招呼用和尚的合十礼，也许因为，都觉得对方同佛学有些关系。闲话也是走熟路。消极的是不沾学问的边，原因，我想少一半是他研究的那些太专，说，怕听者不懂，至少是没兴趣；多一半仍是来于朴厚，讲学问，掉书袋，有炫学之嫌，不愿意。再说积极一面，谈的话题经常是猫。季先生家养三只猫，一对白色波斯猫和一只灰白相间的本地猫。据说，季先生的生活习惯是早睡早起，清晨四时起床就开始工作。到天大明的时候，他有时到门外站一会儿，一对波斯猫总是跟着，并围着两腿转，表示亲热。看来季先生很喜欢这一对，不止一次向我介绍，波斯猫，两只眼，有的颜色一样，有的颜色不一样，他家这两只，有一只，两眼的颜色就不一样。起初，我以为季先生到门外，是因为爱猫，怕被偷，所以"放风"的时候看着。后来有不少次，我看见猫出来，季先生却没有跟着。猫恋人，我招招手，就也向我走来，常常是满身土，因为刚在土地上打几个滚。我这才明白，原来季先生并没有在猫身上费过多的心思。

他的事业是学问，扩大些说，是为文化；热心传授，也是为社会上野成分的减少和文成分的增加。所有这方面的情况，要由门内人作为专题介绍。我无此能力，只好根据我的一点点见闻，说说他的为人，仍是有关朴厚的。先说一件由闻而来的，是某一次开学，新生来校，带着行李在校门下车，想去干什么，行李没有人照看，恰好季先生在附近，白发，苍老，衣着陈旧，他推断必是老工友，就招呼一下，说："老同志，给我看一会儿！"季先生说"好"，就给他看着。直到开学典礼，季先生讲话，他才知道认错了。季先生就是这样，从来没有觉得自己超过一般人，所以不论什么人，有所求，只要他能做并且不违理的，他都慨然应允，而且立刻就办。

举一次使我深受感动的事为证。是不久前，人民大学出版社印了几个人的小品，其中有季先生和我的。我有个熟小书店，是一个学生的儿子经营的，为了捧我之场，凡是我的拙作，他都进一些货。爱屋及乌，这次的系列小品，他每种都进一些货。旧潮，先秦诸子，直到《文选》李善注，因为其时没有刻印技术，也就没有"签名本"之说。有刻印技术之后，晚到袁枚的《随园诗话》，顾太清的《东海渔歌》，也还是没有签名本之说。现在是旧潮换为新潮，书有所谓签名本，由书店角度看利于卖，由读者角度看利于收藏。于是而有签名之举，大举是作者亮相，到书店门口签；小举是作者仍隐于蜗居，各色人等（其中有书商）叩门求签。我熟识的小书店当然要从众，于是登我门，求签毕，希望我代他们，登季先生之门求签。求我代劳，是因为在他们眼里，季先生名位太高，他们不敢。我拿着书，大约有十本吧，去了，让来人在门外等着。叩门，一个当小保姆的年轻姑娘打开门，我抢先说："季先生在家吗？"小保姆的反应使我始则吃惊，继则感佩。先说反应，是口说"进来吧"，带着我往较远一间走，到大敞的门，用手指，同时说："不就在这里吗！"这话表明，我已经走到季先生面前。季先生立着，正同对面坐在床沿的季夫人说什么。再说为什么吃惊，是居仆位的这样侍候有高名位的一家之主，距离世间的常礼太远。说到常礼，我想到一些旧事，只说两件，一闻一见。先说闻，是有关司马光的逸事：

> 司马温公有一仆，每呼君实（司马光字君实）秀才（称家中年轻人），苏子瞻教之称君实相公。公闻，讯之，曰："苏学士教我。"公叹曰："我有一仆，被苏子瞻教坏了。"
>
> （《宋人轶事汇编》引《东山谈苑》）

再说见，是50年代前期，我同叶恭绰老先生有些交往。叶在民国年间是政界要人，晚年京华息影，还保留一些官派，例如我去找，叩门，应门的是个老仆人，照例问："您怎么称呼？"通名以后，不说在家不在家，只说"我给您看看"。问过之后，再到门口，才说："您请进。"这常礼由主人的名位和矜持来，而季先生，显然是都不要，所以使我由小保姆的直截了当不由得想到司马温公的高风，也就不能不感而佩之。言归正传，是见到季先生，说明来意，他毫不思索就说："这是好事。那屋有笔，到那里签吧。"所谓那屋，是东面那个书库。有笔的桌上也堆满书，勉强挤一点地方，就一本一本写，一面写一面说："卖我们的书，这可得谢谢。"签完，我说不再耽搁，因为书店的人在门外等着。季先生像是一惊，随着就跑出来，握住来人的手，连声说谢谢。来人念过师范大学历史系，见过一些教授，没见过向求人的人致谢的教授，一时弄得莫知所措，嘴里咕噜了两句什么，抱起书跑了。

以上说的都是季先生朴厚的一面。朴厚与有深情有密切关系，所以他也常常写抒情的小文。不久前看到一篇，题目以及刊于何处都记不清了。但内容还记得，是写住在他楼西一个平房小院的一对老夫妇。男的姓赵；女的德国人，长身驼背，前些年常出来，路上遇见谁必说一声"你好"。夫妇都爱花木，窗前有茂密的竹林，竹林外的湖滨和东墙外都辟成小园，种各种花草。大约是一年以前，男的得病先走了。女的身体也不好，很少出来，总是晚秋吧，季先生看见她采花籽，问她，知道是不愿意挫伤死去的老伴的心愿，仍想维持小园的繁茂。这种心情引起季先生的深情，所以写这篇文章，表示赞叹。与季先生的学术成就相比，这是世人较少注意的一面，但至少我以为，分量却并不轻，因为，就是治学的冷静，其大力也要由情热来。

这样，季先生就以一身而具有三种难能：一是学问精深，二是为人朴厚，三是有深情。三种难能之中，我以为，最难能的还是朴厚，因为，在我见过的诸多知名学者（包括已作古的）中，像他这样的就难于找到第二位。

老温德

　　这说的是1923年起来中国，在中国几所大学（主要是北京大学）教了六十多年书，最后死在中国、葬在中国的一个美国人，温特教授。温特是译音，我看过两篇介绍他的文章，都用这译音名，可是同我熟的一个海淀邮局的邮递员李君却叫他老温德。我觉得李君的称呼显得朴实，亲切，不像温特教授那样有场面气。后来听北大外文系的人说，系里人也都称他老温德。这中文名字还大有来头，是吴宓参照译音拟的，推想取义是有温良恭俭让之德。这会不会有道学气，比场面气更平庸？我想，在这种地方，还是以不深文周纳为是，所以还是决定称他老温德。老温德来中国，先在南京东南大学教书，两年后来北京，到清华大学教书。其后，抗战时期，随清华到昆明西南联大，胜利后回北京，直到解放后，1952年高等学校院系调整，因为他是教文学方面课的，所以划归北京大学。我30年代初在北京大学上学，其时他在清华大学任教，我没听过他的课，直到70年代初，不只同他没有一面之识，连他的名字也不知道。为什么想写他呢？是因为1971年春夏之际，我自干校改造放还，大部分时间住在北京大学朗润园（在校园东北部），他的住所在朗润园西端石桥以西，住得近，常常在湖滨的小路上相遇，有招手或点头之谊，又他的生活与常人不尽同，使我有时想到一些问题，或至少是他升天之后，看到人非物也非，不免有些怅惘，所以想说几句。

关于他，有大节，依中国的传统，排在首位的应该是"德"。他正直，热情，同情弱者，为朋友不惜两肋插刀。生活境界也高，热爱一切美和善的，包括中国的文化和多种生活方式，绘画、音乐等更不用说。其次是学识，他通晓英、法、德、西班牙、希腊、拉丁几种文字，对西方文学的各个方面都有深入的研究，开过多种课，都讲得好。再其次是多才与艺，比如游泳，据说他能仰卧在水面看书。所有这些，介绍他的文章都已经着重写了，也就可以不再说。

剩下可说的就只有我心目中的他，或者说，我的印象。我最初看见他，以1971年计，他生于1887年，其时已经是八十三岁。朗润园的布局是，一片陆地，上有宫殿式建筑，四外有形状各异、大小不等而连起来的湖水围着。湖以外，东部和北部，北京大学新建了几座职工宿舍楼；西部有个椭圆形小院，西端建了一排坐西向东的平房。湖滨都是通道。老温德住西部那个小院，我住东部的楼房，出门，沿湖滨走，路遇的机会就非常多。他总是骑自行车，不快，高高的个子，态度虽然郑重而显得和善。问别人，知道是教英语的温特，一个独身的美国老人。日子长了，关于他就所知渐多。他多年独身，同他一起住的是一对老而不很老的张姓夫妇，推想是找来做家务活的。夫妇居室，人之大伦，自然就不免生孩子，到我注意这个小院的时候，孩子大了，还不止一个，也都在一起住。院子不算小，春暖以后，直到秋末，满院都是花，推想是主人爱，张姓夫妇才这样经管的。饮食情况如何，没听说过，只听说这老人吃牛奶多，每天要五六瓶。还吃些很怪的东西，其中一种是糠，粮店不卖，要到乡下去找。我想，他的健壮，高寿，也许跟吃糠有关系，但吃的目的是健消化系统，还是补充什么营养，我不知道。

连续有十年以上吧，他，就我看见的说，没有什么大变化。还是常骑自行车在湖滨绕，可是回到他那个小院就关在屋里，因为我从院门外过，总要往里望望，看不见他。后来，是他跨过九十岁大关以后，生活有两种显著的变化。一种是不知为什么，在小院内的靠北部，学校给他修建了较为高大的北房，大概是三间吧，外罩水泥，新样式的。另一种是，仍然在湖滨绕，可是自行车换为轮椅，由张家的人推着。体力显然下降了，面容带一些颓唐。这一带住的人都感到，人不管怎样保养，终归战不过老；但都希望他能够活过百岁，也觉得他会活过百岁。后来，湖滨的路上看不见他了，到1981年初，实际活了九十九岁多一点，与马寅初先生一样，功亏一篑，未能给北京大学的校史增添珍奇的一笔，走了。

听邮递员李君说，老温德像是在美国也没有什么亲属，为什么竟至这样孤独呢？独身主义者？至少是早年并不这样，因为刘烜写的一篇传记（题目是《温特教授——记一位洋"北京人"》，见北京出版社1992年版《京华奇人录》）里有这样的话：

> 我注意到，闻一多（案二十年代初在美国与老温德结识，成为好友，老温德来清华任教是他推荐的，他遭暗杀后，骨灰多年藏在老温德住所）书信中还说过，温特教授"少年时很浪漫"。我们的视线一起扫过这几个字，好几次了，他从不作解释，也没有否认，我就不便追问了。

传记的另一个地方又说，还是在美国时候，不老的温德（而立与不惑之间），住屋的床上放一个大铁磬，他向闻一多介绍铁磬的用处是："夜里睡不着觉时，抱起磬，打着，听它的音乐。"我想这用的是佛家的办法，如唐人常建咏《破山寺后禅院》尾联所说："万籁此俱寂，惟闻钟磬音。"这种磬音，粗说是能使心安，细说是能破情障的。如果竟是这样，这先则浪漫，继而以钟磬音求心安，终于一生不娶，心情的底里是什么情况呢？曾经沧海难为水吗？还是如弘一法师的看破红尘呢？不管是什么情况，可以推想，情方面的心的状态一定隐藏着某种复杂。

心里藏而不露的是隐私，也可以推想，任何人，或几乎任何人，都有，甚至不少。也许只是由于"己所不欲，勿施于人"，除了少数有调查癖的人以外，都视搜求或兼宣扬别人的隐私为败德。何况德在知的方面也还有要求，是"不知为不知"。所以对于老温德的生活，谈到"浪漫""独身"之类就宜于止步。但是这"之类"又使我想到一些问题，虽然经常不在表面，却分量更重，似乎也无妨谈谈。

说分量重，是因为一，更挂心；二，更难处理。古人说，饮食男女，这更挂心、更难处理的问题不是来自饮食，而是来自男女。与饮食相比，在男女方面，人受天命和社会的制约，求的动力更强烈，满足的可能，轻些说是渺茫，重些说是稀少以至于没有。显然，这结果就成为：饮食方面，如果有富厚为资本，盖棺之前，可以说一句"无憾"；男女方面，不管有什么资本，说一句"无憾"就太难了。有憾是苦，这来自人生的定命。有人想抗，其实是逃，如马祖、赵州之流，是否真就逃了，大概只有他们自己能知道吧？绝大多数人是忍，有苦，咽下去。老温德是用钟磬音来化，究竟化了多少呢？自然也只有他自己能知道。

一般人的常情是不逃，也不化，并且不说，藏在心里。这样，人的经历，其中少数写成史传，就应该是两种：一种是表现于外的，甚至写成文字的，自己以外的人能看见，或进一步，评价；一种是藏在心里的，不说，极少数脱胎换骨写成文字（如诗词和小说），总之还是非自己以外的人所能见。假定社会上马班多，人人都有史传，这史传也只能是前一种，"身史"，而不是后一种，"心史"。这心史，除自己动笔以外，大概没有别的办法。自己动笔，困难不在内（假定有动笔能力）而在外，这外包括社会礼俗和有关的人（也因为受礼俗制约）。能不能扔掉礼俗呢？这就会碰到变隐为显，应该不应该、利害如何等大问题。俟河之清，人寿几何，我们也就只能安于看看身史而不看心史了。

身史和心史，有没有一致的可能？大概没有。可以推想，以荣辱、苦乐的大项目为限，比如身史多荣，心史就未必是这样；身史多乐，心史就未必是这样。以剧场为喻，身史是前台的情况，心史是后台的情况，只有到后台，才能看到卸妆之后的本色。可惜我们买票看戏，不能到后台转转，也就只好不看本色而只看表演了。可见彻底了解一个人，或说全面了解一个人，并不容易；对于老温德，因为他的经历不同于常人，我就更有这样的感觉。

还是安于一知半解吧。他走了，虽然差一点点未满百岁，终归是得了稀有的高寿，以及许多人的尊敬和怀念。他多年独身，但他曾经浪漫，希望这浪漫不只给他留下苦，还给他留下甜蜜的记忆。他没有亲属，走了以后，书籍、衣物，也许还有那个铁磬，如何处理呢？我没有问什么人，只是从他那小院门外过的时候，总要向里望望。先是花圃零落了；继而西房像是无人住了；至多四五年吧，西房和北房都拆掉，小院成为一片废墟。人世就是这样易变，从小院门外过的年轻人不少，还有谁记得在里面住几十年的这位孤独的人吗？真是逝者如斯夫！

钟叔河

钟叔河先生住湖之南，我住河之北，相距弱水三千，只今年夏他北来，住东华门外翠明庄十许日，我们在我的城内住处景山之左见一面，招待他一顿晚饭。他著作等身，如果连编印的也算在内，就要"超"身，可是我手头只有两种，其一是周作人、丰子恺《儿童杂事诗图笺释》，是掏自己腰包买的，其二是《书前书后》，是他北来过访时当面送的。见一面，相聚不过三四个钟头，即使是长舌妇，又能谈多少？总之是很想多了解而了解并不多。可是我仍然想写他，是因为，即使只根据皮毛，也觉得很多方面，都不是一般人所能及；或者退到家门之内，专打自己的小算盘，与我臭味相投。所以，也曾沉吟一下，最后还是决定写。

他的行业是全套书呆子一路，由读书、写作直到编辑、出版。读书和写作，闭门家中坐的事，不可见，也就难说。说容易见的编辑和出版。总的说是成就非常大。分项说呢？想偷懒，抄黄裳先生的：

叔河先生数十年来一直从事编辑工作，从他经手编定的书和写下的序跋中，很可以看出一种特色。这里面有反映近代中国人西方观的"走向世界丛书"，有重印久已绝版的文史丛著的"凤凰丛书"，而数量最大、用力最多的则是重刊周作人的遗著，除了散文集的单行本外，还辑有《知堂书话》等六七种。

（《书前书后》序）

这段话着重说"编"。但是透过编，我们可以看到一些其他情况。以"走向世界丛书"为例，他在《走向世界以后小引》里说：

我喜读近代人物的外国游记，陆续搜集了两百多种。1979年到湖南人民出版社后，开始从中选编"走向世界丛书"，已经印行36种。

（《书前书后》第153页）

单是这方面的书就搜集两百多种，其访书之勤和读书之多就可想而知。这还是其小焉者。更值得重视的是有忧国济世之心。这心来于见识和情热。见识是看到我们头脑的落后一面，主张多吸收些西方的。张文襄公也主张吸收西方的，但那是"西学为用"的"用"，火车头、迫击炮之类，至于头脑，就还要"中学为体"。张文襄公远矣，就是"五四"，吆喝一阵德先生、赛先生之后，又大几十年过去，我们不是依然听到万岁声震耳,许多人迷《卜筮正宗》(包括其老祖宗八卦和《易经》)和《奇门遁甲》之类吗?所以确是应该开开眼界,看看人家怎样管理众人之事,怎样根据引力定律算计哈雷彗星轨道。尽弃其所学而学,不易,所以,仍是书呆子的一贯想法,要由灌输新知识下手,钟叔河先生的奔走呼号,编印"走向世界丛书",就是为这个。奔走呼号,是情热;想当是与"反"字有关吧,被投入牢狱,定期十年,天地易色之后,计已住九年,放出,仍是奔走呼号,是更大的情热。我就不成,外看浮世之态,内省自己之心,只求能够独善其身,不敢妄想兼善天下。这有所得,是借祖传法宝明哲保身之力,躲开牢狱;也有所失,是至多只能写一点点自怡悦的,而不能写以及刊印有关经国之大业的。这样,与他相比,我就不能不感到惭愧了。

说到相比,钟叔河先生的不可及之处还有很多,都与博大而深入有关。想只说我印象最深的两种,重刊周作人遗著和书籍的编印装帧。先说前一种。周作人是我的老师,我在家人也守妄语之戒,对于他的学识文章,我很钦佩,因而认为,他的著作是宝贵的文化遗产,值得读,吟味其内容,学习其表达。可是他的为人有问题,是抗战时期,他不只留在沦陷区的北京,而且出了山。学识文章和为人走了歧路,我们要如何对待呢?很难。一笔抹杀?他像是与卖身投靠的诸宵小不尽同,何况还有著作俱在。谅解吗?传统和常识都会不允许。我前几年写《负暄琐话》和《负暄续话》,多谈到北大旧人,就碰到这个困难。依照晋惠帝的分类法,对他的看法有私和官(公)两种。所谓私是顾念私情，我取古语"惟器与名不可以假人"之义，认为他卖得太贱，或者说，用历史地位换不体面的禄位，不值。撇开私就不得不改为说公道话，于是写《苦雨斋一二》，开门见山就说，他是一反宋朝吕端之为人，大事胡涂，小事不胡涂；写《再谈苦雨斋》，说他心中具有神鬼二气，不幸一时神鬼交战，鬼竟占了上风。这是说为人。至于说著作，我就认为，不当以人废言。可是不当废的言要有托身之地，即印本，经过几十年（其中还有"文化大革命"）的不能见天日，哪里去找呢？所以限于"希望"，我也主张，应该印，甚至全集，如其老兄的，上市，卖。说限于希望，是因为，一，公然推崇周作人，纵使限于著作，也怕有人在背后指脊梁骨；二，工程浩大，我既无此魄力，又无此精力。是前几年，因为介绍出版译本《一知半解》，我同岳麓书社拉上点关系，他们有时就寄赠一些估计我会有用的新印本。其中有几本是周作人的著作，我见到，曾经一惊，惊的是，竟有人做这种傻事，而且居然得到上方的点头。后来探询，才知道是钟叔河先生主持印的，并且有大计划，是陆续印，直到出齐。这其间，我又见到《知堂书话》《知堂谈吃》一类书问世，也出自他之手，我才知道，在这方面，我只有一点点朦胧的想法，而钟叔河先生真就大干起来。

是90年代初吧，湖南传来消息，钟叔河先生所在的出版社改选，他的总编辑职位未能保住，改到新闻出版局去任编审。是不是受了周作人的连累？不知道。但推想人亡政息，继续刊印周作人著作的豪举总不能不放弃。不出所料，以后就不再有周作人著作的新印本寄来。水流花谢，日子一长，我也就把这件事情放在脑后了。直到见到钟叔河先生，才知道情况并不是水流花谢，而是水已汇成巨流，花将开得更大。是晤面的那个夏日的下午，我们谈得很多，专说有关周作人的，他说他正在着手刊印《周作人散文全编》，材料，上方允许，家属条件，出版处所，差不多都已办妥，不久可以陆续发稿，所以他很忙。关于材料，他的搜求的本领真使我五体投地，是许多不经见甚至很少人知道的，他都有，如日记，他已经拿到全部复印件。我问他为什么不印全集，他说这已经很难，是经过多方面努力，用多种办法，才闯过来的，如果称为全集（像是有纪念性质）就更难了。我说这样一来，诗，新的有《过去的生命》，旧的有《知堂杂诗抄》，就不好办了。他说他打算在散文之外，另编一本，新诗横排右行，旧诗直排左行，似两册而合一，并想请我写序文。我说这是师辈的手笔，在书前说三道四，不敢。他没有退让，只好都认定，到时候再说。其实，说私心话，他从事的是我想都不敢想的大事业，虽然以他的才学和经验，必游刃有余，如果我能够尾随搬一些零砖碎瓦，算作未袖手旁观，总是既应该又求之不得的。

再说后一种，书籍的编印装帧，钟叔河先生的造诣也是超常的。编印装帧好，指的是一本书，拿到手，还未读文字，翻翻，觉得美，可爱。这像是末节，其实很不容易。我从束发受书，至今七十多年，手翻过的书很不少，而拿到手，不考虑内容，不考虑古董价值，就觉得美而可爱的，总是稀如星凤。我近年来也写书编书，也愿意编印装帧方面趋上游，可是自己不会，只好由版式到封面，都靠设计人员；对于所设计，有时也感到不满意，可是人家问要怎样改，却说不上来。在这方面，久闻北方有个范用，南方有个钟叔河，是大专家，出手不凡。范用先生是我的熟人，老了，多在家享清福，我只见过他为姜德明先生《北京乎》设计的版式，确是值得赞叹。至于钟叔河先生，是直到托人买来他的《儿童杂事诗图笺释》，用北京俗话说，才开了眼。眼开了，看到什么？"荡荡乎民无能名焉！"至多只能凑几句废话，说开本、封皮、版式、套色、边框、字体、行距等等，都美得了不得。尤其笺释，每一首的，与诗和图对称，也是遍全书，恰好两面，真是神乎技矣。说到此，想到全才的所谓全，很多人，包括我自己，排行老九，读之外，兼写，兼编印出版，甚至兼包销若干，就会自信是全才了吧？我看，与钟叔河先生相比，绝大多数只是半瓶醋而已。

前面不止一次说到为人，该住笔了，想就钟叔河先生的为人，再说几句。我同他交往不算多，不敢说了解，只谈谈印象。印象是人有至性，对事严谨认真，对人宽厚恳挚。这样说，有来由，而且不止一个。其一，晤对，他的表现，用古语说是诚和敬，话都是发自心腹，有时甚至近于迂，使我想到已作古的废名先生。其二，他时间很紧，可是还是远到西郊，去看久病的张铁铮先生，说因为是有通信关系的朋友，在病中，就不能不去。其三，晤谈中，他说他截取了梁任公集的一副对联的上半，希望我写，装裱后挂在一幅画的两旁。我问什么语句，他说都出于宋词，上联是辛稼轩的"更能消几番风雨"，下联是姜白石的"最可惜一片江山"。我的体会，他不是为己身打算，有什么牢骚，而是有悲天悯人之怀，总想到大处。说到大，联想到我的小，是两年以前了，我忽然也想集联，从小圈子里，《古诗十九首》。驰骋地很小，居然也有成，是："立身苦不早，为乐当及时。"古人志在正心、诚意、修身、齐家、治国、平天下，我是至多走到一半就停住了。或者不止于量而兼算质，我之所求只是罗汉果，他则一贯修菩萨行。仍是大小之别，我是小乘，他是大乘，每念及此，不禁有高山仰止之叹。

张守义

　　张守义先生是文学艺术界的名人，因装帧、插图有特殊成就而出名。我是久闻其名很晚才得识荆。其实说久也不很久，是80年代早期，我报废十年之后，又为公家编书，并适应新风，业余甚至不业余，还搞点自留地。如人的下床活动，要外罩些西服领带、超短裙之类，书籍由印刷厂移到书商的摊或架子上，要有封面。不记得听谁说，设计封面，人民文学出版社的张守义很有几下子，已经成为这方面的名家。其后不久，广播学院的徐丹晖来，说美术馆有人民文学出版社的装帧展览，希望我随她去看看。我去了，看到不少精彩的黑白画，出于张守义，简单几笔，像是异想天开而神气活现，心里想，果然名下无虚士。徐丹晖的妹妹徐中益也在人民文学出版社美编室工作，与张守义是同事，所以徐丹晖同张守义也熟。据她说，张守义是个怪人，不吃饭，专靠喝啤酒活着。不知道只是凭印象还是也有调查研究的根据，一提起怪我就想到孤高，想到目空一切，因而再下行，就推断，像这样的人，艺高，值得接近，但一定难求，也就不得不敬而远之了。直到后来遇见徐中益，才知道靠啤酒活着的怪是因为胃有病，吃家常食物不能吸收；至于难求云云，也不是那么回事，其实人是很随和的。

　　既然如此，我就乐得拿出我的得揩油处且揩油主义，再有文字集成本本，就求他设计封面。他是特别精于为外国文学作品装帧插图的，我的拙作，既非外国又非文学，可是他也接受了，而且，至少我看，是勉为其难地交了稿。说勉为其难，是因为我求他设计封面的几种书，如《文言和白话》《禅外说禅》《诗词读写丛话》，都既无人物又无故事，就说是可以凭灵机、凭联想吧，看不清面容，抓不着辫子，如何灵、如何联呢？可是，除《禅外说禅》，我曾提供世尊拈花、迦叶微笑的些微线索以外，他都是借助于灵机一动，完成了任务。这灵机的成就方面的表现是，看到的人都觉得好，可是说不清为什么就好，问我与书的内容有什么联系，我说我也不知道。

　　是1992年的秋冬之际，迟迟其来的《诗词读写丛话》终于出版了，为了礼貌，也为了顺应以稀为贵的常情，想欣赏一下怪，我和这本书的责任编辑张君厚感，乘车到东郊张守义的住所去看他，名义是给他送书和稿费。爬上五楼，叩西面的一个小门。家中像是没有其他人，开门的当然只能是他。门开而人亮相，我一则以惊，一则以喜。惊是早已知其怪，却没料到会怪到这样子。如何形容呢？只好抄他的熟人霍达在一篇文章中所说："头发那么长、那么乱，脸色又似乎几十年未曾洗过，完全适用一个现成的词儿，'蓬头垢面'，和他的作品似乎一点儿也'不搭界'，不被人认为是流浪汉才怪呢！"这顶"流浪汉"的帽子加得妙，在我的眼里略加补充，不过是还透着和气和热情而已。再说喜，他是承德人，50年代前期中央美术学院绘画系毕业，塞外的风景佳丽之地出生，造艺术家的大宅门里出身，兼从事艺术工作，这蓬头垢面就正可以表示他已经远于世俗，化于艺术。屋子很小，他很为难地表示请坐，因为不只没有坐处，是连立的锥地也没有。架子上，桌子上，不要说，都被乱书和杂物占满，就是仅有的一个沙发，两个椅子，上面也是堆满书籍杂物。不过无论如何，和气和热情还是产生了大力，于是他推的推，扔的扔，终于为我们二人挤出两个仅能容身的坐位。落坐，一纵目就看见挂在北墙上又像画的两个大字，"酒仙"。于是由酒说起，问他一天喝多少，然后说正事，送书和稿酬，并表示感谢。他常是所答非所问，因为，我想，求答得体，他就要暂时由艺术世界逃出来，大概很不容易。说着，他忽然拿起一个空啤酒瓶，让我们在商标纸上签字，他说来访的都要这样签名留念，晚上揭下来保存，这就是他的日记。我们写，他像是很感动，说有印的他的画册，推想就是《张守义外国文学插图集》，应该送给我们。于是到书架上搜寻。但终于没找到，只好表示歉意，说什么时候找到再送。我们说五时以后汽车还有任务，不能多谈。他说下次最好不坐汽车，可以谈半天，喝啤酒。我们告辞出门，请他回去。没想到他坚持要送上汽车，说对于长者，必须这样。

他的流浪汉的丰采，以及希望长谈喝啤酒的恳切，别后我一直记着。可是因为杂事多，拖了两三个月，直到眼看就是年底，兼以我的另一本书的封面材料必须送给他的时候，我和张君厚感才又去他的住所。是下午三点左右，他屋里有客人，一对并无关系的青年男女。这一来就更没有坐处。主客似乎都有此感，于是客告辞，主赶紧找空啤酒瓶，请签名，然后说了些有关事务的话，才把那两位送走。有了上次的经验，我在路上早已同张君厚感打了招呼，是要抢先说我们的，办我们的，不然，恐怕拖到半夜我们也出不来。我们照已定的战略战术实行，继续那两位的签名，拿起还未退隐的空啤酒瓶，先签了名。然后拿出封面的参考材料，我的手稿和照片，请他看，问可用不可用。他注视了一下，忽然若有所悟，说客人来了，应该先泡茶。他走了，过不多久，居然找来一个瓷壶。又走了，想是去找茶叶。又不久，回来，托着的却是个小锦盒，打开，是一段半寸多长满身锈的铁丝蒺藜，说是前几年去德国，在纳粹集中营的周围捡的。一转身又拿来一个锦盒，里面是一块只有一节手指那样大小的石块，说是在柏林墙下拾的。然后他解说拾和存的意义，说，比如到歌德、海涅等的故居，在墙角，在阶前，碰到个石块，可以肯定，那位大作家一定脚踏过，甚至手触过，还有什么比这更值得纪念呢，所以他到处拾石块，记下来，珍藏着。就这样，他到德国一趟，游了许多地方，拾了大量的石块。回来，行李沉重，老伴以为必有贵重的东西，如金饰物之类，及至发现是一箱石头，险些同他离婚。老伴说的想来是一句玩笑话，因为过一会儿他又找画册，说应该送我们，还是"上穷碧落下黄泉，两处茫茫皆不见"，最后叹口气说，每天的时间，找东西要占去百分之三十，老伴到侄女家帮忙去了，如果在家就会好一些。总之，还是终于没有找到，同有些人一样，他也不得不接受"惯了一样"的生活哲学，说了一句"以后再说吧"，改为干别的。这是去找茶叶。茶终于泡上，并倒了两杯，敬客。我们没有忘记战略战术，还是抓机会，往我的头像上扯。他直视我，忽然大声说："灵感来了，我要照真人画，然后照相片修改，效果会更好。"我想这一下可成了，于是正襟危坐，准备他画。不料他的灵感惯于远飞，一瞬间又飞到长白山的天池。这样的虔诚经历，上次他已经说过，这次仍然有兴致重述。为但丁的《神曲》设计封面和画插图，他两次登上长白山看天池。第一次是1984年7月，赶上阴雨大风，他的灵感使他看到《神曲》中的地狱。第二次是1992年7月，《神曲》中译本再版的时候，为了答谢天池和但丁的赐予，他带着刻在镇纸石上、锌版上的但丁头像，登上长白山。这一次赶上天朗气清，风景佳丽，他看见上空飘来一片白云，就感到是但丁的身影出现在天堂之门，并向他招手。他赶紧跪下，面向天池叩拜，然后立起，把镇纸石和锌版扔在天池里。他说这些，像是又回到天池，虔诚到把一切都扔到脑后，只有一件，不是因为记得，是因为照习惯，间或拿起啤酒瓶，瓶口对人口，一仰头，总有一茶杯吧，下咽，然后放下，接着说。万幸，说到但丁头像扔在天池里，他沉思，停了一会儿。我想，良机不可再失，于是提醒他，说我的头像，他的灵感，兼说到时间已经不早，等等。他像是大梦初醒，向我注视一下，说："就这样坐着，不动，坚持一会儿就成。"我照吩咐坐好，开始坚持，并以为不过三五分钟，没什么困难。于是等待，或者更多的是盼望吧，眼盯着他。以下是所见。他先找速写本，说就在沙发前的长木几上，可是由上到下，不知翻了多少层，多少遍，就是找不到，最后不得已，只好用一张白纸代替。接着找画笔，说要那支粗的，也是终于没有找到，幸而也碰到个替身，细的，说对付着用吧，于是搬来一个凳子，放在我对面，坐下。我再开始坚持，同时看他。他注视我面部，像是灵感又来了，举笔，正要往蒙在一本硬皮书上的纸上画，忽然大声说："哟！还得找眼镜。"我又一次放下坚持，等。幸而眼镜就在他背后的书架上，没费力就找到。其后我坚持，他画，总有五分钟吧，终于大功告成。我和张君厚感，怀着胜利的心情，向他告辞。他和上次一样，理由是对于长者，坚持要送到公共汽车站。我们抗不了，只好听之任之。就这样，一直走到长街之上，才互说谢谢，握手作别。

作别之后，这个怪人使我久久不忘，或者说，关于他的为人，我想得很多。想弄清楚的主要是，他究竟是怎样的一个人。显然，这就要透过外表，深探他的内心状况，或说精神世界。外表，他不修边幅，几乎一切都乱七八糟。思路不集中，想起什么是什么。总之，是没有处理家常事务的能力，至少是兴趣。可是同时，他并不胡涂，并不低能，即如我看到的他画的黑白画插图，堂吉诃德、懦夫、抢亲等，真是任何人都不能不拍案叫绝。这能力从哪里来？前面多次说到灵感，灵感也要有来源。我手头有一张他向天池跪拜的照片，俯身，两手捧头，简直是忏悔甚至痛哭的样子，我再看，一想就恍然大悟，原来他的怪只是不同于常，常人是生活在柴米油盐的世界里，他不然，是由深情热爱出发，生活在充满幻想的艺术世界里。因为通过幻想住在艺术世界里，所以对于家常事，包括书籍杂物等，他就视而不见；在旁观的常人的眼里，他就永远像是心不在焉。但他同时还有深情热爱，所以又舍不得现世的一切，大人物，如歌德、海涅，小事物，如一花一草，他也希望都能永生。总括地说，他是想一反孔老夫子之叹，希望川水不流，人间也就不会有逝者。可是事实是"逝者如斯夫"，怎么办？万不得已，他才拾石块，想在许多石块上寄托幻想，挽住历史。欧阳文忠公词有云，"人生自是有情痴"，我想张守义的为人，就应该说是"情痴"，"怪"只是表面现象。

情痴，痴有等级之分，张守义的等级最高，成为宗教的虔诚。这好不好？评价要有标准，标准难定，好不好也就难说。可以说说的是难不难。据我所知，是很难，即如忘掉家常的柴米油盐，举头望见《神曲》的天堂和地狱，除了来自天命以外，还有什么办法？那么，就可以说是得天独厚吗？推想他老伴就未必这样看。那就退一步，不问厚薄，只承认为稀有吧。我是常人，对于稀有，常常是虽不能而怀有敬意。说起不能，又不免感慨万端。比如宗教感情，我多次谈到，为心安理得的稳固基础，可是我还是偏袒怀疑，无力走向信仰。又如深情热爱，我也不是没有，可是又常常想到现实以及佛道的空无，其结果就成为进退维谷。这自然也是天之所命，不过天道远，人道迩，我，作为人，与张守义的作为人相对，就不能不感到近于世俗；暗说几声"惭愧"了。

韩文佑

文佑兄作古两年多了，我早想写一篇悼念文章，也应该写一篇悼念文章。记得他的弟子兼相知，在北京师范大学任教的张守常先生还来过信，说这篇悼念文章应该由我写，希望能够早日动笔。我没有动笔，现在回想，原因有两种。一种，就是悼念文章，也要心情略平静之后才能写，刚传来噩耗，心情混乱兼凄凉，一闭目就想到1989年的秋日，我由他的寓所西湖村，步行往天津大学，他们夫妻送到鞍山道，翘首南望，迟迟不回去的情形。难道他真就走了？太突然了，我想拿笔，不知道应该说些什么。另一种，也实在难写，原因是他品格和学问都高超却又殊少形迹，勉强写，似乎除了学《后汉书·黄宪传》，说"汪汪若千顷陂，澄之不清，淆之不浊，不可量也"之外，也很难想出别的办法。但我还是不能不写，盖写不好事小，应写而不写，就既对不起死者，又对不起生者，成为大事了。这又是知难而进，只好不求全，想到什么说什么。

学史传，由出身说起。他父母是通县人，母亲不缠脚，推测都是满族。父早去世。母亲信佛，慈善严正，"文化大革命"最狂热的时候病故，享年八十余，是文佑兄和我，由医院太平间接出，送往东郊火葬场的。文佑兄生于光绪三十三年（1907）丁未夏日，长于我一年有半。生于北京，语音还有通县的遗存，是他告诉我，有一次见到赵元任先生，他刚一张口，赵先生就说："你是通县人？"他字刚羽，这字像是与文佑之名没有意义关联，谁拟的，何所取义，我没有问他。但一直觉得，这个"刚"字很合适，可以说是字如其人。依都市人的习惯，他六七岁上小学，推想是在西城，因为住在白塔寺一带。小学毕业后考入端王府附近的北京师范学校，毕业后考入清华大学，学中文（？）。在清华，也许只念两年吧，因为与一王姓女士交好，如意忽然变为失意，他险些走尾生的路，抱梁柱而死，但终于没有面对旧迹的勇气，于是逃离。越远越好，记得有个相识在潮州，立即起程，去找。在潮州住了半年，心稍平静，北返，先到上海，衣食无着，流浪，然后到天津。赶上南开中学招考语文教师，走投无路，姑且试试，其时他的学问文章已经颇为可观，所以并未侥幸而就录取。衣食有了着落，其后不久随学校游泰山，得遇终生相伴的人品同样好的曹女士，之后结合，生活算是由不系之舟变为一路之客。这条路是，职业，面对学生，业余，面对书本，真可以说是，鞠躬尽瘁，死而后已。职业曾小有变动，由天津南开中学而（30年代中期以后）北京几所中学，而（50年代初）北京师范大学，而（50年代中期）天津师范学院，后升格为河北大学（曾流放冀县，后定居保定）。"文化大革命"中，依通例，也挨整，而且相当厉害。查无实据的事出有因有两项：一是特务嫌疑，因为流浪上海时期，交个也过流浪生活的朋友是台湾人；二是反至高无上嫌疑，因为讲课时提到唐明皇，曾说早年有所作为，后来胡涂了，干了不少坏事云云。挨批斗，监禁十个月，最后宣布，都没有那么回事，升为教授，身体却垮了。晚岁一直住在天津，给年轻教师和研究生讲点什么，直到盖棺而无人论定。

我想论定，不怕读者讥为为熟人吹嘘，也要好话多说，因为我们真正相知。相知由于交往多，这情况也想说说。是1935年暑假后，我也到南开中学去教书，与文佑兄成为同课程的同事。可是不知为什么，整整一年，几乎没有什么交往。我的印象，他的为人像是有点怪，孤高自赏。一年期满，也不知为什么，与我相伴，他和何其芳也被辞退。他是北京人，当然要回北京，我虽不是北京人，可是有叶落归根之感，也只好回北京，同路加同病相怜，于是先是结伴，以后就来往多起来。更亲近是七七事变之后，我原在保定育德中学教书，暑中来北京度夏，战火起，不能回保定，加以衣物都扔在保定，失业，有妻有女，生活一点办法也没有，他伸出救援之手，让我们搬到他家里。老伯母人同样好，待我们如儿女，十之九是怜爱，十之一是一点客气。就这样，总有几个月，直到我在北城找到个职业，在后海北岸租了房，才离开宫门口一带他的家。以后同住一城，有时还同在一个学校任教，随着交往多，了解更深，就成为《史记》所谓"刎颈之交"。这交的情况，万言难尽，只说一点点印象清晰并怀念深切的。比较重大的是同追旧书。我们都爱书，都手头不宽裕，两全之道是多逛旧书店、旧书摊，买价廉而也可爱的，有时甚至是罕见的，就更加可爱。也举一点点例，以周氏弟兄的撰著为限，《侠女奴》和《玉虫缘》之类最早期出版的，我们都买到了，而且不止一本；有一次，他还买到在日本印的只流出二十册的《域外小说集》。这有如钓鱼，大的上了钩，就分外高兴。高兴使瘾的量增加，于是我们就常常结伴，骑着车，东西南北城跑。东是东安市场，西是西单商场，北是地安门外大街一带，南是琉璃厂。如果上午一同往琉璃厂，午饭就到厂东门外一尺大街路南的大酒缸去吃，一人一个（老秤二两）酒，然后吃饺子，有村野的诗意，可惜此情也只能藏在记忆里了。说到对面共饮，印象更加清晰的是在他宫门口西岔路西的家里，至多十天半个月吧，我总要去一次。白天都没空闲，所以必是晚饭时候。出门往南胡同口路西有个山西人开的小铺，卖家常用品，有白干和五香花生仁，我们总是买一角钱花生仁，四两白干，回来面对，谈书，也谈其他传闻，喝白干，佐以花生仁，有时还能听到白塔相轮下的铁马声，真不知"今是何世"了。这其间，老伯母一如往常，做晚饭。值得大书特书的是不以客人相待，比如原想吃小米面窝窝头，就还是窝窝头。简单质朴，我们吃着很香甜，因为足以果腹的物之外还有精神，那是寒素加上亲长爱怜的温暖。可惜都过去了。也就因为不能再来，每有机缘想到，就更加怀念。也举一事为证，是三四年以前，我依旧规，于秋日到天津，事先约好，中午到文佑兄家吃饭。他的三女儿已经成为有孩子的母亲，受新潮感染，备酒饭，鸡鸭鱼等摆满一桌子。我不能适应，想到当年的花生仁和小米面窝窝头，想到老伯母，因为在我的眼里她还是个孩子，我就有所想必说，发了牢骚，是味道远不如彼时的，纵使花了大量的钱。这三姑娘是朱自清先生的儿妇，能干，口才好，但也不敢反驳，因为怕我们这个"刎颈之交"。再顺着这种交谊说几句。是"文化大革命"中大刮外调风的时候，天津来人找我，想让我说文佑兄曾加入国民党。我说据我所知，他没加入过。外调人依当时演戏的架式，威吓我，问我敢不敢担保。我说可以具结，用生命担保，他失望而去。不久又来，加个新招，说："他自己都承认了，你为什么不说？"我说："他自己既然承认了，你还找我做什么？让我说，他就是没加入过。"我又把他顶回去，心里有些高兴，是觉得并未愧对这个"刎颈之交"。

以上都是说我们之间。重点应该说他自己，即品格和学识方面的造诣。品格放在学识前面，是因为，在我们同行辈的熟人里，学识，找类似的，也许还有些希望；至于品格，就一定找不到第二个。我这样论定，还应该加说一句，是此乃公论，并非我的私见。这公包括一切与他有过不很少的交往的，由长辈、朋友、同事直到学生和邻里。这崇高品格的表现，用经典话说是"己欲立而立人，己欲达而达人"，"嘉孺子而哀妇人"，用平常话说是，把一切与自己有关涉的人都看成好人，关心别人胜过自己。这是他宽厚的一面，想说，不要说恰到好处，就是得其仿佛，也大不易。不得已，只好用小中见大法。一种，是有些人认为不合常情的，是熟人腾达了，他就不再登门；而相反，倒了霉，陷于穷困，无告，门已可设雀罗，他却天天登堂入室，帮着想办法，想不出，陪着发愁，甚至落泪。再说一种，事小，我却念念不忘的，是遇见什么书，推想我也喜欢，他必多买一本，送我，如英文本《一知半解》，他的一本被毁，我却还有，就是这样来的。提到书，再说一件，是他借我的，如果有缺损，必整治好再送还，如箧中一本什么书，买时缺目录，补抄还是他的手笔。与宽厚同时，他还有刚正的一面，执着于善的标准，嫉恶如仇。还是用小中见大法，说一件小事，或说趣事。是我们都年轻时候，参加一个友人的婚礼，一种因羡而嫉的习俗是男士玩弄新娘，这一次有些过度，有些拘谨的人不愿意看，躲开，他却拔刀相助，站在新娘一边，大骂恶作剧的男士。喜剧结束，在场的多感到奇怪。这就是因为，就是在当年，像文佑兄这样宽厚和刚正都拔了尖儿的，也是绝无仅有。也就因为如此，多年以来，我们许多与他可称为相知的，都敬重他，把他看作畏友，唯恐哪一步走得不对，使他心里不快。这使我又想到《黄宪传》，其中说到陈蕃、周举的印象是，"时月之间不见"，"则鄙吝之萌复存于心"，这意思移用于文佑兄，是再合适也没有了。

品格是"荡荡乎民无能名焉"，只得转而说学识。这也不好说，因为难得具体，抽象则近于空话。算作空话也罢，也只好尝试说说。他读书多，不是一般的多，是超常的多，古今中外，三教九流，尤其新问世的；除科学方面的各专业以外，都读。这是博。博的同时还有精。他思路敏而深，加以记忆力强，所以无论文史的哪一门类，都有不同于一般的知见，因而讲起来如数家珍。这方面，我想他的弟子们必有更多更深的体会。至于我，没听过他讲课，只是于闲谈中也能感到，他博闻强记，我远远比不上，识见的精辟细致，我也远远比不上。他文笔也高，简练而雅驯。可惜的是，他写得不多；或写得未必少，而发表的不多。以我的记忆为限，40年代，在期刊《文艺时代》（？）上发表过一篇《郁达夫的〈迟桂花〉》，在《新生报》上发表过一篇《〈俄游述感〉及其著者张庆桐先生》。学识精深，少写，我的推想，未必是手懒，而多半是个性或习惯使然。以章太炎的诸弟子为例，周氏弟兄习惯写，日久天长，不写手闲得难忍，一生就著作等身；钱玄同不然，少写，少发表，就像是成就不大。文佑兄也是这样，不惯于写了发表，所以如上面所说，虽然学识精深，却少形迹可寻。他少发表，还有个我不同意的认识方面的原因，是要求太高，即文必远追马班，诗必近比李杜，否则就不要拿笔。比如有一次我劝他也写一些，且不问己之名，总可以沾溉读者，他说："别人出的丑已经够多了，我何必再加添些呢。"对于文佑兄的识见，只有这一点，我一直不能同意。理由有来于他的，是如果他写而发表，就可以使丑的比例小一些，因为出于他之手的必不会丑。理由还有来于我的，是我惯于舞文弄墨，有不少还送到读者面前，自知所出之丑一定不少，但古语有云，千虑一得，如幸而真有一得，则得读者之首肯，印者之稿酬，也不能算坏事吧？文佑兄往矣，我这片自我陶醉的胡言他听不到了——听到他也不会变己见，因为他"刚"。还是就事论事，像他这样，在文字方面没有为世人留下什么，终归是不小的憾事。有遗憾最好能补偿，我想这也未必很难做。办法是有关的人都尽力，把留在纸面上的，讲义、笔记、书札之类，口讲而留下痕迹的，听讲笔记之类，凑到一起，推举几个人负责整理，编印出版，结果即使有如大鱼跑掉，能捞到几只小虾，总比空手而归好吧？

说到书札，我虽然心情懒散，什物杂乱，手头也还存留一些。这里无妨抄录一点点，以证明零篇断简，也大有存留并流传的价值。这是下世之前半年，旧正月初四写的（为珍重旧迹，全抄）：

中行足下：

手书岁除前夕读到。朱思俞已于年末回清华，珊晨预定正月初五带两个孩子赴京，不料天津雪大严寒，路滑车挤，小外孙易感风寒，因之她不得不推迟行期，也许要等思俞返津后，她再只身前往。

从手书中又多知道一些关于俞老与许夫人的故事，愉快而又惆怅。手边只有《燕郊集》和两种讲词的书。《燕郊集》迄未通读，但《拟连珠》中"倦客理零星之梦"及词课示例中"古人往矣，心事幽微，强作解人，毋乃多事"数语，至今不忘。俞先生自是解人，但大约恐万一唐突古人，而听课者亦见仁见智，故只以"真好"赞之。此种拈花、微笑法，大师为之则可，平凡的教师则不可。可惜我国文系只上了二年，未能听俞老课。

前几天抄得俞阶青一词，供参读。日来体力极差，勉补此页。祝

全家新春多福

文佑手启　正月初四日

浣溪沙·重过陶然亭

俞阶青

山色林光一碧收，小车穿苇起行舟，退朝裙屐此淹留。　　衰柳有情还系马，夕阳如梦独登楼，题墙残字藓花秋。

（庚寅春，偕宗子戴、姜颖生诸君来游，见西墙有雪珊女史题句云："柳色随山上鬓青，白丁香折玉亭亭。天涯写遍题墙字，只怕流莺不解听。"三十载重游，旧题已漫漶矣。）

——龙榆生编《近三百年名家词选》192页

《俞平伯先生》一文引"据抄件"七绝一首。原有小序，开头大约云：某年月日侍家大人游陶然亭⋯⋯*与寅恪先生和诗同载几十年前《大公报·文副》，似曾剪存，今已难于

查寻。

陈先生和诗二绝，见《寒柳堂集·寅恪先生诗存》第十二页，君架上想有此书，不重抄。

*小序为偶句，文甚美，好像有一句：荒城一角，此留婪尾之春。陶然亭今只存于张宗子《西湖梦寻》中，我现在连这个名字也不忍听。

信照例用细小娟秀的行书写，谈诗谈文，怀念旧人旧事。"自夫子之死也"，我就再也看不到这样学识和情思糅而合之的文字，所以每一念及，不能不有人琴俱亡之痛。

　　偶然翻看《启功韵语》，第三一页至三二页有《鹧鸪天》(前题)一首，文曰：

　　　　挚友平生驴马熊，驴皮早已化飞鸿。鄙人也有驴肝肺，
　　他日掏来一样红。　　身反侧，眼惺忪，窗前日色已朦胧。
　　开门脚步声声近，护士持来药一盅。

其下括号内有小字注，文曰：

　　　　驴者曹家琪，马者马焕然，熊者熊尧。曹于去年病逝于
　　此，遗体作病理解剖，然后火化。

看一过，感慨万千。想说说，有关的事和思绪都过于乱，如何下笔呢？只好不避乱，想到哪里说到哪里。先说启功先生，这几天又病了，住在北医三院。前两天我去看他，斜坐在病床之上，虽然仍旧谈

笑风生,眼却似睁似闭。问病况,说得绘影绘声,病因则他也不知道。我推想,这仍是多年来我所评,"能者多苦",其境况的"一种"表现。说一种,因为还有其他,如手提日用杂物之包,离家出走,东躲西藏便是。总之是累的。谁让他多能呢!他无可奈何;他之外如我,自然更无可奈何。只好改说别的,仍回到《鹧鸪天》。此词调连续三首,下有题目"就医",为1973年住在北医后库病房时所作。挚友三人,排第一为驴,即本篇想写的。宜于由疏而亲,也说说那二位。熊为美国留学生,记得是研究寄生虫的,在启功先生的黑芝麻胡同寓所见过几次,印象不深。马相反,见次数很多,印象很深。他是启功先生小学同学,二人生辰差旧历小尽一个月。小时候弟兄,离不开,恰好住得也不远,于是每天晚饭后,必登黑芝麻胡同之门。宅在街南,启功先生住南房,东两明,为活动室,西一暗,为卧室,靠东南墙放一双人木床。晚间闲谈之会多在卧室。马坐位有定,床上东南角倚被摞;态度有定,用耳而不用口;离去时间有定,主人卧床之前。记得古人谁说过,勿言难,又每晚必入室对面坐的这点情谊,都使我高山仰止。可惜其后启功先生由北城的此住所迁往西城的小乘巷,我也离远了,就几乎不再见到这位马先生。是80年代前期,有一次我往小乘巷,马先生也来,多年不见,他很热情,竟变为健谈,并提及我当年曾说过什么话,我却早已忘了。他还说,他仍住在南锣鼓巷,希望我有暇到那里串门。我仍是老毛病,很想去,却忙加懒散,没有去。大概是两年以后吧,一次又往小乘巷,问马先生情况,没想到,就在不久前，归道山了。那二位说完，言归正传，说驴。

　　曹君绰号为驴，想是因为头长，因而面也长。面长，何以不名为马？我提出此疑问，是因为我在北大上学时期，有个同学面长，姑隐其名，据说是暗藏的官方爪牙，人背后称为马面先生；而且曹君身材高大，似乎与马更接近。但既已名为驴，追问理由也就成为多余。又想到还有个不合理的，是50年代前期在黑芝麻胡同常听到的，是："老驴，水缸又空了，提水！"其时曹君年刚逾而立，不只居室中，连心目中也还没有如意佳人。曹君是上辅仁大学时期启功先生的学生，离校后就真成为"入室"弟子，这入室有二义，其一是如马先生，每晚必到，其二是自来水龙头在室外，提水必入室内也。这是说，曹君与启功先生的交谊非同寻常。说这些，与本篇有什么关系呢？看下文便知，有偏于我和偏于他两项：偏于我，是由于他，我才得识启功先生；偏于他，这也是他古道热肠，友朋中稀有之一证。

　　正传传主为曹君，应该从头，由与曹君相识说起。是1947年，我走投无路，由人介绍，到北京贝满女子中学任语文（其时名国文）教师。一年之后，曹君也来任语文教师。常见面，很快就觉得他率直豪爽，诚实热情，而且重义气，有古游侠之风。我老习惯，对于合得来的，一贯推心置腹，于是没有几天，虽然他比我年轻十岁上下，也就成了互相关心，无话不谈的朋友。他原籍京北怀柔县，总是家道不坏吧，在北京鼓楼东北某胡同买了一所房子，其时他就住在那里，同住的有祖母和父母。其后这所房子卖掉，他迁到鼓楼东南方的秦老胡同，是租用一大户的东房，木板地，很讲究，书桌等是红木的，启功先生所赠，推想是住房由多变少，清出来的。这个住所我常去；我住在鼓楼之西，他也不断来。总之，夸大一些说，近于形影不离了。依照世风，友情也不能不扩张，于是就由他而结识启功先生。记得第一次进谒是在鼓楼西北部的前马厂，不久启功先生迁往黑芝麻胡同，我就成为座上的常客。这里又须岔出一笔，说说与启功先生的交往。先总说，是四十年来，因为他多能，我无能，我借他的光，无限之多，还报的只是两个字，麻烦。再分说，也不能过于具体，因为那就会没完没了。且算作小总说吧，我为己，求他画过画，不止一次，求他写过字，更不止一次；求他为所存书画等题过字，不止一件；求他为拙作写序，不止一本；求他为拙作写书名，也许超过十次吧。转而说为人，那就不得了，大到匾额，中到条幅，小到书名，究竟有多少，是连我也说不清了。他这是代我还账。可惜是永远也还不清，因为在有些相识的眼里，我能登上浮光掠影楼，就有大力。有没有力，我不敢断言。敢断言的是多年与启功先生有交往，就得了大利，要字要画是大中之小者，大者是听言语，亲謦咳，学了人生之道，读作品（包括书画），学了治学之道。所有这一切，饮水思源，当然就会想到曹君。

《论语·公冶长》篇说子路的志是："愿车马，衣轻裘，与朋友共，敝之而无憾。"说志，说愿，有没有做到呢？不知道，总之在子路眼里，这并不容易。可是以此来衡量曹君，他却不只能做到，而且常常过了分。说"过"，是因为不止于"共"，而是干脆奉送。只以我们两人间的为例，他知道我喜爱所谓文玩，就把他本当韫椟而藏的一些法书、名画、佳砚等送给我，好像既然是相知，不这样慷慨就不够义气。义气还表现在两个方面。其一小，是有关我的切身问题，宜于如何处理，我常常当局者迷，不知如何是好，问他，他总是如俗话所说，为朋友两肋插刀，不迟疑，不客套，当机立断。其二大，是四外看看，无人，可以把心里的话扫数吐出来，以略抒既不敢怒又不敢言的闷气。有此经历的人都知道，在那个年月，没有过命的交情，是决不敢这样大胆的。

这过命的交情，可以吐露心里话，还有个余韵，这里也说说。是"文革"的热闹时期，曹君早已由贝满女中右迁到河北师范学院去教书。这个学校有迁居的瘾或遭遇，先在天津，曹君的如意佳人陈女士就是在那里邂逅的。其后迁北京，再迁宣化大野地，三迁石家庄。是迁到北京时期，外调之风刮得许多人心惊胆战，有一天，有个外调的找我。依不成文法，要随传随到，纵使总是皱着眉头。见面，是个三十上下的年轻人，知识分子。很意外，平心静气地说明来意，既未威吓，又未辱骂。来意是：据说曹家琪的思想有问题，我是曹的朋友，希望我据实说说。很遗憾，对于这位至少面子上也把我当人看的外调者，我也只能以政学系的应世之道，"对人说人话，对鬼说鬼话"待之，因为如果说人话，即据实陈述，曹君就更加难得活下去了。

说更加，是因为其时曹君的处境已经大难。"文革"来了，幸而其祖母受天之祐，前几年死了。可是父母还在，地主成分，所谓怀璧其罪，依照红卫英雄的口说之法，要打回老家去。两位老人都血压高，回去的当天下午，他父亲被押往街头，暑天阳光下揪斗几个小时，第二天就见了上帝。求死而得，也算幸运；可是还剩个老母，曹君只好两头跑，身心的劳瘁可想而知。这其间，我们无暇，也无胆见面，只通过一次信，记得他的只简短的几句，其中一句是"家中粗安"。我知道"粗"中有文章，但后面有"安"，推想不过是打打骂骂吧，没想到其中还有最严重的。但后来也就明白，是不愿意我分担过多的愁苦，这也是重义气的一种表现。

为家里人，为朋友，他费尽了苦心，也许正是因为费力加苦心，他病了。是"文革"的火热稍减之时，其时他已经移居和平里，有一天到我家里来，说患了感冒，总是不好。我没有在意，以为像他这样健壮的汉子，决不至被病压倒。万没想到，过不很久就听说，因为感冒总不好，转为肾炎。对于肾炎，我只知道是慢性病，还不知道有可能加重，成为不治之症，所以有一次见到他，只劝他慢慢将养，不要着急。其后他们学校迁往宣化，他带着妻子，也到位于宣化城西南二十里的荒野去住。大概是1971年的秋天，我由干校放还，在张家口的女儿家闲住，随着女婿到宣化，想看看曹君的病，也看看宣化葡萄。先写信约定，至时骑车去，近午到。他们全家都很高兴，买肉，杀了自养的鸡，曹君到厨房烙饼，都喝了不少酒。我女婿是内科医生，饭前后，曹君拿出病历给他看，并述说诊治的经过。我旁观，只觉得曹君的脸部有些胀；女婿呢，安慰他，说应该如何调养。我仍然以为，慢性病就是这样，总得慢慢将养；但何以竟至这样缠绵，也真是不能明白。回来的路上我问女婿："你看曹先生的病怎么样？"他的答话使我如闻晴天霹雳，是至多能活两年。

不久，他的病真就重了，送到北京，住在后库的病房里。我怀着见一次少一次的心情去看过他几次。他的脸更加肿了，说是吃激素吃的。我还记得女婿的分析，是这种病，时间一长，走下坡路，就没有办法，所以对面闲谈，多话旧，感到很凄惨。他却满怀希望，并相信有朝一日可以出院，回到陈女士和两个儿子身边去。其后是希望的成分逐渐减少，担心或说怕的成分逐渐增多，怕一旦真绝了望，陈女士无力承担这样重的打击。天地不仁，人力微弱，我也只能说几句心口不如一的话，算作无力的安慰。是1972年的晚秋吧，我离开北京一个时期，由外地回来，立刻到医院去看他。走进病房，看躺在那个床位上的不是他，我一愣。邻床的那位长期病号认识我，看来同曹君也有深的友情，也一愣。默对片时，他终于不得不说，是曹君已于一个月前下世。我问死之前的情况，是更加担心陈女士不能承担，连续两次，医院想用电报通知家属，他说宁可他写信，以免震动太大；弥留之际，医生让他迁到别的单间病房，他恳求不要动，以免陈女士赶来，看到原床位无人，受不了。他仍是为别人想得太多，又有什么用呢，最后还是走了。

近些年来，先我而去的相知不止一个，像他这样性格的却只有一个。再说一遍，人力微弱，我能做点什么呢？勉强说，只是1976年，借启功先生为陈保之老先生书自作论书绝句三首，陈老先生和三首的机会，我也和了三首，最后一首是："马厂斋头拜六如，声闻胜读十年书。獐（谓章五，启功先生内弟）熊笑貌今犹见，泪洒西州忆老驴。"算作我没有忘记他，如是而已。

刘慎之

1992年3月4日上午，张述蕴、梁友慈二君来访。张君是慎之兄的长婿，住前门外永安路，前几年慎之住在他家养病，我到过他家，其后慎之迁回新街口豁口外文慧北园自己住所，因为交通不便，多次想去探病而未成行。这次见到张君，让坐之后，立刻就问慎之的病况。张君沉吟了一下，说已经于一年前的4月去世。这并不意外，因为慎之病多而重，几乎可以说，能够拖延到超过古稀，已经是意外；但我的心头还是为之一震。原因之一是情的，以为还可以见面而竟未能再见一面；之二是理的，心想，天生这样的好人，又召回去，世间就不会再有这样的了吧？我接着问死前的情况，说没有什么新病，只是越来越衰弱，终于不能支持了。问有没有留下什么话，说只是说几次，想看看我，因为想得厉害。我责怪张君，说应该告诉我。张君没有答话。我立刻想到自己，总有两三年吧，同住一城市，好友重病而竟不去看，以致他带着思念的苦情离开人世，如果真有所谓灵魂不灭，一旦我也归泉下，有什么面目去见他呢？我年轻时候钻过些年形而上，对于一死生、齐彭殇，未能如王羲之那样斥为不经，所以很少

61

落泪，这一次却落了泪。

　　落泪，有平常的原因，是交情深厚；还有不平常的原因，是像他这样品德高尚、性格温厚的人，世间罕见。这两种情况都不是三言五语所能说清楚，只好不避繁琐，乞援于叙事。由初识说起。记得是40年代前期，我住在北京鼓楼以西什刹后海北岸，其西不远就是有名的德胜门小市，每天侵晨有各种人摆地摊售旧物，我早起有暇，就喜欢去看看。语云，既在江边站，必有望海心，有时也就买些自己认为有意思的，其中主要是旧书和零零碎碎的所谓文玩。摆摊卖旧物的可分为两类，商人（北京称为打鼓的）和住家，常逛小市的人一见便知。有那么一次，见一个住家类型的摊上只是一些旧平装书，卖者是个年轻男子，清瘦文弱，衣着寒素，风度说沉静还不够，简直是腼腆。我看了看书，挑一本，恍惚记得是讲先秦诸子的，商务印书馆印"国学基本丛书"本。问价钱，大概是一角吧，成交。这是第一次交谈，双方加起来不过两三句，可是因为是谈交易，像是都觉得不好意思，纵使是很轻微的。我的印象却很深，记得回到家里曾同家里人说："今天买的这本书，卖书的人很特别，男的，举止说话却像个大姑娘。"

　　其后不很久，我有个朋友兼亲戚住在新街口以东棍王府（后改建为积水潭医院），我去看他。残破的大院内房不多，但还有不少山林池沼的遗迹，因而虽临近闹市而富有野意。我喜爱，让他带着我在院内转转。看到假山后偏东一家，北房三间，他说姓刘，是他的好朋友，无妨进去坐坐。正说着，主人出来，原来就是卖书的那位，我说像大姑娘的。还是那样腼腆，大概室中寒俭，不愿生人看见吧，并没有多表示请入内坐坐的意思，于是只在门外说三五句话，就作别。之后，由这位朋友口中，知道他叫刘慎之，名秉初，河北省任丘县人。他父亲刘宗尧（名培极）是国学家，曾在保定莲池书院任讲师，现在隐居，坐吃山空，所以境况不好。儿子慎之受家教，旧学也很好，只是因为人太老实，一直没有工作。我听了，看到他狷介的一面，不禁想到古代的陈仲子，心里是钦敬加一点点怜悯。

此后像是没有见过面。再见面，以及渐渐交往较多，是40年代后期，他有了算不上职业的职业，在养菊专家刘絜园那里帮助培养菊花。由书香转为花香，有因缘，是很晚，有一次闲谈，我问他，他才告诉我的。刘絜园是个告老的官僚，有陶渊明的爱菊之癖，并且通养菊的技术，告老后想在北京找个宽敞的地方，养菊花，安度余年。恰好慎之家在新街口北路西有一块空地，想卖，换柴米，洽谈，两利，很快就成交。可以想见，两位老人，一位爱菊花，一位爱学问，相识之后就成为朋友。是慎之的尊人开口，说有个儿子，老实，没什么能力，愿意送来帮助劳动劳动，连带学点养花的技术，只要给口饭吃就成。就这样，他就变闭户读书为开门灌园，而且终生没有再改业。

记得是某一年的晚秋，我到刘絜园家看菊花展览，在前院的园子里碰到慎之。他变为养花的工人模样，可是身体仍不健壮。谈几句，双方都有念旧之情，于是，虽然口不说，心里却感到已成为亲近的朋友。其时我的住房前有一块小空地，年未不惑，行有余力，正在培养葡萄，看见刘家园子里有二棵吐鲁番无核白，想也种一棵。向慎之说明此意，他说要等入冬前剪枝时候再说。到时候他果然送来一根长条，第二年插枝活了，从此我的小院里又多了一个名贵品种。说起名贵品种，我贪心不止，由葡萄很快就扩张到菊花。得慎之的帮忙，只两三年，刘家的名贵品种，我也有了二十多种。只有一种，名西厢待月，浅米黄色，娇弱若不胜衣，我最喜爱，也养活了，却没有开花。问慎之，他说这个品种最难将养，刘家的也不是株株都有花。我说这些，是想表示，慎之为人就是这样，面对，寡言语，沉静如止水；间或开口，细声细语，言必有信；为人办事，鞠躬尽瘁，而面无德色。我有时想，如果拉个古人来形容，限定《仲尼弟子列传》中的，大概也就只有颜渊一个吧？

在刘蘂园那里几年，有没有工资，我没问过他，但看样子，生活是很艰苦的。幸而家里有可入《列女传》的贤妻，虽贫，还不至于不宁静。解放之后不很久，他有工资了，是因为刘蘂园的菊花事业并入中山公园，慎之成为国家的园艺工人。据说北京各公园的园艺属于一个系统，所以他先是在中山公园，其后移到景山，最后到北海植物园，直到病渐加多加重，先休而后退。在景山和北海时期，因为离我家近，离单位更近，见面的次数不少。为讨花的名贵品种，我求过他；单位里有些人，因为我，也求过他。他仍是有求必应，而且看得出来，他把有所求看作友好的厚遇，反而表现为感激的样子。

"文革"期间，他侥幸早已高升为体力劳动的工人，推想日子不会像我们不幸下降为知识分子的那样难过吧？但他也有不幸，而且是双层的，其一是贤妻病故，不能陪伴他了；其二是健康情况日下，已经不能全日上班。记得是"文革"后期，我早已由干校放还，无事可做，有时就到文慧北园去看他。其时他的情况，由1975年春天我写的一首歪诗中可以窥见一二，诗曰："晚照谯楼德胜门，逊清棍府识高轩。明槽户外宜停马（文慧北园一带旧名饮马槽），禁苑台前且灌园。善病休文（沈约）多药鼎，悼亡潘岳几惊魂。华年赋别今衰鬓，惆怅旗亭酒一樽。"首联是说在棍王府中曾到过他家。颔联是说他住在旧城之外，在景山、北海做园艺工人。颈联写不幸的遭遇，而且是实写：室内几乎到处是药瓶；桌上立个一尺多高的镜框，上部占多半，是他夫人的遗像，恬静温顺，典型的《列女传》中人物，下部占少半，是他写的长悼词，工整的小楷，风格近似姜白石。尾联是虚写，听我的亲戚说，慎之能饮白酒，而且量不小，到我们交往多的时候，他已经不能喝，旗亭共醉也就成为幻想了。使我长记在心的是每次去看他，难割难舍的表情。他身体已经相当弱，可是必留我吃饭。总是米饭，炒两三样家常菜，桌两旁对面坐下，静静地看着我喝酒。话仍不多，更不臧否人物，评论时事；但也不忘问我的情况，身体如何，书编写得怎么样，并嘱咐，如果出版，务必送他一本。我当然也不会忘，记得《负暄琐话》于1986年出版，送给他，其后见面他说，他很喜欢看，看了不止一次，并告诉我，所写邓念观老先生，是他父亲的好友，原名可能是高僧，是一次两位老人交谈，他听到的。我关心他的身体，他说多年的老病，虽然用心将养而还是慢慢加重。问是什么病，他说内脏都不好，也就只能听其自然了。饭后辞谢，他总是送到小巷的北口外，我向东行，走很远，回头看看，他还是站在那里望着。

终于他的病更重了，不能自炊自食，只好移到他的大女儿处去休养。那里交通方便，记得80年代后期，我们夫妻由景山一带回西郊住所，曾绕道去看他。是楼房，三楼，我们叩门。里面有声音，可是很久才开门，见他头上蒙着一块布，说没办法，一见凉风就不得了。坐一会儿，我们的心情是凄惨；他的表情是感激，眼睛有些湿润。我们告辞，说有机会还来看他。他注视着我们，点点头。想不到这就成了最后一面。

他走了，人生都难免这样一次，想开了也就罢了。难于忘怀的是，分量轻些的，我回顾一生，朋友，关心我，思念我，敬重我，像他这样的还有谁呢？还有分量重的，是他离开这个世界，像他这样谦和温厚、爱人胜己的，这个世界里就不再有了吧？说起爱人胜己，我与他相交几十年，没有听他说过如何为自己打算。只是有一次，收到他一封信，也许是对我问病况的答复吧，他说了有关养生的一句话，是"超尘常乐"。超是看破，我当时想，难道他这颜渊式的人物，也向庄子靠拢吗？信一时找不到，这句旷达的话是整理歪诗稿时看到的。诗题是"慎之兄来札有超尘常乐之语赋此代简"，诗为五律，词句是："世外闻柯烂，人间看水流。盛衰惟旦夕，谈宴几春秋。读帖同禅诵，莳花代卧游。兴来相对饮，应不觅丹丘。"末尾署明时间，是1977年12月13日。诗句都由看破方面下笔，只颈联实写，上句说我无事可做，以涂鸦为遣，下句说他仍在整治花木。花木下还有卧游，需要解释一下，是他在供职之外，仍旧喜爱花木。文慧北园住房坐西向东，窗前隙地不多，可是养的花木不少。不幸是天不假以健康，到80年代中期，终于连出住屋之门也困难了。这有时使我想到太史公在《伯夷列传》中发的牢骚，是好人倒霉，坏蛋可以横行天下，"天之报施善人，其何如哉"！天有知吗？自然只有天知道。所以还是看破的好。慎之兄说看破，是病不太重之时，病危时还能这样吗？但愿如此。至于我，理智方面也许心向往之；感情方面呢，想到相知之中少了他，终归是太遗憾了。

凌霜红

凌霜红是我的"契阔谈宴，心念旧恩"（曹公孟德《短歌行》中句）的朋友，名凌伶，吴兴（今曰湖州）人，长我几个月，所以有幸曾同狠毒的那拉氏老太太和无能的光绪皇帝住在一个四海之内，虽然只是极短时期。借曹公乐府诗这一联，我要"转"章取义，干脆变换为大白话，是：因为种种机缘而离别怀念时多，以致谈和宴都很少，可是何时想到他，就兴起深深的感激之情。以下就围绕着怀念和感激说下去。

我们最初认识，乞援于据常情推论，是50年代初，他来人民教育出版社任图书科科长，其实就是图书馆馆长，我编语文书，主要还是旧习不改，好杂览，要常到图书馆去，其时图书馆占用原公主府西路最后一层宫殿式的房，工作人员只有三四个，所以入图书馆之门，就经常见到。印象是长身而不玉立，走路迈大步，上身略前俯，目凝视，总是认真负责的样子，单看面部表情，有点迂阔，不知怎么，常常使我想到冯废名。他以何因缘来到出版社，来之前有何经历，尤其学业方面的经历，我都不知道。所知的一点点是他善于买书，因为他不只勤，常跑书店，而且在行，尤其古典方面的，看添置的书就可以知道，向歆录略（刘向《别录》，刘歆《七略》），四部九流，都如数家珍。这样，也因为其时书价不高，出版社为买书不打小算盘，只是短短几年，图书馆的储存就很像个样子了，大部头如《四部丛刊》和《四部备要》，以及重要的多种丛书，都有，可不在话下，专说类书，连天字第一号的《古今图书集成》也买了。书之外，关于他，我的所知还有，他能刻印，因为图书馆进线装书，盖收藏印，那印就是他刻的。其时我是数口之家，"难得"无饥，所以没有托他而他就帮我搜书的经历。可是杂览，或查对什么，就可以不多费很多力，跑北京图书馆，而所得，又真是难以数计，所以就应该感谢他了。

一晃到了1957年，来了整风。我是50年代初，三反五反运动中挨过整的，"殷鉴不远，在夏后之世"，所以耳闻运动之声，鼻嗅运动之味，就战战兢兢，如临深渊，如履薄冰。可是上方的命令是提意见，说缺点。说缺点？这还了得！古有奉旨骂贼之事，今则变为奉旨骂旨，怎么办？日夜焦思，远，乞援于李斯、王荆公的什么书，近，乞援于方苞、俞樾之流的制艺文，勉强凑成一篇轻挑剔而重歌颂的小论，交了差，静候裁定。说静，是就身而言，至于心，那就如热锅上的蚂蚁，因为其时是隔那么三天五天就散发一份材料，内容是某某的反动言论，表示某某已经加上右派之冠。且说有那么一天，散发一份材料，翻开看主名，竟是凌伶。我和他不在一组学习，如何批判，不知道，当然也不敢打听。有时还会遇见，为保己身之命，要装作划清界限。我借了方望溪、俞曲园之流制艺文技巧的助力，过关而没有被关尹留下，而凌伶就再北上到北大荒去了。以湖州的土著，北移数千里的北大荒，其困苦可想而知。我怀念他，或者说，还不止他一个，可是在那个年月，不管加什么冠，都可能，子不以为父，妻不以为夫，况只是泛泛的同事乎？所以也只能装作忘却而已。

又一晃若干年过去，也许是60年代中期吧，听说他放还了，原因不是后来所谓改正，是足部冻伤，腐烂，住农场医院，用墨子害取其小的原则，放弃了脚趾，命保住，算残废，依政策还是依恻隐之心呢？不知道。总之他就由北上变为南返，先到北京，然后妇唱夫随，到江苏太仓，因为他夫人是太仓人，被安置在新华书店或文化馆，也许先是新华书店，后是文化馆。推想是头上还有冠的，又因为我在大时代中颠簸，先则往干校接受改造，继而衣褐还乡去领一天八两的口粮，自顾不暇，除了有时从隋树森先生那里传来一声"凌伶来信，问你好"，可证双方都知道对方仍食息于人间以外，我们还是没有恢复交往。

其后是迎来龙年大变，人存政举，人亡政息，弯之转几乎是一百八十度，单说与这里有关的，不只他，头上有冠的大众都变为光头，我则领粮票之地又换为北京，并且到出版社过昔日的编写生活。写信，只要不说违碍的话，没有人过问了，于是我们恢复了交往。古人说，"隔千里兮共明月"，我们是相隔两个千里，明月可以共，谈心却只能用书札。写得不算勤，但断断续续，也就使我能够进一步认识他的学识和才华。当地人士近水楼台，当然就认识得更清楚。他能写能画，还能刻印。写的内容最丰富，由浅入深说，一是书法，无论用毛笔还是用硬笔，写秀劲的小行书，都可入妙品；二是写文章，由寄来的太仓文史资料看，他写得不少，而且像是还参与编的工作；三是写诗词，这是旧玩意儿，他很当行，可见是有多年功底的。与诗文相比，他的画也许出品更多，常常给我寄来即是一证。刻印，我只求过一次，推想在当地，求他用铁笔刻画的一定不少。此外，他还通金石文物，也喜欢金石文物。总之，旧时代夸奖书生，常常用"博雅"两个字，我想加在他头上，他是当之无愧的。

后来终于有了一次对床夜话的机会。是1981年9月下旬，我主编的《文言常识》在上海排印，为最后审校清样，我到上海去。太仓，由原来的远在天边变为近在眼前，我理应（情更应）忙里偷闲，到太仓去看看他。赶上国庆印刷厂休息，我真有了闲，就先写信通知他，10月2日早班汽车前往。准时到，车站在太仓西门外，下车，看见他在不远处立着，还是那样认真，注视着下车的人群。我们会了面，相互细看看，意思是与记忆中的昔日对比一下，说："都老了。"然后是回了新东街他的家。碰巧他夫人不在家，他做饭。对坐，吃饭，对坐，闲话，像是有好多想说的，却又不知从何说起。只好都说说近况。远况，尤其北大荒的苦难，我们都不愿意抚摸旧伤痕，一字未提。尔后到街上看，游了公园，还到西街看了张溥的故居，入大门有小院，周围是双层的木结构楼房，确是古香古色。想看看王烟客的深宅大院，说在南园，早没了。又问吴梅村的故居，说已经没有人知道。他的住所，房南就是小河，夜里，枕上听水声，算是又尝一次江乡的风味。因为忙，第二天早晨就原路回了上海。这次会面，也留下一些物的痕迹。其一是到上海之后，张㧑之先生送了两瓶浙江名酒，大概是五加皮吧，我往太仓，带去一瓶，回北京之后不久他就寄来一幅对饮图的画，桌上的酒瓶用的是写实主义的笔法，画的就是这瓶酒。其二是我带去一块由南京路朵云轩买的图章石，请他刻"中行无咎"（出于《易经·夬卦》）四个字，我回北京之后不久寄来，至今还常用。

太仓一别，又是十年以上没见面。交往未断，除书札之外，他常寄来诗和画，我只能报之以木桃，即如果有不三不四的书出版，就寄去向他请教，真心求他指点谬误。他像是分而治之：排印错误，天网恢恢，疏而不漏；其他就灶王老爷上天，好话多说。举近事为例，我的《诗词读写丛话》，后面夹带二百多首我的打油诗词，取痴人说梦之意，标名为《说梦草》，寄去请他指正，他不改误为正，反而倒打一耙，来信说：

　　读了大作《说梦草》，诌了三首诗，抄在下面。我大抵宋诗看得多一点，自己觉得缺乏唐风，请多加指教。

　　神州板荡战争频，历劫犹存"六代"（案我刻一闲章，文为"六代之民"）身。比似杜陵真大幸，新欢难泯旧啼痕。

曾共宣南访砚田，虫沙历劫隔云天。不因斥逐遂相忘，
行役江乡续旧缘。

等身著作更何疑，最爱黄绢幼妇辞。论学我当居末席，
愧无厚殖解君诗。

奖掖的话，我不敢当；我注意的是，三首诗，竟两次提到"历劫"，
此外还有"斥逐""啼痕"，可见旧事他并没忘，只是心照不宣罢了。
这使我心里很不好过。

再说寄来的画，前后多幅，最近的一幅是李翱（向药山惟俨）问
道图，画面是药山禅师袒胸，跏趺坐二松树下，身旁摆一长颈瓶和
两函书，李翱着官服立在对面。左上方题（原无标点，加，有抬头，
免），先引李翱见药山后写的诗，词句是："炼得身形似鹤形，千株松
下两函经。我来问道无余说，云在青天水在瓶。"然后写："一九九二
年十一月，参大风堂本写唐人诗意，以奉中老，永充禅悦，即乞慧
正。凌霜红。"题语中有"禅悦"，有"慧"，可能是因为我写过《禅
外说禅》，就以为我既然谈禅，就必离悟不很远。如果竟至这样想，
他就错了。其实我是望道而未之见，因为我不是如药山那样，"贫道
这里无此闲家具"（意为不再需要戒定慧），而是因思念多而不少烦
恼，离戒定慧还有十万八千里。那么，像这样的画，我要怎样对待
呢？曰，无妨正打歪着，即悬之座右，算作老友的一种希冀或勉励。
于是它就不入箧而上了墙，并于其旁定一条不成文法，如果有时还是

因情障而心如不系之舟，就看看这幅画，设想有老友在身旁监督，努力趋向禅悦吧。这样，也许真就会有进益吗？那我就要向远在江南的霜红老兄致谢，因为到桑榆之年，他给了我更大的帮助，使我至少能够明白，为道应该日损。

马珏

不久前，秋意已淡冬意还不浓的时候，北大旧同学马珏的女儿来我家，说天快冷了，想看她妈，可以不可以当日下午就去。我当然愿意去。"愿意"之前还有"当然"，需要解释一下。话还不能很少。要由六十年前说起。

我 1931 年考入北大，选中国语言文学系，系主任马幼渔先生（名裕藻）是马珏的父亲；马珏在政治系上学，有一顶了不得的帽子，"校花"。人，尤其年轻人，常情，水做的怎么样说不清楚，泥做的都爱花，如果还大胆，并愿意筑金屋藏之。诚如我所见，上课，有些人就尽量贴近她坐，以期有机会能交谈两句，或者还想"微闻香泽"吧；以及她后来的文中所说，常常接到求爱求婚的信。我呢，可谓高明，不是见亭亭玉立而心如止水，而是有自知之明，自惭形秽，所以共同出入红楼三年（她 1934 年离校），我没有贴近她坐过，也就没有交谈的光荣经历。是半个世纪以后，我写了一篇怀念马幼渔先生的文章（收入《负暄琐话》），其时她在山东枣庄她儿子家里休养，碰巧她儿子对拙作有偏爱，于是我们就由当年的半面之识（我的一半有，她的一半无）变为有通信来往。其间她还寄来一张上学时的照片，说为的可以温昔年的梦。这时候才知道，她有个女儿在北大工作，有个时期住在邻近我住处的一个楼里，她曾在这里住过，因为不知道，以致很容易会面而竟未能会面。是1988年，为纪念北大建校九十周年，校刊编辑部编了一本北大人写北大的书，名《精神的魅力》，里面收我一篇，题目是《怀疑与信仰》；也收马珏一篇，题目是《北大忆旧二题》。篇目是按年龄大小的次序排的，我生于光绪戊申年底，马珏生于宣统庚戌，相差约一年有半，所以中间还夹个萧乾。马珏这篇文章写得很好，也许因为内容是共同经历的事情，我感到特别亲切。这使我想到她另一篇纪念鲁迅的文章（何时，发表在何处，都不记得了），也是文笔清丽，内容有情趣。鲁迅与马幼渔先生交谊很深，在北京时期，不断到马先生家里去，其时马珏还是个小姑娘，据说鲁迅很喜欢她，还不断给她来信，推想总是鼓励她多读书并练习多写点什么吧。一晃几十年过去，听说她写得不多。为什么呢？机会？习惯？看到她纪念北大建校九十周年那篇文章以后，我曾给她写信，劝她写一本忆旧性质的书，她谦逊，说无才无学，不敢拿笔。我认为她这样想是不对的，因为她得天独厚，比如认识那么多"五四"前后学术界名人，一般人就没这个条件，又兼有写作才能，不写，无论为社会打算还是为己身打算，都是不应该的。我估计她还会来北京她女儿处住，就想见面时再彻底说明利害，并且，如果有可能，就变空论为实行，比如定了书名，谈妥出版处所，然后是限期交稿，找名家题封面书名，我自告奋勇写序文，等等。可惜是如意算盘还没如意，她出去散步被个大孩子撞倒，下身骨折，之后是卧床将养很久，身体本来就不健壮，这一来，勉强能下床，也就活动困难，拿笔的力量也不再有了。

劝说，化空论为实行，自然都成为泡影；会面呢，看来也希望不大了。真是人不辞路，虎不辞山，半年多以前，她竟到北京她女儿家里来，听说是枣庄她儿子有什么事，照顾她有困难。我，就是只为礼貌，也应该立即去看她。她让女儿传话，说一路劳顿，身体很坏，无力见客人，待将养个时期再说。这样一迁延就是半年多，直到秋末冬初，也许再推迟会感到失礼吧，才决定见面谈谈。见之前，我心情有些沉重，不是因为都是红颜变为白发，是因为她变化太大，就体貌的处境说，昔年她在众人之上，现在她在众人之下。见面之后，没想到，心情变为更加沉重。这是因为有新的所感，深而难以言传。勉强以言传，其一，我更加明白，她之迟迟答应见面，是不愿意破坏（她心中的和我心中的）昔年的花的印象。这是想抗天命吗？总之，想到这些，就不能不慨叹，在定命之下，人生终归是可怜的。其二，因为有高在天上的花的印象，加以究竟生疏，见面之前，我推想她必是寒暄几句，然后举茶送客。见面之后才知道竟是另一极端，她念旧，由另一室扶杖移来，一接近就"执手相看泪眼"。谈，她像是有说不尽的话，情深，发自肺腑，与今日的各种花各种星迥然不同。其三，于上面提到的得天独厚、有写作才能两种资本之外，我又发现一种更重要的资本，是"仁者爱人"，有这种情为主力，用以上两种资本为羽翼，"抟扶摇而上者九万里"，也就不难了吧？面谈之时，我想到这里，话溜到嘴边，咽回去，是怕她会迸出一句："悔之已晚！"不晚，我的想法，应该在十几年前，文网不再密到不漏掉无辜小鱼的时候。而如果竟能这样，就是限于"北大忆旧"，限于家门内的见闻，也可以写三两本，至少我觉得，值得放在枕边，常常翻翻的吧？现在是说什么也不顶用了。但可以得到一个教训，对一切能拿笔的，是有题材可写的，要胆大手勤，以早动笔为是。

　　我好杂写，可是没有专题写过京剧的女演员。不是怕人讥为捧坤角，是因为不懂戏，信口雌黄，怕贻笑大方之家。这次为什么要破例呢？说来可以话短，是看了她的书，深有所感，不吐不快。也可以话长，是不久前，不忍辜负某青年朋友的好意，同往首都剧场看话剧《芭巴拉少校》，遇见孙毓敏，这位朋友同孙是熟人，交往也要"与朋友共"，于是我们也就认识了，而且谈了一会儿。流水落花，过去就过去了。可是这位青年朋友热心，大概认为既认识就应该深入了解吧，先是说这位女演员经历很坎坷，接着就送来她的自传性的著作《含泪的笑》（黑龙江人民出版社1987年版）。我一气看完。扔不下，是因为，十六万字的一本书，从头到尾是坚强加眼泪。坚强，我不能不钦佩；眼泪，我不能不心颤。我像是有好多话想说。最后再看序文，那是黄宗江写的，才六百字，宗江尊我为师，我不敢当也得当，干脆倚老卖老，说他是戏剧专家，所写序虽然未必不合用，却总嫌太短了，我应该补说几句。总之，我想写，所以就写。

　　怎么写呢？两种写法：一种，主要写对象；一种，主要写印象。

以后一种为合适，因为一，合乎想写的来由，有感慨，不吐不快；二，可以化繁为简，而且以己为主，就疏漏，偏颇，杂乱，都不要紧，盖思路如此，也就只好随它了。

以下入正文。想写是看书引起的，那就先说书。演员，借用黄宗江的称呼，是卖艺的，过去，有的也附庸风雅，画，写字写诗，可是成家的罕见，原因是，他或她的正业是学艺卖艺，写画只是附庸。写书的尤其罕见，因为很少能够十年寒窗。我在家人也守妄语之戒，初拿到孙毓敏这本书，眼上还蒙着旧镜片，暗想，文字总不会很好吧？及至翻开，看了几行，就吃了一惊。清丽，流畅，生动，条理清楚，繁简得体，如此深沉的内容，却能举重若轻，治大国如烹小鲜。惊之后是疑，不知道何以能有这样高的写作水平。自然，不久也就明白，是她不只在正业方面用了大力，还挤时间，大量地读，大量地写。我不由得想到自己，感到惭愧，因为我虽然也读，也写，却不会唱"苏三离了洪洞县"。还是说孙毓敏的这本书，就是不管内容，专就文章说，也很值得看看。

当然不应该不管内容。内容太多，只好抓重点。重点也可以分轻重，凭我的印象排队，由重的说起。

其一，是忠于自己的表演艺术，有殉道似的献身精神。在这方面，孙毓敏幸运，能够专业与兴趣一致，而且不是一般的士农工商，是旧所谓艺，新所谓艺术。但就是有这样的幸运，也不是人人乐于献身，如有的人，名号也是女演员，并知名，被钱高于一切的时风一刮，就弃表演而去倚市门了。孙毓敏不然，如书中所写，七八岁就热心学戏，热心登台。其后是入了戏校，穷苦，空着肚皮苦练，单是校内不满足，还到处拜名师，融合各流派，于是就成了家。然而霹雳一声，"文革"迫使她不得不革自己的命，由三楼跳到水泥地上，未死，却多处骨骼摔碎。注定残废了，还怎么登台？可是她爱她的艺术，不死心，忍着常人不能忍的疼痛，练。上天不负苦心人，这样几年，竟出了奇迹，到1978年9月，终于她又登台了。演的第一场是她的拿手戏《红娘》，她说，"一个亮相"，"送来暴风雨般的掌声"，"我和京剧舞台重新结成良缘"。这事，这心，是只有能献身才会有的；而这样献身，人间能够找到多少呢？

其二，是稀有的坚强。她苦命，前半生，天时，地利，人和，三方面的条件都不佳。多年穷，为照顾母亲、妹妹，偷偷卖血。成年了，遇见意中人，不幸是尚未变为香的香港人，虽然共同用指血写了"心"字，表示心心相印，却不能不顺从上方之命，忍痛分手。其后是为此，依照凡与海外有关系者必是特务或间谍的定律，成为罪犯，百般折磨，求生不得，只好跳楼。接着是母亲痛不欲生，用刀割断自己食管，死了。这样的祸不单行，有谁能忍受？可是她，用书中的话说，是："只要不疼死过去，就练！""爬一千级楼梯"，"使不完的力量"，"决不离开舞台"。我老了，惯于以旧眼光看人，认为女性总是比较柔弱的，万想不到还有这样坚强的。

其三，是求道的勤奋也罕见。她的行当是花旦，本来得荀慧生为师就够了，可是她不保守，还费尽心血，走入张君秋之门。又除了吸收京剧各流派的优点之外，还借鉴昆曲、豫剧以至各种曲艺的演唱技巧。据我所知，老一辈的名演员是很少这样的。

其四，是因为勤奋，造诣就超过一般。且不说登台的唱念做，都高，既深得师承又自成一家，就是戏剧方面的知见，如说不同的人演《痴梦》，"张继青的含蓄，秦肖玉的泼辣，梁谷音的洒脱，洪雪飞的憨挚"，一语论定，不是吃透了也必做不到。

其五，是虽与戏剧无关却不可忽视的，是为人好，可敬。她早已成为名演员，立身处世却还是一贯纯朴、善良，用她自己的话说，是"刀子嘴，豆腐心"。豆腐，平常，却能养人。写到这里，想到她的遭遇，我禁不住慨叹，可惜史无前例的十年，豆腐心的人太少了。

赞扬的话说了不少，像是也应该说点吹毛求疵的。想了想，也有，是她演了几十年戏，却未能用戏之理处理世事，即有些现象，本来应该看作戏（即使是恶作剧），她却认真了。记得当年在广和楼看毛世来演《马思远》，最后一场，偷情男女同上法场，男表示很怕，女说不应该怕，男的说："这是演戏；要是真的，你早吓死了。"这虽然是抓哏，却有至理。本此理，就可以把囚禁、审问、恫吓等等丑恶表演看作戏。戏中当然没有真是非、真荣辱，就大可以一笑置之，又何必跳楼呢？挣扎着活过来就是胜利。可惜她走了假戏真做的路。但这也可以从另一个角度看，是她有所失也有所得：失的是智，没有用小聪明，得的是德，还是那样纯正。古语说不朽有三，立德是第一位。这样说，我的"戏论"也许并不对，那就又不能不惭愧了。

最后，想说说总的感想，是读后曾陷入深思。思什么？思世态，并进一步，思人生。思后如何？很遗憾，就"含泪的笑"这个书名说，我就只能做到一半，是只含泪而没有笑。

凌大嫂

　　一转眼，凌大嫂下世已经一年有余了。早该拿笔，写一篇纪念文章，一直拖到现在，是因为感到难写。难写，原因主要不是事迹少，是美德多，难于写得恰如其分。沉吟再三，也只好勉为其难，拿笔试试，看能不能写得八九不离十。

　　干脆就由美德说起。什么美德呢？不过是多种旧史表扬的"列女"大多具有的，朴厚温顺，知礼守礼。说到列女，说到礼，以打倒孔家店为职责的新人物会疾首蹙额，说那一切所谓美好，都来自男性的编造，为了维护男性的利益。是不是这样？是这样，又不完全是这样。空口说白话不成，要有理由。那就说说我一时想到的理由。其一，单说旧时代，德覆盖内外，外，具体化为多种规矩，要求人照办；照办了，是内。规矩有片面的，有全面的。如丧偶守节，约束女性不约束男性，是片面的，说是为维护男性的利益，一点不错。如以温厚之心之行待人，女性应如是，男性也应如是，不是片面的，说是男性专为约束女性而编造，就近于杀不辜以泄愤。其二，德化为规矩的要求，有由来，有所为，对不对，问题非常复杂。举最显著的。一种是标准问题，标准是孔子所谓"朝闻道"的道，今语所谓人生理想，显然，道不同就不相为谋。这是说，不同的人会走不同的自认为正确的路，公说公有理，婆说婆有理，判定对错，使人人都点头，大不易，或干脆说办不到。另一种是时代问题，汉唐时期，规矩如何如何，我们现在看，错了，会不会如王羲之在《兰亭集序》中所说，"后之视今，亦由（犹）今之视昔"呢？将来的事自然只有将来的人能知道。所以对于这类难题，我一贯是站在保守派一边，说接受传统并身体力行之的是好样的，纵使对于他或她的所信我未必同意。其三，经过多年来的风云变化，革故鼎新加速，至少我觉得，旧时代有些值得保留甚至珍重的，也已如随着黄河水流之泥沙俱下，未免可惜。可珍重的都有什么？全面不好说，只好星星点点，于是想到凌大嫂的为人。与新潮相比，她属于旧潮，其实在旧潮中也未必占多数，所以我觉得，在举世向钱看的现代，必将成为或已经成为广陵散。她过早地走了，我有时不免有老成凋谢之感，所以决定写这篇小文，表怀念之外还有个奢望，是像这样不能上桌面的妇女，也可以不与草木同腐。

学诸子的笔法，论完，谈事。凌大嫂，姓王，出生于北京东南百余里香河县城南不远一个农村的中产之家，依农村惯例，凭父母之命，媒妁之言，十七八岁嫁与邻近村庄大致门当户对的一家，姓凌。男女同岁，也是依惯例，洞房花烛之晚才第一次见面。可是能够和睦相处。现在年轻人会觉得奇怪，不经过恋爱阶段，如无根之木，怎么能生长呢？是因为有另外的根，而且是两个。其一是"天命之谓性"，因为一个是男的，一个是女的，容易合二为一。其二是旧礼教，主要是要求女的，嫁谁就为谁服务，劳而无怨，死也无怨。这旧礼教当然是不合理的，且不管它。只说凌大嫂，也如《庄子》所说，有了形体之后，就"劳我以生"。未嫁时怎样，我不知道。已嫁之后，据说她的烹调技艺好一些，公爹讲究吃，饭总要由她做。婆母脾气不好，经常受到不宽厚的待遇。丈夫在外面工作，陆续生育，得一男三女，都要由她养育。此外，过农村生活，离不开耕种，劳动的量也不会小。多种负担相加，可以想见，算生活之账，是只有劳累而没有休息，只有忍受而没有享受，由旁观者看，是只有苦而没有乐。可是凌大嫂则不以为意，或者说，朝朝夕夕，年年月月，总是很坦然。这是因为她有个未整理成为系统的甚至自己并不觉得的人生哲学，是：劳动，吃苦，为别人，是天经地义。

已经是80年代中期，凌大嫂年及六十，在北京她丈夫和小女儿的住处，我第一次看见她。身材高，健壮，一身褐暗色的衣服，旧而不破，严谨，稳重，见生人不坐，怯于说话，典型的旧式农村妇女。她长期住在家乡，因为有瘫痪的婆母，与姑娌轮换，要伺候；家里有未嫁的女儿，儿妇，孙女，离开，不放心；麦大二秋还要忙农活儿。可是北京有个小女儿，更不放心，还有不少拆拆洗洗的活儿要做。所以不得已，只好来来去去。据说儿妇孝心，曾表示家里的诸事由她担起来，就不要这样劳累，两头跑了。凌大嫂说："我的婆母，我不能教别人伺候。"所以还是坚持来来去去。其时我也过着来来去去的生活，即每周的中间在城内单位，两端在西郊家里。家里吃饭有人管，城内吃饭没人管。承凌公好意，说凌大嫂来京之时，我可以到他家吃晚饭。我说这太麻烦，辞谢。凌公换为以利诱，说我常说想吃家乡饭，让凌大嫂做家乡饭，尝尝，岂不很好。于是由尝试渐渐变为成例，只要凌大嫂来京，周三晚饭我一定去，周二晚或去或不去。家乡饭种类也有一些，最常吃的是京东肉饼和玉米渣粥。凌大嫂知道我不愿意吃太油腻的，肉馅里总是加些菜。材料细致，火候细致，烙成，总是比饭馆（包括香河本土的）里的好吃得多。烙肉饼是细活儿，费工，厨房热，我表示过意不去，凌大嫂总是说没什么。做完，请她也入座吃，她向来不来，说已经在厨房吃了。据凌公说，背后还议论，说："这老爷子真好伺候，给什么吃都说好。"

就这样过了几年，是1991年初夏，凌大嫂又来京，还依老例，带来些家乡食品，如豆腐皮之类，我也依老例，去吃。某一个星期二，听说凌大嫂得急病，送医院了。赶到医院看，知道是脑溢血，由星期一晚上晕倒，一直昏迷不醒，正在抢救。人不胜天，医院用尽办法，延续三四天，终于还是停止呼吸了。事后，我问凌公，想来是久已血压很高，本人没有感觉吗？凌公说，应该有感觉，可是她不说。我想，这就是她的人生哲学的一种表现，活着完全是为别人，所以想不到自己的病苦。

她突然失去知觉，没留下什么话，如果死后有知，一定还是多种不放心吧？因为亲人都还活着，连必须由她伺候的婆母也还活着。她还想照顾这些人，用自己的忘我劳动使有关的人多得一些福利。值得大书特书的是这有关的人中还有我，因为据凌公说，就在晕倒前不久，还计划星期三晚饭吃什么，让我尝哪一种家乡味。凌公还谈到她下世前的一些话，是有一次，她问凌公还记得不记得，第一次见面，是谁先说的话。凌公说记不清了。她说是她先说的，因为她听说，谁先说话谁先死。我听了不禁愕然，想不到世间竟有这样的人，坚守传统的礼，刚一面就准备为人舍生。她真就先死了，留下什么呢？只有罕见的德，也只能存于少数人的记忆里。少数，能够记住过往的也好；至于未来，再找这样的人恐怕就太难了。

赵丽雅

顺改革开放的风，迎来1993年，写《负暄三话》，想以人为题的人，用蔡元培校长兼容并包之法，即不管已升天还是仍健在，不管老少，不管男女，只要我觉得可以在斜阳照射的篱下说说，就收。但这是原则，至于具体到某一个人，就还会有犹疑不定的情况。赵丽雅女士就是这样的一个，想收，又怕分量不够重，以致说者话不多，听者不过瘾。终于决定收，是由于一次长仅一两分钟的电话。事要从电话之前说起。前也不很久，只是前一天，是上午，她来取点什么。爬上四楼，也有点喘。照例不坐，因为她忙，不往别处跑，也要急着回编辑部去看文稿或校样。通常是头发蓬松，这一回特别，戴个粉红色的前有遮檐的毛线帽，显得大方，推想还舒适，更重要是保暖。这舒适和保暖使我顿生觊觎之心，说："哪里买的？挺好。如果有老气颜色的，我也买一个。"她说没有卖的，是她同事的什么人织的，她看着好，借来戴戴。我收回意马心猿，她告辞而去。第二天早晨她来电话，说："昨天打两回电话，都叫不通，只好写一封信。"我问有什么事，她说报个喜信，是她的同事李女士听说，答应给织一个。末尾加说一句："可是我借的那个丢了。"我问怎么丢的，答话只三个字："不知道。"我听了，大喜过望，比如原来她只有五斤，怕入我的《三话》不够重，这一来增到十斤，成为绰绰有余，岂不很好？何以丢一顶帽子就重量加了倍？是因为这是画龙点睛之笔，只有加上这一点，才可以显示赵丽雅之为赵丽雅，具体说是，为了书和写，她可以连命都不要，帽子，纵使是借的，也就不在话下了。

帽子丢了，省得落实政策，摘，也就可以放过，改说按部就班的。我们有交往，大概始于1987年，《读书》6月号发表一篇谷林先生评价我的拙作《负暄琐话》的文章，赵丽雅是《读书》的编辑，当然看到。她聚书之热胜过有"发"癖的人之聚钱，市面买不到，写信给出版社去讨。居然就寄来一本，得陇望蜀，还想存签名本。写信给我，问能不能在书上签个名。字整齐，笔画挺拔，署名赵永晖。推测是个男性，当然也要表示欢迎。她来了，报名是赵永晖。我感到意外，竟进出第一句："原来你是个女的！"她笑了笑。以后，也因为不断给《读书》写文章，来往就多了；关于她，所知也就多了。多之中，至少我这书呆子看，有些非一般，或者说值得玩味甚至欣赏，就无妨择要说说。

她身量不高，体形不窈窕，一见就大致可以断定是福建人。但她又说也可以算浙江人，为什么，她说过，我没记住。何时何因北来，上过什么学校，我也问过她，只是把答话当作耳旁风，吹过去就不管了。她的经历，除去嫁个规规矩矩的高干子弟，生个孩子之外，任

《读书》编辑之前，我最清楚的是，"文革"时期，也是她的少女时期，在北京王府井大街一食品店操刀卖西瓜。这方面她也是全才，由开卡车到瓜地去运，到切成块在门口叫卖，都会。就这样，连续七年，其后跨过一两个与文有些关联的小桥，就走入《读书》，终于投刀而改为拿笔。这变动像是颇为离奇，其实也未背离因果规律，是她的生活早已离奇。这是上工时间开卡车，或在店门口叫卖，下工以后就拿起书或笔，从不休息。日久天长，功到自然成，被《读书》发现，于是改行，在她看来，对了口。说她看，是因为我看就未必。其时是文很不值钱，有不少人想甚至已经弃文从商的时候，我呢，至少是某一刹那，也曾有临渊羡鱼之心，只是因为还有自知之明，就羡一下而并未实行。但心终归是动了，想到她的反其道而行并坚忍不拔，就怜悯和愧怍之情交集。此情用长行文字难于表达，只好乞援于打油诗，于是写一首给她看，文曰：

欲问征途事，扬鞭路苦赊。

仍闻形逐影，未见笔生花。

展卷悲三上，寻诗厌六麻。

何如新择术，巷口卖西瓜。

说卖西瓜，不说卖煎饼、烤白薯之类，显然是有意同她开个小玩笑。至于实际，我深知，她是不愿改行，我是不能改行，就只好仍在一条路上走。

称为同路，是就质方面说的，至于量方面，那就相差十万八千里。量还要分为几个方面。先说聚书，我年轻时候也热过，但现在回想，与她相比，至多是人体发烧时候，40℃吧，她是到了沸点，100℃。有事实为证。她有一次跟我说，每月入款，工资加稿酬，百分之七八十买书。我说："那你怎么生活呢？"她说其他方面尽量节省，比如办事赶不上回家吃饭，就在路旁随便买点什么，吃到不饿得难过就得。食如此，衣是我眼见的，不只陈旧，而且不合身，以鞋为最，像是总比脚长半寸。脂粉、唇膏之类当然更没有。总之，是名为青年妇女，外表却像个蜷伏街头的流浪汉。我说："这样过日子，你的丈夫没有意见吗？"她说，不只丈夫有意见，连孩子也有意见。可是她改不了，只好用稿酬调节，可不说的就不说，日久也就相安了。我却有时越俎代庖，想多管点闲事，劝她可以少买点。理由是：一，有些书用处不大，买了，要给它找藏身之地，不合算；二，有些书太贵，伤筋动骨，为它费力，发愁，更不合算；三，聚，也许是一乐，最终还有散的问题，越多越不好处理。这最后一个理由，她正在盛年，自然不会想到。至于前两个，我认为她是应该想想甚至采纳的，可是，仍是由于热度太高，她像是连想也没想。也有事实为证。一次她来，给我看一种新买的书，某大学收藏的名人书札的影印本，相当贵，我翻了翻，人和内容都不重要，就说，像这样的书，白送我也不要，因为无用，还要占地方。她笑了笑，把书放在书包里。还有一次，是托我找《中国古代书画图目》的第一册，说她已经买了几本，只是缺第一册。我问编这部书的符君，说共要印24册，平均一册定价300元上下，这样，买全了就要七八千元，钱数太大是一难，再有，如何安置呢？我当然又要说我的偏见，可是她像是听而不闻，只说她的理由，是怕放过就买不着。其实，对于这唯恐不能得的心情，我还是同情的，所以说是说，做是做，比如某种书我有重本，托人由香港买《林徽因》，要两本，其中一册就送给她。

聚书说完，接着说读书。仍由比较方面下笔，我，不避自吹自擂之嫌，一生没有离开书，可是谈到勤和快，与她相比，就只能甘拜下风。这像是给她吹，给她擂，为了取信于人，要有证据。自然只能是间接的，因为我见到她，都是办什么事而不能摊开书本的时候。证据是听她说，关于书的情况，尤其新出版的，简直是如数家珍，显然这只能由多读来。多读的结果是多知，多到什么程度？举我亲历的一件事为例，是有人约写《潭南遗老集》的介绍，介绍完，要举参考的版本，当然最好是今人新整理的，可是有没有，不知道，于是摘下电话，向她求援，我话说完，她毫不思索就答："没有。"这大胆的自信就是由勤来。与勤相比，读书之快就更使人惊讶。只举两事为例。一是来取稿，她拿到手总是先看一遍，有些篇字数多，七八千，她也是如翻旋风装的书，并且立而不坐，一会儿就往书包里装。又一次是一封信里附带提及，是好容易得一个无事的星期天，才把王泗原先生的《古语文例释》和《楚辞校释》看了一遍。凡是读过这两部大著的人都知道，合起来80万字，而且内容精深，记得为介绍前一种，我断断续续看了半个多月，后一种则至今未敢开卷，可是她却只用了一天！一目十行不成，还有什么办法呢？我是一直到现在也说不清楚，所以也就只能赞叹了。

书说完，再说写。也分为勤和快两个方面。她读得多，近水楼台，写也大多数是书的评价。挑帘之前，是靠写的勤被《读书》相中的。任《读书》编辑之后，职业与兴趣合流，她笔下的产品就更多。也许是怕人讥为为稿酬而昼夜奔忙吧，她发表文章都是用笔名。笔名不少，来源都是《语丝》式，翻开书，碰，如宋远，就是翻开《诗经》碰来的。文章多为蜻蜓点水式，不很长，少平铺直叙，可是精义与妙语迭出，能使读者感到有滋味，值得细咀嚼。这样的评价文章，几年以前她就选辑了一本，取名《楛柿楼读书记》。书名雅，却是不折不扣的写实，因为书确是在楼上读的，而楼窗外也确实有合欢树（所谓楛）和柿树。值得大书特书的是这本书，我亦与有荣焉，因为让我写序文，我就真写了。也许就因为曾有写序之雅，不久前见面，她告诉我，发表的这类文章，已经又够一本。产量多，来于勤，也来于快；却不一定更多靠快，因为可以用时间来调节，废寝忘食，不干别的。所以关于快，还值得举个例证，是我的拙作《负暄续话》即将出版的时候，我人微言轻，怕问世之后无人过问，于是向广告家学习，把书的原稿送给她，希望她写个介绍，吹捧几句，刊于《读书》。稿交她的第二天早晨，我正在办公室吃早点，有人叩门。开门看，是她的丈夫，上班顺路，来送一篇稿子。我打开一看，就是我那本拙作的介绍，长达两千字。我很惊讶，问何以这样快。她丈夫说，是晚上翻看了原稿，该睡了，躺一会儿，说睡不着，起来写的，"让我顺路送来，看看成不成"。我看了，并传给同屋的人看，都觉得见解深而文笔灵，赞叹不已。

我求她，更多的是用毛笔写马湘兰风格的闺秀小楷。俗语有字如其人的说法，就赵丽雅说，这对不对呢？像是也对也不对。说不对，是看外表，粗粗拉拉，字却是地道的明清闺秀风格，清劲加秀丽加柔婉。也可以说对，理由是透过外层找，说内秀。且不管它，总之是写得好，就难免能者多劳。比如有的朋友，非遗老而有遗老的旧习，住有空调之室而手仍不离折扇，并愿意两面不空，一写一画，找我，字的一面就推荐赵丽雅。我为自己求，一次多转折的是，求徽州一女砚工制歙砚，效"吴门顾二娘造"之颦，愿意制成后也刻砚工款"新安杏珍女史造"，这位杏珍女士不能写，所以就求赵丽雅写了寄去。一个操西瓜刀的能写闺秀小楷，再加上读得多，写得快而好，就使我不能不联想到昔日的才女，所以为她的读书记写序文，半赞叹半玩笑，就写了这样几句："你就是今代的柳如是，才高，身量不高，都很像，只是脚太大。"

有不像处，是因为时代不同。如脚太大是得新风之赐。但旧风也不是毫无是处，即如柳如是，有幸或无幸，未经受"文革"，就可以多念小红书之外的书，以致年方二九就成了材。赵丽雅则推迟十几年。但凡事要用李笠翁的退一步想法，就说是晚一些吧，也终于成了材。而且不只此也，孔老夫子有云，"四十五十而无闻焉，斯亦不足畏也已"。现在她年尚未不惑，就已经足畏了。说起足畏，我想起不久前的一件事，也颇值得说说。那是寄来发表于《瞭望》的连载的几篇文章，总题是"脂麻通鉴"，署名"扬之水"。总题怪，我不知何意，先看解题，是来于明王琦的《寓圃杂记》：

> 吴人爱以脂麻（芝麻）点茶（泡茶），鬻者必以纸裹（芝麻）而授。有一鬻者家藏旧书数卷，旋摘为用。市人（买者）得其所授，积至数叶，视之，乃《通鉴》也。其人取以熟读，每对人必谈及。或扣其蕴，则实告曰："我得之脂麻纸上，仅此而已，余非所知也。"故曰"脂麻通鉴"。

寓意明显，是讲史而所知不多。接着看内容，以标题为《民意》《解缙》《廷议与廷推》三篇为例，都是谈明代政场大事的，引书多，熟于掌故，不稀奇，稀奇的是文笔老辣，有见识，感慨深。我一时有点迷惑，先是推想，可能是她杂览碰到妙文，不忍独秘，所以寄给我看看；继而一想，只有文而没有赏识的话，也可能就是她写的。如果竟是她写的，我心中倚老卖老，简直要喊出来："你这小丫头片子想干什么？真太可怕了！"所谓可怕，是钻入故纸堆，竟读了这样多治史专业的书，而且有眼力，能够抓住要点，击中要害。以这几篇结尾处的一些话为例,《民意》是:"士论、民意之容易被权力者所左右,斯亦甚矣!但这一回的一人误而天下误,尚不过是杀掉一个区区袁崇焕;至于一人误而误天下的事,也还不是史无前例。"《解缙》是:"解缙死后五十年,终于得到平反昭雪,恢复名誉。但解缙式的悲剧哪里就结束了呢?——那是彻底打碎权势的偶像,并换了另一种是非标准以后的事。"《廷议与廷推》是:"但是皇帝的决断权,它的不容怀疑的权威与神圣,却使得最终结果,依然是一个意志,一种声音,而决没有其他(专制既是常态,则冤案的发生,自然也就算不得什么特殊了)。"像这样的判断和感慨,真是于我心有戚戚焉。看之后不久,我遇见她,问是不是她写的,她说是。问这个笔名来自《诗经》的哪一篇(因为不止一篇),她说是《王风》"扬之水,不流束薪"那一篇。问有何取意,说无何深意,只是念一遍,觉得好玩而已。最后问,这种性质的文章太难写,要聚沙,然后披沙拣金,连载,多长时间交一篇?她说一周。我以己力度人力,吓了一跳,说:"这怎么成呢?"她笑了笑,说:"努力赶呗。"她走后,我想了很多。《论语》有"后生可畏"的话,想不到女后生也这样可畏。畏之后还有喜,是确信,虽然千千万万人争着去倚市门,上天却没有断读书种子。喜之后还随来敬,记得《读书》主编沈昌文先生写通知条,上款总是称"丽雅兄",像她这样一日千里,我这老朽也只好随沈公之后抄《史记·项羽本纪》成句,说"吾得兄事之"了吧?

丁建华

　　我常常想，记得也写过一次，诗文（内容方面）的最高境界是《庄子·天下》篇所说："彼其充实，不可以已。"写丁建华，是这样吗？至少旁观者会想，丁建华，一个不露面的演员，远在上海，只在北京有两面之识，俗话所谓八竿子打不着的关系，也写，莫非实在抓不着题目，才饥不择食吗？也是也不是。是，因为曾想不写，可见并非"不可以已"。不是，因为撇开她是水做的以外，我一直认为她性格不同于常，值得写；并且当面说过想写她，既然开了支票，最好还是款照付。

　　干脆就由八竿子打不着的关系写起。还要推得更远些，说自己的眼少见，耳更少闻。见指常活动于荧屏上的柳眉凤目，有的，据说广告一露的代价已经高到若干万，我却不知其芳名。闻，也指荧屏上放出而钻入耳的，我印象深的只是两位，一位中，李梓，一位西，代简·爱说英语的，竟连其大名也不知道。准此孤陋情况，丁建华是名配音演员，估计也听到过她的莺声；可是对其大名却是毫无所知。由无所知到想写，其间的路程不短，也包含一些非己意所能逆料的，依时间顺序写下去。

是1992年2月上旬，旧历辛未年过年的时候，我收到一个名叫乔旸的上海读者一封信，说喜欢读我的拙作，并说已买到几种。他中学毕业，因故未升高等学校，"一年半载，打工之余，努力读书"。看来读书不少，连王泗原先生的《古语文例释》也读了，因为他照王先生意见，说束脩不是干肉。他说他读书时想到一些问题，愿意向我请教。此外还有不少表示倾慕的话。信末尾说字不好，又写得太多，担心我看信受累。可是于署名"敬叩"之后又附了三条：一是看我书，知道我见马叙伦先生法书不多，他"特以十天的零花钱，请了其法书选集敬奉，乞先生笑纳"；二是寄照片、邮票各一张，"照片以示旸之面带忠厚，邮票为先生复信方便也"；三是"随书寄上百花笺一封，供先生随意挥洒"。附言后都有署名，名下一是"再叩"，二是"三叩"，三是"叩不胜叩"。字用繁体，结体严谨而笔画挺拔，兼看照片，一寸黑白，小半身，看来是报名用的，短发、浓眉、厚唇，背面有题字，是"老实样"。于是不必乞援于《麻衣神相》，就可以断定必是个小书呆子。不久就收到八开大本上海书画出版社1989年出版的《马叙伦先生法书选集》和百花笺。选集有空白扉页，背面毛笔写七律一首，"难成大家且坐家，聊挽睡袍效袈裟"云云，诗写完，改用钢笔，"书旸儿自寿戏作牛山体遥和知堂师敬奉中行先生。辛未岁末。乔榛"，下盖白文篆书"乔榛之印"章。字也是严谨挺拔，我这才知道小书呆子之呆，尤其字的风格，还有家学渊源。可是这家学之源的乔榛，我还不知道是何许人，推想或是个教书先生吧，于是复信致谢。此后与乔榛还有些书信和赠书的交往，可以不表。

大概是1992年的晚秋或初冬，一天晚上看电视，节目是中央台的《正大综艺》，其中安排有嘉宾表演，是男女配音演员的对话，男为乔榛，女为丁建华，我才知道通书法的乔榛并非教书先生，而是形隐音显的名演员。这一回形也显了，我听了看了很惊讶。先说音，男是典重，女是柔婉，虽然只是话，也够得上有余音绕梁的高超造诣。再说形，男豪迈，女秀雅，静观，也有诗意画意。可惜我没有录像设备，时间不长，形和音都没有了。对于老朽，孔老夫子有卓见，说"戒之在得"，这一回我就真想得，估计未必有形音俱收的录像带，只好退一步，写信给乔榛，要两个人的静而不动且不出声的照片。说实话，对于男士的豪迈，我兴致不很高；我想看的是丁建华的一身朴素衣服，不施脂粉，安坐，沉静而带有轻微的感伤至少是深思的风度。

不想信发出去如石沉大海，很久，连那个小书呆子也没有回音。我有时想到这件事，不免怪自己冒昧，用旧说法，丁建华是名闺秀，秀自然只能在闺中秀，怎么能以色相示数千里外不相识的老朽呢？碰了钉子，或说幻想破灭，有祖传妙法对付，消极是不再想，积极是转为想别的。总之我没有自怨自艾，更没有痛哭流涕，还是一日三餐，往下过。一晃到了1993年3月，查日记，为9日，星期二，上午，我在城内办公室，有人叩门，延入，为一没来过的魁梧绅士，自己报名，说"我是乔榛，后面是丁建华，到北京有事，也是特意来拜望"，听着，丁建华已经走到跟前。略谈，才知道无信，照片不寄，不是因为老框框，闺秀只在闺中秀，而是因为他们将北来，并且有事同我商量。商量的事是他们想排演个名为《天作之和》的交响咏诵节目，作为乔从艺三十年、丁从艺二十年的纪念，所用汉语文本，希望我参加点意见。旧账他们没有忘，各赠照片一张，都是半身。乔榛仍是西服笔挺，绅士风度。丁建华则有特点，短发，垂白围巾，像个学生，大概是前些年的吧？看背面，新署"丁建华一九九三年三月八日"之外，周围还有"留钉边，5、6折，48mm"等旧笔迹，上面还有个横长条图章，文字是"上海有声读物公司宣传科"。怎么能找到这样一张照片呢？我没问。转而说人，与电视中所见大不同，那是李纨式的，这次变为史湘云，穿牛仔裤，白色运动鞋，中等身材，长发，总是嘻嘻哈哈说，嘻嘻哈哈笑。

主客三人，屋里还不时有别人，话不少，活动也不少，虽然规模不太大，也是一部廿四史，无从说起。只好以来宾为纲，先男后女，说主要的。乔榛处理事务也是绅士型的，按部就班，郑重其事。先是递给我一张纸，是他们二位的简介，由任职单位（上海电影译制厂）、职务、学历、诸多荣誉头衔直到曾为什么片什么角色配音、住址、电话、邮编、生年月日，都写得清清楚楚。我用两副眼镜看我想早知道的：官镜，他们俩都是国家一级演员；私镜，乔榛生于1942年，时下五十一岁，丁建华生于1953年，时下正好四十岁。简介看过，身分可无疑，于是接着说《天作之和》节目的他们的想法（另有印本创意草案），事近专门，从略。最后是献礼，已装裱的朱红洒金扇面，戏曲家卢前写隶书大寿字，两旁配草书曹公孟德"神龟虽寿"诗，"寿"一再见，用意甚明，推想是乔旸的雅意。再说丁建华，这其间无事，显得更忙。究竟忙什么，因为琐碎多变，我说不清楚。现在追忆，有两件印象最深。一是介绍她自己，总是丢三落四，到哪里去，临走必丢东西，人家提醒，只好辩解，说"是想留个纪念"，因而得了个绰号，是"留作纪念"。一次最尖端的是，到厂里去，人家让看什么，一想，眼镜又丢了，很急，到别人的房里借，好容易抓着一个，戴上，奇怪，反而更不清楚了，疑莫能解，只好摘下来研究，万没想到，摘下一个还有一个，原来自己的早已戴上，并没丢。我听了，刚一笑，思路就跑到形而上，想到天之生材，真是"惟天为大"，怎么能把莺声的柔婉和善忘的粗疏如此巧妙地聚于一人之身呢？由形而上回到常识，甚至拉近，想到己身，善忘，也许所得甚大、所失很小吧？所谓甚大，是推想"春蚕到死丝方尽，蜡炬成灰泪始干"一类事就没有了。如果真就能够这样，到哪里，失落些小零碎，"留作纪念"，又算什么呢？另一件是照相。她带着相机，不知道心里想什么，忽然说："照点相吧。"从手提包里拿相机的时候又加说一句："昨天掉在地上，摔一下，不知道还行不行。"然后尝试，室内室外，照了不少。这时候已经近午，问他们中午有没有其他约会，他们诚实，说没有，于是招待他们吃午饭。饭间有白酒，我照例喝多半杯，丁建华喝了半杯。饭罢，她指着酒瓶说："这，我喝一瓶也没关系。"问她为什么不多喝，说胆部有毛病，怕多喝不好过。就这样作别。

很巧，第二天，我的一本拙作出版，送来，他们住北长街，离我的城内住处很近，于是给他们打电话，说如果时间允许，希望来一下，把书给乔旸带去。第三天上午，他们来了。丁建华换了装，最显著的是平底改为高跟，下身不再是牛仔裤。问她为什么改为高跟，她说牛仔裤洗了，没干，穿这样的裤子（指介）就不能穿平底。原来她也保存一些清规戒律，水做的终归是水做的！照片已经冲洗出，送来，不坏，证明相机并没有摔坏。出于我的私心的遗憾是，丁建华的面容清一色，总是高兴到笑，并且远于微而近于大，我是更愿意看她那沉静而带有轻微的感伤至少是深思的风度。他们说他们还会来，至时将给我带来他们配音对话的录音带。我等他们，目的之一是化有遗憾为无遗憾，即再照相，让丁建华变本色为表演，收回笑容，表现为闺中少妇"知"愁的样子。又谈了小半日，再作别。作别前丁建华由手提包里拿出梳子，拢拢头发，完，梳子果然就扔在桌子上。我说："是又要留作纪念吧？"她笑了笑，把梳子装起来。说心里话，对于这样一种性格，我很感兴趣，就说："像你这样，真该入我的三话。可惜所知还不多，能不能写封信，说说你的情况？尤其是爱好、脾气等等。"她答应了。可是又是半年过去，并没有信来。写她不写她呢？最后还是决定写。所知不多吗？其实这不写信也未尝不可以看作增加一知，盖丁建华之所以为丁建华，正在于随时随地丢失而自己并不觉察也。善忘的人有福了，谨祝一切多春恨秋愁的人，天命无可奈何，应该以人力补天然，向丁建华学习吧。

故园人影

《老子》第八十章:"小国寡民。使有什伯(十百,多种)之器而不用;使民重死而不远徙;虽有舟舆,无所乘之,虽有甲兵,无所陈之;使民复结绳而用之。甘其食,美其服,安其居,乐其俗。邻国相望,鸡犬之声相闻,民至老死不相往来。"我有时很欣赏这段话。不是对"发"以及现代化的享受有什么可以一言以蔽之的意见,而是对自己经历的相去日以远的过去有些怀念。这过去,有人,有地,有事,自然未必都是可意的,但"家有敝帚,享之千金",有些竟是常浮上心头,忘不掉。索性就写下一点点,也许未必有人愿意看,那就算作自己的温旧梦也好。梦太多,要选择。人影像真切,头绪简单,决定只说人。人也太多,又要选择,想只说一时浮上心头的三位。以交往的多少和远近为序。

王 二

由大范围说起。我的家乡是北京东南近二百里的一个小村庄,名石庄。石庄者，石姓聚居的一个小村落也。推想起初没有外姓人，由我儿时算起，至多不过百年前吧，村的偏西部迁入外姓两家，我们张家和另一家王家。都在街北，我家偏东，往西隔一家是王家。论家道，我家是小康，王家很穷困。可是两家关系不坏，感情融洽，来往很多。王家，与我祖父同行辈的那个老人，也许活到花甲左右吧，故去。只留下一个儿子，名王瑚；混上个女人，西北方某村的，耳聋，村里都叫她王聋子。依乡村的礼俗，当面，我叫她王大婶，一直到现在，印象还很清楚。因为她家没有磨，磨面，要到我家后院的磨房，其时，乡村妇女都是小脚，只有她穿木底鞋，由外走来，踏堂屋的砖地，发出清脆的嘎嘎声。他们夫妇都和善，得我家一点帮助，总是感激不尽的样子。他们都早死，生三个孩子，都是男的。大的名福来，年龄与我相仿，刚成年就故去。二的名福顺，成年以后才成了家，村里人都称他为王二。三的名福成，不知同谁合不来，一怒离开家，到外面去闯天下。所以王氏弟兄，我印象深的，与我交往多的，只有王二。他忠厚、朴实、勤勉，因为几代与我家关系深，见面呼我为二哥，看得出来，心情是恭敬加更多的亲热。他当然也务农，农闲时候卖零吃食，不过是花生、瓜子、萝卜之类。养一头驴，有的货，如萝卜，要到西边二十里外的索庄去驮，他说，卖就要卖好的，赚点钱，不能亏心。我小学念完以后到外面上学，先是通县，后是北京，其时交通不便，离开家门，要到三十里外京津公路的河西务站去上汽车，这三十里旱路，常常是用王家的驴，王二去送。我跨上驴背，他后面跟着,让他骑一会儿,他坚决不肯,说走惯了,不累。寒暑假回家,晚饭后是说闲话时候,串门,最常去的是王二家。后期他成了家,妻子比他更朴实,更热情。还是那样穷,土房,简陋,屋里几乎没有东西。可是我愿意到那里坐一坐,以吟味其他处所不再能见到的古风。其后,正如其他到外面混的人一样,我离家乡越来越远了,也就很少能见到王二。是50年代初,曾被扫地出门的我的二老故土难离,又到家乡去住,我去探望,当然又要到王二家去看看。他们夫妇年才近不惑,已经显得苍老,仍然很穷,两三个孩子,食不能饱,衣不能暖。谈起世道,也有不少感慨。还谈到土改,说分了些东西,趁夜间无人,都隔墙给扔回去,他说:"我再穷,也不能要人家的东西。"我看看他,叹了口气,没说什么。是70年代初吧,听说他老伴下地做生产队派的什么活,光脚,被什么扎破,没有医疗条件,竟得了破伤风,死了,不久,也许心情受打击太重了吧,他也死了,留下三个还不能自立的孩子。

长海舅舅

　　他是个难于理解而可怜的老人,比我总要大几十岁吧,住在对门,我幼年时期几乎天天看见他,可是连姓名也不知道。情况要由对门的石家说起。我很小时候,对门住着母子四人,母亲寡居,我家说到她,称为对门老奶奶,老者,是因为她的丈夫排行第末。何时丧夫，可以由最幼孩子的年岁推算出来，大概是五六年前吧。三个孩子都是男的，最大的乳名长海。孩子未成人，唯一的强劳动力死去，家境本来就不好，其困苦可想而知。是为解救无劳动力的困苦呢，还是这位老人无依无靠、走投无路呢，不知道，总之，经过协商，这位老人连人带财产都迁来，与我们称为老奶奶的他的胞妹合伙，共同过困苦的日子。村里添了外来人，以熟代生，都称他为长海舅舅。他个子不高，略驼背，面容黑而且粗，在我们一群顽童的眼里，是个很不讨人喜欢的人物。他身体像是并不健壮，到我们一群孩子上小学时候，他就不怎么下地干活，而经常是坐在街北的墙下，既像愁闷又像沉思的样子。他几乎永远不说话，也没有人理他。估计到他妹妹家里也是这样，因为无用了，也就很难看到好的脸色。好脸色是精神方面的安慰，得不到，没办法，也许他真就能"安之若命"了吧？更可悲的是退一步，想吃一顿饱饭也办不到。忘记是谁，当作笑话，说听长海舅舅说："要是黑面饼卷小葱蘸酱，那还有个饱啊！"其后，他身体更坏，先是很少出来，终于卧床不起了。是拘于礼俗还是实用主义呢，有那么一天，把他抬上牛车，送回本村了，听说不久就死去，大概终于没有吃到黑面饼卷小葱蘸酱吧？为死者设想，安息了也就罢了，可是问题偏偏留给生者。我有时想到他，那落魄无告的样子仍然清晰，心里就不能释然。系念什么？是有时形而上，想到命运、机遇、苦乐、荣辱之类，有时形而下，比如吃烤鸭、薄饼卷鸭肉，其旁边有葱蘸酱，就不由得想到黑面饼卷小葱蘸酱的愿望，也就不能不慨叹，人生，长也罢，短也罢，幸也罢，不幸也罢，总的说，终归是太难了。

严氏大姐

说这位，出了村，到东北方八里以外的外祖家，村名杨家场。外祖家也是小户人家，可是地势好，住在村西端路南，出村北望，不远就是运河支流青龙湾的南堤，白沙岭上是一望无际的柳树林。外祖父姓蓝，行二，与大外祖父合住一个院子。我小时候，大外祖父一支只有大舅父、大舅母夫妇和他们的两个儿子。大儿子学名文秀，严氏大姐是他的妻室。这种关系，为什么不称表嫂而称为大姐？说来话长。她是我们村东南某村的人，幼年父母双亡，无人抚育，经人说合，送往大舅父母家作童养媳。童养媳，成婚前的名分是家中的女儿，记得长于我七八岁，所以见面呼为大姐。其后成年，完婚，农村称为圆房，大舅母说，叫大姐惯了，不必改了，所以一直称为大姐。依旧俗，我出生后常到外祖家去住，到能觉知，有情怀，就对这位大姐印象很深。来由之一是她长得很美，长身玉立，面白净，就是含愁也不减眉目传情的气度。来由之二是她性格好，深沉而不瑟缩，温顺而不失郑重，少说话，说就委婉得体。依常情，童养媳的地位卑下，因为是无家的，又名义为女儿而非亲生，日日与未来的公婆和丈夫厮混，境况最难处，可是这位大姐像是一贯心地平和而外表自然。她结婚的时候，我十岁上下，其后不很久我离开家乡，就几乎看不到她了。可是有时想到她，联想到人生的种种，就不免有些感伤。这感伤可以分为人己两个方面。人，即大姐方面，是天生丽质，而没有得到相应的境遇。就我习见的少女时期说，现在想，她处理生活的得体，恐怕是"良贾深藏若虚"。所藏是什么？也许是"忍"吧？如果竟是这样，那就真如形容某些见于典籍的佳人所常说，性高于天，命薄如纸了。再说关于己的。也是现在回想，常见到她的时候，后期，她年方二八或二九，我尚未成年，还不知道所谓爱情是怎么回事，可是她住东房，我从窗外过，常常想到室内，她活动的场所，觉得有些神秘。这种心情，可否说是一种朦胧的想望？如果也竟是这样，在我的生活经历中，她的地位就太重要了，《诗经》所谓"靡不有初"是也。但无如何，这总是朦胧的，过些时候也就淡薄了。一晃到了70年代初，我由干校改造放还，根据永远正确的所谓政策，我要到无亲属的家乡去吃一日八两的口粮。第一次回去，人报废，无事可做，想以看久别的亲友为遣，于是又想到外祖家的大姐。她还健在吗？于是借一辆自行车代步，路也大变，问人，循新路前往。进村就找到，表兄和大姐都健在，在原宅院以西的小园盖了新房，在北房的西间招待我。大姐年近古稀，仍保留不少当年的风韵。谈起多年来的生活，说还勉强，只是"大跃进"时期粮食不够，吃些乱七八糟的，胀肚。关心我，又不便深问，表现为无可奈何的样子。午后作别，她送我到村外。我上了车，走一段路，回头看，她还站在那里。就这样，我们见了最后一面。其后，依照又一次正确的政策，我回到北京，可是从另一个外

109

祖家表弟的口中，间或听到她的消息，都是不幸的。先是她的儿妇被一个半精神病人暗杀，事就发生在她的宅院里。其后表兄先她而去。再其后是不很久，她也下世了，其时是70年代晚期，大概活了七十五六岁吧。年过古稀，不为不寿，可是我想到她的天赋，她的一生，总是不免于悲伤，秀才人情，勉强凑了一首七绝，词句是："黄泉紫陌断肠分，闻道佳城未作坟（因不得占耕地）。宿草萋萋银钏冷，此生何处吊娿君（《楚辞》，女娿，姐也）?"算作我虽然远离乡井，却没有忘掉她。

先后两闺秀

　　题目的两闺秀，指南宋胡惠斋和清朝曹贞秀。两个人相距六百年出头，何以竟拉扯到一起？凑理由，可以很多。有正大而疏远的，是两个人都是苏州才女，能诗、能书、能画；又都是世家出身，嫁个事业方面有大成就的。说这样的理由疏远，是因为造诣和身世相近或相同的，不殚烦而到文献库里去找，总可以找到上千上万对吧？所以请出这二位来帮助完成这巧搭题的文章，就还要有较为贴身的理由。这理由是不止一次的碰巧的遇合，先概括说，是翻阅一本杂志，看到一方题名"墨琴"的肖像印而联想到曹贞秀，由曹贞秀而联想到敝箧中存的她写的扇面，由扇面而联想到刘改之（过）作的《沁园春》词，由词，用不着费力就联想到胡惠斋，因为词是描述胡惠斋的一次出行并在雪堂题壁的。弯子绕了不少，但是我有兴致写。如果还要问理由，我想用新时代倡导的供治于人者专用的坦白之法，说只是因为她们既才而又女。或斥为不够正大吗？我将反问，如果黑体标题是"先后不才的两条汉子"，你还向下看吗？抬杠不好，还是少辩论，且写我请来的两位才女。

以时间为序，先介绍二位的身世。胡惠斋，姓确定，名不传，只知道自署惠斋居士。生卒年不详，可以推算个大概。她丈夫黄由，字子由，淳熙（1174—1189）间进士第一，假定中进士为淳熙中年，三十岁上下，夫妻年岁差不多，则当生于高宗二十年左右，南宋建国才二十多年，其时李清照还在世。她是一个大官胡元功的女儿，嫁苏州人黄由，黄官至刑部尚书。她著有《惠斋居士诗》，今不传。周密《齐东野语》曾提到她，说她"善书札""于琴弈写竹等艺尤精""时人比之李易安"，可见就在当时也是稀有的。再说曹贞秀，字墨琴，生于乾隆二十七年（1762）壬午，如果曹雪芹真死于壬午除夕，她生时这位作红楼之梦的高人仍在世。她的卒年不详，但必在道光十二年（1832）之后，总是可以列入"人生七十古来稀"的一群了。她父亲曹锐是安徽休宁人，做过小官，能画，长期住苏州，也许她就生在苏州吧？嫁苏州名士王芑孙，是续弦。王一字：念丰，三号：惕甫、铁夫和楞伽山人，功名不高，只是举人，官更小，只是管县学的教谕。可是名气很大，因为人不世俗，诗好，著作多。所著有《渊雅堂全集》，我没翻过；当年一阵迷金石，看过他辑的《碑版广例》。曹贞秀有诗集《写韵轩小稿》，也收在《渊雅堂全集》里。她善画梅花，我没见过。大名是书法，张问陶《船山诗草》说她"工楷法"，记得什么书还说她有楷书刻石行世。总之，她的浮世之名是闺秀书法家。

以下说碰巧，由"靡不有初"起。是前不久，翻阅苏州秦公惠赠的1993年第3期《苏州杂志》，第74页有《黄瀛叔的肖像印》一篇短文，附肖像印的影印三件，其中第一件椭圆，偏左刻个妇女半身像，偏右刻阳文细笔篆书"墨琴"两个字。像显然是写真型的，瓜子脸，细眉樱口，梳脑后髻，穿圆领宽大上衣。用当时的眼看，静而秀，是值得用《浣溪沙》一类小词咏叹的。难道曹贞秀的风姿就是这样？看解说的文字，果然说是曹贞秀。再往下看，疑窦来了，印的刻者黄瀛叔，名增泰，又号叔子，吴江人，是嘉庆二十五年（1820）生的，比曹贞秀小五十八岁，而这印又有边款，是"墨琴淑妹小影　叔子作"，生年靠后将近一花甲，即使还赶得上刻，怎么能称为妹呢？依理，有两种可能：一，印为黄刻，像非曹贞秀；二，像为曹贞秀，印非黄刻（另一叔子所刻）。哪一种可能更为可能呢？不知道。不过不管理而照顾感情，我是希望这静而秀的小影就是曹贞秀的。

置感情于上位，是因为想到她写的那个扇面。这一件是60年代初，有兴致搜罗闺秀小楷时候买的，玩书画的所"真、精、新"，所以不惜大破费，花了五元。谢上天，其后几年，红卫英雄没有光顾，所以至今还能看到。所见是这样。买时已装裱为册页。纸是白色洒金笺，用《十三行》式秀劲的恭楷写，不算下款，计三十行，单数行八个字，双数行两个字。共一百五十个字，照抄如下（原无标点）：

宋黄子由尚书帅蜀，夫人胡氏偕行，过黄州雪堂，因书《赤壁赋》于壁间。刘改之题《沁园春》词曰：按辔徐驱，儿童聚观，神仙画图。正芹塘雨过，泥香路软；金莲自上，

小小篮舆。傍柳题诗，穿花觅句，摘艳攀条得自如。经行

处，有苍松夹道，不用传呼。　　　　清泉怪石盘纡，信风景江

淮各异殊。想东坡赋就，纱笼素壁；西山句好，帘卷晴珠。

白玉堂深，黄金印大，无此文君载后车。挥毫处，看淋漓雪

壁，真草行书。

后另一行，署"墨琴女史曹贞秀"。钤印记三：一在右上方，长方形，

阳文篆书"曹娥"；二在左下方，皆方形，上为阴文篆书"贞秀印"，

下为阳文篆书"墨琴"。行，字数，印记，都布置得恰好匀称，可见

下笔前是细心算计过的。题款只有下而没有上，也许成名之后，如沈

三白，借此以略补充生计吗？

　　若然，则其境况就在胡惠斋之下了。这也难怪，旧时代妻以夫

贵，胡的夫是状元，曹的只是个举人而已。那就从时风，面向阔绰

的。黄由帅蜀是做四川安抚使，边疆大吏，且有兵权。携眷同往，不

是因为得落实两地分居的政策，是出于自主，舍不得。这样，由临安

出发，男男女女，奴奴婢婢，溯江而上，古今同理，到处迎送，口吃

腿游，其春风得意就可以想见了。扇面上写的"过黄州雪堂"只是游

的一例，借刘改之的好事，填了一首词而流传下来。这件韵事，唐圭

璋《宋词纪事》说是最早见于宋张世南的《游宦纪闻》(共十卷)卷一，

是这样记的："黄尚书由帅蜀，中阁乃胡给事晋臣之女，过雪堂，行

书《赤壁赋》于壁间。改之从后题一阕，其词云……（下引词与扇面

上所书有小异：自上作自拆，摘艳作嗅蕊，雪壁作醉墨。）后黄知为刘所作，厚有馈贶。"所记事一，如果有成人之美之德，评论就可以一分为三，说一，过黄州，特别到雪堂（苏东坡谪居黄州时所建）看看，并用苏的作品《赤壁赋》题壁，而不到商场去看看有没有高级化妆品，新式连衣裙，可谓雅人深致；二，刘改之也不俗，欣赏才女以及才女所书之字，可谓名下无虚士；三，黄由也值得表扬，其时没有知识分子政策，他却尊重知识分子，一首词，百八十个字，并未向他投稿，他却给了高稿酬。

到此，闲话说了不少，其实我的心之所注，还是碰巧聚于一个冷金扇面上的两位才女。才女，男本位，也许"此曲只应天上有"吧？那就能够亲近一下所遗也好，可惜是也大不易。前一位，题壁的字，想是早已化为云烟了。后一位呢，肖像疑信参半，所能见也只是一纸手书。过去的总是过去了，可是有时又不甘于过去，于是就不免于常常兴起"前不见古人"之叹。

姑苏半月

俗语说:"上有天堂,下有苏杭。"我受主客观条件的限制,对于到生疏的地方看看,一向兴趣不大。主观条件是近年常说的思想问题,来于《旧约·传道书》和赵州和尚,前者说"日光之下并无新事",后者说"好事不如无"。客观条件是既少钱又少闲。可是对于生疏地方的苏州却网开一面,有时甚至想,如果竟至心有余而力不足的时候还是未能出入阊门,即使赵州和尚的禅悟语不无道理,回顾生平,也总是太遗憾了。憾是唯心的,解除要靠唯物,而想不到就来了机会。是1976年早春,旧同事王芝九兄与我兼有干校邻床之雅,他苏州人,有自建的住房,干校放还后住苏州,也因报废而有闲,不忘邻床之谊,又因为老伴先走往天堂或净土,一个人食息感到凄清,就来信约我去游苏州以及邻近杭州、无锡等地。我当然高兴去,于是在4月的后半就到了苏州,芝九兄住城内西南部,地名东采莲巷。住房为二层楼,我们住楼上,由南面凭栏南望,不很远是瑞光塔。下楼出北向之门,西行是胥门,南行是盘门。单说在苏州的半月,大致是游城外各名胜,如虎丘、西园、留园、灵岩、天平、光福、东山、甪直等地，由他陪同；游城内各名胜，如沧浪亭、拙政园、狮子林、网师园、怡园等地，我有小自由。有了自由，不能不享用，也就不能不另有所得，或说是，未必与其他游人一致的感受。这不一致也是由思想问题来。什么思想呢？是我最感兴趣的是"人"，或说"人的生活"。这人既包括今代的，也包括旧时的。生活也要加点限制，正面说，是要有些诗意的，或说能引起欣慕之情的。于是，这小自由加思想问题，对于这天堂的苏州，我就有了他人未必同意的取舍，举例说，山与山相比，灵岩与天平之间，虽然天平多有自然美，我却觉得脚踏灵岩更有意思，因为可以想到西施；园与园相比，我觉得拙政园多富贵气，狮子林多工艺气，远不如沧浪亭，有野意；生活与生活相比，登松鹤楼品尝松鼠黄鱼，远不如在东山看小儿女采碧螺春茶。取舍有定，写也就有了谱儿，是不必记游虎丘、西园诸地，所见为何的流水账，而只说说自己曾如何如何，至今还念念不忘的。排个次序，先城内，计有六事：观前，平江路，盘门，专诸巷，沧浪亭，胥门内买酒；次城外，计有三事：往甪直道中，枫桥，横塘。以下依次说说。

观是玄妙观，在城中心略偏北偏东，是苏州的市井中心。游观前街，便于买物，更便于看人。物包括食物，餐馆中卖的。有两家餐馆，都是供应小市民的，既物美又价廉，我吃过不止一次。一家卖菜饭（米饭加菜，煮得很烂），另备简易菜三四种，比如买菜饭三两，肉圆（北方名丸子或狮子头）一盘，白酒一两，费钱无几，可以过屠门而大嚼。另一家名绿杨，卖馄饨，我平生各地吃馄饨，当以此处为第一。当然，往观前，沿街东西散步，主要还是看人，听吴侬软语。与其他地方人相比，就"秀"字说，苏州人应居首位。秀与美是近邻，所以，如果有欣赏美人之癖，就应该到观前去徘徊一会儿。这里需要解释一下，我喜欢到观前去看看，主要还是想亲近风土人情。而所感呢，是"此苏州之所以为苏州"。

平江路是城内东北部南北向的一条街，我喜欢到那里走走，以及在小桥边坐坐，是因为近些年来，时移则事异，苏州也不得不维新，绝大部分街巷变了，只有这条街还一仍旧贯。譬如由此端到彼端的一排房，住着若干户人家，都是两层的楼房，前门对着石板路，可以行车，后门对着小河，可以行船。坐在小桥边，向上望，楼上的后窗有时打开，也许是洗什么的水吧，由上面倾到小河里。河相当窄，可是不断有小船往来，不是运什么就是卖什么。可惜我同这些人家没有亲友关系，不能如王仲宣之登楼，也探头窗外，向船上人问问鱼价或青菜价。那是参与过苏州人生活，不能如愿，只好退一步，多坐一会儿，看看。

与平江路相似，在苏州城的十个门（北面由西向东，平门，齐门；东面由北向南，娄门，相门，葑门；南面由东向西，南门，盘门；西面由南向北，胥门，金门，阊门：门名皆一字，在国内为仅有）中，盘门是唯一保留原状的。所谓原状，粗说是门未拆去，细说是水旱两个门，水略南，旱略北，并排，都在，而且可以登到门洞的顶上瞭望。盘门的位置是苏州城西南角略东，由我的住处向南略偏西行，过瑞光塔东侧，穿过一些贫苦人家和小菜园，约摸十几分钟，就可以到达。那里没有一点新风气息，登城一望，南，也许是苏州跨度最大的吴门桥，桥下是环城河，河上布满大小船只；北，近处没有繁华街道，没有高楼；总之，有野意，也就有旧意，可以适于脚徘徊，心遐想。遐想所得多，容易引来偏爱之情，所以只是半个月我去了三次，就是北返，很久之后还想到它，并且曾诌歪诗，末联云："春明几度风飘絮，不出盘门漫五年。"

专诸巷是阊门（我去的时候早已拆掉）内向南的第一条街，出南口右拐是金门。旧时代，这里是小手工艺作坊的集中地，其中包括制砚的作坊。康熙年间著名的女砚工顾二娘住专诸巷，有黄莘田诗"一寸干将切紫泥，专诸门巷日初西"为证。我拙于书而喜砚，也有诗为证，是"辇毂风高怀砚老，濠梁梦断看鱼归"。砚是工艺品，佳者美，可以欣赏，如果是早年并与名人有干涉的，还可以发思古之幽情。我没有能力和机缘得（真）顾二娘制砚，可是临渊羡鱼，路过顾二娘故居，纵使不能确认门巷依然，也总愿意东瞧瞧，西看看，得其仿佛。总之，就算作慰情聊胜无吧，我还是由北口走入，到南口，向后转，回到北口，往返都慢走，注视两旁的人家，心里想，虽然不能指实，顾二娘的旧住地总是留在眼中了。

沧浪亭在苏州城南部，南北中轴路东侧，离南门不远。由我的住处东行不远到中轴路（旧名三元坊），南行，过路西的文庙，往东一拐，南面就是沧浪亭，计程只是盘门的一半。近，主要原因还是有的可看，有的可想，所以我喜欢去，也常去。可看，总的说是意境好，水多，有小山，人工而有不少的自然成分；疏旷，景观不少而不显得拥挤；道路曲折，景观高下大小不同，变化多；游人较少，有闲散之趣。分着说呢，我更喜欢入门东行位于东北角的静吟亭和位于西南角的三层的看山楼，因为两处都可以远望，或看水，或看园外的景物。再说可想，远的当然是创建此园的北宋苏舜钦，静吟亭那里有后代人所书他作的《沧浪亭记》。但我更感兴趣的却是较近的古人，清朝乾嘉时期作《浮生六记》的沈复和其妻陈芸。他们的家在沧浪亭附近，书中曾记他们到沧浪亭游乐、陈芸女扮男装的事，可见园中一定多有他们的足迹。这本书写的人，内心和外貌，都可爱，写的坎坷生活直到死别，使许多读者洒了同情之泪，所以我每次进园，总想到他们，也就不免兴起陈子昂"前不见古人"之叹。

胥门内买酒不是景观，是事，因为怀念，也就说说。芝九兄不喝酒；我能喝一点点，因为沉浸于苏州，难免有些兴奋，晚饭时总愿意喝几口，也许就是想在雪泥之上多留一些痕迹吧。其时供应还困难，只好用现买现喝的办法。出门向北向西再向北穿过小巷，到东西向一条大街名红旗西路，西行不远，路南有个中小商店卖零酒，黑板上写酒名几种，每一种多少钱一两。卖酒的是个年轻女子，至多二十岁，细高个儿，也许从业不久吧，与顾客面对还脸红。她不会说普通话，我不懂苏州话，所以我们交往，只能以形代声，比如买哪一种，就指黑板上的哪一种，然后伸指，一指是买一两，二指是买二两。然后付

120

钱，她找零数，总是点头兼微笑。就这样，我们的交往，总不少于十次吧，竟没有交谈一句。过后回顾，住苏州半个月，除芝九兄之外，同我交往最多的竟是这位年轻而不知姓名的姑娘，一晃将近二十年过去，她还在那个商店吗？如果江山不改，年近不惑，应该升为店主了吧？

往甪直镇（唐代名甫里，陆龟蒙在此隐居，并葬于此，在苏州城东南五六十里）是到苏州后的第二天，目的主要是看保圣寺传说出于唐开元年间名雕塑家杨惠之之手的罗汉像和像后的塑壁，连带看看那个小镇的水乡风光以及陆龟蒙墓。早饭后由南门外稍东的码头上汽船，东南行，由宝带桥（一长条，53孔）东侧过，南望，一片汪洋，算是真正领略了江南的水乡风味。由水乡不由得想到水乡的人物。还记得地图，苏州以南是吴江县，再南行是盛泽镇，嘉兴。于是想到柳如是，她早年的经历大致是，生于嘉兴，到吴江充大家的婢女，后被逐，到盛泽镇充妓女，最后嫁钱牧斋，长期住苏州以北的常熟。还想到同一时期，吴江的一门风雅，那是叶绍袁，有名的文士，妻沈宛君，诗人，生三个女儿，都能作诗，尤以三女叫小鸾为最有名，可惜"不许人间见白头"，十七岁未嫁就死了。柳、叶都是才女，纳兰成德《鹧鸪天》词有云，"天将间气付闺房"，至少在往甪直的途中，我想，这闺房应该是水乡的，如果换为"平沙莽莽黄入天"，大概就不行了吧？因为有此想法，多少年来，有时想到鱼米之乡，新笋上市之时，就禁不住兴起乌篷对坐一帆风的遐想。

枫桥和寒山寺是一对孪生姐妹，在阊门以西略南六七里。生姐妹的母亲是唐人张继的一首七绝，题目是"枫桥夜泊"，诗句是："月落乌啼霜满天，江枫（俞曲园据宋人笔记《中吴纪闻》，认为应作'江村'）渔火对愁眠。姑苏城外寒山寺，夜半钟声到客船。"于是游人游这一处名胜就要一箭双雕，既登桥看过江（胥江？）的船只，又入寺看已非唐朝原物的铁钟。说起来诗的力量也真不小，尤其是书呆子，游苏州总要到这里看看，以温千年以上的渔火钟声之梦。有梦，也要作诗，如明初的名诗人高启有句云："几度经过忆张继，乌啼月落又钟声。"清初名诗人王渔洋有句云："十年旧约江南梦，独听寒山半夜钟。"后来居上，连"梦"字也端出来了。我拙于诗，梦却不少于王渔洋，这个不只有"意"而且有（唐）"诗"的地方当然要去看看。这孪生姐妹不愧为孪生，果然离得很近，所谓一箭之遥吧，凭我的感觉，江水东西向，桥在江上（一说，枫桥乃附近一小桥），南北向，跨度很大，登上桥头，北望，下桥就是枫桥镇的主街道，东北望，不远是寒山寺。我更感兴趣的是立在桥头，凭桥栏看来往的船只。东行想来是往苏州，也许还要南行吗？那就是吴江了。不知怎么忽然有点人生如梦的感伤，顺口哼了五言一联，像是代船上的行客作的，句云："江村行渐远，明日在谁边？"

横塘是出盘门往西，游城西诸名胜，灵岩、天平、邓尉、光福等地，必须经过的一个小镇，离城十里左右。名由南北流（横）的江（胥江？）水来，水在东，上岸就是那个小镇。我坐汽车西行三次，往返过那个地方六次，每次过，看江水，看路旁的房屋，心里都泛起"河汉清且浅，相去复几许"的思情。这是由贺铸的一首《青玉案》词引起的，词的开头是，"凌波不过横塘路，但目送芳尘去"。我读，同人闲谈，常常接触这首词，以为与"大江东去，浪淘尽，千古风流人物"之类所谓豪放的相比，这写的才是词境，值得用心灵去吟味。自然，词境是较难把捉的，即以这两句而论，凌波，指女性走路，没有问题；以下问题就接踵而来，过，可以理解为"到"，也可以理解为"越"，前者更远，更远也罢，远也罢，怎么又能望见芳尘（应为绣履所引起）呢？但终归是"去"（离）了，这里面蕴涵什么"事"？以上是一面，难得确解。但是语云，歪打正着，这迷离恍惚正可以容纳较多的联想。且说迷离，优点是恍兮惚兮，其中有物，这物是希冀，是爱，而又似近（道是无情还有情）似远（脉脉不得语）。就算是远吧，同样是人生的一种"难得"。我以为，贺铸这两句词就正好写了这种难得之境。境是这样，也要说说事，仍是《中吴纪闻》所记："（铸）有小筑在盘门之南十余里，地名横塘，方回（铸字）往来其间。"又《能改斋漫录》："方回眷一姝，别久，姝寄诗云……"总之，过横塘，我就不能不想到，这里曾经"目送芳尘去"，人生总是有爱，有泪，何时才有个终结呢？

就这样，住苏州半月，所得，我自己觉得，较沉重的反而是一些零零碎碎，因为与情怀的联系更紧。联系紧，其影响是舍不得。但是人生的旅程，主要是由一些或有形或无形的社会规定制约的，时间到了，我不得不扔开《吴太伯世家》，改读《燕召公世家》。自然，心是并没有完全离开，于是情动于中而形于言；而其时，小己之情是不许公开露面的，只好诌一首歪诗，写在碎纸片上，词句是："白傅（白居易，曾任苏州刺史）朱轮五马游，何如贺铸老苏州。阊门好买涛娘（薛涛）纸，留与江郎（江淹）赋别愁。"一晃十几年过去，我忙而加老，终于没有能够重履金阊，沧浪亭中一寻沈复和陈芸的足迹。这就更应该拿笔，把心的旧迹留在纸上。现在是写了，可惜芝九兄别后一两年，竟得不治之症，到兰州他长女处疗养，于1978年冬或1979年春作古，不要说万一有机会再到苏州，不能住东采莲巷，凭栏看瑞光塔，就是这不成体统的拙文，想请他看看也办不到了。

梦魂长在断桥西

语云，上有天堂，下有苏杭。而有幸，这两个地方我都到过，苏住的时间略长，也只是半个月，至于杭，不过三昼夜而已。时间不长，走马看花，也有些印象，想简略谈谈。

是1976年春天，我应退居苏州的老友王芝九兄之约，先游苏州，后游杭州。由苏州到杭州，走的是水路，运河。为争朝夕，乘夜班船，南门外上，近黄昏时开。有卧铺，所得是可以省力，闭目，梦周公；所失就多了，举其大者，是岸上的风土人情就都轻轻放过了。次日天大明到杭州，浙江图书馆陈瑜清兄来迎，在柳浪闻莺旁的葛宅下榻。杭州，东部城市，西部湖山，面积太大，走马，必有遗漏，看花，必印象模胡。由模胡中刮取清楚的一点点，大多是与人有关的。排在第一位的不是岳王或济颠，而是最初亮相于断桥的白青二蛇。这自然是神话，其不可见与《西厢记》的双文和《桃花扇》的扇坠正是一样，我们可以只取其美而多情。我步行过断桥两次，桥宽平而不断（一说本应作段），如果不是因为与白娘子有关，我也许视而不见吧。其次是西泠桥，可惜苏小小墓已被"文革""革"掉，只能面对桥畔的遗址，默诵"何处结同心？西陵松柏下"了。断桥与西泠桥之间，大路北有孤山，宋林逋隐居处。对于这位隐士，我一向怀有敬意，因为以梅花为妻，并以"疏影横斜水清浅，暗香浮动月黄昏"的名句诵之，我自愧弗如；稍可自慰者是，他说他不能担粪，我却能，"夫言非吹也"，有干校之劳动记录（如果也藏之名山）可证也。以上说的是男女，古语男女之前有饮食，已倒置，只好补充说说。这一回要不逾矩，先饮后食。可是很遗憾，是几乎乏善可述，因为过虎跑，也想来一次"龙井茶叶虎跑水"，可是看看，人比茶杯还多，只好徒唤奈何而去；过楼外楼，时间为上午十时，吃，嫌早，等，怕打乱日程，也只好望望然去之。幸而还有可记的一次，是城内清河坊（俞平伯先生文常提到）附近一家小饭馆，黄酒不坏，一斤才三角。我只能喝三两，同桌一个老工人健谈，说他每顿喝一斤。听他的杭州官话，我不禁想到几百年前的南渡，以及《东京梦华录》和《武林旧事》。人生就是这样，有的人要南渡，有的人要北上，如我，看过断桥，喝完黄酒，也同样要北上。可以算作遗憾吗？不好说。

三天，终是太短促了，幸而没有"执手相看泪眼"之事，仍是原路乘夜班船，带着一些记忆回苏州。又过一段时间，带着更多的记忆回了北京。离杭州远了，联系却没有断。陈瑜清兄好交，杭州有书友画友酒友，所以断续有诗和画寄来。我懒散而拙于文，查存稿，只是1977年曾报以七绝四首，其中第三首是：

孤山烟雨太凄迷，望鹤寻梅踏白堤。

久别平湖三五月，梦魂长在断桥西。

何以只抄这一首？因为这一首写思念杭州之心更直接，所谓"梦魂长在断桥西"是也。

津沽旧事

　　提起天津，如果直述心情而不顾世故，我大概会说，没有什么好感。这不合适，因为，至少是土生土长的，会很不高兴。那就改为较含蓄的说法，是，虽然断断续续，住的时间不算很短，却没有多少爱恋的心情。为什么？总的说是性不相近。分着说就多了。因为我多住在北京，就无妨把这两个城市拉出来，对比一下。但要先附加点说明：一是限于我的印象，因为仁者见仁，智者见智；二是限于旧时代，因为时代新了，特点就越来越不显著。以下说旧而显著的。其一是，北京年老，天津年轻。城市，我喜欢年老的，轻些说是有的可看，重些说是还有的可学。其二是，北京书多，读书人多，天津差得不少；其结果是北京文苑气浓一些，天津市井气浓一些。文苑气浓有什么好？理由可以由大文章来，这里我不想作，只说小文章，是臭味相投。其三是，天津租界多，占据花园洋房的，外来的大多是洋商人，本土的大多是下台政客，可厌可恨。其四是，重商加五河下梢，风气也受影响，表现为，北京朴厚多一些，天津机心多一些，俗语所谓十个京油子斗不过一个卫嘴子是也。其五是，由卫嘴子就联想到天津语音。语音能不能分高下？可惜昔年听刘半农先生讲课，没问他；只好向侯宝林、姜昆之流请教，学天津话，他们是为了逗哏的。最后再说个其六是，每次坐火车往天津，由北站到东站一带，东望，无数简陋小屋麇集在沼泽地之上，心里总不免有些怕；北京也有贫民，但地基高，不潮湿，又惯于在院里种两三棵枣树，秋天由墙外望去，绿叶红实，都放光，就颇有诗意。总之，我在北京住时间长了，总觉得天津非息影之地，安老就更不成。可是人间的事，很少是先希望而后就随着实现的，所以我还是在天津住了一个时期，加起来总不少于两年吧。一段是整的，由1935年夏到1936年夏，是大学毕业以后找饭碗，到南开中学教一年书。其余都是断断续续，因为我的家乡离天津近，在它的北面约百里，语云，靠山吃山，靠水吃水，许多亲友就移到那里去住。这样，整加断断续续，绵而延之，我与天津的过从就不少于半个世纪，也总当有些难于忘怀的吧？想想，也确是这样，为己身计，任其湮灭可惜，所以决定说说。还是专凭印象，记忆中的，浮上来就抓住，沉而不浮的就只当没有。

由入境说起。是1935年8月中旬，为到南开中学就职，由北京出发，带着衣物，乘火车往天津。中午到，人生地不熟，当然以投亲为省力。有个大祖母娘家的表叔在东北角附近一个洗染店任经理，于是雇洋车（天津名胶皮）到他那里去。表叔很热情，先问吃过饭没有。知道还没吃，就带我到东北角（其时习惯称官银号）一个小饭铺去吃。他说他已经吃过，给我要了一菜一汤，主食为花卷。还记得菜是清炒虾仁，七寸盘，满满的，雪白，味道很好，价一角六分。这是到天津吃饭的开卷第一回，可是影响远大，是近年以来，偶尔三五个人小聚，对于是否要虾仁，我必是反对派，因为与天津那开卷第一回相比，质量大不如，而价则高百倍以上，总以为不合算。

干脆就顺着口腹之欲说下去。先内后外。内是南开中学的教师食堂，菜花样不少，质量不坏，只记得最喜欢吃的是烧茄子，一盘价一角或一角二分。还可以点菜，指定做法。其间也闹过笑话，是其时已有小名后来成为大名人的何其芳，点菜，菜名是"素炒白菜"，食堂的人得令转身将走之际，他又加了一句，是"加一点肉丝"。外，大街上，包子铺到处都是，最有名的是狗不理，我都不欣赏，因为肉多，油多，太腻。吃多次而现在仍想吃的，是法租界一个小铺名新伴斋的肉末烧饼，确是北海仿膳的做法。同往的为多年老友齐君，已于三四年前作古；至于那新伴斋，大概50年代初就不再有了吧？还有一个菜，是与齐君一起在离劝业场不很远的江苏馆新泰和吃的，名炒全（义为可吃之处具备）蟹。我，与毕卓、李笠翁之流相反，怕吃蟹，因为费力过多而所得甚少，这一次却例外，是不费力而所得甚多，这多里还包括味绝美。可惜平生只此一次，连菜名也只是见此一次。菜之外，还有个必须提及的，是到豆腐坊吃早点。豆腐坊，天津遍地皆是，卖豆浆和炸果子（北京名油条）；因为天津人早点要塞满肚皮，还卖烙饼。豆浆，全国各城市几乎都有，可是天津的不同，不只精致，而且浓。奇怪的是天津人还不知足，要吃"浆子豆腐"（豆浆中加豆腐脑），佐以豆皮（由豆浆浮面挑起来的）卷果子。这样的食品味美，营养价值高，我推为天津一绝。遗憾的是（这一绝）近年来真就绝了，豆浆仍有卖的，只是变白色为灰色，变浓为稀拉光汤，不像昔年那样好吃了。

转为说精神食粮，买书。前面已经说过，与北京相比，天津读书人不那么多，所以卖书的地点也不像北京，坐贾行商，遍布九城。这也有好处，是省逛的精力。计前前后后十几年，常去看看的只有两处，其一是大户，天祥市场三楼，其二是小户，英租界小白楼。都是卖旧书，小白楼几乎都是外文的，天祥市场则古今中外。俗话说，积少成多，历年所得，量也不很少，只是经过十年的秦火，又记忆力越来越差，都买到什么，想说也说不清了。但有一种却还清楚记得，是英国性心理学家蔼理斯的巨著《性心理研究》（六卷本），想读，整部的买不到，只好拼凑，希望集单为整，日子多了，居然就如了愿，其中一半就是由天津淘来的。附带说说，天祥市场买完书，如果恰好是饭时，就到它后身的山西馆（记得有两家）去吃削面。面好，肉卤好，醋尤其好。吃之间，兼听馆主人的山西语音，如变一碗（wǎn）为一碗（wǎng），就无妨展开幻想之翼，飞到隋唐之际的灵石旅舍，看虬髯客的赤髯，红拂女的长发，兼听旅舍主人的山西语音，也可以说是一种诗意的享受。说起诗意，还可以再添一笔，是，如果节令是秋凉以后，天祥市场和劝业场一带的街头，总飘荡着浓重的糖炒栗子味，不知道为什么，这气味常常使我想到黄花，想到远方，也许连带兴起什么渺茫的想望吗？现在是只剩下一点点记忆了。

　　食粮说过，依常情，应该重点说人。可是有困难，因为单是亲友，也太多了，说就必致挂一漏万。想顺水推舟，就用挂一漏万法，只说上面提到的齐君。他是我的同乡，由20年代算起，交往不少于六十年，所以仍须大题小作，只说末尾一段。他由某中学退休，住在唐山道。一次骑车出门，被另一骑车人撞倒，下部骨折，将养很长时期，行路仍然不便。收入不多，病，"寻常车马之客"，如果"今雨不来"，心情的凄凉是可以想见的，所以每年我总要去看他一次。时间必是旧历中秋，因为他是这一天生日。我一般是前一天到，住胞妹家，次日十点多到齐君家。乘车到劝业场，步行过中心花园（原法国花园），前行不远，拐入街口，右方一家院里有一棵石榴树，占一间屋那样大的面积，枝上挂满石榴，我总是把它比作黄山的迎客松。齐君的住处在左方，不很远，所以看过石榴树之后，抬头，常常会看见齐君站在门外，正在向街口张望。都老了，嘴不说，心里当然明白，必是见一次少一次。这种心情延续到酒饭中间，总是使欢聚的气氛暗藏着一些赋别的感伤。有那么一次，齐君大概因健康状况不佳而深有所感吧，半直半曲地说了一句："春天能够多聚会一次也好，秋天，还能见到吗？"我听了，以为不过是老年人容易感伤，并惯于加重说，没有在意。春天来了，仍是忙加不喜欢动，没有去。想不到他挨到5月，就真走了。其后中秋就不再往天津，也就没有再看见那棵迎客的石榴树。

记忆里还有什么呢？想了想，还有可以称为巧遇的，而且不止一件，也无妨拉来，凑凑热闹。一件是气候的稀有。那是1936年1月23日到25日，连续三天，气温降到零下24度。后来听通气象的人说，华北地区气温降到如此之低，几十年来只有这一次。其实与常年相比，也不过差几度。可是影响却很大，只说还记得的见闻。一是我住的那个小楼，估计是墙被冻透，不能保温了，夜里上床，像是住在无火炉的房子里。二是贫民区三不管，有一条小巷一夜冻死八个人；暖棚失火（因冷而多烧火），烧死一百多人。三是大沽口外封海，轮船不能进口，由飞机空投食品。这是个不称为天灾的天灾，语云，天塌砸众人，为什么我算作巧遇呢？因为其时正是寒假，我应该在北京。至于为什么未回北京，可惜由1928年起，将近十年的日记，都毁于七七事变的战火，想知道已经不可能了。另一件，说是个什么剧呢？不好说，只好述事实。是1935年深秋（？）某一天的下午，我由西南角上有轨电车东行，大概是想在东南角换车到劝业场一带去吧，车到南门附近，看见街北居士林门外围着很多人看热闹。第二天看报，知道就在那时候，下台大军阀孙传芳到居士林去念佛，被施剑翘（女，为其父报仇）用手枪打死了。只这一枪，施女成为英雄；孙传芳呢，正在念佛（意在忏悔？），由林友看，也许真就往生净土了吧？总之，就我说是巧，所以直到今日还记忆犹新。

最后说说本应该在开头说的，是游。何以移鸡口为牛后？因为，说一句天津人又会不高兴的话，是与北京相比，实在没有什么可游的。说起游，先会想到古。我到天津的时候，县城早已拆掉，城基改为马路。姑且视马路包围的那一方块为城内，我看到的古迹只有费宫人巷。很遗憾，对于朱元璋、朱棣直到朱由检这一群杀人不眨眼的坏蛋，正如对于李闯及其属下那一群（至少是夺得政权以后），我一直没有好感，所以忠于某某云云，也就不值得发思古之幽情。离开古，说眼下，海河可以看看，因为北京没有。其余呢，据说丁字沽的桃花名气不小，我去过一次，现在是印象也没有了。剩下还有所谓"园"的，不多。水上公园是很晚才有的，我看过一次，印象如看北京的现代化陶然亭，豪华消灭了野意，商风消灭了诗意。中心公园有优点，是紧凑整洁；缺点是太小，高度近视可以一眼望到边，因而难得有逍遥之趣。比较可取的是北站之外的宁园，面积大，而且有水。记得我初到天津的时候，这个园开辟时间不久，又因为远离闹市，游人不多，所以得暇，有游兴的时候，我喜欢到那里去。记得还在湖里划过船。1936年夏离开天津以后，再到天津，都是暂住，多则三五天，少则两三天，游兴不大，又没有空闲，所以与宁园的关系，只是车过北站的时候，望望而已。是70年代前期，一次往天津，住在北马路附近胞妹家，一日得闲，忽然有温旧梦之兴，又离宁园不远，就去看了一次。旧事还记得多少呢？但也不免有些怅惘。语云，秀才人情纸半张，其他无所能，又苦于放不下，也只好诌几首歪诗。其中一首题为《重过津沽宁园》，词句是："宁园一别几多春，白发重来踏劫尘。曲岸垂杨仍拂水，沧波无复荡舟人。"其实，人生不过如此，过去的就应该任它过去。那么，还写这些做什么呢？因为本篇题目明白表示是记旧事，记了，不只还了愿，还可以进一步说明，对于有些旧事，我虽然老了，却没有忘掉。

历下谭林

内蒙古几位友人南行北返，过北京，来看我，谈起济南的情况，说大明湖、趵突泉等处都不再有水，我听了，不禁有逝者如斯之感，也就勾起不少济南的旧梦。有梦，是因为我爱这个城市。爱，我的偏见，居首位的应该是人，其次才是人为的什么，自然的什么。人，如果翻《济南府志》，可说的总当不少吧；可是闲居作赋，就不宜于那样大动干戈，而是应该行所无事，想到哪一位就说哪一位。最先想到的是李清照，恕我不避有违《曲礼》之嫌，又是个女的。依籍贯从父的成例，这位易安居士是章丘人，可是住济南的时间不短，时至今日，金线泉旁还有她的遗迹。她有大名，是因为词作得好。"帘卷西风，人比黄花瘦"，欣赏文句，或进而怀想写文句之人，都值得一唱三叹。接着想到的是王渔洋，二十四岁作《秋柳四首》，就说是神韵派，若有若无吧，像"若过洛阳风景地，含情重问永丰坊"这样的诗句，写出人生中的执著一境，总不能不推为大手笔。再接着还有写《聊斋志异》的蒲松龄，许多故事，如使人难忘的公孙九娘，化为"血腥犹染旧罗裙"的鬼，住处仍是在济南附近。最后想到的是刘铁云，他不是济南人，却写了大讲其济南的《老残游记》。与上面提到的那三位相比，这位刘公成就像是小一些，可是游济南，反而会常常碰到他，因为他时代晚，有些遗迹还没有消亡。

空论说了不少，应该转而谈举目可见、举手可触所谓具体的什么。我到过济南，次数不很多，值得追记的是1956年冬初的一次，那是去了解汉语课本教学的情况，同往的还有郭君和吕君。郭君年最长，已过知命；我其次，未及知命；吕君则尚未而立。入夜由北京上车，次日拂晓到，住在后宰门西口内路南的明湖旅馆，西行不远转北就是鹊华桥，也就是大明湖的南岸。听课任务不重，因而晚饭后如何消磨，反而成了问题。像是没有戏和电影可看，只好足不出户。共坐一室之内，如何送分送秒？理论上有至上的，是学禅门的大德小德，参禅，寻思"如何是祖师西来意"，可惜我们无此弘愿和修养。有次上或中的，是学赵大姑、钱二嫂等聚在一起，东家长，西家短，可以说到"夜阑更秉烛"而不困不腻，可惜我们也无此耐心。剩下的路还有什么呢？谈时事，不敢；谈历史，怕说是影射。天无绝人之路，于是就想到谈小说。小说范围太大，缩小为《红楼梦》。还嫌大，再缩小为人人所爱，林妹妹。起初如政治学习的小组讨论，遵照布置，在林妹妹身上想办法，力求文不离题，没话找话。后来谈风渐盛，东拉西扯兼以异想天开，就如黄河之自白云间而下，欲罢不能了。至于前前后后十几天，究竟谈了些什么，因为没有笔记，都忘光了。记得的只有这化零为整的谈林黛玉；而且有余韵，是回北京以后，三人合写的文章，曾用"谭林"为笔名，像是还不止一次。

这次在济南，是晚上全部有闲，白天常常有闲。有闲，人之常情，就难免到各处所谓名胜看看。济南是水城，许多名胜与水有关。《老残游记》说"家家泉水，户户垂杨"，我推想这后一句是顺从作骈体文的旧习，拉来凑数的，实际柳树并不多。家家泉水则是一点不假，有的小巷，人家门口有个石板夹的小渠，渠中涓涓流的都是泉水。泉水多，俗语所谓靠山吃山，靠水吃水，于是吃、喝、洗、养以及看，都用泉水。济南泉水的特点，或说优点，甘香如何，我不敢说，清则可能是域内第一。无锡惠泉，我尝过，北京玉泉山的泉水，当年小民可近的时候，我也尝过，不能说不好，但未能使我惊。何谓惊？有亲历之事为证。城西商埠部分有个浴池，很有名，我们愿意尝试一下，去洗澡。问洗池塘还是洗盆塘，说洗盆塘。过一会儿，说准备好了，请去洗。我进去，看盆是空的，喊服务员，问，答已经放好水。用手去摸，果然下部的三分之二都是水。我大吃一惊，继以赞叹，并立刻想到柳宗元《小石潭记》中说的"（鱼）皆若空游无所依"。柳文是否夸大，只有作者自己知道，但作为形容水清的修辞技巧，有济南的泉水为证，就不能不推为高手了。

还要说说看水的名胜，以先大后小为序。居首位的自然是大明湖。湖在西北城角之内，名为大，并不大，不要说与西湖比，就是与莫愁湖比，也不成。北岸有铁公祠等古迹。湖中有历下亭，晚清书法大家何绍基书联，文曰："海右此亭古，济南名士多。"又想起《老残游记》，也提到这副对联，变"海右"为"历下"，这是误记，人所难免；至于说湖中有千佛山的倒影，乃事理之不可能，就是随口乱说了。比湖小，名气反而更大，至少是同样，为几种泉。最有名的是趵突泉，在城西。我们去看，水由方池中上冒，总有人头部那样大，高出水面尺许吧？其东不远为金线泉，不足方丈的长方形小池，有时水面中间出现一条线，不明显，要找，要等。据说其附近就是李清照故居，可惜庭院堂室都无存，有发思古幽情之癖的，也不免有"皮之不存，毛将焉附"之憾。黑虎泉在城南，我们也去看了，水由石雕的虎头流出，无论泉水还是看泉水的人数，与趵突泉相比，真是小巫见大巫了。还有个珍珠泉，在一省机关内，诸多不便，所以决定过其门而不入。与水有关的还有个小名胜，名酱园池，顾名思义，是个卖油盐酱醋的商店，大概在旧西门附近，店房内有一个一丈见方的深池，养不少红鲤，身长都在一二尺之间，也许是胜国的遗民吧？其后经过"文革"，接着又水源枯竭，还能"出游从容"吗？但愿如此。

游名胜之外，还闲里偷闲，做了一些寻《老残游记》遗迹的事。鹊华桥和大明湖，出门举目可见，用不着费力。另两处要费些力，可是性质不同。明湖居是已经消亡，问湖附近住的一位老者，说就在鹊华桥之西，湖边，坐南面北，棚式的简陋房，早拆了。高升店，书中说在小布政司街。找到旧所谓小布政司街，在西街与大明湖之间，东西向，据说昔日为书业集中地，有如北京之琉璃厂。若然，何绍基得的孤本《张黑女墓志》，也当出于此地吧？往者已矣，还是找高升店。

费很大力，幸而天不尽收遗老，终于问到，是在街东口之外，稍偏南，南北向街路东，凹进十几米的一条小巷内路南，门户、房舍都依旧，只是改为某单位的宿舍。这是真大观园一类，可惜书中的老残是个糟老头子，不像钗、黛以至晴雯、金钏那样软绵绵，就没有产生残迷，来逐臭，同是小说而待遇不同，也是值得叹息的事。

　　胜迹登临，咏怀古迹，古今推为雅事。我们三人行，是常人常事，所以填充时日的必是可以称为常的更多，有没有值得说说的？想了想，有，可惜属于口腹之欲。考虑到时风是多说甚至编造冠冕的，绝口不言泄气的，这里无妨反一次潮流，以期挽狂澜于既倒。其实也不是什么大事，只是如小孩子吃巧克力，觉得好吃，还想吃而已。是一次同游商埠的一个商场名大观园，见一个饭馆名赵家干饭铺，门口贴着花色纸条，上写"新添三吃黄河活鲤鱼"。我们进去，言明要这个菜。服务员拿来一条，让看看大小，然后用力扔向厨房，鱼在地上跳动几下，就走向刀俎了。所谓三吃，是一条鱼分三种做法，如红烧、糖醋之类，装在一个椭圆形的盘内。约摸二十分钟，活鱼变为美味，端上来，吃，果然很好。米饭尤其出色，在我一生吃过的米饭里应该排在首位，也许就是因此才名为干饭铺吧？如上面所说，为了口腹之欲，我们又去吃了两次。之后，我们纵使舍不得，也只好离开朝夕与共的鹊华桥和大明湖，以及三吃的黄河活鲤鱼。

　　一晃三十多年过去，郭君上升为郭老，于前三年在金陵归了道山，连吕君也变为年过耳顺的老者，困守松花江，很少外出了。我呢，不是"中年伤于哀乐"，而是老年伤于哀乐，大明湖，少外出的兴致，听说变为干涸，就更不想去了。至于黄河活鲤鱼，记得前几年曾忆及，但反应已经不是想吃，而是一阵心不安；并且这不安还深化，想到人己，想到定命，终于不能已于言，于是诌了两首总名为"望道"的七绝，其中一首提到鲤鱼，是："愁看并刀割鲤鱼，天心人欲定何如。饥来面对烧羊肉，举箸沉吟愧化书。"愧是唯心一面；不幸的是，唯物一面经常力量更大，于是有时我就还是吃"物吾与也"的鲤鱼。也是有时，尤其既吃又想的时候，我更加感到老子"虚其心，实其腹"的理想之高妙，虚其心是不想，实其腹是碰到什么，爱吃就吃，其境界是《诗经》说的"不识不知，顺帝（天帝，即定命）之则"。可惜这样的伊甸园时代，至少就书生说，是一去不复返了，所以有时想到"天心人欲定何如"的问题，就不能不再三叹息。

写到此，回头看看题目，想到竟由林黛玉滑到鲤鱼，真可谓下笔千言，离题万里了。如何挽回？难，只好不挽回。此亦有说焉，曰知难而退，亦处世之一妙法也。

报国寺

　　报国寺在北京外城广安门内大街路北，寺门前有空地，由大街可以望见百米外的寺门。广安门，明朝晚期严嵩主持修筑外城时名广宁门，因为清朝道光皇帝名旻宁，要避讳，所以改宁为安。人为万物之灵，也有劣的一面，一旦有权就狂妄自大，为所欲为，这荒唐事也是一证。但老百姓却是乐得仍旧贯的，而且旧得出了圈，不是仍称为广宁门，而是称为远在西方十几里，金中都的彰仪门。还是说寺，据说始建于辽，名报国寺，金仍之；明朝成化年间重修，易名慈仁寺；清朝乾隆年间再重修，兼容并包继以夸大，名大报国慈仁寺。名称太长，老百姓和士大夫各取所爱，老百姓称为报国寺，士大夫称为慈仁寺。语云，人多势众，至少在这件事上，下层人民胜利了，至今街头巷尾，也许还有市政方面吧，都称为报国寺；至于慈仁寺，只有到文人的著作里才能看到了。这寺值得说说，是因为一，得地独厚，辽、金、元、明、清五朝，除元大都以外，都在城内；二，寺内殿前双松大，毗卢阁高，窑变观音像精美，清朝文人笔记多谈到；三最重要，是清朝早期，每月初一、十五、二十五有书市，从而就流传不少文人雅事；四是寺西南隅有清朝晚期何绍基、张穆建的顾亭林祠，因为顾亭林曾在这里寓居；还有五，经过"文化大革命"，北京的佛寺已经毁坏殆尽，这报国寺，也许因为堂庑特大吧，却还有遗存，并且据说，有意修复，以保存旧迹云云。以下就择要说说。

先说双松，据说是金朝时候所植，在大殿前，靠东一株尤其大，大概是清朝中晚期先死后刨掉或竟是未死就刨掉。不可见，可惜，无妨抄点旧记以过想看看之瘾。一处是总说，见孙殿起《琉璃厂小志》二九〇页：

> 寺内有双松，东者高可三四丈，西则仅高二丈，枝柯盘
>
> 郁，荫可数亩；其横斜而压地者，以朱栏数十承之，梳风幂
>
> 翠，一庭寒色。向为侨居宣南之学人所常莅止。

一处是吟咏的序言，见上书三〇七页至三〇八页引的周金然《与顾西园》：

> 慈仁古松，枝枝干干，悉是图画中物；殿前双龙偃盖，
>
> 尤为骇绝。当属诸天诸佛之都宫，疑摄取荆关董巨诸得意放
>
> 诞奇笔，挥洒所成，留示稿本于人间者也。巡廊步檐，欲摩
>
> 苍髯之顶，得《慈仁看松行》，录请和教。

据周文所说，像是殿前两株之外还有松树，推想是康雍乾之后寺院衰落，松为有用之材，由住持僧处理了。

再说毗卢阁，以高著名，据说到上层要走三十六级台阶；上层四周有回廊，凭栏西望，可以看见卢沟桥上的行人车马。有名的窑变观音像供在下层，孙国敉《燕都游览志》说："高可尺余，宝冠绿帔，手捧一梵字轮，相好美异。"1935年北平市政府编《旧都文物略·名迹略上》说得较详，是："又有窑变观音像，明神宗母李太后献，绿衣被体，宴坐支颐，为旧京八宝之一。庚子之乱为人掠去，售与庆宽，庆宽奉之张翼，现不知尚在国中否。"总之，无论大的阁，小的像，都不存了。关于阁，还有个有关佳人的掌故，是顾媚死后曾在这里停灵。顾媚何如人也？是南明秦淮河房的有名人物，余怀《板桥杂记》曾用较多笔墨写她，这里抄一点点：

顾媚，字眉生，又名眉。庄妍靓雅，风度超群。鬓发如云，桃花满面，弓弯纤小，腰支轻亚。通文史，善画兰，追步马守真而姿容胜之。时人推为南曲第一。家有眉楼，绮窗绣帘，牙签玉轴，堆列几案；瑶琴锦瑟，陈设左右；香烟缭绕，檐马丁当。余常戏之曰："此非眉楼，乃迷楼也。"……归合肥龚尚书芝麓（案名鼎孳，高官兼大名士）。……嗣后还京师，以病死，殓时现老僧相。吊者车数百乘，备极哀荣。改姓徐，世又称徐夫人。尚书有《白门柳》传奇行于世。

龚鼎孳卒于康熙十二年，没活到六十岁，推想顾媚当卒于康熙初年，以南明弘光时期年近二十计，大概活到四十岁左右。其时正是报国寺最风光时期，前有集市可逛，后有高阁可登。说后，因为照寺院建筑布置的常规，双层的阁总是在最后部。这阁大概是乾隆以后倒塌的，因为毕沅是乾隆年间人，他的诗集里还有《春日登慈仁寺毗卢阁述怀作》之作。又倒塌后，碎砖乱瓦可能长期并未清除，所以《琉璃厂小志》三〇二页引曾习经的诗，还有"毗卢登废址，高瞰城内外"之句。可惜是现在连废址也不可见了。

然后说也早已不可见而我最感兴趣的书市。其实应该说是逛书市之事；逛是人逛，于是重点移到人；人不少，其中最值得说说或最值得欣赏的是王渔洋。王，名士禛，字贻上，号阮亭，别号渔洋山人，是清初的著名诗人，稍涉猎中国文学史的人都知道。他人未必怪，经历却可以称为一怪，是文，既谈神韵之论，又作神韵之诗，而官则早中巍科，一登仕途就管司法（扬州司理），一直做到刑部尚书。总下笔判过如此处治、如彼处治吧？且不管它。只说文事，神韵派的诗，使人感到轻飘飘，若即若离，但如他的出名之作《秋柳四首》，其中"若过洛阳风景地，含情重问永丰坊""东风作絮糁春衣，太息萧条景物非"之类的句子，总不能不说是美而富于情思。这自然是我的一偏之见。也是一偏之见，觉得人，至少是就迷书方面说，更有意思。这就又回到报国寺。前面说过，每月初一、十五和二十五，三天，那里有书市，在殿前的廊下。看来王渔洋是至时必到。何以见得？有当时人物的目击为证。还是利用《琉璃厂小志》的所引。一处是李楠的诗（二九二页），诗题为《十五日偶游慈仁庙市，值大司寇王阮亭先生买书而来，旁有相士献谀词，口占一律》，另一处是朱克生的诗（同页），诗题为《慈仁寺遇王十一阮亭》，诗皆从略。还有说得详细的，是作《桃花扇》剧本的孔尚任的诗注（二九三页），诗题为《燕台杂兴》，诗曰："弹铗归来抱膝吟，侯门今似海门深。御车扫径皆多事，只向慈仁寺里寻。"注云："渔洋龙门高峻，人不易见，每于慈仁庙市购书，乃得一瞻颜色。故《古夫于亭杂录》（案为渔洋所作）云：'昔有士欲谒余，不见，以告昆山徐司寇（案为徐乾学）。司寇教以每月三五，于慈仁书摊候之，已而果然。'"有逛书摊之瘾，我忝为同道，所以缅想当年，入寺门，疾趋廊下摊前，两眼盯书的情况，总不免勾起一种既欣羡又感伤的心情。

逛书摊，当然意在有所得。得，如意；但不能永远这样，所以有时也难免失意。名高位高如王渔洋，在这方面也未能免俗，如有那么一次，他说：

尝冬日过慈仁寺市，见孔安国《尚书大传》，朱子《三礼经传通解》，荀悦袁宏《汉纪》，欲购之；异日侵晨往索，已为他人所有，归来怊怅不可释，病卧旬日始起。

（《琉璃厂小志》三〇四页引渔洋著《居易录》）

146

三种书未得，病十天，平均一种书三天多，说是书痴，总不为过吧？当然，还是以因得而高高兴兴的时候为多。据《琉璃厂小志》所引文献，他买得的书颇不少，如他在《居易录》里说："官都下二十余载；俸钱之入，尽以买书。"推想这书的来源，至少十之九是慈仁寺。有不少还不是推想，如徐一夔《始丰稿》，孙应鳌《淮海易谈》《陶隐居集》《王若之集》，等等，是他自己说买于慈仁寺的。还有他遇到觉得有意思，不买也记的，如《琉璃厂小志》二九一页所引题为"报国寺见鬻《午梦堂集》〔案为明末女诗人沈宛君（名宜修，嫁叶绍袁）及其三女的合集〕者感而有赋"的诗就是。诗为七绝二首，后一首注云："吊琼章也。"琼章为宛君幼女叶小鸾的字，貌美有才，年十七，将嫁而卒，王渔洋于此三致意焉，也是颇有意思的事。以上都是说买书。此外，据清人记载，王渔洋与慈仁寺的关系，还不只是买书。计有两事，一是寓居，二是寄存诗版，至于寓居多久，是何种诗版（林吉人手写《渔洋山人精华录》？），那就待考了。

写到此，想了想，为这位新城王文简公，竟费了这么多笔墨。我修养差，未能忘我，所以还想由自己方面下笔，拉扯几句。我到过报国寺，而且不止一次。早的，大概是30年代初，年轻，精力旺盛，喜欢到各处看看。广安门一带有几处有名的寺院，内是法源寺、崇效寺、长椿寺、报国寺，外是天宁寺。崇效寺看牡丹，天宁寺看塔，去的次数多；报国寺既无花又无塔，可是有顾亭林祠，所以每次从寺前大街过，也想拐进去看一看。祠在寺西南角，门不大，向南，像是总闭着，所以只能望望门楣上的匾额，"顾先生祠"，发一点点思古之幽情。寺已经残毁，也许连僧人也不再有了吧？只记得没进去过，但环绕院墙向内望望，仍感到有庄严肃穆之气。说起庄严肃穆，不由得想到自己的生活。寺院，不知道已出家的和尚，长年住在里面，怎么看，像我这样的常人，就觉得它代表一种境，物兼心的，具体说是远离尘世烦扰的境，脱离情欲羁绊的境。所以我每次进去，比如静立在殿陛之上，凝视冥思，心里就反而不能平静。事后分析，大概是因为，一瞬间感到，理想并不很远，可是自己总是欲上路而末由吧？总之，如果真有所谓清净山林，我是，至少理做主的时候，也乐得迁到里面的。这就是为什么，遇到佛寺，我总是愿意进去看看，甚至徘徊一会儿的原因。

于是想到不久前进去的一次。是1990年春天，一个结识不很久的蘅君住在广安门内，说在白广路，如果我有兴致，欢迎到她家看看。真就约定，恰巧是旧历三月三日，下午五时到公交车的白广路站，她在那里等候。准时到，她带路，往前走到路口，她往北拐。我说白广路在街南，她说是住在北边。我北行几步，穿过路两旁摩肩擦踵的卖菜集市，抬头一看，原来到了报国寺。没有门，像是更残破了。由东墙外北行，没看到顾亭林祠。前行一段路，看见围墙有个大豁口，往里看，正好对着寺的大雄宝殿。地基高，显得殿更加雄伟。我们进去，走近些看看，感到在北京多处有名的佛寺里，像这样雄伟的建筑似乎还没有。问里边的人，说正在修整，想恢复原状。我们望望殿前殿后，遗留的建筑很少，心想这可能吗？出来，北行不远，左方有两座民居的楼房，蘅君住在靠北一座。我审度地势，推断这楼房是占用寺的最北部；若然，则蘅君住的一座，其地或者就是昔年的毗卢阁。沧海桑田，虽然并不新奇，失去的总是太多了。走进楼，承他们夫妇招待酒饭。旧习不改，半杯下咽，更加忘不掉双松和书市，直到秦淮的佳丽顾眉生。饭后略谈一会儿，夜色微茫中回到城内的住所。上床前照例记一天活动的流水账，写到报国寺，心里像是还有些积蓄，秀才人情纸半张，于是诌了一首七绝，文曰："慈仁废寺夕阳中，旧阁名存迹已空。金粉玉楼随梦去，只留华发对春风。"写完，复看一过，想到发已华，还不能忘玉楼中金粉，人生难道就是这么回事？但总是皆往矣，不禁为之惘然。

阅微草堂

　　辛未年尾，大寒节之后两天，祭灶之前四天，我又到位于北京外城虎坊桥东路北的晋阳饭庄去吃一次午饭。说"又"，是因为已经去过多次。都不是独自一人。最多，或也最早，是辉君，仍是逝者如斯夫，也长时期没有消息了。这次去，我是想到琉璃厂买纸，顺便看看处理的金星歙砚。陪伴的是两个年轻人，一男一女，也去的理由，主要是出于惜老之心，照顾我，其次是顺便到琉璃厂看看。组合之后就出发，根据不成文法，上下车，横穿马路，他们搀扶；我一方呢，要招待吃饭，于是直奔晋阳饭庄。饭庄在琉璃厂之南，相隔一站多路，吃它而不吃琉璃厂的什么馆，应该说明理由。理由有二。一是唯物的，那里的山西名菜"过油肉"，专有菜"小炒肉"，我喜欢吃，而且价钱不贵。理由之二是唯心的，那地方是纪晓岚（名昀）故居，即所谓阅微草堂。坐在那里，饮竹叶青一杯，缅想二百年前，这位既有学识又有风趣的高级知识分子，用他的藏砚磨墨，写他的笔记或其他的什么，可以发思古之幽情。

　　我想依照时间先后的顺序，说说自己和阅微草堂以及其主人纪文达公的一些因缘。纪氏生于清雍正二年（1724），卒于嘉庆十年（1805），地道的乾嘉人物，我自然无缘见到。可是见过他的画像洗砚图，半身，头长，上圆下尖，眼小近于闭，鼻端粗大，微有须，着宽袖长袍，左手持一长椭圆砚，弯至胸前，总的印象，是个十足的糟老头子。人无可看，只好说与人有关的杂七杂八的。

时间最早是《阅微草堂笔记》。我读这类消闲书，始于《聊斋志异》，那是上小学时期。上中学才得见《阅微草堂笔记》。其中殊少柳泉居士笔下那样可爱的鬼和狐，可是他肯记《如是我闻》，希望读者《姑妄听之》，究竟比老学究高出一筹，所以也就喜欢看。不只自己看，80年代编《文言文选读》，还选了《刘东堂言》等三则，介绍给青少年看。因为我一直认为，学文言，开始宜于读些文笔流利内容有趣的，纪氏的这部书正是这样的一种。

笔记浅易，甚至可以不雅驯，像是未尝不可以说，文如其人，因为里巷传说，纪氏是最喜欢开玩笑的。但他还有另一面，是正襟危坐写大书，那是多人起草由他定稿多达二百卷的《四库全书总目提要》。这部书，自入大学翻看之后，我就钦佩，离不开，因为阅读古籍，它是最好的顾问。这不是说，它毫无缺失，是说，它有知见，能够为我们引路；文笔简练典雅，单是当作文章读，也是一种享受。享而受之，独吞，有违"与朋友共"的古训，于是也在那部《文言文选读》里，选了《武林旧事》等三篇的提要，用意是，读书人，显示知识，夸耀见识，眼睛应该往上看，读了《提要》，只是三卷五卷，我们也就会自视缺然了吧？

缺是赶不上。就我自己说，还有闲事一宗，也苦于赶不上，是纪氏为清代藏砚名家，我也喜欢砚，可是因为少钱少缘，虽多年兴趣不减而仍是只能望洋兴叹。叹，无用，只好退一步，只求看看。而上天不负苦心人，在50年代初，由隆福寺街的三友堂，居然就买到《阅微草堂砚谱》。据民国五年（1916）徐世昌的序文说，是根据纪氏后代所藏仅有的一份拓片影印的。收砚约一百二十方，不知道是否有遗漏。拓片几乎都是兼收正背两面，如果侧面有款识，也收。以拓片为中介看砚，有如隔帘幕看佳人，只能得其仿佛。但就是这仿佛，其中有些，也足以使迷砚者馋涎欲滴了。有些款识也值得赏玩，只举两处（原无标点，下同）：

枯研无嫌似铁顽，相随曾出玉门关。龙沙万里交游少，只尔多情共往还。乾隆辛卯（案为三十六年，公元1771年）六月，自乌鲁木齐归，囊留一研，题廿八字识之。晓岚。

余与石庵皆好蓄砚，每互相赠送，亦互相攘夺，虽至爱不能不割，然彼此均恬不为意也。太平卿相不以声色货利相矜，而惟以此事为笑乐，殆亦后来之佳话与？嘉庆甲子（案为九年，公元1804年）五月十日晓岚记，时年八十有一。

这有情趣。牵涉的历史也有情趣，如遣戍新疆放还，其后二年就编《四库全书》；嘉庆九年（1804）还有闲情铭砚，第二年就见上帝了。我特别感兴趣的是与名书法家刘石庵（名墉）通砚的有无，所以昔年诌《咏砚十绝句》，其中之一就提到他们，诗云："凤阙朝参退食余，崇坚（刘评砚石贵坚老）贵腻隔城居（刘寓内城东四南驴市胡同，今改礼士胡同）。唐泥宋石相侵夺，白发题铭两尚书。"

再说一件后来居上的因缘，是60年代初，阅市，遇见纪氏藏南宋末家之巽（曾任校书郎）的眉寿砚。砚长方形，大而厚，左侧有纪氏题识，云：

> 海宁陈文勤公（案名世倌）蓄古砚二，辗转贩鬻，皆归于余。一为端石，刻微泉结翠四篆字，署性存居士家之巽题，后为石庵持去。一为歙石，即此砚也。家之巽名见《癸辛杂志》，则二砚为宋石审矣。嘉庆甲子十月晓岚记。

石确是歙石，很旧，再证以题识的引周密书，即使不对砚谱，也可知必非赝品。可是文物商有个师徒授受的框框，说纪氏家道未落，砚从未散出，所以凡声称出于阅微草堂者都是伪造。我没有这样的框框，虽然推断题识的秀劲隶书必是代笔（纪氏拙于书），还是收了。

其时关于纪的寓所，只知道在虎坊桥一带，所谓扑朔迷离。是80年代中期，以某种机缘结识刘叶秋先生。他也是喜欢谈掌故听掌故的，于是有一次就谈到阅微草堂。他说就是现在的晋阳饭庄，民国初年他家曾租用，阅微草堂在东院，北房三间，门上还悬着匾额，饭庄东邻是个杂坊，一直往里走就是。其后有一天，我又到晋阳饭庄吃饭，想到东院看看，饭庄人说，早没有了。又其后不久，刘叶秋先生归了道山。幸而阅微草堂的事，有关的人士也知道了，于是饭庄门外墙上加了"纪晓岚故居"的题识，餐厅后院加了启功先生写的"阅微草堂遗址"的匾额。至于东小院，真阅微草堂，原匾额，刘叶秋先生作古之后，恐怕连知道的人也绝无仅有了。

一溜河沿

——北京什刹海的一个角落

不记得谁说的话，人生如蓬飞萍转，我也以未曾料到的机缘，于30年代末迁到后海北岸，一住就是三十年以上，直到60年代末，被动到朱元璋的家乡，接受干校的改造，才含泪离开。三十年以上，上寿以百年计，也占了三分之一，霜晨月夕，柳色钟声，可怀念的不少。大题只能小作，也因为约稿的徐秀珊女士表示对水滨的烤肉季有兴趣，所以决定略放大，兼及其四围，写一溜河沿。

一溜河沿在前海的东北角，其西端是银锭桥；桥南北向，桥北往西行是后海北岸，东行即一溜河沿，街巷牌子写义溜胡同。胡同沿水滨，迤逦往东转南，再转东，过火神庙后身，出口是地安门外大街，北望，不远是鼓楼，南行，不远是万宁桥，俗名后门桥。三四十年代，胡同的南面（转南为西面），有些地方没有房屋；仅有的一些房屋，也大多矮小简陋，只有小楼杨的两层小楼是例外。我的住址在银锭桥以西，沿后海北岸西行约二百米，北望有个广化寺，寺西边一个门就是。住在这里，买物，或有事出门，都要东行。路线两条，靠北是烟袋斜街，靠南是一溜河沿。较少的时候，比如夏天逛荷花市场，要过银锭桥后西南行；逛德胜门小市或往积水潭，要沿后海北岸西行。我的印象，穿行次数最多的是一溜河沿，因为不只便于到它东口外的邮局，略南行还可以买到大葫芦的甜酱萝卜，以及茶汤、灌肠、花生等等。与今日琉璃厂的金碧辉煌相比，记忆中的一溜河沿是残破的；但正如秦砖汉瓦，残破也未必就没有价值。正面说，其中也颇有些可珍重的，尤其昔日有而今日难得再见的，就更值得怀念，也就值得说说。

值得说说的主要在银锭桥以东未转向南的一小段，计有三家，都在路南，靠水边，由东向西是：爆肚张，小楼杨，烤肉季。爆肚张的爆肚，据说在北京也颇有点名气，可是我没吃过。不去吃，是因为其时有两三个间或对面喝二两的朋友，惯于到鼓楼前路西的四合义酒铺，那里门口也有卖爆肚的。酒铺宽敞，又人熟，酒酣耳热，即使自己不敢或不肯胡说八道，也可以听胡说八道，就算是一日之弛吧，总比单单吃一碗爆肚有意思。

小楼杨是个茶馆，楼上下各一间，楼下门北向，喝茶上楼，南窗明亮，可以饱看前海的东半。铺主想当姓杨，身量很高，总在一米八以上吧，腰际身后总插个大长烟管。这表示他的为人是老一派。老一派还表现在风度方面，是沉静严谨，矜持之中透露一点点不在乎。不在乎来于自视很高。这仍有来由，据鼓楼东得利复兴书铺的张髯老先生说，杨虽然以卖茶为业，所交往则多文人雅士，如为《燕京岁时记》书写序文的庆珍就是座上的常客。可惜其时我没有坐茶馆的余裕，以致知道有这样一个可以雅集的地方，竟交一臂而失之。

小楼的西邻是烤肉季，也是路南紧靠水边，比一间屋略大，简陋如临时工棚。南面没有墙，为的烤和吃的时候可以兼欣赏波光树影。屋内偏东设两个烤肉支子，木底座有圆桌那样大，周围有四条板凳。那时候北京人不多，外地人尤其少，来北京办事，都住在前门外一带，所以烤肉季虽然小有名气，像现在，座上客常满，还有不少立等的，几乎没有。人少，与“人多力量大”的高论不合，但有人少的好处。可以举出多种。一是清爽，入门去吃，没有拥挤之感，这就不像现在，入门要抢座，抢不到要忍耐。二是可以用古法吃，所谓古法，主要包括两项。一项是自烤，即用长竹箸夹自己在作料碗里搅拌好的肉片往下燃松木的铁支子上放，其后是可以眼看油烟上腾，耳听肉片触热支子时的丝丝声，鼻嗅焦烟的肉香，再其后还容许自由散漫，就是，你喜欢吃嫩些的就少翻腾几下，喜欢吃老些的就多翻腾几下。另一项是烤和吃的姿式，据不成文法，要左腿上提，登在板凳上，然后举白干之杯，同声喊“干”，以显示这是吃烤肉，有游牧之风，与“履舄交错”的情况不同。以上这些都有诗意。再补充些与诗意少关联的，是所吃肉片是牛肉，因为是精选的，我的印象，反而比羊肉味道好。吃烤肉也要有今日咖啡所谓伴侣，前半是白干，后半是烧饼。烧饼是路北一家烧饼铺供应的，趁热送来，也有不成文法，要破个口，把烤好的肉片夹在里边吃。总之，前前后后都要有些"野"意，与闺秀的娇柔相反，所以那时候，没见过妇女来照顾的。烧饼之后还有小米粥，是烤肉季自做。烧饼夹肉吃多了，难免火力大，吃碗粥解解也不坏。还有好处之三，由理财专家看最重要，是价不高，因为彼时商业还是行孟老夫子的古法，逐什一之利，不像现在，逐什四甚至什五之利，还难免以粗代精。上面说过，60年代末我离开这后海故居，于是连带与烤肉季也断了来往。是80年代中期，在饮食公司工作的乡友凌公招待吃饭，说了几个地方，让我选择，其中有烤肉季，我想温昔年之梦，选了烤肉季。到那里，才知道路南的简陋木棚已经变为路北的两层金碧辉煌。上楼，原来的土地变为地毯的软绵绵。供应的食品更大变，以菜为主，烤肉成为附庸，而且是羊肉。烤肉的支子不见了，因为不许自烤，也就不能见支子上的烟气，嗅到丝丝时发出的肉香。要了一盘，也许因为有旧时的记忆，觉得不好吃。时移则事异，又有什么办法？过去的只好让它过去吧。

剩下的只有记忆。想了想，来往于一溜河沿几十年，可记的又不只是口腹之欲。计还可以举出两事，都是有关长物的。其一是修理砚盒。是50年代后期，听说一溜河沿还有个经营小器作的老师傅，也许还能接些外活。多年来我喜欢旧砚，陆续收了一些，其中有的木盒有残缺，当然想化残缺为完整。于是到一溜河沿去找，没费力就找到，在转南不远的路东。老师傅年过花甲，朴实而和气，可惜忘了他的姓名。我说明来意，他说还有些零碎旧料，可以试试。我送去三

158

件：琅嬛砚山，红木底座缺一个腿；龙尾歙砚，红木盖缺一条；松花石玉兔朝元砚，红木盒一处破裂。过几天交工，说只有那个腿，因为碰巧有一块紫檀，没用红木。工做得很细，三件收四元五角。就是这位师傅，不久病倒，以致其后修理一个井字砚的木盒，不得不远走东琉璃厂，去求另一位师傅。其二是买一个字卷。转南再转东，路南住一个姓杨的中年人，在后门一带摆书摊，同我熟，不知以何机缘，买来一批书画，其中有不少清人书札。我得消息晚，未能捷足先登，去看，只剩两三件人家不要的。其中一件，俗名手卷，小巧玲珑，裱工很好，张伯英题签是"祝枝山临景龙观钟铭勹圃审定真迹藏之小来禽馆己未重装"，字不假，里面收藏章，鲍东方（名震）的也不假，可是祝枝山的字不真。价甚廉，只二元，我收了，不是为欣赏，是觉得，这有如花花世界，真真假假，虚虚实实，有时取出，作为一例，跳到局外看，也好玩。且说这一件，至今还卧在敝箧里，是因为《景龙观钟铭》以及祝枝山，都与革命不革命拉不上关系。至于另一件，也是个字卷，千真万确出于莫友芝之笔，只因为莫曾入曾国藩幕府，又文中曾两次提到粤匪，怕万一红卫英雄也略知历史，用株连法，性命攸关，就毅然付之丙丁了。

说到秦火，有离题万里之嫌，还是转回来说一溜河沿。它变了，逝者如斯，不舍昼夜，万事都是如此，也就不必多说。这是一面。还有另一面，是记忆中的不变，这就会引来加倍的怀念。怀念，情也，依古训，"情动于中"会"形于言"，此情有没有形于言呢？找了找，只得一首怀念旧家的《浣溪沙》，文曰："午梦悠悠入旧家，重门掩映碧窗纱。夕阳红到马缨花。　　帘内似闻人语细，枕边何事雀声哗。消魂一霎又天涯。"西移了二百米，能够算数吗？我想也未尝不可，盖古人早已用过，曰"乞诸其邻而与之"，虽不合圣道，但醋总是酸的，能用，也就不必苛求了。

乡关半日

　　我受《旧约·传道书》"日光之下并无新事"思想的感染，又杂务多，殊少兴致旅游，也就很少旅游。日前承故乡香河县城诸东道主的雅意，来车接去赏"月是故乡明"的中秋之月。我是望日的前一天到的，忙着吃家乡肉饼，家乡月饼，"双手捧碗、缩颈而啜"玉米糁粥之后，坐待八月十五的"月出东山之上"，难免还会闲情难忍。东道主不参禅而也能他心通，于是设想（今曰策划）于望日上午作半日之游。我当然高兴。其后是一夜无话，到了望日之晨。八时开车，客只一人，我；主三人，皆王姓。

　　车西南行，趋向安平镇。车快，路生，我辨不清方向，总是镇附近，有个县第二印刷厂，进去略坐，然后东行，去看正在兴建的"天下第一城"。这设想，以及成为实行，我都听说过，是想再来个北京城，只是具体而微。对于这样的"现代化"的奇想，有没有必要，妥不妥，我这非现代化的人没有发言权。但也曾兴起一些远于欢快的感触。这是一，具体而微，大如故宫，小如四合院，怎么微法？总是太难了。二，这建成，谓之天下第一，如果真北京城，内四十里，外二十八里，尚在，应该是天下第几？可惜几十年前，头脑里破四旧的妄念太强，又权太大，说了算，竟是堂上一呼，堂下，少数不主张拆的受批判，多数也未必愿意拆的拿铁锹，不很久，这可以称为世界珍宝的北京城就一扫而光。光了，如西方某哲学家所幻想，凡是已然的都是应然的，连后悔的话也就不必说了。说又有何用？圆明园是英法联军烧的，笔可以写，口可以骂。天下第×城呢？我们自己毁的，动笔动口都不合适，或不许；如果还有恋恋之情，来个具体而微也许是个好办法。我不认识第一城的策划人，不知道是不是这样想的。不知为不知，车已到跟前，还是看实物吧。城墙已经砌起一些；也只是一些，至多不过十分之一吧？外皮像，比北京的略矮，空心。据说还要建城楼，内外十六座，目前还一座也没有。看远处的立柱，已可知城的大小，与北京的由此端看不见彼端相比，所谓"而微"，总是太微了。城内自然还空空，据说建成，将充满各种景观，语云，耳闻不如眼见，那就等能眼见时再看吧。

预想看的第一景任务完成，上车，由京津公路南行，约十几里转向东，奔香城屯村的银杏树。途中还有值得夹带说说的。车沿运河支流青龙湾的南岸走，到某一渡口转北过几乎无水之河。我的出生地在青龙湾南约十里，外祖家在青龙湾南堤下，还记得儿时踏堤上白沙，以及第一次往香河城涉水的情景，这次渡河的地点在上游，推想距外祖家还有十几里，可是看见堤上白沙，河身清水，心中不免顿生怀旧之情。让车停住，在堤上、水边照几张像，东南望，心想又一次别了，然后上车。车下北面堤，走一段路，不知怎么一绕，穿过一条街，似曾相识，一问，是五百户。五六年以前，以某种机缘，我曾来这个镇，下榻于西南隅的卢家小院。小院南邻水塘，塘南林间散步，南望，可见青龙湾堤上的柳行，入夜，枕上可闻鸡鸣犬吠。卢家老夫妇朴厚热情，并曾有对坐饮白酒之雅。一别几年，总想再去看看，温绿窗灯影之梦，不想一霎时就走到跟前。又让车停住，去找，门户小变，但未费大周折就找到。在住室、窗前、塘畔，以及与老夫妇，都照了像。事后想，这次半日之游，打算盘，所得不少，排第一位的应该是重访卢家小院，因为看银杏树、度假村等是新知，与旧梦相比，总是浮在水面上的。

车由五百户直向东行，过一个村，不远就是香城屯村。村西端路南有个空场，银杏树在空场的东南部。南北并排两棵，估计原来是离开植的，因为年深日久，树干加粗，已经成为并肩。树干、树冠都大得惊人。单说树干，大概要三四个人伸臂才能围过来，那就是量圆周，两丈左右。树冠不是上冲形，是扩散形，几乎把空场的东南部都遮住了。我很惊讶，像我们这不出名的小县，竟有可以与潭柘寺比美的古银杏！可惜它生在偏僻的乡村，如果生在北京哪个园里，就可以入各种游览指南，并且大书特书了。我靠在它身上，照了像，直到上了车，又东行，还回头看看它。然后是想它的身世，推想昔年必有个寺院，树为建寺时所植。昔到什么时候呢？什么寺院呢？回到县城，遇到在那村教过书的王君，说听人说，是有个寺，辽代创建的，前些年还有个半圮的塔。若然，姑且假定是辽中年（1015）所建，那就年寿将近千年，比苏东坡还大二十二岁。可惜没有碑文可证，只能靠推算发思古之幽情了。

然后驱车东南行，看最后一景，新建成的度假村。占地不少，住屋是平房，周围都是花木，还有鱼塘，可以钓鱼。因为不对外营业，确如介绍所说，是个幽静的田园。不久前的夏日，县里某公雅意，曾拟邀往休养个时期，其时我正赶着看一本拙作的校样，又怕设备豪华，会冠盖往来，就辞谢了。现在身临其境，心想原来如此，如果仍有机会来，就无妨商请珊君陪伴，来住几天，有校样则看校样，没有，在田园中，会兴起陶渊明的雅兴，无南山可看，无菊可采，就作《闲情赋》也好。

其时已经是中午，题目限定"半日"，只好就此住笔。

　　书有歧义，书籍之书，多用，书法之书，少用，这里从多，指书籍之书。书所指定，从哪个角度谈它，还要先说清楚。可以用目录学家的眼看，那就单说分类，写成文本，也会汗牛充栋。可以用学究的眼看，限定一门，钻进去，也会不知如何再钻出来。还可以顺时风，从所谓效益的角度看，问题就更加复杂，比如内容正经，色不发黄，有些人就不欢迎，反之，也有人，纵使数量不大，会不欢迎，一笔胡涂账，算清就不容易。人生多是躬逢所谓盛世而多难，语云，自求多福，可以躲开的麻烦，当然以躲开为是。那么，文题白纸黑字已定，如何写呢？决定损之又损，或说由街头退入内室，只说它与自己的私交。私，与国计民生无关，可是自己感到亲切，也就无妨唠叨几句。

　　想不到一开头就遇到个困难，是这私交的交由何时开始，由哪一本开始。我清末生于一个极平常的农家，父亲念过"三百千"，因而识字，能写八行书之类；至于是否进一步也"四书""五经"则不知道，至少是我上小学以后，没见过家里有这类书。那么，想确定能觉知（始于何时，只有天知道）以后，第一次看到甚至接触的是哪一本，就只好借用胡博士治学法宝的前一半，大胆假设（后一半为小心求证）了。假设的结果，是俗名皇历、官定之名为《时宪书》的，因为如今日之挂历，为家家所必备，并且经常放在桌面上，以便有时想到邻村去看看大姑、二姨之类，先要查查是否宜于出行。说官定，是因为乃钦天监所定所颁，不像现在，有出版力量的就可以争奇斗胜，抢先挂在街头，赚钱。又因为来自钦天，性质也与今日的挂历有很多分别，即以封面而论，那时是标明几龙治水，现在循"竹不如肉"的原则，变为半裸美人。内部呢，以我手头还保存的我出生那一年的《时宪书》为例，复杂得很，单说十二月十六日我出生的那一天，其下没有注公元年月日，却刻"丁卯火井满宜祭祀"几个字。我不是《易经》迷，也就不信由几根草棍的排列可以推断自己能否上登青云。可是，正如有的人占梦用二分法，曰佳兆可以不信，恶兆不可不信，对于生日那一天的钦天所批，我却也曾效不少"红"家之颦，想在"一从二令三人木"之类的迷魂阵中看出点门道来。我抓住的是"火"和"宜祭祀"，于是一推算就大有所得。那是就五行说乃火命，其含义也许就是庄子所慨叹，"其耆（嗜）欲深者其天机浅"吧？如果竟是这样，"命矣夫"，又有什么办法！再说宜祭祀，我不止一次引英国培根的话，"伟大的哲学始于怀疑，终于信仰"，可是我就苦于只能做到前一半。这给我带来不少麻烦甚至痛苦，其中有道的，有俗的。总之，我应该步许多人之后，也请个或大或小的龛，其中供个什么神，以期生有所靠，死有所归。可是知而不能行，至今还没有个龛，也就还茫茫无所归。想到这里，我几乎禁不住要高呼："伟哉钦天所批，我确是宜祭祀。"闲扯这些，等于吃后悔药，干什么呢？因为是谈书，一生中视和思的最亲密的伴侣，凡事要重个开头，此《时宪书》乃开卷第一回也。

再说有案可查的开卷第一回，是上小学以后，最早看到的共和国教科书中《国文》第一册。现在还记得是商务印书馆所编印，32开，线装，油光纸，石印大字，开头几页有字有图，字是"人手足刀尺，山水田，狗牛羊"，其下就记不清了。文没有高到圣经贤传，但也没有强制信受的教条，所以，也许更有力的原因是儿时的所有吧，我有时想到它，就以它未能躺在现在的书橱里为遗憾。旧的，即使不遭"除"之劫，逝去的也太多了，想开些也就罢了。

其后是离开家乡，到外面，先则上学，后则就业，混饭吃，一晃就差不多七十年过去。与书的关系，看，专就量说是线形，前后没有什么变化；买就变为枣核形，中间大，两头小。看，多而杂；买，与嗜书家尤其藏书家相比，不很多，但也杂。显然，谈这方面的情况，就不宜于由具体方面下笔，原因之一是当年没有记离开日记之账，理清很难；之二是即使能理清，写不胜写，也必没有人有耐心看。但就这样放过也有点舍不得，不得已，来个总而言之，是不管是看还是买，都实用和趣味兼顾，举个极端的例，《十三经索引》是实用，至于《回文类聚》，不过看看好玩而已。还要再来个总而言之，是所看与所买相比，后者的量小得很多，原因也是两种：一是有很多书，觉得好，甚至很想装入自己的书橱，可是买不起，或兼无处去买；二是有更多的书，看过或只是翻翻，觉得没有它也有好处，是既可以省钱，又可以省地方。

以上近于闲篇，表过，应该转入正文，说私交，即阑入己身生活或影响己身生活的。这有可意的，也有不可意的，人生难得开口笑，先说可意的。可意，有的由看来，有的由买来，先说由看来的。这有浅深两种，先说浅，后说深。

浅是"消闲"。唐人李涉诗，"因过竹院逢僧话，又得浮生半日闲"，连《千家诗》也收了，可见闲贵重难得，为什么还要"消"呢？人就是这样一种奇怪的生物，忙了他（或她）叫苦，可是闲真来了，他又会闲情难忍，喊"日长似岁"。怎么办？办法万千，可以各取所好，或所惯。如昔日，男老朽，可以寻同道，喝四两半斤，女老朽，串门，说张家长，李家短。今日呢，花样多且翻新，如远可以旅游，近可以奔入卡拉OK。我路子少，连圣人网开一面的博弈也不会，而又最不能忍闲（或享闲），所以偶尔得闲，就不能不设法消。我的办法，最常用的是向书乞援；而书，也必伸出救援之手，使我安然度过难挨的片刻甚至长日。为了什么写作教程上标榜的形象化，像是应该有实事为证。一想就有两件涌上心头。一件是身心俱闲之时。何以能有如此清福？是40年代后期，因劳累而患胸膜炎，被送往地安门内清源医院。住几天，烧半退，卧床而清醒，真就日长似岁了。只好向书乞援，让家里人送来青柯亭本《聊斋志异》，本子不大而字大，看不费力而故事有情趣，总之就使难忍之闲化为轻松度过。另一件是身甚忙而心甚闲之时。那是在干校接受改造时期，繁重劳动之外，有时也要面对书桌。桌上只许有小红书，面对，如参古德的话头，总是迷而不悟，于是偷看唯一的"深藏若虚"的一本合订的《唐诗三百首》和《白香词谱》。遗憾的是"天网恢恢，疏而不漏"，不久就有进步人物发现，告密，并定性为阶级斗争新动向。处理是批斗其人，没收其书。"闻道长安似弈棋""杨柳岸晓风残月"看不见了，只好乞援于心里的书，这是一直记得的玄奘法师译的《心经》，于是再有面对小红书之机，就背诵"观自在菩萨行深般若波罗蜜多时……"。赖菩萨保佑，进步人物就竟至没有发现，因而也就未定性，免于批斗。

消闲，闲不多，而且消了就鸟尽弓藏，所以说浅。转而说深的可意，那就一言难尽。或者竟是难说，因为，如西方的《圣经》，东土的《南华真经》，就都欣赏混沌而厌憎知识，而我这里说书会带来深的可意，这可意正是指"知识"。怎么调停这看法的两歧呢？我想，混沌是个高不可及的生活境界，也许竟是佛家想望的涅槃的现实化吧，可惜人力有限，所以七品芝麻官郑板桥慨叹："难得胡涂。"或者就借用《圣经》的叙述，既已偷吃了智慧果，只好扔开伊甸园的幻想，退而求其次，是既已有知，就干脆求多知一些。这之后就不能不颂扬书的功德。大致说，书都是过往的多知的人用书写的方式告诉我们的他们的所知，所以笛卡儿说，读书就好像同（其实是听）高尚的古人谈话。听多了，继以思，自然会有所得。这所得，总的说是知识。分说或具体说，又会千差万别，因为所读不同，吸收到头脑里整理，评骘，取舍，还必致受"天命之谓性"的影响。泛论不成了，只好说自己的。这也大不易，不是因为所知太多，说不完，是因为自己究竟知道什么，连自己也说不清楚。但文是还要作下去的，只好搜索枯肠，并不避吹牛之嫌，说一些自认为分量较重，还值得拿到案头陈列一会儿的。这是一，因为读书，就秀才不出门，便知天下文（闻？）。这是利用旧话，表示借读书的光，才能知道人间、天上许多本来不知的事物。实际当然比昔日秀才的所知多得多，比如大的，外界，远的，以光年计，而年月日所表示的时间，又会因运动的加速而变慢，小的，人的总性，分性，都受细胞中染色体的制约，可见之物由不可见的原子组成，原子也是个复杂结构，等等，昔日的秀才就不知道。还有不少昔日的秀才可以知道的，如隋炀帝杀父、唐明皇夺媳之类，以及司马相如不作八股、赵飞燕不缠小脚之类。此外，各门类，由巨到细，"知也无涯"，说也说不尽。不尽，姑且算作多知，有什么好处呢？举不出有哲学癖的人也会首肯的理由，勉强说，浅入，是人生一世，多知总比不知好，深入，知的近邻是明理，可以致用。这就过渡到其二，明理，或说有分辨真伪、对错、是非的能力。这场面嫌太大，我想缩小为一点，是不轻信。这内容仍嫌太多，只举一点点显著的。如与权势有关的那些好听的话，上至尧舜禅让，帝王降生，五彩祥云照户，即位后爱民如子，下至什么头头，一贯奉公守法，等等，我总觉得事实必不如此。又如宣扬什么信条，说只要信受奉行，娑婆世界很快就会变为天堂，我也总是一笑置之。不信，且不说对错，这样一人向隅，有什么好处呢？大概没有什么好处，勉强说，不过是存诚，心可以较安然而已。再说其三，我一直自信为因读书而有的独得之秘，是有些深思时会碰到的大问题，我们必弄不明白。这有属于天的，如情况为什么是"有"而不是"无"？有属于人的，是饮食男女，生生不息，有没有什么究极价值？不明白，还自夸为独得之秘，是因为我有时想，人有生一次，为天命所制，能够知道自己的知的限度，这就有如欠债，无偿还能力，能够知道确数，盖棺时也就可以瞑目了吧？还可以借"圣人之言"，说得冠冕些，是"知之为知之，不知为不知，是知也"。如果这样的不知也可以算作知，这所知显然也是读书之赐。

再说由买而来的可意。这就性质说很简单，是当年喜欢淘旧书，买到，不难得的可小喜，难得的必大喜。先要解释一下，何以只说买旧书，因为事实是几乎不买新书。这还要有原因。重要的有两个。其一是经济学的，我穷，上有老，中有妻，下有小，都要吃饭穿衣，买书之钱，只能由必需的日用中截留一点点，少，还要办大事，其时旧书多，价廉（比如鲁迅《呐喊》，定价七角，初版的一本毁于七七事变的战火，1937年9月由旧书摊重买，为1927年3月第七版，仍紫色封皮，毛边，价仅1角4分），语云，钱要花在刀刃上，所以只能买旧书。其二可以称为狩猎学的，是只有到深山密林，才可以猎到市面不见的犀象之类。犀象，稀有，还是只说家常。单说枣核的中间一段，大致是由30年代晚期到60年代早期，每周总要挤出一点时间，骑车，逛卖旧书的摊店。上面说过，其时旧书多，价廉，出去逛几处，几乎没有空手而返的时候。用书包装回，远交，所得是知识，可不在话下；难忘的是近攻的所得，或短期或长期的欢乐。说欢乐，或者还不够，因为事过境迁，有时回首，总浮生之账，虽然外不少横暴，内不少穷困，而仍有勇气活下去，甚至感到人间还有情理，有温暖，有希望，就是（至少是一部分）因为还有"书"在，尤其是仍躺在书橱里的那些。近些年，我很少买书，因为一则无处安放，二则已经到了"及身散之"的时候。可是说到散，看看案头床下，尤其早年买的那些，已经相伴半个世纪了，又实在舍不得。这难割难舍的心情主要就是由昔年长期享受的买书之乐的记忆来。

自然，记忆里也有不可意的，那是书的散失。值得说说的有两次。一次是七七事变，存于保定育德中学的书，连同衣物，都"黄鹤一去不复返"。数量不多，可是有不少二三十年代的新文学作品，而且是初版本，戴上现在的眼镜看，也就可惜了。另一次是1966年的夏秋之际，"文化大革命"以龙卷风之势卷来。思想要求纯正、一统，红卫英雄干劲冲天，领来生杀予夺之权，而我的存书，有不少，轻则不很纯正，重则很不纯正，又，谁也不知道红卫英雄的秤是否准斤十六两，冒险可能有险，于是为保命，连夜清理，估计可能引来大祸的都清出，易烧的，如线装竹纸的佛经之类，烧，不易烧的，如外文书之类，由孩子骑车运出去，扔。多年，怀着欢乐的心情，一本一本运回家的，就这样去了一半。心情不再是欢乐，而是，借用钱牧斋卖宋版前后《汉书》时的话："李后主去国，听教坊杂曲，挥泪对宫娥，一段凄凉景色，约略相似。"烧、扔之后还有余韵，是时势使然，必须迁居。居住空间由大变小，书也成为床少人多，纵使碍于情面，也只好请一些膀大腰圆的到废品站去安歇。就这样，又清出一批，所得呢，以八分一斤论价，换回大团结数张之多。

过去的就让它过去吧，换为说说近些年的。时移事易，不东跑西跑淘旧书了，新书的量却有增无减。来源主要是作者赠或出版家赠。所赠还有块头大、价钱高的，如《中华名匾》是150元，《阅微草堂砚谱》加倍，300元。天之生材不齐，只好都给它们个安身之地。正如我国的三才形势，天地未变而人则火速增加，只好挤。起初是桌面没有了，继而一个单人床面也没有了。看来挤的势头还不能终止，怎么办呢？只能走着瞧，希望车到山前自有路。

还有个情况，本不想说，可是刚才说到挤，举目一扫，碰到强占地盘还有几包未开包的，只得也捎带说几句。算来总有十年了吧，写些不痛不痒的，不再有轻则批斗、重则劳改的危险，于是旧病复发，就也拿笔涂抹。借出版业主江海不择细流的光，所涂抹，有些变成铅字，甚至订成本本。人，总有不少乐于从众摇旗呐喊的，于是有时，碰到适于摇旗呐喊的场合，就随便抓个学者或作家的帽子，往我的头上戴。我的经验，对于好意的帽子，比恶意的就更难办，因为如果你辞谢不戴，一霎时就会升级，成为既有大成就而又谦逊的学者或作家。所以只好不纠缠这些，只说因自己写书而来的苦难。一是成书很难，即使思路里已经有了东西，也要一个字一个字地写。近年有了什么电脑新玩意儿，还有人劝我维新，我自知心灵迟钝，必跟不上，所以还是一个字一个字地写。幸而功到自然成，一年两年，可以印成本本，有人肯印成本本，拣字，排版，打型，可是征订数只是三百五百，真是急煞人也。也曾想来个手推车，上载书和笔墨，到大街小巷去叫卖，而且是签名本。可惜我老了，心有余而力不足，只有望豪举而兴叹了。

这样诉苦不好，只得躲开自己的写书，仍说存书。前面曾提到及身散之，现在是有不少，估计不会再用，将来总有一天，都不再用，是否也来个未雨绸缪呢？我想过这个问题，答案是暂不想它。如此处理，细想，理由还是感情的，比如康德《纯粹理性批判》的三种权威英译本，估计不会再读，可是想到当年节衣缩食，奔跑旧书店，买到时的喜悦，读时的所得，实在不忍看着它由我的身边走向远处。就说是佛门视为大忌的爱染吧，既已爱了这么多年，也就不想改弦更张了。

顺着爱这条线，还可以说个遐想，是由不久前，与个年轻人谈《兰亭序》帖引起的，这是到盖棺之时，是否学李世民之以心爱的墨迹殉葬，也拉一两种相伴多年之书，仍旧做伴，同归于尽呢？用不用，如果用，用什么，一时还想不好。无力完成的事放放也好，那就只能且听下回分解了。

酒

入口之物，有的评价容易，如粮食和水，连宣扬万法皆空的和尚也不反对。有的就不然，如酒就是最突出的一种。仍请和尚来做证，十戒有它，缩减到五戒，杀盗淫妄酒，仍然有它。可是酒有别名，曰般（读bō）若汤，推想必出自佛门，可见至少是有些和尚，如传说的济颠之流，也喜欢喝的。出了家尚且举棋不定，不出而在家的就更不用说了。刘伶夫妇可以出来做证，妇是反对派，主张"必宜断之"，理由是"非摄生之道"；夫却走向另一极端，说："天生刘伶，以酒为名，一饮一斛，五斗解酲，妇人之言，慎不可听。"不听话，幸而那是夫唱妇随的古代，仍然可以和平共处。还是说酒，凭情，或兼理，有人说可以喝，有人说不可以喝；还有少数，说不可以喝，甚至坚信以不喝为是，而实际却一点不少喝。情况如此复杂，如果有人追死理，于喝好还是不喝好之间，一定让我们择其一而不许骑墙，我们将何以处之？不知道别人的高见如何，我是再思三思之前，只能借用齐宣王的办法，"顾左右而言他"。

言他，这里是想暂躲开评价，只看事实。事实是有不少人很喜喝。而且是千百年来久矣夫，《史记·夏本纪》说："帝中康时，羲、和湎淫。"《集解》引孔安国曰："羲氏、和氏，掌天地四时之官，太康之后，沉湎于酒。"同书《殷本纪》说："（纣王）以酒为池，县（悬）肉为林，使男女倮（裸），相逐其间，为长夜之饮。"实物是更有力的证据，传世的古青铜器，其中很大一部分是酒具，花样多，形状各异，与现在用一种，曰"杯"，只分大小，相比，真是后来居下了。依照曾经有的必较之见于文献的更靠前的通例，我们甚至可以推断，如果真有所谓伏羲画卦，这位伏羲氏，画成之后，得意之余，也会找出酒坛子，浮三大白吧？如果竟是这样，我们，纵使并非刘伶一派，也就不能不承认，酒的寿命必与饮食文化一样长，就是说，自从有饮食就有它，它的灭绝也绝不会在饮食灭绝之前。唯一的弱点是，不像饮食那样有普遍性，比如就全体说，刘伶夫人之流不喝；就一个人说，孩提时不喝，成年以后，如李白，斗酒之后还可以作诗，流放夜郎的路上却未必喝。

那就只说喝的人。上者可以举陶渊明为代表，不只喜欢喝，而且为饮酒作了诗，标题就用《饮酒》，多到二十首，小序中有这样的话："偶有名酒，无夕不饮，顾影独尽，忽然（不知不觉之意）复醉。"以常情衡之，够瞧的了，可是他在《挽歌诗》里还说："但恨在世时，饮酒不得足。"由上者下行，杜甫大概可以算作中间人物的代表，漂泊西南，写《秋兴八首》，抚今怀昔，竟没有提到酒；可是遇到机会也喝，不只喝，而且乐得"醉卧佳人锦瑟傍"（《曲江对雨》）。

这中间型是间或喝，有固然好，没有也能凑合。下呢，一向不沾唇的人不算，有各种情况，由并不想喝而逢场作戏到被动干杯辣得皱眉咧嘴，应该都包括在内。以下想谈个大问题，这甘居下游的人就须清出去，因为问题是"喜欢喝，所求究竟是什么"，他们并不喜欢，当然可以逍遥法外。说是大问题，原因有二：其一，在人生中，它占个不很小的位置，由斯宾诺莎"知天"的高要求下行，我们应该要求"知人"，就不当躲开它；其二，而偏偏是很不容易答。浅了不行，比如说，没有就想，见了馋得慌，喝了感到舒服之类，说了等于不说，因为只是现象，碰见惯于刨根儿的人还要问原因。深呢，听听有切身感受的前人的意见是个办法。但是有困难，至少是麻烦。其一，如"为长夜之饮"的纣王，时代过早，文献不足征，我们也就不能知道。其二，如刘伶，有《酒德颂》（见《世说新语·文学》篇注引《竹林七贤论》）传世，像是最适于充当调查对象，可是看他的颂辞，说"有大人先生，以天地为一朝，万期（读jī，年）为须臾，日月为扃牖，八荒为庭衢……"，显然重点是表白人生态度，与举杯时的所感还有不小的距离。其三，零篇断简，直接说喝后的所感，我们也可以找到不少，如王蕴所说，"酒正使人人自远"（《世说新语·任诞》），王荟所说，"酒正自引人着胜地"（出处同上），陶渊明所说，"不觉知有我，安知物为贵"（《饮酒二十首》之第十四），意思都可取，可惜言简旨远，我们没有晋代清谈人物那样的修养，会感到隔膜。

剩下的一条路是自己试试，看能不能讲出点道道来。在喝酒方面，我至多是中间型，碰到也喝，但不能多，更没有刘伶和陶渊明那样的兴致。所以试，以自己的经验为资本，怕不够，要学新潮，引用外资，曰推想。经验也罢，推想也罢，混在一起，总之还是自己的，连刘伶之流也未必同意，只能算作聊备一说。想由时间方面下手，把喝酒的所感分为先后两段，先是入口之际，后是酒性发作之后，看看喝者的所求，或所重，是入口时的美味还是酒入肚之后的微醺直到大醉。被时风刮得东倒西歪的一些人物大概认为，先和后同样重，甚至先者更重，因为二锅头与茅台之间，一定舍前者而取后者（其中可能有摆阔和揩公家油的成分，这里不管）；如果只计入肚之后而不计入口时的柔而少辣，用高于二锅头几乎百倍的价钱以换取同样的微醺或大醉，就是太失算了。但这算，如果有，是少数赶时风的，我却不这样看。怎么看呢？是所重，或干脆说所求，是后一段的微醺或大醉，而不是入口时有什么人人都首肯的美味。说没有人人都首肯的美味，可以由轻到重举多种证据。其一，我不是刘伶夫人一派，可是酒入唇，高高下下多种，积数十年之经验，仍然没有觉得有什么舌君大欢迎的感觉。其二，幼童，大量的妇女，以及非幼非女的不少人，都不愿意沾酒，说太辣。其三，有不少被封为酒鬼的，或内的条件不具备，如缺杖头钱，或外的条件不具备，如跃得太高以致没粮食吃的时候，得酒难，不论质量多坏，只要能够换得微醺或大醉，照样喝。如果这样的分析不错，以下的问题就成为，换得微醺或大醉，所求究竟是什么？限于主观的意境，可以从消极方面说，是离现实远了；也可以从积极方面说，因为离现实远了，也就离幻想（或梦想）近了。人在现实中生活，就说只是心而不是身吧，为什么还想离开？因为有时候，现实中有大苦，身躲不开，不得已才退守内，在心境方面想想办法。微醺，尤其醉，现实的清清楚楚就会变为迷离恍惚，苦就至少可以像是减轻些。其次，幸而无大苦，常处于现实中，寒来暑往，柴米油盐，也会感到干燥乏味，那就能够暂时离远点也好，酒也正好有这样的力量。再其次，得天独厚，条件好，不只无苦，而且要什么有什么，但是正如俗话所说，做了皇帝还想成仙，春秋佳日，或雨夕霜晨，还会产生闲愁，就是，虽然说不清楚，却总感到缺点什么，这渺茫的希冀也来于天命之谓性，难于命名却并不无力，如何排遣？喝两杯是个简便而可行的办法。最后，还可以添个锦上添花型，比如天假良缘，走入"贾氏窥帘韩掾少，宓妃留枕魏王才"之类的准梦境，欲笑无声，欲哭无泪，心不安，以至不知今世何世，就可以喝两杯，于迷离恍惚中，缺定补定，缺胆补胆。说起胆，有时也要由离开现实来，因为唯有离开现实，才可以忘掉利害，甚至忘掉礼俗。可以抄《史记·滑稽列传》的妙文为证：

> 若乃州间之会，男女杂坐，行酒稽留，六博投壶，相引为曹，握手无罚，目眙不禁，前有堕珥，后有遗簪。（淳于）髡窃乐此，饮可八斗而醉二三。日暮酒阑，合尊促坐，男女同席，履舄交错，杯盘狼藉，堂上烛灭。主人留髡而送客，

罗襦襟解，微闻芗泽。当此之时，髡心最欢。

现实中，男女是授受不亲的，喝了酒就变为握手无罚，履舄交错。这是现实退让了，幻境或梦境占据了现前，还有什么比这更值得欢迎的呢？所以就无怪乎，古往今来，上至帝王将相，下至贩夫走卒，几乎都乐此不疲了。

以上是泛论，对也罢，错也罢，总难免有讲章气，不宜于再纠缠。那就改为说自己与酒的关系。可说的像是也不少，却都是不怎么堂皇一面的。先说其一，是起步晚。我生后三年国体大变，由专制改为共和，可是农村的人，思想和生活方式仍然是旧的，专说酒，儿童和妇女不许喝。仅有的一点关系来自嗅觉。镇上有一家造酒的作坊，我们家乡名为烧锅，字号是双泉涌，产酒不少，我到镇上买什么，从它门前过，就感到有一股带刺激性的发酵味往鼻子里钻。家里来亲戚，或过年过节，男性长辈要喝酒。用锡壶，要烫热，这工作照例由孩子做。燃料就用酒，倒在一个小盅里，用火柴引着，发出摇摇晃晃的蓝色火苗，把锡壶放在火上，不一会儿温度升高，冒出微细的水汽，也可以嗅到那股发酵味，只是没有烧锅的那样强。小学念完，我到通县去念师范，根据不成文法，学生不许喝酒，还有个法，是没有闲钱，所以连续六年，像是可以自主，却没有喝酒。师范念完，入了大学，生活变为欲不自主而不可得，或者说，真是入了社会，就有了喝酒的机会，并人己都承认的权利，也就开始，还要加上间或，喝一些酒。再说其二，是量不大。酒量大小，我的推想，来于天资，天资有物质或生理基础，也许就是抗乙醇的本领吧？我得天独厚，抗乙醇的能力微弱，所以取得微醺，只消一两杯（新秤一二两之间）就够了。以我同桌吃过饭的人为例，天津某君，取得微醺的享受要烈性白酒三斤有半，那就所费要超过我十几倍，由经济方面考虑，就是得天独薄了。可是世俗有个偏见，是酒量大也可以作为吹牛的一种资本，约定俗成，我也就只好，譬如碰杯之际，自愧弗如了。再说其三，是眼前无酒，没有想得厉害的感觉。唯一的例外是在干校接受改造的时候，活儿太累，还要不时受到辱骂，深夜自思，不知明日会如何，就常常想到酒，以求两杯入肚，哪怕是片时也好，可以离现实远一些，可惜是既没有又不敢喝。还是说平时，不想，连带对于有些人的闹酒，希望把旁人灌醉，以逞自己之能，也就没有兴趣，甚至厌烦。再说其四，是喝，与赶新潮的人物不同，不追名贵。当然，也不会趋往另一极端，欢迎伪劣。我的想法，只要入口没有暴气，两杯入肚，能得微醺，就算合格；超过此限度，追名牌，用大价钱以换取入口一刹那的所谓香味，实在不值得。因为有此信念，买，或只是由存酒（大部分是亲友送的）里选，我的原则都是要价钱低的。这就不好吗？也不见得，比如在乡友凌公家喝的自采茵陈（嫩蒿）泡由酒厂大批买的二锅头（一斤1.80元），可谓贱矣，而味道，至少我觉得，比一斤二百元的茅台并不坏。所以在这类事上，我总是不避唠叨，一再宣传，俭比奢好，即使钱是由自己口袋里掏出来的。最后再说个其五，是不喜欢大举呼五喊六，杯盘狼藉。理由很简单，是闹剧与诗意不两立。多聚人，多花钱，买热闹，买荣华，这方面得的越多，诗意就剩得越少。所以我宁可取杜甫与卫八处士对饮的那种境界，"今夕复何夕，共此灯烛光"，"主称会面难，一举累十觞"。

"一举累十觞"之后还有话，是"十觞亦不醉"。当时喝的不是含乙醇多的烈性白酒，比如相当于咸亨酒店的黄酒，觞不大于现在通用的黄酒碗，十觞，量也不过略大于孔乙己而已。这里强调的是不醉，不醉就一定好吗？这个问题又不简单。可以从不同的方面考虑，比如出发点是己身的福利，我们似乎就不能不同意刘伶夫人的意见，因为烂醉如泥之后，头和肠胃都很不好过，确是非摄生之道。可是由应世方面考虑，合尊促坐，众人皆酒酣耳热而自己独清醒如常，人将视为过于矜持，也不好吧？左右为难，只好还是躲开评价，单说自己的经历。我醉过，不多，但也不止一次。什么情况之下？照小说家的想法，必是写或想写《无题》诗的时候吧？说来会使善于想象的小说家失望，很对不起。我爱过人，正如一般常人一样，也会随来心的不平静，有时也就会亲近酒，以期能够浇愁或助喜，但是翻检记忆的仓库，没找到大醉的痕迹。这是否可以证明，自己并没有"春蚕到死丝方尽，蜡炬成灰泪始干"的雄心呢？我不知道，所以也就只能重复孔老夫子的一句话，"畏天命"了。还是说醉，记得的几次都是在而立之后，不惑之前，原因清一色，是"血气方刚，戒之在斗"。

不惑之后，坎坷更多，也因为非大人，就失了孟老夫子珍重的赤

182

子之心。其主要表现是瞻前顾后，多打小算盘。这也影响及于喝酒，是求所费不多而所得不少。所费指酒菜钱以及过量之后身心的不舒适，所得指因酒而增添的友情和诗意。这里要借用大事常用的大话，澄清一下，是这样的场合，虽不至少到寥若晨星，也颇为有限，原因是眼前要有个知音的人，或说同道。同道，时间长，认识人多，也不会很少，这里，也为了略抒怀念之情，想只说三位。一位是韩兄刚羽，40年代起，我们常在他家一起喝酒。我住北城，他住阜成门内白塔寺西，我骑车，见面不难。常是晚饭时候，到胡同南口一个山西人小铺买三四两（老秤，一斤十六两）白干，一角钱五香花生仁，对坐，多半谈书，有时有风，还可以听到白塔上的铁马声。喝完，吃老伯母做的晚饭。其时，我和他都相当穷，可是对饮之际，觉得这个世界是丰富的，温暖的。这样的生活连续十几年，他改为到天津去教书，见面不那么容易了，但最长不超过一年，总有对酒当歌的机会，直到1991年春夏之际他先我而去，白塔寺侧对饮的梦才彻底断了。再一位是裴大哥世五，住外城菜市口以西，晚饭青灯之下，对饮的次数最多，差不多延续了半个世纪。我们是同乡，小学同学，他中学没念完失学，在北京菜市口一带卖小吃。为人慷慨，念旧，所以虽然我们走的路不同，却始终以小学时的弟兄相待。他忙，会面只能在他那里，晚饭时候。也是喝白干，他量略大，两三杯下肚，喜欢谈当年旧事。这使我感到我们并没有老，也没有变。可惜是人事多变，他先是过街被自行车撞倒，受了伤，以后行动不便，于是健康情况日下，于几年以前下世。这巨变影响我的生活不小，因为失掉的不只是一个经常对饮的同道，而且是把我看作少不更事、需要他关怀的同道。幸而就在这之后不久，与乡友凌公结识。他在饮食公司工作，住地安门外以西，离我城内的住处很近，于是未协商而像是签订了协定，每周三到他那里吃晚饭。他洞察我的爱好，约法二章：一，由夫人动手，做家乡饭；二，酒菜不过二品。这样，我到那里，举杯，除微醺之外，就还可以做个还乡之梦，即如凌夫人，做完饭，在厨房吃而不上桌面，也仍然是家乡的。可惜又是人事多变，这位凌夫人，年不甚高，却因脑溢血，于一年以前突然逝世。承凌公好意，周三晚间的对饮未断。家乡饭是吃不着了，只好退一步，满足于亲切加闲情的诗意。说起诗意，还应该加上最近的一笔，是不久前，广州陈定方女士来访，谈至近晚，说想请我吃饭。我说，到北京，应该我请，不过与凌公有约，不便失信，可否一同到凌公家去吃？陈女士同意，我们一同去了。路上，我介绍凌公的为人，以及同我的关系。还着重介绍他的住屋，是药王庙后殿的西耳房，我上的小学也是药王庙，后殿西耳房是启蒙老师刘先生的住屋，所以坐在那里，常常唤起儿时的梦。到凌公家，介绍了不速之客，凌公当然表示欢迎。凌公是饮食业专家，菜几品，都可口。凌公酒量大，照例喝度数高的二锅头。用度数低的招待客人，我选了烟台产的金奖白兰地。陈女士像是也欣赏这样的邂逅，喝了一杯。我想到人生的遇合，相知的聚散，不知怎么，有些怅惘，喝了三杯。其后，酒阑人散，怅惘之情却未散，趁热打铁，还诌了一首七绝，首联云："执手京华恨岁迟，神农殿侧醉颜时。"这醉颜来于酒，不只有诗意，还可以写入小说吧？所以照应本篇的开头，如果有人问我对酒的态度，此时就有了定见，是只能站在陶渊明一边了。

信

　　信，或说书信、书札，在散行的各种体裁中，是讨人喜欢的，因为少庙堂气，看着亲切。亲切还有正面的原因，是信乃两人间的交往，事是私事，话是私话，所说就不能不是真情实意。真实就有感人的大力量。因此我们就喜欢读司马迁的《报任安书》、嵇康的《与山巨源绝交书》之类。这两位都是不平则鸣：太史公是先受刑后发牢骚，嵇叔夜是先发牢骚后受刑。书札也有不长篇大论兼痛哭流涕的，典型的是以王羲之为代表，东晋人的杂帖，三言两语，简，轻轻点染，淡，所求是言近而旨远。这两股水流下行，书札的风神可以分，如王荆公高兴写他的万言书，苏东坡却乐得写他的小简。也可以合，即用简淡之笔也发议论，或加些眼泪。总之，在人的生活中，书札之为用真是大矣哉。因为大，就同我的个人之微也有了关系，酸甜苦辣的关系。我年老无力前行追新潮，而又不能坐忘，只好回顾旧事；旧事太多，这里只说书信的往还。

　　凡事都有个开端，我的书信往还，发的第一封，在什么时候，寄给什么人，收的第一封，在什么时候，由谁寄出，可惜都不记得了。

186

记得的是概括的情况，这里无妨效统计学家之颦，说说这情况。我由1925年暑后出外上学，推想因事应该同家里有书信来往，其后同家族之外的人交往逐渐增多，假定发和收的数量不相上下，平均以一周发或收不少于一封计，到现在的90年代，总数总当不少于几千吧？这几千上下，发，都没有留底，因为自信不值得问世，也不希望有朝一日会有人看见；收的呢，极少数有意保留，情况也不一样，少数是写的人有名，或兼写的字可贵，多数是与自己的生活有较深的联系，此外就存个时期，清理一下，或扔到纸篓里，或付之丙丁了。就发的说，大致可以分为两类，处理事务的和抒发情意的，前者大多是无话即短，后者就难免絮絮叨叨。这两类，还因时代的先后而比例有所不同，是早年，处理事务的少，抒发情意的多；后期正好相反，原因有两种：一种是，随着年岁的增长，认识的人渐多，杂事也就渐多；另一种是，后期，文网密了，唯恐出言不慎，难保身家。

为身家，也许上策是走我的一个两面之交的朋友杜君的路，他是永远不写信，间或收到信，也是来而不往，非礼也。这高（？）风，我学不了，因为我向往的，是敝箧中所存，俞曲园手制的一种信笺的那种境界，那是两个老人对坐，旁题"如面谈"。写信，发或收之乐，就是这如面谈。也就是本诸这种癖好，我喜欢多有书信的来往。见诸行，是有时主动写信；如果主动由对方来，就尽早答复。这样做，苒苒几十年，自认为所得还不很少。以下不避自我陶醉之嫌，说几项，以由轻到重为序。

其一是写和收到看，可以使如止水的生活添一些皱纹。我没有禅宗古德那样的修养，住茅棚，修止观，还看"好事不如无"的话头。从正面说，每日三餐一睡之外，总想还要有点什么以填充空虚之心。填充的办法很多，而书信来往总是可用的一种，或较合用的一种，因为，可能是希望面谈，就真如面谈了。

其二是可以交新知，古语云，乐莫乐于新相知，书信来往就会带来得新相知的乐趣。近年以来，我交这样的新相知不少，专说年岁，是不到志学之年和超过八十岁的都有。给我的帮助是多方面的。比如指出我的拙作中有某种不足或不妥，可以算作唯心方面的。唯物方面的更多，书之外只举一种，是个精致的工艺品竹臂搁，上刻传为柳如是书的望海楼联，"日毂行天沦左界，地机激水卷东溟"，下署"柳是"。原件藏常州某人之手，判定真伪不易，因为几乎没有比勘的材料。可判定的只有一点是，看笔迹，骨清秀而肉柔婉，必出于女性之手无疑，琼华不可得，能够见燕石，也就乐得什袭藏之了。

其三是可以破岑寂。仍是上面说的，我没有禅宗古德的修养，因而连带，就常常有杜甫"寻常车马之客，旧雨来，今雨不来"的怅惘。是不是向往繁华，甚至腾达？不是，因为我没有《史记·汲郑列传》所说"翟公为廷尉"那样的经历，也就没有"门外可设雀罗"那样的悲哀。但常人总是常人，长时期的门庭寂然就会引来"被人忘却"之感。这"人"可以是心情方面有近联系的；就说是相当远的吧，不要说足迹，而是连音问也断灭，如果想到"他日相逢下车揖"的淳厚、温暖，也总当不免于凄清之感吧？而适时寄来的书信就正可以化凄清为关怀。这样，一封八行书占地不大，却能改变室内的空气，夸大一些说，是曾经感到无告，变为有助了。

其四是岑寂如果升级，还会变为困顿，那书信之为用就更大了。困顿情况万殊，有梅雨式的，如瓶无储粟是；有霹雳式的，如戴上某种帽子是。尤其后一类，如我们所习见，妻或不以为夫，子女或不以为父。友呢，也许不都走绝交的路吧？而如果竟有这样的，并适时寄来哪怕只是问候的信，那就可以使处困顿之境的人相信，自己的为人和处境，还不是人所共弃。这样的书信不是锦上添花，是雪中送炭；受者呢，所得也许是自言自语的一句，"那就还是活下去吧"。

其五是有些估计会来的信，期待时的焦虑是人生难得的一境，收到时的欣慰是人生稀有的一得。这自然又是常人之见，不是以智慧破幻想，而是与幻想以地位，并且是相当重要的地位。古人说，察见渊鱼者不祥，视某些执著为幻，即使是马后课，也是察见渊鱼一类，见道者如庄子和赵州和尚之流可以，我们常人就不必。也许不只是不必，而是难能。难能而勉为其难，以求变取为舍，其实必是舍此而取另外的什么。还是上面说过的话，我是常人，所求应该不超常，那就如果有机缘，还是把期待时的焦虑和收到时的欣慰看作珍贵的天之所赐吧。可惜是天道远，这样的机缘也只能存于幻想中了。

其六是由情的深浅方面考虑，人生百年，所经历的种种，价值有高低，至少我看，情最深是价值最高的，那是一种似梦之境；而这种境，有如蛛网，来往书信就是网上的蛛丝。这样的信与一般的书信不同，因为它是蛛丝，能够织成梦的网。待遇也就不能一样，通常是记明时间，或兼编号，妥善保存。可是梦，终归是梦，能够维持多久呢？梦断有两种情况，一种是淡，一种是灭，总之都是事过境迁，回首前尘，也许不免于茫然吧？我的想法，还是以不走察见渊鱼的路为好，"泥上偶然留指爪，鸿飞那复计东西"，两句，可只顾前，不顾后，既已留下指爪，就保存指爪，珍重指爪，这仍是得，任其流失是有违贵生之道的。

　　说到流失，还会想到书信的传世问题。由自己放大到一切人，应该说，有些信，以能够传世为好。宜于传世，是因为，或者内容有史料价值，或者文章有可读价值，或者兼而有之。专说可读价值，如果书信都不能传世，如《苏黄尺牍选》和《归钱尺牍》之类，我们就无缘诵读，总当是不小的损失。但由此我们也可以想到，并不是一切书信都宜于传世，或干脆说，只有极少数宜于传世。极少数，是因为文章好，值得反复吟诵，并不容易。不容易而求有成，于是就产生一种情况，是下笔时走作文章的路，而不走说家常话的路。这好不好？可以不问，因为我们只能接受现实。至于超过现实的理想，当然最好是写时未想到传世而宜于传世的，竟传了世。这不经意的好是至高的境界，我望道而未之见，也就不把涂抹不少而未能传世看作憾事。

　　那么，在书信方面就毫无遗憾吗？也不尽然。琐琐碎碎的可能不少，只说一种个头儿大的，是有些信，应该保留，甚至已包装保留，却未能保留。未能保留，原因有自发的，是或由于不虑后，随手扔掉，或由于一时心血来潮，行"烦恼即是菩提"之道，打总烧掉，总之就事过境迁，再也看不到了。未能保留，原因还有外来的，这是"文化大革命"的风暴袭来，为保身家性命，把知名人士的书札，其中有的是师辈的，都烧了。而红卫英雄竟没有驾临，事后悔恨也无济于事了。

最后说说现状，一言以蔽之是乏善可述。但为了不冷场，不管善不善，也要胡乱说一些。想由数量方面下笔，是收到的信不少，其中不很小的一部分出于不相识的人之手。总数多，都要复，如果赶上手头忙，就成为不很小的负担。还有少数，不容易复，原因不是难于措辞，是难为情。比如提到拙作几种，美言几句之后，说都买不到，希望我检出寄去，情势是只能拒绝，直截了当地说就不好意思。这是外面儿性质的事，也可以不计。还有内心性质，不能不计的，想到的有两种。一种，与昔年相比，出于笔下，一方面是字数减少，一方面是事务性的话增多，这是信如故，而情趣大降，追根到写信之人，评价语会是什么？每念及此，就不能不想到古人说的，愧于屋漏。另一种是关于来信的，看作蛛丝，织成梦，往矣，可不在话下，就是期待的焦虑心情，也是恍兮惚兮，在虚无缥缈间了。这都证明过去的真就过去了，那么其后，除了一些不完整的记忆之外，我还有什么呢？

日记

　　日记之类的事也有阶级，帝王的名起居注，由别人执笔，早年还是宫中的女知识分子。帝王的活动需要记，是因为确是影响大，上至群体的安危，下至某些人的祸福，都与他的心血来潮有关。这样的日记是为多数人。为自己呢，孔子在河边，慨叹过去的难得存留，说"逝者如斯夫！不舍昼夜"。在京剧中以大白脸出现的曹阿瞒竟也有这种心情，《短歌行》中有句云："譬如朝露，去日苦多。"时间无情而人力有限，留不住，只好安于退一步，用纸笔记下来，以备日后翻检，像是还没泯灭。比如真就记了，翻检，以常人为限，发现若干年以前，某月某日，想得一顶高职称的帽子，真就得了，某月某日，想看到意中人点头，真就点了头，以及下而又下，某月某日，被梁上君子拿走几张（因为仅有这一些）大团结，某月某日，被红卫英雄揪去批斗，往事如影，有笑有泪，总当很有意思吧？也就因为有意思，所以有不少人，依祖先老例应该日入而息的时候，却拿起笔，记当日的事，包括见闻，主要是自己的身心活动。这活动，依照各个人的多方面的不同，入记就难免有所偏重，如翁文恭之流偏重政务，越缦堂之流偏重学问；还有破格的，如鲁迅记洗脚（用文言，曰濯足），清朝某道学家记与老妻敦伦，以证事无不可对人言。总之，内容五花八门，就是别人翻检，也会发现，至少是有些地方，有意思。有意思还有个重要来由，是写了供"自己"日后翻检的（少数人例外），就容易掏出血心，说真话。说"容易"，不说一定，是因为世间是复杂的，比如就时间说，我们也可能躬逢伟大的时代，那就时时要准备红卫英雄之类来搜查，就空间说，如果有同室人，有时候，她或他也许有兴致看看吧？再有，如果诸多条件齐备，所记有问世的机会，则想到十目所视，也当为避免十手所指而笔下留情（自己之心情）吧？

但问世，终归是极少数。说起来这也是人间的一种遗憾，有印刷术以前无论矣，专说五代以后，如果李清照曾记日记，而有幸传下来，那就可以设想，一，其可读性必超过《金石录后序》；二，是否改嫁张汝舟的问题，也就不会直到今日还争得脸红脖子粗了。这位易安居士大概没记日记。据陆放翁《老学庵笔记》，黄山谷是记的，未能传世，推想其时还不觉得这也是可以让别人看看之文。这看法，直至后代也仍是只有小变而没有大变。这小变是极少数人，既人名高又文名高，记，也许落笔时就想到可能问世甚至希望问世，而真就问了世。至于绝大多数人，我们要用减法，先减去个最大数，不识之无因而也就不能拿笔的。接着还要减去能拿笔而没有兴致甚至并未想到记的。这样一减，所余就都是记日记的，估计数量不会多。这不多之中，文值得看的，估计还是少数；值得看的，如果人无高名，问世也大难，因为刊印之前不能不考虑销路。这结果，与其他文体相比，市面的书架上，以及图书馆的书架上，日记就成为罕见。语云，物以稀为贵，也因为上面说的，容易说真话，多年以来，对于日记，我总是喜欢看。能不能举一种最喜欢的？如果不是比高下，允许说偏爱，我想说，那是李慈铭的《越缦堂日记》，小原因是学富，大原因是文高，通行说法是辞章好。辞章好，可以说是用意写的，因为一本写完，有借与人（如樊增祥）阅读之事；也可以说用意而没有离开本然，因为影印的传世本是稿本，并未誊清甚至重写。

不重写而可读，至少是我，读，就总是有高不可及之感。说不可及，发自肺腑，是因为我也写日记，看别人的，就难免反观乎己。反观，自知不可读；但家有敝帚，享之千金，关于写的种种，像是还无妨说说。我生于农家，很少机会亲近书香，因而直到中学阶段的后半段才想到写日记。为什么想到写？后来回想，大概是贵生从而有伤逝之情在作祟，舍不得，没办法，只好记下来，以期经历之事以及伴随的笑与泪能够留在小本本里。体例同于一般人，每日睡前写，记月日，记阴晴风雨，日常活动记大（如上课、上班）不记小（如漱口、洗脸），略常而详非常（如外出、来客等）。内容有偏重，是多写心的活动（后来有变，详下），分说，曰思想，即对什么有看法，曰感情，即对什么有爱憎。这样一来，所写就成为头轻尾重，头部像记账，尾部变为写文章。

这样，由20年代晚期起，到40年代末止，记了二十多年，迎来另一个新时代。新之一是是非有了规定，带来的困难不小，因为忘掉彼亦一是非，此亦一是非，各是其所是，各非其所非，不容易。结果就只有两条路可走：要是非，说己之所信；不要是非，说己之所不信。新之二是是非的要求严格，带来的困难更大，因为卫冕的英雄无时不有，无地不在，如果说己之所信而不合规定的是非，而竟入卫冕英雄之目，那就后果不堪设想。幸而我还有保身的明哲，于是先是清飘扬于外之文，用的是古法，非礼勿言。紧接着就清只可自怡悦之文，用的是留头去尾法，即写日记，只记账而不再作大块文章，敞开胸襟给人看。想不到这先见之明真就有了大用，是"文化大革命"中，有革命性的人物来搜查了，日记当然要拿走，而不久就退还，推想是对于这样的写实文字，"某月日，星期几，小风，不热。准时上班，注解某篇课文。六时下班，返家，路上买扁豆一斤"，既无兴致看，又无兴致保存，发还可以心净。

这是日记引来的胜利，可以拍掌称快。但也不是没有麻烦。其一最难处理，是有些事，记不记，如果决心记，记到什么分寸，如何措辞，都要大费斟酌。我是常人，而且是庄子所说"其耆（嗜）欲深者其天机浅"的常人，身心的活动，有时就难免与传统的礼法，甚至心中的天理（用宋儒的说法），不能尽合，记不记？昔日的有些道学家，是自负为事（甚至包括梦的内容）无不可对人言的，他们是否真能做到，自然只有他们自己能知道。至于我自己，就认为，如果也求事无不可对人言，就要有大雄之心，我行我素，不顾传统，并少看四面八方。这不容易，以梦为例，情动于中不罕见，其中总难免有应该止乎礼义而未能止乎礼义的，也记吗？我则常是采用今世的保身之法，曰多说不如少说，少说不如不说。不说，即未记，即使事轻微，关系不大，有时想到古人说的愧于屋漏，终归是不能心安理得。

其二，除极少数有史料价值或文学价值，值得问世以外，日记都是备自己日后翻检的，而说起翻检，其中又会有不少酸甜苦辣。就我自己说，是几乎不翻检，主要不是因为昔日的生活苦，而是因为回顾过去，感到人生真是如梦，往者已矣，来者也不会有什么价值，而又不能不活下去，所以更是苦。这种感触，有时甚至使我想到，与其记了不敢翻检，还不如不记。但是又想到，万一有什么旧事需要翻检呢？所以还是保留生活旧迹的愿望占了上风，直到现在，不问有用无用，还是记。

还有个其三，是最后如何处理，也不好办。我自信，这多年的日记，七七事变以前的若干本，毁于战火，可以不计，还有几十本，确是没有传世价值，那么就学林黛玉，焚稿？困难不是来自理论，而是来自实际。比如说，决定焚，自己尚有力时，考虑到也许还有用，不好焚，自己已无力时，下一代可能看作家乘（黄山谷的日记即名家乘），舍不得焚。如果竟至留下来，又竟至有人（纵使是家门之内的）翻阅，看到不少不足为训的，会有什么感触呢？想到古人说的人死求速朽，不禁为之慨然。

但那终是身后事，不管也罢。至于身前，明日之事不可知；今日，以及以前，已定，可意也罢，不可意也罢，都是切身的，应该珍视，能有个比较明晰的痕迹，总比茫然一片好吧？这痕迹，我未必检寻，甚至未必敢检寻；不过知道有此痕迹，藏在那一堆本本里，终归是个安慰。而说起藏，忽然想到一篇早已想写而仍未能动笔的文章，"十年泉下"，也许终于不能动笔吧？那就能有个藏这样的人和事的地方也好。前事不忘，后事之师，所以我还是决定继续记下去，直到无力拿笔时为止。

代步

　　有个友人异想天开，或有意开玩笑，问我："如果你发了财，买不买汽车?"我说我发不了财，也就用不着想这类事。他锲而不舍，仍然追问："我已经言明是如果，那就不必管实际，只想如果，如果真发了财，你买不买呢?"我没有退路，就真想了想。可是思路刚这样一转，万没想到，实际就闯进来，把如果挤跑了。剩下的是勤勤恳恳，写满几张稿纸，寄，新规定是文稿与私信无别，担心超重，只好贴两角一张的邮票三张，然后是盼，盼刊用，盼稿酬从重从快，终于有那么一天盼来，数十元，看到同室之人射来艳羡的目光，想到有福同享的世训，只好买熏鸡一只，饮料若干，以赎独乐之罪，而这样一来，比如八十元，就收缩为四十元，有远志，存入银行，又假定时间都是康德的，不变慢，要再过几个世纪才能买一辆汽车呢? 俟钱之多，人寿几何! 还是躲开由如果引起的麻烦，专心务实好。实不少，其中之一是在稿纸上涂涂抹抹换稿酬。写稿要找题目，不很容易，这次就可以用联而且想之法，由汽车而扩大，说"代步";又泛论不好写，只说自己的一点点经历和感受。

学某遗老"废跪拜，天生膝盖何用"的高论，我们也可以问："找代步，天生两腿何用？"这样一问，我们就会发现自己的不高明，甚至不光彩。这不光彩还可以扩张到许多方面。《水浒传》里有神行太保，可证找代步是无能。身在中土而想看看金字塔，并希望朝发夕至，只好找代步，都是机心多而道心少。《红楼梦》，妇女由荣府到宁府，或由宁府到荣府，一墙之隔也要上车下车，这是懒加装腔弄势。总之，思路随道家，对不用腿而找代步就不会有什么好印象。但是正如我们翻阅史书时所见，不要说天下，单说思想，也大多不是道家的。于是昔日，在中学为体兼用的时代，寻诗也可以上驴背；至于为玉环女士运鲜荔枝，就更不能不快马加鞭了。自然，昔日之后必有今日，于是道家思想更要让位，登上宝座的成为科技的思想加实际，总名为现代化。表现于代步方面，有轨变为无轨，长亭短亭变为高速，余落日的渡头变为机场。语云，识时务者为俊杰，于是，单说都市，屈居下层的只有雕虫小技之流就多方拼凑，买一辆凤凰或永久；有发号施令之权的变两轮为四轮，或奔驰或丰田，至少也桑塔纳；还有更上层的，企业家、歌星之流，发了，也奔驰或丰田，非退食自公而自己买。今日之后还有明日，有些人，会不会买奔驰、丰田不过瘾，进而买波音747或什么牌号的直升呢？这是将来的事，不想它也罢。

他人瓦上霜之类，不管了，回头看自己的门前雪，有没有什么可说的？借用晋惠帝的分类法，为公，即看全面，比高下，显然没什么可说的；为私，即只检寻己身情意的留影，又像是有些可说的。不只文章，情意也是自己的特别值得珍重，所以就本诸存诚的原则，以下说说与代步有关的或说由代步引起的情意。以时间先后为序，始于畜力车，终于机动车。

畜力车是落后的，我幼年时候常坐的畜力车尤其落后，因为还没改良到30年代及其后的"胶皮轮"，而是旧名所谓"四辋"，轮的外缘用钢铁，笨重。畜力用牛或骡马，走在两条平行车辙的路上，尤其牛，总是慢腾腾的。可是我觉得有意思，不是欣赏随着咕咚咕咚声的摇动，而是，比如随着母亲到外祖家去，相距八里，路走过半，就会望见村南某家坟地的两株特高大的白杨树，然后就像是看到那只站在门口的狗用摇尾表示的亲切，以及由室内走出来的外祖母的慈祥。坐这样的车，也常到姑母家去，那里有年龄不相上下的表兄弟姐妹，所得就不只温暖，而且好玩。是20年代中期，我离家到外面上学，代步维新，成为主要是蹩脚的长途汽车，与落后但不少温情的四辋车算是未曾"执手相看泪眼"就永别了。

适才说"主要是"，因为30年代前后，有时还骑驴。为什么不"骑马倚斜桥"？正如《堂吉诃德》一书所描述，马是上层人骑的，小户人家如我们，代步就只能用驴。记得只有一次例外，是20年代末，不知家里为什么破例，养了一匹马，白色，也是为做农活。正赶上我放学在家，小学同学邵君丧父，送来讣闻。当然要去吊丧，他住村西三百户，相距约二十里，家里说可以骑马往返。马驯顺，慢慢走，正合我这没有马上经验的人的意。返途，还是慢慢走，忽然后面来个骑骡的，骡高大，善走，由路旁超过去。我当然退让，心平气和。没想到马却有争胜之心，忽而放开步，只一瞬间就追及骡尾，说不定也想超。我立即意识到，这是想应战，可怕，于是当机立断，勒紧缰绳，意思是劝它息怒，与主人同声相应，甘居下游。不知道马有什么想法，反正接受了人的祖传妙法，忍了。其时还没念过韩文公的《杂说四》，如果念过，"世有伯乐，然后有千里马"之类的话溜到嘴边，浮上心头，会有什么感触呢？不过既已甘居下游，识马不识马也就无所谓。事实是更下，在驴与马之间，我宁愿骑驴而不敢骑马。于是依照王阳明知行合一的理论，我就不再骑马而常骑驴。是交通工具落后而不得已吗？也不尽然，因为与驴结伴，与托靠汽车相比，所失是慢，所得却有重大的，是儒家推崇的诚与敬，这属于精神，可爱，汽车是没有的。然而可惜，随着"不舍昼夜"的新旧交替，昔日由家乡骑驴往三十里外的汽车站，由通县骑驴往六十里外的西集镇，就都成为幽梦之影。

其后生活环境由多城少乡变为纯闹市，而且是北京的闹市，旧说，内城周围四十里，外城二十八里，何况有时还要到城外，专靠两位腿君不成了，必须有代步。是30年代末或40年代初，老友韩君慈悲为怀，把他存的一辆旧自行车送给我骑。车是日本造的，正如现在的共同认识，觉得比国产的好。事实也许正是这样，坚固而轻快。骑了些时候，这个低层次现代化的交通工具就显示了它的优越性。其一是专用，虽然与专车专机有别，却具体而微，也可以小助个人迷信。

其二是与家畜相比，不用照料饮食，省事。其三最实际，也就最重大，用旧话说是真办事，用新话说是效率高，只要我的所想不逾矩，它一定准时完成任务。且说这任务，多数必负担的，如上班下班，买柴米油盐，跑邮局、医院，等等，反而可以不说。可以说说的是没有也过得去却更难割难舍的，是借了这两轮代步之光，学时风的调调，也都胜利完成了。现在回想，计有三项。一是下班之后，赶往某一好友家共酒饭。下酒物，唯物的是五香花生仁，唯心的是闲谈加相视而笑。人世坎坷，经常是冷酷很多而温暖很少，我回顾，温暖不少，其中，也许竟是大部分，是这样来的。二是春秋暇日与三五好友到西山一带郊游。次数最多的是玉泉山，早点后出发，路过海淀镇，买烧饼和酱牛肉，买花生米和仁和号的莲花白酒。到目的地，小游后到西北部山后，松林中围坐，吃喝，佐以谈笑。微醺后可以卧在草地上，如果是秋天，听草丛中蝈蝈乱叫。这是有自主权的闲情，与今日的一日五游相反，这闲，这自主，应该说，大部分是这个好代步之赐。还有更值得感谢的三，是断断续续四十年，帮助我跑书摊、书店，逛文物店，过了淘旧书、搜法书之瘾。说起这瘾，四五十年代及其略前略后是顶峰，至少是每周出去转一次。说是转，因为常常是东西南北城，这不用自行车代步就太难了。的确是劳苦功高。现在我坐在屋里举目四望，书橱内外，虽然已是秦火之余，想到某一种是由东安市场运回，某一件是由琉璃厂运回，就不由得想到那辆自行车以及它的劳苦功高。说想到，是因为它已经不在眼前。是70年代末，我以有些老年人伤骨为鉴，决定不再骑自行车，这辆车就退了休，寂寞地立在楼道里。我同情它，因为我也曾经报废。家里人曾有卖掉的想法，我说："帮我四十年，一旦用不着就用它换钱，我不忍。放着吧。"可是放着占地方，真有人觉得碍事。恰好这时候，大学同学兼同屋李君的儿子由乡下来看我，他没车，我让他骑走，嘱咐一句话："这是我半生的助手，要爱护它，就是不能用也不要卖。"他骑着走了，我下楼，目送这辆车消失在路的拐角处。

其后，我还是住在闹市，也就有时还要用代步。远途间或有，借助火车和飞机。我不通数学，可是对于代步，却借用数学语言发过只可自怡悦的评论，是速度与诗意成反比，即速度越快，诗意越少；速度越慢，诗意越多。有古事为证，王荆公离休（领祠禄，相当于今之离休），优游于钟山之下，诗是骑驴作的。有人也许要反驳，说是因为其时还没有波音747和奔驰。我对争论无兴趣，那就闭门却扫，说自己的。我也坐飞机。但总是觉得，除赶路以外毫无足取，因为旁看下看，都是茫茫然。不能看，天生双目何用？只看空姐？由这个角度看，火车就多有可取，比如由北京往上海，过德州，可以买烧鸡，来点唯物享受；过苏州，可以望虎丘塔，来点唯心享受。飞机，无享受，火车，有享受，就我说，都是不经常。转为说经常的，是每周要坐几次公共汽车和无轨电车。坐这样的车有小苦两种，车站不在家门之外和挤。还有大苦两种，都来于眼见。一种是经常，幼青壮年上车如冲锋，为抢座，使人不能不生杞人之忧。忧什么？下一代如此无教养，我们还敢想前途吗？另一种是偶尔，花枝招展的女士，有座位，两手陈列于膝上，像是意在显示，指上黄圈竟多到五六个。这使人不能不想到时风的所谓荣誉，也就不能不深深地叹一口气。叹气，自讨苦吃不好，改为说自求多福的。办法是注目窗外，温旧梦。旧梦不少，语云，虱子多不咬，账多不愁，只好改用不即不离法，用一首歪诗概括车中的所思或所曾思。诗云："未得南园醉，仍来北国游。古城余禁苑，新路起危楼。赖有咸阳约，应无厂卫忧。黄垆何处是？忍泪过西州。"这是说，我有新的喜悦，但也不少旧的怀念。怀念的当然主要是人，单说沿路景物引起的，有世五兄，已经下世七年了，有墅君，借用李义山的诗句，是"十年泉下无消息"。这也有小得，是不用找代步去看他们了。

说这是得，是因为我年事日高而精力日下。莫非如南郭子綦，心也如死灰了吗？又大不然，比如有时我就真想有一辆汽车，奔驰好，桑塔纳也可以。这样，我就可以再到儿时的游乐之地看看，常下水的南河还有水吧？外祖家村南的白杨树还健在吗？都离我太远了。近的也不少愿望，而且是更迫切的。这是指病而且老的一些朋友，如刘慎之兄，只是因为他住处僻远，我无代步，就未能在他弥留之时恭送，成为一生憾事。这样说，如果我发了财，也许就同样买汽车吧？这是由代步引来的幻想；事实是我必不能发财，这样的幻想就不可有而可无了。

左撇子

　　看 1992 年 8 月 1 日《济南日报》的周末增版，国际博览栏有个小栏目名"趣闻"，说今年美国三个竞选总统的都是左撇子，所以不管谁当选，都可以保证上台的必是左撇子，因而无数左撇子都兴高采烈云云。我看后未能如看其他趣闻一样，批个"知道了"就淡然置之，因为我也是左撇子。不淡然，就细看，才知道洋不愧为洋，还有更洋的玩意儿，是注册因而合法的"国际左撇子协会"。依常情，协会有重在研究的，有重在保障权益的，或两者兼顾的。远隔重洋，他们没请我加入协会，其确切的主旨不得而知，但有一点可以肯定，是屈以求伸。因为，也是这趣闻所说，左撇子感到，"是受社会普遍习惯所歧视的少数群体，不但所有工具、汽车，就连楼梯的扶手都是为傲慢的右手人设计的"。所说之中有情况，有问题，都是我未曾想到的，现在送到眼前了，就不能不想一想。

　　顺着《礼记·中庸》的思路，先想到"天命之谓性"。几个问题接踵而来，是：一，生而为人，开始想动手动脚之时，感到右手方便有力，或反之，左手方便有力，是由什么决定的？二，右倾与"左倾"，人数的比例如何？三，如果比例大致是一半对一半，如男性之于女性，这意味着什么？四，如果比例竟是右很多而左不多，这意味着什么？五，右倾、"左倾"，想是与神经系统的构造有关，这会不会对精神方面的能力、性状等也会有些影响？六，事实是右倾多，"左倾"少，是不是原因来自天命之外，即社会性的，包括长时间的后天也许能够遗传？问题一大堆，推想研究这方面情况的科学家必能答复，幸而我不急于知道，那就无妨安于不知为不知。

只说自己知道的。其一，是左撇子数量确是少一些，甚至少得多。证据不是来自统计，而是来自印象，是看见伸左手拿工具，尤其筷子，多数人会有新奇之感。其二，左手方便有力，大概与遗传有些关系。我志于学之前住在家乡，每年正月初几要到外祖家拜年，记得有一年在大舅父屋吃饭，同桌六个人，有舅父的儿子，有姨母的儿子，有人进屋看见，表示吃惊，说："六个人都左手，这筷子可有大用，烧成灰，能够治病。"我推想，这是外祖家一系的祖先有左撇子，甚至为数较多。其三，左撇子是否受歧视，不好说。说受，过于重，因为没有人把这一项列为择偶的条件。说未受，可是有不少右倾的看见"左倾"的，常常要说："啊？左撇子！"其四，社会不照顾确是事实。那篇趣闻提到工具，不知道是否包括与书呆子关系最密切的工具，文字。全世界有上百种文字，就我所知，都是为右手人设计的，左撇子没办法，只得接受改造，也用右手。

接受改造，又不只书写。最重大的是用筷子夹食物。就我的见闻所知，还是乡村质朴，视这为末节，无所谓，甚至同桌而食，你左撇子，邻座也谅解为天生的，不以为意。到小学念完，出外上学，以我的经历为例，情况就不同了。记得食堂用高脚方桌，一面坐两个人，上部肩臂相摩，下部履舄交错，人家都举右手往往返返，你左撇子，不须人家说话，自己就觉得过意不去。于是不得不下决心。改造，求从众。难免受些苦，总有一两年吧，才不再感到吃力。此之谓功到自然成，正如其他事之有所得，暗自高兴，甚至骄傲。并有事实为证，是一次同桌用饭，连我三个人，我右方是个女的，伸左手持箸，不好意思，说："我是左撇子，对不起，会妨碍你。"我说："没关系，我也是左撇子。咱们是多数。"左撇子竟大获全胜，我很得意。得意的心情，还有时表现为炫耀，说："用筷子，我两只手完全一样，所以哪边方便，不假思索，就用哪一只手。"其实这样说有吹牛成分，纵使是一点点。也有事实为证，譬如吃面条，搅拌，右手总是显得力量不够；至于其他杂事，如持剪刀，右手就无能为力。所以我虽然是甘心接受改造的，入左撇子协会却仍旧够资格。

有更大的事实为证，是写字，数十年来一直感到不顺手。说来话长。上小学时期，练过毛笔的大小楷，现在回想，主观，没有感到过有进益，因而有兴趣；客观，启蒙老师刘阶明先生对学生是赏罚兼用的，却从来没说过我的字写得不坏。只有一点我可以自豪，是有自知之明，比如那年头家乡，读书人寥若晨星，年关临近，我家要给邻里写春联，执笔的总是我长兄，我不敢染指。20年代中期，我到外面上学，从此就跟毛笔断了关系。可是就是钢笔或铅笔，也仍旧感到别扭。具体说是与乾隆皇帝相反，他下笔有转无折，我是板滞，笔画直挺，转不过来，勉强转，也扭曲难看。我想，这种种不如意必都是来自左撇子，天不福人，又有什么办法！自然，也不是毫无是处。是"文革"时期，要装作有革命性，没话找话，写大字报，说假话。又须拿毛笔，且不管内容，单说字，就如俗语所说，瘌驴配破磨，恰好合适。如启功先生一流人就不成，字不是大字报体，就像抓个西施扮刘媒婆，会使人感到啼笑皆非。如人间一切事物一样，"文革"也由热变冷，其时我年及耳顺，又无能，报废，闲居不能作赋，一昼夜仍是二十四小时，如何消磨？想了一些办法，其中之一是用破笔劣墨在废报纸上涂抹。这也有来由。又是说来话长。年轻时候考入北京大学，语云，近朱者赤，近墨者黑，不能不受当时考古学风的"污染"，信而好古。古很多，其中之一（就个人兴趣说是大一）是书法。间接是爱，直接是疑，即说不清楚怎么算好，却又想弄明白怎么算好。方法非一，如看讲书法的书是重要的。我想，另一种也许更重要，至少同样重要，是不入虎穴，焉得虎子，即自己写写试试。于是对着各种碑帖，涂抹。总有几年吧，也不无所得，其中最宝贵的是一种认识，或说领悟，是一定写不好，原因想当来自天命，即左撇子。不幸人之命比天之命更厉害，有些相识的，还有不相识的，凭幻想，以为老朽都能写毛笔字，于是以各种形式发出雅命，求用宣纸写点什么，轻者说留念，重者说以便装裱，悬之壁间云云。这就带来大量的无告之苦，因为如以字难看不敢写为理由推辞，雅命者必以为派头太大，连人也难得立足于世间了。这是哑巴吃黄连，苦在心里，而推本溯源，就不能不想到左撇子，命也，为之奈何！

由理论方面可以推出一条绝处逢生的路，是顺水推舟，用左手写。这如意算盘是由理论来的，由实际就不是这样，因为汉字是为右手人设计的，用右手写，顺理成章，用左手，比如横和捺，要变拉为推，必很别扭。有人说，历史上，书法名家不是也有用左手的吗？确是这样。据我的孤陋寡闻所知，有两位，都有高名，元朝的郑元祐和清朝的高凤翰。郑元祐，未详考，不知道右臂或手是什么年岁坏的，不得不用左手写。可能是由幼年起就这样练的，因为我见过墨迹，恭整圆润，与出自右手的一模一样。南阜山人高凤翰就不同，乾隆初年六十岁右臂患风痹，才改用左手写。却歪打正着，出了大名。举我的见闻为证，"文化大革命"之前，旧书画店里找高凤翰的书法（画较少）作品并不太难，六十岁以前右手写的价平常，六十岁以后左手写的，价要高得多。这是世风，我也未能免俗，记得曾狠心，以二十元买他乾隆六年（1741）写的书札裱本一件，如果是右手的，价减半我也不收。左手的好在哪里？我以为时间靠后不是主要理由。主要理由是倔强，离常规远，有奇气。这也要有个限制，因为高氏是精于隶的，倔强，或说多些别扭劲儿，就显得更多古意。我推想，如果不是用隶笔，而是写《黄庭经》或《十三行》，或《圣教序》，不管是王的还是褚的，所求不再是倔强奇警而是劲秀流利，高氏那个左手就不成了。不过无论如何，郑元祐和高凤翰终归成为书法大家，可以为左手吐一些不平之气。他们自己也以此自负，如郑自称尚左生，高印章中有一方，文为左军司马，我们左撇子听到看到，心里就感到舒服。

可惜是这里边还藏着个遗憾，是只知道郑、高二位用左手书写，还不知道他们是否也是左撇子。据上面所引那则趣闻说，西方艺术大师达·芬奇和米开朗基罗都是左撇子，我忽然不知从哪里生出个奢望，是如果人物介绍，如史传、履历之类，都把是否左撇子看作重要的一项，必记而不漏，那该多好。于是，奢望忽又扩张为幻想，比如读《史记》，我们看到这样的记载："廉颇者，赵之良将也。左撇子。""屈原者，名平，楚之同姓也，为楚怀王左徒。左撇子，博闻强志，明于治乱，娴于辞令。"至少是我们左撇子，一定拍掌称快。这快活还会使幻想再扩张，由殿堂深入闺房，比如经过查证，知道蔡文姬、谢道韫、李清照，直到柳如是、顾太清，都是左撇子，则我们泥做的左撇子之流会有何感触？古人云，书不尽言，言不尽意，至此，就连笔也将沦为黔之驴了吧？幸而有佛门慈悲，可以借给我们一件禅师们常用的法宝，曰，不可说，不可说。

学书不成

　　仍照往常一样，1992年也是一天一天，有人嫌慢、有人怕快地走到年末。我呢，只有在这一点上早已投向佛门，是不管快慢，当一天和尚撞一天钟。这撞钟是借用，到我俗人身上就必致变清静为乱杂。且说到了年底，想到还有一两笔书（书法之书）债未偿，此亦钟也，要撞，于是找墨汁，铺纸，拿笔，又一次如被打之鸭子，上架。这要略加解释。有人求写字，旧语所谓赏脸，为什么不喜笑颜开？理由非常之简单，是与启功先生恰好相反，他是写出来好看，我是写出来难看。难看而仍要写，是由于有些相识或不相识，瞎眼而加瞎猜。瞎眼者，丑而亦以为美也；瞎猜者，以为既老朽必能写毛笔字也。这双瞎就使我想到，如果有求不应，可能的反应有两种：一种偏于善意，是，因为不会写，所以碍难从命；一种偏于恶意，是，字写不好，还难求！人生于世，恶意是总当尽全力避免的，所以各次接到写点什么的雅命，虽然心情有如被打的鸭子，却还是挣扎着上架。年底，又一次上架，完了，想到一年的苦衷，也应该倾吐一点点，于是抽出一方印章，文曰"学书不成"，钤上，端详一下笔画的白道道，也许仍然欣赏坦白从宽的口号吧？心居然由忐忑而走向平静。

　　说起学书不成，又是一言难尽。干脆就由这方印章说起，是老友张扬之先生所刻，篆书，白文，大小二指见方。扬之先生名谦，上海人，在上海教育学院任教，精通新旧文学不稀奇，稀奇的是多才与艺。诗词之外还精于书法篆刻，都好不稀奇，稀奇的是神速。记得有一次他到北京来，早晨来看我。我正吃早点，问他，说已吃过。对于多才多艺、宜于揩油的人，我照例不放过，于是找一块图章石，请他刻"聊以卒岁"四个字。他拿起刀就刻，到我早点吃完，他也刻完，钤出，看，俨然如出自吴昌硕。这方"学书不成"的印章也是他到北京来，我得揩油且揩油，求他在百忙中刻的。刻完，他余兴未尽，还刻了长的边款，是（原无标点），一面："重逢日下正三春，握手相看（读阴平）发似银。两载三亲成小别，十年千劫此微尘。注书细密（指拙编注《古代散文选》下册）凌云笔，作草从容长寿人。最爱义山风骨在（指诏韵语学李商隐），温柔敦厚性情真。"接下一面："中行前辈远赐大著，兼之法书。京师重见，令刻此石，爰缀一律，即呈两政。壬戌如月（1982年旧历二月）上海晚学张扬之。"

　　引线表过，要转而说正宗的，"学书不成"。稍涉猎旧学的人都知道，这句话来自《史记·项羽本纪》。可是义有偏差，在楚霸王，书是"读书"之书，到我就成为"书法"之书。学书不成，"不成"来于"学书"，要先说学书。就我说，学书之前还有动作，是"看书"。这就不得不翻腾一些旧经历。我1931年夏考入北京大学，从时风钻故纸堆；故纸堆里有不少法书以及讲书法、评法书的书，也就翻看。看多了，有所知，比如书法和法书的历史情况，就由以前的茫然变为能够指东道西，甚至骗骗门外汉。但骗不了自己，是至少在某一方面（其实是最重要的方面）还感到迷惑不解，这是怎样分辨好坏，单说法书，还有怎样分辨真伪。记得其时是以包世臣《艺舟双楫》和康有为《广艺舟双楫》为导游，看实物（碑帖、墨迹），比较，想问题。日久天长，由"难得胡涂"渐渐进为像是悟出点什么。这什么，现在想，值得说说的主要是两个方面。一方面是关于学而有成的"成"的，是像样的法书，风格可以万变（大者流派不同，小者人人不同），至于本质条件，不过笔画刚劲，或如卫夫人所说，有筋骨而已。另一方面是关于学而有成的"学"的，是要天资，学问、功力俱备。功力指常拿笔，求手能够神而明之（如欧阳询、李建中之下笔能与人以墨透纸背之感，也只能来于纯熟，神而明之）。学问指书法、法书方面的广博知识，知道这些，才有可能明白学什么，怎样学；否则天天盲目涂抹，写一辈子也难于超出豆腐账的水平。两者之外还有天资，难讲。难之一是虚无缥缈，来源，质怎样，量如何，都抓不着，说不清楚。难之二，只好试，甚至试个时期也还是不能清楚认识。还有难之三，是有的人不愿意听，除非你所说点明是指他身上的。幸而书法的要求也可以分等级，如果所求只是随大流，过得去，不成家，那就得天独薄，用功力和学问来补救，也关系不大。这两方面的悟入又带来个新困难，是面对书作，如何能够评定等级；或者说，已经断定为成家，如何说明，其书作的笔画为有筋骨。为了意思说得更清楚，举一次实事为例，是个友人拿一件署名刘石庵的行书手卷让我看，说新买的，不好可以退。我说赶紧退了吧，是假的。刘书的风格是笔画肥钝，这一件也是，何以知道是假的？因为只有外形像，里面没有硬货，筋骨。书法之难，至少我看，是难在把一种不同于常的力，通过指、腕，以及管、毫，如护士之打针，注到笔画里。这难还往下流动，是难于用眼认出；幸而认出，也终于可意会而不可言传。有此多难，所以很长时期，我对书法有兴趣，喜欢看法书名迹，却一直不敢拿笔。这怕之后还有安慰，是大名家，一个朝代能够出几个？人应该甘于居中游，或竟是下游。

是"文革"使我改变了常规，不是胆量变大，敢于拿笔，而是闲情难忍，不得不拿笔。这当然不是初期，那时候忙，要斯文扫地，要早晚请罪，要从众，高举小红书，山呼万岁，还要时时准备挨整，所谓惶惶不可终日。恰好是浩劫过半，1971年春，干校的风也成为强弩之末，我未乞骸骨就恩准解甲归田。人报废了，可是还活着，天道不变，一昼夜仍是二十四小时，如何消磨？改行，难。本行，写点不三不四的，不敢，也无处发表。左思右想，忽然想到多铎，得到启发，或说恍然大悟。明末清初，多铎率军攻南京，他率众投降，移北京，仍然得一顶礼部尚书的帽子。可是他更明白，如果不谨慎，受到怀疑，那就不堪设想。他是名书法家，或人求，或自己手痒，不能不写。写什么呢？自己的所作，显然不妥，写古人的，如"朱雀桥边野草花""隔江犹唱后庭花"之类，都不妥，因为前者在南京，后者不只在南京，上一句还有"亡国恨"。这位王公，不愧字中有个"觉"字，不费力就悟得妙法，是抄阁帖。"快雪时晴，佳想安善"，你不喜欢雪也好，不喜欢晴也好，自有王羲之负责，抄者本人可以躲心净。而借此妙法，这位大书法家就得了善报，年及花甲而寿终正寝。且说我也悟得此妙法之后，就找出昔年买而存之的多种碑帖也临。总有几年吧，旅程琐碎，也不值得说。可以说说的是所得。一种只能说是推想，是：临池，所求是通过照猫画虎，探索原作者的手力的奥妙。俗语所谓金针度人，只有取得这手力的奥妙，才是拿到金针。一人有一人的金针，拿到多了，融会贯通，就形成自己的。另一种则是确定的，是自己既功力不够，又无天资，所以，即使再多费些力，也必拿不到金针。

还有越渴越吃盐的情况，我，不知道是不是可以严重到说是不幸，生来是左撇子；而文字，人人都知道，是为右手设计的。其结果，正如我在一篇标题为《左撇子》的文章中所说："写字，数十年来一直感到不顺手。……就是钢笔或铅笔，也仍旧感到别扭。具体说是与乾隆皇帝相反，他下笔有转无折，我是板滞，笔画直挺，转不过来，勉强转，也扭曲难看。"这样说，天资，就不只没有盈余，而且有赤字。我想，那就应该有自知之明，变进攻为退守。所守阵地是两块。其一，不再，至少是不再积极地临池。其二，除了有较近关系的亲朋，让写点什么，留作纪念以外，自己立法自己守，决不拿笔在宣纸上涂抹。

算盘打得很如意，没想到留个大缺口，是我以外的人另有他（或她）的算盘，不管我的。人多势众，我孤军作战，只好撤退。比喻为有大门、二门和内室三道防线。非亲朋，有的甚至未谋面而只是来信，说得恳切而热情，人总不能给脸不要脸，只得写。心里想，只是留个纪念，"韫椟而藏"，关系不大。但终归是写了，这是放弃了大门，退守二门。紧接着又是探马报道，有些涂鸦已经装裱爬到墙上，少数还照相制版爬到与铅字为邻，韫椟而藏的幻想破灭，出丑范围扩大，这是二门也守不住，只能退守内室。万没想到，还有向内室进兵的，是两位特活跃的女士，说要办什么展览，还可能东渡，也让写。依公理和己情，这回可以坚决辞谢了。然而有困难，是其中一位姓柳，"文革"初起时年方二八，无资格戴红卫兵箍却学来红卫兵的本领，同我交往不少，都是"勒令"，如我之老九而加臭，除遵命之外还有什么办法呢？总之，仍得写，也就是连内室也守不住，真如某禅师所说，"锥也无"了。万难之中忽然想到，还有这方石章可以背水一战，于是取出，钤在署名之下，看客诸公觉得字不像样吗？我已有言在先，是"学书不成"。

但是无论如何，这终归是走出家门，带点声辩性质的话。至于退到蜗庐之内，清夜自思，想到有机会多在"功力"方面用些力量而竟未多用，以致不得不安于学书不成，出丑，总是不免于悔而且恨的。

闺秀小楷

　　我在家人也守妄语之戒，喜欢法书，尤其喜欢明清闺秀小楷。喜欢法书，理由容易说，是人同此心，心同此理，都愿意欣赏书法的艺术美。下面还有个"尤其"，找理由，就要透过面貌，深入一层。这，我想，应该是人生的一种珍贵的境。境，尤其人生的，难说，只好举例以明之。唐初四家的褚，无论《圣教序》还是《阴符经》，都劲而秀，用《史记》的话形容，是"翩翩浊世之佳公子"，还要加上顾影自怜。倪云林则有如山林隐士，也有劲秀，但更显著的是倔强，远离世俗。明清闺秀小楷，风格几乎都是清丽娟秀，看到，使人不由得想到玉楼中人的柔婉。佳公子，山林隐士，玉楼中人，都好，如果不许贪，那就只好把选择之权交给主观，也许因为我是宝二爷所谓泥做的吧，天命所限，我就选了明清闺秀小楷。这要加说一句，不是因为造诣最高，是因为可亲。

　　闺秀小楷之前加"明清"，也要说说理由。理由之一是确凿的，明清之前量少，罕见。其实，量少是普通的，原因任人皆知，是妇女屈居下层，没有学文化的机会，上不了桌面。这里限定说法书，或谦退些，只说字迹。明清以前，蔡文姬，卫夫人，是名书法家，各有作品一件传世，入《淳化阁帖》。武则天，破了格，升为万民之主，有碑刻数种传世。其后不久，出了个陪伴万民之主的杨玉环，传说曾为她的李三郎写经，宋朝人还见过。至于我，见过的墨迹（包括影印本），不过唐吴彩鸾《唐韵》残本、南宋宁宗后杨妹子题宋画、元管仲姬《顶相帖》，三个人的数件而已。限定明清的理由之二是，由管仲姬起上推，妇女的笔下还多多少少杂有些刚和放，因而就不像明（传世的多为晚明）清那样，一味的柔婉。明清以来，根据不成文法，闺秀坐闺房，练写小楷，大多是形追《十三行》，神追《列女传》，其结果就成为字如其人，形娟秀而神柔婉，使人恋慕。这是男本位的审美观吗？我看，就是扩大为"人"本位，誉为美，或很美，也总不能算是过分吧？总之是我很喜欢。

语云，好者为乐，因为喜欢，也就找机会多看。不知应该算作可怜还是应该算作巧遇，一大队，排在前面的竟大多是身分不冠冕的，如马湘兰、柳如是、董小宛、顾媚之流。良家的，由蔡玉卿、李因、叶小鸾、陈书起，直到葬秋瑾的吴芝瑛止，知名的，不知名的，不说上百，也总有几十位吧，虽然一鳞半爪，与男士的作品相比，真如沧海之一粟，也总可以慰情聊胜无了。

其后是看之不足，还想买。这困难就大多了。原因不少。其一，上面说过，妇女能写的不多。其二，间或写，流出闺房的更少，因为都认为，出头露面是不对的。其三，传统的眼光，除卫夫人之流有限

218

的几个人以外，妇女作品是不能算作法书的，因而也就很少人肯保存。其四，流传的一点点，如马湘兰、董小宛之流，字与香艳有关，早为有力玩玩的大户搜去。就我自己说，还要加个其五，是五六十年代，我想买的时候，在北京琉璃厂经营书画的同乡张有光告诉我，康生的夫人曹轶欧收闺秀作品，进此类货先要送给她看。这样，即使我腿勤，也只能得一点点漏网之鱼了。幸而间或有漏网的，又时间长，也收得一些，虽然由厂而琉璃的眼看，没有名贵的，但如曹贞秀、归懋仪等的，我还是珍重之超过成铁翁刘。连带说一下会使现在书画迷惊讶的情况，其时装裱好的扇面一件，定价一、二、三元不等，曹贞秀书刘改之词之件，因至精至新，当作奇货，才五元耳。

十年浩劫，为保命，我"易"得胡涂，所收书画，付之丙丁不少，可是闺秀小楷却一件也舍不得烧，因为深信这柔婉的风格已成为广陵散。挨到80年代，这种惋惜的心情更加强烈，因为不只耳闻，而且眼见，闺秀不再安于闺房，逛大街游夜市之不足，有的还进了卡拉OK。还会有心情坐在书桌前临大令《十三行》吗？真是逝者如斯夫！但世间事竟真会有意外，是四五年前了，一个年轻人送来一本1985年中国展望出版社印的《中国现代中青年书法篆刻作品集》，随手翻翻，到76页，眼一晃就大吃一惊，一幅小楷作品，写宋张栻《黄鹤楼记》，十足的明清闺秀风格。看署名是张秀（女），1962年生。字是甲子年（1984）所写，算了算，才二十二岁。细看看，娟秀不亚于马湘兰，整饬像是还超过一些，我想，万没想到，我的逝者如斯之叹竟落了空。

又万没想到，是几个月之前，与武汉《书法报》的几位闲谈，不知怎么一来就谈到闺秀小楷，就谈到张秀，才知道这位青年书法家就是武汉的，而且同他们有交往。我贪心又生，于是烦他们代求。不久前寄来，是深藏经纸色、朱丝栏的绢本，市尺七寸见方，上写张宗子的《湖心亭看雪》。与八年前那幅相比，风格有小变，是秀丽柔婉之外又加一些刚劲明快。正如她自己所说，是兼收一些隶意；我看呢，像是还有一些唐人写经。总之是很美。我高兴，决定装入镜框，悬之壁间，以期朝夕看看这明清闺秀的流风余韵，让自己确信，过去值得珍重的种种，并没有都逝者如斯。

集句书联

不久前我写了一篇《贫贱行乐》，所为呢，少半是自我陶醉，多半是想以金针度与也贫贱而有缘的人。那一篇谈的行乐办法是作打油诗，意犹未尽。说未尽，一半是由自己方面考虑的，是积多半生之经验，虽贫贱而能行乐，办法不止一种，或简直说有多种，而只拿出一种，就不免招来秘方不传之讥；另一半是由读者方面考虑的，是有些人虽贫贱，虽也想行乐，却不能，或不愿，皱眉头，搜枯肠，拼凑平平仄仄平。总之，应该补充，再公开一些秘方，供有缘者选择。秘方不止一种，我也要选择，略思考，决定只说一种，题目已经明白写出，是"集句书联"。说明细了应该是"自己集句，请名家书联"。何以想推荐这办法？曰有三利焉：一是，比如与买砚、磨砚、试砚、看砚、藏砚的行乐法相比，那多多少少要破费一些，集句，请人书，就不过动手动口之劳，合于经济规律；二是书成以后，或悬之壁间经常看，或找出来间或看，都可以既欣赏其字形，又吟味其字义；三是万一有子路"伤哉贫也"之叹，还可以赶新潮，拿到拍卖行，"货卖识家"，换回一沓钞票。如果竟能这样，则集句书联的办法，其优越性又在作打油诗之上矣。以上是空论，不实就力小，所以需要来点真格的，即现身说法，以求能够依身教之理，以实例服人。只是可惜，我懒散，注意力未集中，多年所积存，不过三件。也只好实事求是，就说这三件。以书者的齿德为序。

第一件，陶诗集联，叶恭绰书。闲谈，不嫌烦琐，由为什么集陶诗说起。当然是因为喜欢陶诗。诗来于人，所以应该说，更喜欢陶渊明的为人。其为人，大优点，我以为，用最简单的话形容，是"脱俗"。这个词儿世俗常用，表示赞赏雅，失之滥，其实义甚深，应该解为旷达到视一切为无所谓。比如与他同时的莲社高贤，慧远之流，还在企求往生净土，他却安于"亲戚或余悲，他人亦已歌"。又世人都在为兴家立业而奔走，他却在《责子》诗中说："天运苟如此，且进杯中物。"信天运是任自然，所以他也不避忌，说"愿在衣而为领，承华首之余芳"等等。总而言之，我读他的诗，想到他的为人，总是高山仰止。50年代前期，忽然灵机一动，想，为什么不集其诗句为联，以略表"悠悠我心"？于是翻看，挑来挑去，终于凑成一联。上联来自《乙巳岁三月为建威参军使都经钱溪》，是"素襟不可易"。下联来自《癸卯岁始春怀古田舍二首》的第二首，是"即事多所欣"。晋宋之际还在永明体之前，自然谈不到近体诗格律，集联，字义类对，平仄音对，难，不得不放宽，也就只好算作胜利完成了。之后是写，其时正好同叶恭绰老先生多有交往，他住北京东四以南灯草胡同，于是找一张真产于朝鲜的高丽纸送去。不久又去，已经写成，纸换为更好的，说那一种不好用，写坏了。仍是他那铁画银钩的苍古风格，尤其"欣"字末笔的一捺，刚劲厚重而挺拔，很值得赏玩。其后十几年，"文化大革命"早期，叶老先生归了道山，这一件集联未遭秦火，至少我觉得，是更值得珍重了。

第二件，《古诗十九首》集联，启功书。也要由缘起说起。是70年代前期，在家乡与略幼于我的李君世杰结识。李君尊人民国初年在北京从事文墨工作，近朱者赤，近墨者黑，也就喜欢文墨，积存一些与文房有关的。只是年深日久，又经过"文化大革命"，到70年代，可以说是荡然无存了。但正如室内外的清洁，打扫得干干净净也不容易。于是有那么一天，总是想加深友谊吧，他拿出两种卷着的纸给我看。一卷是个手卷的卷尾，前部失落，为书为画不知道了，后部却完整而好，说他无用，我也许有用，希望我收存备用。另一卷是整张玉版宣裁为两张长条的对联纸，说希望我带回北京，不忙，何时有兴致，给他写点什么，留个纪念。我都带回北京。先是看看那半个世纪前的玉版宣，坚实光洁，用俗语形容，有制钱那么厚，不敢动笔。继而听说，他的老伴得病，不久下世，他精神受刺激，轻度失常，到天津依靠儿子，不久就从老伴于地下，也就不必动笔了。时光如驶，一晃这副对联纸就在书橱里睡了近二十年，去者日以疏，我也把它忘了。是1992年春天，我开书橱找什么，老年健忘，找不到，却无意间碰到它。这样好的纸，让它赋闲，太可惜，如何利用呢？思路一转就想到启功先生，所谓丈八蛇矛，要有张翼德来要是也。想到人之后，接着想到写什么妙语。思路再转，于是想到集联，并想到《古诗十九首》。为什么偏偏想到这老古董？一，有如陶诗，是喜欢。其实应该说更喜欢，因为陶诗还多少有些文气，《古诗十九首》是朴厚到连文气也没有。二是想碰碰运气，试试，句数不多，没有格律，配对儿，如演杂技，高难动作，能不能也来个天衣无缝？于是翻开书，找。先刷声音不行的，如"行行重行行"（平平平平平）之类。再刷意义不行的，如"先据要路津"之类。这样一剔除就所余无几。正想知难而退，而居然就碰到一对，是第十一首的"立身苦不早"（上联）和第十五首的"为乐当及时"（下联）。胜利，意外，大喜。其后是某日有事，登上启功先生的浮光掠影楼，正如我在拙作中所曾说："启功先生有一种盛德，你只要把他堵在屋里，他就勇于还账。"于是他遵照办理，用工整的楷书写了。这样，珍藏多年的那副集陶诗联也就有了对，心之所得就成为加倍的舒服。

第三件，《世说新语》集联，陈次园书。与叶、启（从俗，依理称姓应该是爱新觉罗）二位相比，陈次园行辈晚，名气小，所以反而要介绍几句。他是与顾亭林同乡的江南才子，通几种外语；精于诗，尤精于词；书法由二王系统来，尤近于文徵明；还精于硬笔书法，我见过他的钢笔字，劲秀流利，超过流行于市面的多种硬笔字帖。可惜天不假年，两年前作古，也许还未及古稀吧？然后说集联的因缘，其实很简单，不过是读《言语》篇，特别喜欢桓大司马（温）那两句话："木犹如此，人何以堪！"这是执著，舍不得，与陶渊明的旷达有大距离的生活境界，但同样好，值得吟味。吟而味之，忽然想到，这是天造地设的一联，只是字句方面嫌单薄，能不能配上点什么，成为毫无遗憾的集联？于是找，也费了些力，终于找到。说来也巧，都见于《言语》篇：其一是"过江诸人每至美日"条，周顗说的"风景不殊，举目有江河之异"，截用"风景不殊"；其二是"袁彦伯为谢安南司马"条，袁彦伯说的"江山辽落，居然有万里之势"，截用"江山辽落"。结果就拼成八言联，是：风景不殊木犹如此，江山辽落人何以堪。联成，求人写，想到陈次园，可以快，就写信求他。果然经济实惠，连纸都没送，不久就寄来。纸、墨、字俱佳，与已有的两副同入书橱，可以鼎足而三了。

只是这里像是有个问题，集句书联，目的为行乐，"即事多所欣"合用，"为乐当及时"也合用，来个"人何以堪"，不是反其道而行了吗？由逻辑方面考虑，是这样，因为逻辑是单一的。我想人生就不是这样，正如至乐反而容易落泪，就是珍重行乐，有时看到或想到"江山辽落"，或兼上推，感到"思君令人老，岁月忽已晚"（《古诗十九首》的第一首），因而落几滴泪，也颇不坏吧？话归本题，去日苦多，老了，或未老而有时也闲情难忍，那就可以照方吃药，用这种贫贱行乐之法，自己集句，请名家（如果有困难，或嫌麻烦，也无妨自力更生）书联，试试。

歙砚与闲情

用后来居上法，由闲情说起。闲，今义表示可有可无；可是后面还跟着情，情者，欲之化身及羽翼也，有大力，于是可有可无就常常变为必有而不可无。闲情有老牌的，属于爱菊的陶渊明，如在《闲情赋》里所写，"愿在衣而为领，承华首之余芳……愿在裳而为带，束窈窕之纤身……"共说了十项，虽然自己希望"终归闲正"，昭明太子却还是不谅解，说是"白璧微瑕，惟在闲情一赋"，可见一沾"倾城之艳色"，本可无伤大雅却会惹来不少麻烦，于是闲情就变为多事。话说了这么多，我不过是想表示，这老牌的，今日已不可学。还可以学什么呢？近水楼台，门内，常见的是下棋，可惜一是不会，二是怕争。门外呢，常见的是养鸟，也不成，原因为另外两种：一是过于费力，二是以另一生命之被囚禁为乐，不能心安理得。想来想去，直如矢的大道，虽也多歧，摆在我眼前的像是只有两条：一条是哼平平仄仄平，如"何当一整钗头凤，共倚屏山对月明"之类，做白日梦，清词人项莲生所谓"不为无益之事，何以遣有涯之生"是也；另一条就是，效昔日不少读书人之颦，以暇时暇资集砚并欣赏之。

砚在昔日是书写的一种工具,昔人也称为砚田,因其可以供笔耕。真耕的是农具,没听说过提升为艺术品,或古董兼艺术品,摆在案头供欣赏的。这是因为,用具要沾女人的边,其次是沾文人的边,才会花样翻新,照面之镜背加菱花或海马葡萄,砚堂旁刻螽斯或双凤,就是这样来的。单说砚,因为与文人关系密切,花样就更多。在砚之外,可以为砚作歌,记得由唐朝起就有人干这个;在砚之背,可以为砚刻铭;损之又损,也可以刻上几个字,表示这砚是谁用过或谁收藏的。这样一来,花样就会使用具变质,成为欣赏的对象。如果花样中碰巧还有知名人士(包括知名闺秀)之名,如米元章、叶小鸾之流,那就抚砚可以想到宝晋斋和疏香阁,大发其思古之幽情了。且说这种情也是古已有之,事是收藏兼欣赏,表现于外则有两种形式。一种是编写砚谱,据我这孤陋寡闻所知,始于北宋苏易简,其后是效颦的人很多,如比七品芝麻官还小的高南阜有《砚史》,忙于编写《四库全书总目提要》的纪晓岚有《阅微草堂砚谱》(后印),连日理万机的乾隆皇帝也不例外,他忙,可是有权,可以命令别人动手,于是编成《钦定西清砚谱》,既录文,又绘图,多到二十五卷。另一种是起别号以夸藏砚之富,如黄莘田是十砚轩,汪鋆是十二砚斋,袁沛是二十四砚山房,祁焕是二十八砚斋,到扬州八怪之一的金冬心就盖了帽儿,是百二砚田富翁。集这样多的砚做什么呢?可以请外宾莎士比亚来帮忙作答,记得哪出戏里有这样的话,"连乞丐身上也有几件没用的",况文人乎?

该言归正传了，是我怎么用砚消闲。不宜于算不少于半个世纪的旧账，所以一缩为歙砚，见于文题；再缩为最近收的两方歙砚，不见于文题。事是由寻觅金星歙砚起。我有歙砚，只是没有金星花样的，于是不顾至圣"戒之在得"的严训，想求而得之。干校雨夜共同打更的更友或难友吴道翁在屯溪边颐养生活，传闻旧同事某君买得金星歙砚，就是经他介绍的。于是决定也走这条路，秀才人情纸半张，写信。要求明确，一是要金星，二是要石质好，否则作罢云云。不想这传闻纯系道听途说，我的这位更兄（长我四岁，名副其实之兄）既不懂砚，又未曾介绍谁卖砚买砚。可是干校的情谊过重，他当作大事办，自己无力，于是向友人伸出求援之手。他不知道何谓金星，或者一时忘了，就只说了后一个要求，是要好。他的某一位友人也是以友情为重，说自己有歙砚二，既然远地更友想要，只好割爱，以其一相让。不久就寄来，更不久就由邮局取出。打开一看，一惊非小；或者说二惊，一小一大。小是并非金星；大呢，原来是一方旧歙砚。长方形，个头儿不大，可是厚重。青近于黑，做工古朴而精细，可证确是明坑。用手指按而磨，细而不滑，坚而不燥，即所谓润，清代的很少能这样。我是常人，当然有不少常人之情，具体说是因得而非常高兴，而高兴又不仅仅是这一瞬间。

这明坑歙砚是由金星岔出去的，当然还要回到金星。已经得知吴道翁不知何谓金星，只好另找新路。而很巧，不久就同徽州的程君有了书信来往。程君精于砚的雕刻设计，他的夫人杏珍女士是能刻砚的砚工。显然，这就成为求得金星歙砚的最理想的路，于是不管什么戒之在得或不戒之在得，又是写信，又是提出要求。程君有助人为乐的雅兴，连续几年，居然就寄来一些物颇美而价不高的歙砚，其中多数是金星，少数是眉子。诌文宜于简要，只说其中一方的金星。但就是这一方，也不能不扯到多方。这多方是生于书呆子在斗室面壁而有玉楼香泽之思。打开窗户说亮话，是由女砚工而想到顾二娘。康熙年间人，远了；设想即使有真遗物，近了，也买不起。还是求今代的顾二娘实际，于是依"吴门顾二娘造"之例，请再制砚，背面刻上"新安杏珍女史造"的款识。复信说希望把字样寄去，当照刻。顾二娘款识是篆书，难写，于是决定现代化，请善于写大令《十三行》式闺秀小楷的丽雅女士执笔。之后是写成，寄去。而不久就寄来一方金星砚。椭圆，上小下大，即依其形雕为瓜或葫芦。砚池之上刻瓜叶及卷须，巧而古朴。砚正背两面都有麦粒大小的黄亮金星。砚堂润度次于那一方，但也具体而微。值得大书特书的是刻了顾二娘一类的款。杜老诗云，"不薄今人爱古人"，古人不可见，能见今人手泽，不是也很好吗？

我多年来集砚，所得有唯物、唯心两面：物是置于案头之砚，心是寄托了闲情。闲会引来寂寞，甚至无聊。能闻鸡起舞固然好，可惜我生性下游，红颜绿鬓时尚无青云之志，况衰老乎？但是语云，跛者不忘履，有时，或常常，还不免于有希冀，纵使是颇为渺茫的。这也许就是陶公之所谓闲情？有，没有寄托是一种苦。再说一遍，我是常人，没有佛家那样求灭的大雄之志，而还想化苦为乐，至少是不苦，左思右想，前经历后经历，觉得可行的一条路还是弄几方砚，需要看看的时候看看。这种闲情，如果一定还要用广告式的大话吹嘘一下，那就无妨说，砚是文房之物，知足于文房，也就可以少为新潮所动，见发财而心寂然，闻卡拉OK而足寂然，我行我素了吧？

日前得郑州袁蓬先生大札，说买到拙作《禅外说禅》，只是一本，还需要一本寄太平洋彼岸的涂心园（与我也有书信来往），如果我手头还有，并肯签名赠两本，他那一本就送人。正好我手头还有，索书乃捧场的表示，当然欢迎，于是赶紧找出两册，遵嘱签名，照例述明请指正之意，可不在话下。签名毕，也为时风所吹，想到其中之一还要远飞美国，人要易东服为西服，书呢，压膜变为皮脊烫金办不到，如何补救？急中生智，盖个闲章吧，"万绿丛中红一点"，即使不在佳人的樱唇之上，总是多个花样，也好。于是又翻装印章之盒，天祐老朽，居然就碰到一个合用的，文为"炉行者"，拿出，盖上，完事大吉继以欢喜赞叹。

赞叹，因为可化似无理为小有理。何以言之？说来话长。是这本拙作的命名，"说禅"之前有"禅外"，这表示，我轻则并未参禅，重则并未对顿悟寄予希望。如果竟是这样，不要说禅内的，就是同样在禅外的，就会发问，你有什么资格说禅呢？显然，这个闲章就可以代为答复，是，我是，或曾是，行者，虽尚未剃发受戒，却不少在大雄宝殿及禅堂打转转也；又如果问者接受此答复用耳而不用目，全称之"炉行者"就会使他或她五体投地。盖禅宗六祖慧能，俗姓卢，受五祖弘忍衣钵之后很久，直到在广州法性寺（今光孝寺），印宗法师为他剃度，智光律师为他授具足戒之前，他只能称为"卢行者"。

这样说，至少对于耳食之流，我就有冒充之嫌。换为目食，如果笃信圣道"必也正名乎"，也会不以为然吧？所以还要不避唠叨，说说来由。是70年代初，我在朱洪武老家凤阳的干校接受改造，年不过轻的人都知道，其时的大形势是以眼看他人受苦为乐，排长紧跟形势，以我的受苦为乐。派重活和脏活，单独，怒目相向，有时还聚众，批斗。单说重活，其中之一是供厨房和锅炉房用水，路不近，一天一百几十担，如果赶上雨天，路上泥软而粘，更是苦不堪言。是1971年春天吧，忽然下新令，改为烧锅炉，供应开水。这活比较轻，因为烧开之后可以休息一段时间。只是要晨三时起床，如果至时不醒，就会误事，其后来的必又是批斗。幸而邻床是王芝九兄，他醒得早，教我放心睡，至时他叫我。直到现在印象还非常清楚，是我还睡得很香甜的时候，他用手推我，同时小声说："老张，该起啦。"这样烧了约三个月，接到又一新令，是结业放还，我这才明白，改为烧锅炉，用的是帝王整治腻了，夹个大赦，以表示有不忍人之心的意思。

不过无论如何，总是放还了，我就可以不再挑水而用一拧就哗哗流的自来水。其实，值得说说的获得还不是易被动之劳为主动之可劳可逸，而是，其最大者为更加了解孟老夫子所说："人之所以异于禽兽者几希。"小获得呢，零零碎碎不少，其中之一就是刻了这样一个闲章，"炉行者"。上面提到冒充，是不是有意冒充？我说，也是也不是。说是，因为，如果没有唐初的"卢行者"，我就不会想到刻这样一个印章。说不是，因为"卢"旁加了"火"，而这样一加就成为名正言顺，盖其一，我确是烧过锅炉；其二，想当年，也确曾念过"依般若波罗蜜多故""应无所住，而生其心"之类。理据说完，要补说事。是80年代早期一个冬日的清晨，我在办公室自做自吃早点，上海张㧑之兄推门而入。我问过何时来的、住在哪里之后，想再冲些奶粉招待他吃。他说已经吃过。我说："既然吃过就看着我吃。"刚说完，忽然想到，㧑之兄治印，是以好而兼快出名的，何不废时利用，请他刻个印，也免得他无事可做，感到寂寞？于是找出石头，提出要求，便安坐而吃。果然不出所料，我吃完，他也交了卷，不只"炉行者"三字，连边款也刻了。

其时我和玄翁同住在老北大工字楼的一间面南的斗室里，玄翁和㧑之兄是多年旧交，这方闲章当然不久就入目。玄翁是既精于诗又精于画的，而且有遇闲必忙一阵子的雅兴，于是不久就惠赐一幅画，曰"炉行者图"。画中既有炉，又有行者，其上方并题诗云："何肉周妻非害道，砍柴烧水亦传灯。居然悟得南宗意，莫谓吾儒便不能。"诗于吹捧中不忘实事求是，吹捧者，循南宗之路而得悟是也；实事求是者，仍娶妻而不吃素是也。秀才人情，得赐诗要和，于是凑了一首，语句是："性相犹迷怜白发，之无渐忘愧青灯。自身濠上炉行者，何与曹溪老慧能。"二十八个字，主旨三言可以蔽之，不过是"不敢当"而已。不敢当是谦逊；想了想，还有可以不谦逊的也无妨说说。这要扯得远一些，触及人生之道，或说人生之道中那一点点可称为小民的部分。天地不仁，是骑青牛出关的人的感慨；人生不如意事常十八九，是柴米油盐、舍不得家小的一般人的感慨。如何对待？祖传的妙法是消极的，忍加认命。能不能化为积极的？陈胜、吴广之流是用竿，顾亭林、黄宗羲之流是用笔，我都高山仰止；可是因为山太高，我就苦于不只力不足，连心也无余。但是语云，跛者不忘履，我又苦于不愿退。进退两难的夹缝之间，意想不到跳出个庄子，《知北游》篇有云："万物一也，是其所美者为神奇，其所恶者为臭腐；臭腐复化为神奇，神奇复化为臭腐。"臭腐可以化为神奇，应该说是一种高妙的人生之道，本诸此道，我就有如得了连中三元之喜：一是有机缘可以盖"炉行者"之章，二是有兴致可以看炉行者之图，三是万一也有个人迷信之瘾，就无妨，或出声或不出声，说，本人即炉行者是也。所有这些都是改造加整治之赐，事过境迁，臭腐真就化为神奇，岂可不念阿弥陀佛乎？

我多次说，是怀疑主义者，写到宣佛号，怀疑主义又来捣乱，是推想会有人说，刻闲章，或扩大为起别名，都是书呆子的陋习，自我陶醉，甚至得意忘形，在旁观者看来就不免酸气熏天。"予岂好辩哉"，"不得已也"，只好学孟老夫子，辩解几句。理由还不止一项。

其一，名和字之外，再来一个或几个别号，乃千百年来久矣夫，并且不限于书呆子，只举两位，先说倒霉的，是南唐后主，别号钟山隐翁，再说走运的，是乾隆皇帝，别号十全老人，语云，上有好者，下必有甚焉，小民如我，效颦一次，来个炉行者，又有何不可？其二，人，不知因何故而生，至何时而止，两端之间，柴米油盐，生儿育女，纵使不至如佛家所想象，纯是苦，也总不少干巴巴，来点与兴致有关的零七八碎，有如沙漠中之添点绿洲，总是有好处的吧？起别号，有的表示所有，如金冬心的"百二砚田富翁"，有的表示所好，如赵之谦的"仰视千七百二十九鹤斋"，就是这类的零七八碎，不费一钱而能换来，至少是一时的，飘飘然，用时风的话说，也可算是大有经济效益吧？其三，姑且承认一切闲章、别号之类都有酸气（限于书呆子的还要加个"穷"字，曰穷酸气），能测知穷酸气之鼻也当一视同仁，测知其他各种气。为了减少头绪，只计鼻君不欢迎的，其中一种，力量超过穷酸气不下万倍，是铜臭气。说力大，因为一是受感染的人多，二是无孔不入。孔太多，不好说，只好概而括之，说，连荣誉都可以（其实不是"可以"，是"已然"）用金钱为筹码，加加减减。比如甲女士手上戴四个金戒指，乙女士只是两个，甲女士的荣誉就比乙女士高一倍，其他可以类推。这已成为风，显然，可以想见，有的人，为了弄钱，就无所不为了。无所不为会发出气，是铜臭气。穷酸气力小，但其为气也同样是"一种"，如果可与铜臭气的"一种"并行，供人选择，我是宁可倒向穷酸气一边的。这样，我的闲章"炉行者"就可以绝处逢生。或问，这样的"生"，与戴金戒指究竟有何同异？确是难说。不得已，想沿用古法，拉孔老夫子来助威，曰："亦各言其志也已矣。"

戏缘鳞爪

　　先解题。戏指京戏，原因之一是其他剧种看得不多，学买西瓜之法，挑大的，小的不要；之二是熟能生爱，不爱或爱而不深的，说就没什么意思。缘指看和听，不包括自己也唱念做，因为多年以来，我虽有临渊羡鱼之心，却没有下水去捞的时间和勇气。这样说，戏迷就够不上，所以执笔，以之为题呙文，就只能一鳞半爪。而说起这呙，也有来由，是有刊印之权的某公看到我的一篇拙作《余派遗音》，以为我懂戏，而所谈面不广，希望我推而广之，再谈谈。我遇求而应，是因为正率尔操觚，写《负暄三话》，找题材不易，戏送上门，正好顺水推舟，姑且算作捡个便宜吧。

　　由泛而论之说起。人都喜欢看戏。说"都"，逻辑学家会认为胆过于大，我的理由是，根据自己的见闻，只有不喜欢某剧种的，没有不喜欢一切剧种的。我是常人，自然也同于常人，喜欢看戏。至于喜欢的程度，是比上不足，比下有余。何谓上下？以我的师辈为例，顾随先生是上，捧杨小楼，捧小翠龙（于连泉），上课说到，也是口讲指画，眉飞色舞；熊十力先生是下，交往多年，没见他看过戏，闲

237

谈，也是口不离大《易》、唯识，而不提马连良和梅兰芳。我是中不溜的，也因为钱袋常空空，有好戏，不追；碰到看的机会，也不轻易放过。

为什么都喜欢看？又俗话有云，"唱戏的是疯子，听戏的是傻子"，何以都这样傻，视假为真？这问题，我年轻时候没想过，后来钻研"天命之谓性"，躲不开，也就略有所悟。这自然是瞎子摸象之类，也无妨说说。人生，被限制于某种狭小的境（如班超，投笔前是面对纸笔，投笔后是面对弓矢），却又不甘于只活动于这狭小的境。求境扩大，实（如变贱为贵，变贫为富，易黄脸婆为绝代佳人），几乎是不可能的；只好由门外缩到门内，用天命加祖传而由和尚说出来的境由心造之法，即实虽未来，可以设想并像是真就感到它来了。形式多种。穷极无聊，吟诵"腰缠十万贯，骑鹤下扬州"，换来片时的心情舒畅，光棍汉，吟诵"今宵剩把银釭照，犹恐相逢是梦中"，换来片时的迷离恍惚，是常用的一种形式。还可以提高一级，看小说，尤其戏剧。小说和戏剧是人生多种境的"浓缩型"，其境是实中可有而罕见的，一般并是珍贵的，所以就宜于移情意于内，或观照，或体味，与其中的人物同呼吸，共命运。其结果就取得境的扩大，虽然只是心情的，却是很值得珍重的。与小说相比，戏剧创造的境是更上一层楼，因为更形象化。以杨贵妃为例，我们看《太真外传》，借助想象，像是有所见；戏剧则是挑帘出场，使我们真有所见。真有所见，己身缺者补，己身欲者取，戏之为用可谓大矣哉。

大矣哉还来于夸张性和典型性，夸张也是为成全典型性。例如曹操，大白脸是夸张，表现的是奸雄的典型性。我看京剧，特别欣赏它表现的典型性，如青衣是温婉，花脸是粗犷，丑角是滑稽，到街头巷尾找，就很少有这样性格鲜明的。夸张，还在唱念做几方面趋向艺术化，即求美。以花旦为例，京白的柔媚，台步的轻盈，与台下人比，都夸张了，可是夸张得好，理由是比现实的美，既然街头巷尾找不到，能够存于舞台上也好。这存于舞台上的超越现实的美，又使我们想到角色，或说名角，新名号曰名演员。仍以花旦为例，台步的美，我看过的，以小翠花为第一，其下三科世字辈的毛世来得其仿佛，其他就自郐以下了。说到此，不由得慨叹京剧之难，甚至能略辨酸咸也大不易。慨叹还有个原因，是自从卡拉OK、摇滚等大行其道以来，京剧，不要说辨酸咸，连肯看的人也微乎其微了。

　　为了躲开慨叹，还是暂不管现在，想想过去。我20年代后期来过几次北京，由30年代初开始长期住在北京，其时京剧虽然已是日过中天，却还不少余热。上面说过，我不是戏迷，但时间长，也就多有机会去看看。据记忆库里的储存，早期，看富连成科班的演出次数不少。地点在前门外肉市的广和楼〔清朝中晚期的查（zhā）楼〕。设备简陋，可是演员的功底不差，而且卖力气。记得常出台的是盛字辈和世字辈的，如叶盛兰、叶盛章、裘盛戎、袁世海、李世芳、毛世来等。有时也有上一两科的，记得就是在广和楼，也看过马连良、小翠花、谭富英、马富禄等人。那时期，演出时间长，有日（下午）场，有夜场，都五个小时左右。广和楼以外，外城前门外一带，剧场，其时通称戏园子，还有几处，记得看过的有鲜鱼口华乐、粮食店中和、大栅栏庆乐、西珠市口开明等。内城剧场比较少，东城东安市场吉祥，西城西长安街长安和新新，是大家比较熟悉的。名角为名利，不名的为饱暖，要组班或搭班演出，所以，除去过年封箱的一些天以外，每天都有不止一个班在不同的剧场演出，因而如果喜欢看京剧，而且有闲时闲钱，是总有好戏可看的。北京看戏讲看角儿，通常是看一两位，义务戏或某种性质的组合（如丑角大会）看多位。我都看过哪些位？余生也晚，老一辈，如谭鑫培、王瑶卿、龚云甫、钱金福、王长林等等，没赶上，时间规律，没什么遗憾的。活跃于二三十年代及其后并够上角儿的，只有一位我无一看之缘，是余叔岩。我到北京以后，他只唱过义务戏和堂会戏，加在一起寥寥几次，常常是连消息也不知道，更不要说买票或找门路走进去了。除余叔岩以外，大名角，如梅尚程荀，直到许多名坤，孟小冬、雪艳琴之流，都有幸一聆歌喉，一瞻丰采。

印象如何呢？总的说是两点。一是名下无虚士，许多有大名的，确是造诣高，人人有自己的拿手活儿，别人办不了。二是阵容齐整，比如演《空城计》，扮老军的可以是马富禄和慈瑞全，用老北京戏迷的话说，是过瘾。专由这两点看，现在是，借用九斤老太的话，一代不如一代了。还是专说上一代，看得不少，留的影子却不多。也无妨说一点点清楚的。以在脑海里冒出来的先后为序。第一位是梅兰芳。

记得某戏迷赞扬这位超级名角是这样说："他也说不上有什么好，只是别人，都可以挑出毛病，他就挑不出来。"我同意这位的评论，因而唱念做方面就无话可说。幸而更突出的印象是唱念做之外的，也就还可以说几句。那是20年代晚期，夜场，我陪着一位乡先辈到中和戏院去看梅演《红线盗盒》。前面几出演过，台上灯光微弱，该大轴了，一挑帘，梅走出来，台上灯光突然大亮，满堂碰头好。我定睛看，全身珠光明灭，露出的面部和手，白而像是透明如玉。身材窈窕，真如文言滥调所说，长身玉立。当时的印象是，难怪旧小说形容美女，常用仙女下凡，我确信世间必没有这样美的。连带说两句后话，梅，程砚秋更甚，体重随着年岁增加，比如50年代"看"，就不禁有"良辰美景奈何天"之感了。接着说第二位，孟小冬，印象深的是40年代前期在新新戏院演《击鼓骂曹》，"手中缺少杀人的刀"一句，满堂好，余音绕梁，不是三日不绝，而是至今不绝。第三位是谭富英，不只戏路子是谭派，身世也是谭派。天赋与好嗓子，高亢，洪亮，唱功造诣高用不着说。听他，印象最深的是《法门寺》扮赵廉，面对刘瑾拔高"谢千岁"一句，真予人以冲入云霄之感，可以说是只此一家了。第四位是马连良，唱念做都以洒脱爽脆胜。爽脆，唱就不能深厚，更不能苍凉。可是做和念确是有独到之处，如演《春秋笔》，张恩台步，由仆从变为官，样子灵巧而美，演《打渔杀家》，离家时说"家都不要了"几句，飘逸而脆，都是别人办不了的。第五位是小翠花，花旦，做功可称一绝。至今闭目仍如在目前的有两次，一次

《拾玉镯》扮孙玉姣，门外做针线活一段，捻线等动作真是比真的还像真的，一次《活捉三郎》扮阎惜姣，绕行追张文远一段，身不摇动，飘忽如风吹，都是神乎技矣，并可以断言，必后无来者。第六位是侯喜瑞，也是做功一绝。《战宛城》马踏青苗一段，人所共知，可以不说，只说一次看似无关大体的，是《法门寺》扮刘瑾，案审完，起身下场，身移桌外，举左足踢袍，北京话，"那份儿刷（去声）俐就甭说啦"，所以赢来满堂好。其实这一手是外加的，记得郝寿臣演就平平常常走进去，可见京剧，内涵是太丰富了。第七位是萧长华，文丑应功，演《蒋干盗书》，演《连升三级》，其高超为人所共见，也不想说。只说一次罕见的，40年代早期新新戏院有一次丑角大会，我去看了，大轴是萧长华的《荡湖船》。萧扮乡下老财天明亮，贪看船娘受骗，扮相，台步，苏白，真当叹为稀有。第八位是叶盛章，武丑，我看得次数最多，认为无论武功还是气派，都是前无古人，后无来者。常演的剧目有《巧连环》《酒丐》《三岔口》《打瓜园》等。他并不瘦，可是由高处下坠能落地无声；演时迁，简直就成为真的飞贼。我最爱看他演《打渔杀家》扮教师，那个挑帘后的亮相，气派中寓虚张声势，卑劣中有美，真是绝了。但也就成为广陵散，"文化大革命"的迫害一来就自杀，太可惜了。第九位是言菊朋，唱老生，他宗谭鑫培，可是适应他自己的嗓音条件，有变化，老谭只是沉厚，他进而趋向苍凉。人生，到后期，都难免有"一事无成两鬓斑"的怅惘，表现这种心情，显然，唱的韵味以苍凉为上。可惜自他作古，这也成为

《广陵散》，因为他的派，出于他之口是自然的，后继者就成为造作的，形之扭捏，苍凉就变质了。再说第十位是金少山，我不忘他，主要是因为他能声震屋瓦，所谓黄钟大吕是也。这常常使我想到现在，是黄钟大吕改为多种型号的扩音器，硬功夫变为借助于电，自然声变为有如假烟假酒，真使人不能不有逝者如斯之叹。叹完了怎么样？也没有其他办法，只是能不听就不听而已。到此，已经说到第十位，十是整数，依通例，举罪状也不过至此而止，况其反面之好乎，所以改为说别的。

很容易就跳到另一面，看看在戏上有没有什么遗憾。也有一些。其一是有几次集名角于一台的戏，很想看而没看着。最尖端的一次是30年代前期在西珠市口第一舞台的三个夜场，记得只有一人（马连良？）因外出没参加，其余北京的名角都上场了。戏码多，角色硬，恍惚记得第一出，有一次是叶盛章《巧连环》，有一次是小翠花、荀慧生、马富禄《双摇会》；大轴当然是梅兰芳，一次是《霸王别姬》，一次是《龙凤呈祥》。其时我在北京大学上学，即使票价没有黑市，三场二十四元，拿不起，也就只能看戏单想象之而过瘾了。其二是有些反串戏，也很想看而没有看。现在还记得的，有梅兰芳反串黄天霸，杨小楼反串张桂兰，郝寿臣反串《天河配》的织女。郝寿臣是我的同乡，应工戏是《连环套》的窦尔敦等，改为织女，出场扭扭捏捏，发言细声细语，一定很有意思吧？其三是另一种性质的，是多年来集了一些京剧早年的唱片，"文化大革命"中怕被革命英雄发现，有反对样板戏之嫌，为保身家性命，当废品处理了。正如其他难以数计的珍奇（包括人）一样，毁了就再也回不来了，怀念无用，也就罢了。只希望我的老友华粹深先生和吴小如先生，藏旧唱片的超级大户，能够受天之佑，平安过关。粹深兄前些年已在天津作古，询之天津友人，藏品也是灰飞烟灭，人祸竟力大于天，可为浩叹。

话有些离题，还是转回来说戏缘。而一晃就到了80年代后期，京剧努力挣扎而像是仍无起色，有些人担心再向下滑，于是苦心想振兴至少是保存之道。道之一是成立票房，定期集同好于一堂，拉拉唱唱，唱者有进益，听者能欣赏，日久天长，参加者人数增多，总会比都疑而远之好一些吧？站在爱护京剧的立场，这个想法不坏，至少是其动机可嘉。之后是依照王阳明的理论，由某年轻有为者出头，很快就知行合一，成立个票房，因为活动地点在积水潭边的汇通园（因对岸有名胜古迹汇通祠）饭庄，参加者皆同道，命名为"汇通同人票社"。组织由年轻人策划内定，社长三名，其中有我，资格是老朽，有叶盛长，资格是富连成的硕果仅存，有李天绥，官兼言派老生票友。成立之后，活动次数不算少。我的所得呢，主观上可以分为两类。一类是可以白听戏；有时还可以点戏，比如李韵秋，如果我好奇，就可以请她一个人唱《二进宫》。另一类是可以走入名演员之群，寒暄、握手，并肩照相，这在昔日，尤其女演员，所谓坤角，多藏在后台，想看看便装，即本色，也是很难的。语云，权利应与义务对等，我能做些什么呢？组织，既无时间又无精力，唱，不会，苦思冥索，最后还是只能秀才人情纸半张，即诌七绝二首，表示祝贺。不避俚俗，也抄在这里：

> 梨园旧艺妙通神，白首龟年识古津。
> 会有宗师相视笑，方知莫逆出同人。
>
> 闻道浮生戏一场，雕龙逐鹿为谁忙。
> 何当坐忘升沉事，点检歌喉入票房。

抄完，重念一遍，不知怎么，忽然想到郑板桥"汝辈书生总是会说"的话，我真能视浮生为戏吗？其实是人生与戏的关系，还有一面，是难得如戏。比如想到戏里的诸多奇遇，乐就真是"销魂，当此际"，悲就真是"肠断白蘋洲"，生活的实境终是平庸或单调太多了。这样说，是正如在本篇的开头所表示，对于戏，我是始终有好感。可惜的是，随着年岁的增加，看的机会变为很少，剩下的只是这一点点戏缘的记忆而已。

贫贱行乐

李笠翁《闲情偶寄》卷十五《颐养部》"行乐"部分讲"贫贱行乐之法",开头说:

> 穷人行乐之方,无他秘巧,亦止有退一步法。我以为贫,更有贫于我者。我以为贱,更有贱于我者。我以妻子为累,尚有鳏寡孤独之民,求为妻子之累而不能者。我以胼胝为劳,尚有身系狱廷,荒芜田地,求安耕凿之生而不可得者。以此居心,则苦海尽成乐地。

这种想法,给它一项现代化的帽子,是唯心论。但就完全要不得吗?也不尽然。比如现身说法,二十年以前,我到朱洪武的龙兴之地所谓干校去接受改造,活儿累,唯命是从还要时时准备受批斗,唯物论行不通了,就只好唯心论。具体说是可以把八百多年前的宋徽宗拉来对照,他发配五国城是由珠穆朗玛峰降到吐鲁番盆地,我则至多是由二楼跌到一楼而已,如此这般一想,也就释然了。这样说,是李笠翁的退一步法，至少是有时，也有用。但也只是有用，并不能像他吹的那样，"苦海尽成乐地"。因为他的办法只能减苦，是消极的；能得乐才是积极的。有没有办法化消极为积极呢？我也想吹一下，说有，就是限于己身的经验，也不止一种。这也许可以算作不能申请专利权的发明创造，既然不能从今，专而且利，那就无妨从古，取"与朋友共，敝之而无憾"之义，说说，供既贫贱而又不忘行乐的同道参考。

上面说不止一种，这里想说的只是一种。不多说，有原因，也不止一种。其一，这是一篇小文，篇幅不宜于过长。其二，语云，物以稀为贵，说多了，怕销不出去会跌价。其三，考虑到其他办法，至少是其中的多数，多多少少要破费一些钞票，不如送个整人情，说个不需要破费一文钱的。这办法是什么？是翻吾家（指古人张打油）的老家底，诌打油诗。人，接受"天命之谓性"，饮食男女，有些烦恼由内来，有些坎坷由外来，即使内外都不来，有时还会闲得难受。人心之不同，各如其面，有的人新潮，奔卡拉OK，有的人旧潮，找一两个同道扯淡，我则愿意闭门，诌打油诗。年来忙里偷闲，诌打油诗不少，还是为篇幅所限，只举一首为例：

无缘飞异域，有幸住中华。

路女多重底，山妻欲戴花。

风云归你老，世事管他妈。

睡醒寻诗兴，爬墙看日斜。

唯恐有的读者还不能完全领会如此打油就可以行乐的"伟大"意义，这里想画蛇添足，说说行文时的心情感受（或随大流，也称为赏析）。"无缘飞异域"，不少人以有机会出国为荣幸，我未动心。"有幸住中华"，天命也罢，机遇也罢，住在这里（即户口簿上有名）也不坏。"路女多重底"，出门，看路上，因为自己是泥做的，就特别愿意看水做的，看就不能不细致，自上而下，就看见鲁迅所说鞋底部还有个木柱子。"山妻欲戴花"，说"欲"，是实际未戴，有原因，是心有余而脸皮无力合作了。"风云归你老"，叱咤风云，任你们叱咤吧，我只想看看热闹。"世事管他妈"，管不了，不管也省心。"睡醒寻诗兴"，说"寻"，是自己坦白，并无诗兴。"爬墙看日斜"，不说"凭栏"，因为那是玉楼中人事，"爬墙"，则与"逾东家墙而搂其处子"（语出亚圣，当不俗）之徒等量齐观了，又午睡醒后日斜，足证已得懒散之三昧。释义毕，高明的读者可以想见，我所得之乐是如何质高而量多了。

推想有的人会不以我的自我陶醉为然，"予岂好辩哉？予不得已也"。所以还要说说更深远的意义。又是不止一种。一种是社会学的，是乐于打油，安于打油，就可以不被为"发"而发狂的时风刮得东倒西歪，挺身而出，或上，到什么所去炒股票，或下，到长街去摆摊儿。这有什么好吗？不过是安于贫贱者多，社会的混乱程度可以轻些而已。另一种是人生哲学的，是打油诗里也有观点，是看人，主要是自己，看人生，也就不得不包括他人的，不过是这么一回事，上至奉天承运，下至顾影自怜，都含有吹牛至少是自欺成分；而知吹牛，知自欺，则简直可以说是佛门的所谓"般若"，到彼岸，不易，或兼不需要，总可以少执著吧？执著是看不开，古人，为争天下，乌江自刎，今人，为争职称，跳楼，至少我看，就不如写"爬墙看日斜"之类的打油句，自嘲完毕，一笑而罢。笑是看得开，放得下，这境界很高，我一贯是虽不能至而心向往之。心向往要见诸行，就不得不学惠施之"多方"，而诌打油诗则是我服之有效的方之一也。且说这"方"，《庄子》也称为"方术"，那就可入《天下》篇，真是始料所未及，又远远超出贫贱行乐之上矣。俗话有云，见好就收，所以就此住笔。

敝帚自珍

清初著名文人周亮工著《书影》十卷，第一卷第一条说他父亲曾作《观宅四十吉祥相》，谈治家之道，其中说"堂中有七八十年前古桌椅"，昔年看了，觉得所写意境值得吟味。为什么？其时是情现前真切，理却说不清楚。这之后是己身的生活，正如街头巷尾的常人一样，多是依情而行。渐渐有小别，是近年来新潮之风过猛，心里难免有些感触，有时就想到与古桌椅有关的理。情依旧，还是觉得这样不坏。理呢，大大小小凑凑，就多了。先由反面说，是玩古董可以除外。除外，不是因为不好，是因为难能。比如桌是赵明诚曾在其上写《金石录》的，椅是李清照曾坐其中写"莫道不销魂，帘卷西风，人比黄花瘦"的，则置之萧斋，既可以务实，也写也坐，又可以骋遐想，发思古之幽情。可惜这只是遐想，腰缠万贯的企业家尚无能为力，况不能投笔的穷书生乎。转为说正面。其一是由心情方面说，与玩古董也有些瓜葛，不过是换喜欢古人的为喜欢自己的，可以名为恋旧。旧物，是自己往昔生活史的一部分，即使这史中的某些部分不是可意的，因见旧物而想到，也总当是可珍重的。所以如古桌椅，最好是可换可不换，就不换。换，有如人的迁居，由幽谷迁于乔木，大多是变不讲究为讲究，变不阔气为阔气。这就可以过渡到其二，仍旧贯，有小利，是可以少花钱。就手头很少宽裕的书生说，也未尝不可以说是大利。再说另一种大利，是，我一贯认为，朴素甚至寒俭的生活，退守可以养德，进取可以掠美。这意思不容易说明白，姑且以事显理。如不久前我在某高级饭店中吃点什么时所见，一掷千金与一群佳人演戏式的微笑交易，至少我觉得，这是钱大显神通，真且谈不到，德就更没有了。再说生活中的美是一种境界，为浅显，可以说是有诗意的境界，陌上花开缓缓归，有诗意，如果是奔驰汽车一大串，还有什么诗意吗？以上是由个人的角度立论。还可以扩大到社会，是其三，保留古桌椅虽然是小事，却可以显示抗拜金主义加享乐（或更下，只是摆阔）主义的时风的大节。关于这种时风的力之大和危害的深远，乃有目者所共见，可是抗却大不易。不得已，也只能走古人穷则独善其身的路，比喻说，左邻右舍都把古桌椅送往废品站，我却乐得还让它在居室中占一席地。不只占，还继以有说焉。物不少，难得都说，决定损之又损，只说两种，卧具和坐具各一。

我清朝末年生于北方的农村，从历代祖先的习惯，每日三餐一倒，睡在土坯砌的火炕上。说火炕，是因为坯下通道与外屋的灶相连，可以烧火做饭。天寒取暖，就靠在灶内烧柴。与席梦思相比，火炕是落后的，至少是古旧的。但唯其古旧，反而容易存储诗意的梦。多半是冬日，天黑得早，晚饭随着早，冬闲无事，饭后，老年人和孩子们就聚坐在老人住屋的火炕上。孩子都爱听故事，请年长的人说。有人说《三国》、《水浒》之类。有时也说《聊斋志异》，室内油灯微火如豆，鬼出现了，我们怕，往老人身边挤，却觉得特别有意思。困了，熄灯睡，往被子里钻，周围是热的，如果这也可以算作优越性，应该说，是各种形式的床都没有的。

"胜地不常，盛筵难再"，我志于学之年到外面上学，从此就与火炕告别。自然每天还要一倒，身下不再是土坯上加苇席，而换为木板，木板床是自由化的，即一块约六尺长、一尺宽、一寸厚的木板，可多用少用，下架木凳，成为床，就可宽可窄。如果不用或迁移，还有易拆、易存、易运的优越性。此外还有优越性，是后来常听到"修理床屉"的吆喝声才想到的，用木板，没有弹簧等花样，就永远虽旧如新，用不着修理。有人会说，有弹簧的软床也有优越性，我推想，其显著者是软，不显著者是现代化的阔气。也许是习惯成自然吧，我有时离开自己的木板床，睡软绵绵的，反而觉得不方便，是翻身要多费力，如果是热天，还成为不清凉，因为身体沉下去，就不免有被围困之感。但软，如古人也艳羡的坐怀之感，当然也不可偏废，如何补偿？办法非常简易，不过是褥子加厚而已。就这样，我从30年代中期成家立业起，先是自己买了一些木板（北京呼为铺板），其后不断有亲友离京，奉送一些木板。情况就成为，人口增，木板也增。荏苒到了60年代，情况是人有变，老的往生西方净土，小的翅膀渐硬，飞出去自筑巢，而木板依旧。过剩也不好，于是或赠人，或另派用场，散一部分。还嫌人浮于事，于是学官场之多设几个什么长，木板也无妨叠床架屋，结果是用了双层。又荏苒到了80年代，修饰、漂亮的时风连蓬门小户也吹入的时候，我的木板床成为仅存硕果。我们自己多见不怪。来客，尤其年轻领其带和高其跟的，或不动口，可是眼神中有话，是太陈旧了，或太寒俭了；有的肠子直，干脆动了口，是："怎么不买个床？快换一个吧，看着也好。"老伴耳软，有点心活，问我，我说："睡多年了，没有什么不舒服，何必换？多一事不如少一事。"其实我的心里，理由还有分量重的，是半个世纪以来，这些木板是陪伴我数晨夕的，离开它，我心里会不安。至于好看，我们都老了，一生消耗粮食不少，而成就微乎其微，就是易木板为席梦思，价值又能增加多少？反而不如旧样子，明眼人看见，说没有过分，可以心安理得吧？而不巧，又来了新的机缘，须迁居。耳边常吹来新消息，是某近邻内装修，花了几千，某近邻内装修，花了过万。连孩子都想利用这改革的良机，说服老朽，维新，办法是定搬家计划，其中加了买新床一项。我说这一项可免，因为有木板，仍双层，不变。孩子说："现在没有这样的。"我说："这是崇尚浮华的时风力量太大，人都被刮倒了。我没有力量挽狂澜于既倒，但自信还能我行我素。决定仍睡木板，直到易箦之时，看到身下还是木板，知道能够安于寒素，至少这一点是获得，也就可以瞑目了。"

再说坐具，只是一件，记得是1933年秋天，在北京大学上学时期，由八面槽（今王府井大街北段）路西一家藤器店买的一把藤椅，价二元四角。就当时说，价高，是因为材料的主体是藤条，比藤皮坚实。样子也好，合用，靠背高，略后斜，于是坐，上身后靠就宜于读，挺直就宜于写。1935年夏我毕业后，离开北京两年，这藤椅存于同学李君处。七七事变后滞留北京，继续坐这藤椅作息，直到现在，已经超过半个世纪。它也随着人老了，颜色由鲜黄变为褐黄，许多缠系藤条的藤皮断裂。颜色变暗，估计是表面沾染油泥，用去污的什么洗涤，不难恢复本色。我没这样做，是因为，一则怕麻烦，二是想，老了，鸡皮鹤发，也只好随它。但断裂就不能随它，量力而为，只是用新产品的塑料绳，缠，头疼医头，脚疼医脚。这样，日子多了，藤椅的外貌就每况愈下，不只陈旧，而且杂乱。可是在我的心目中，它在室内的诸多坐具中，地位仍是最高。证据有内的，是写，它能与思路配套，或者说，坐于其上，身向后，想得明白，身向前，写得清楚，如果换为硬的太师椅，软的沙发，也许就不成了吧？证据还有外的，是来了客人，要是年高望重的，我才把这藤椅让给他，并加说一句："坐我这宝座吧，舒服。"

称为宝座，是自珍。至于在新潮人物的心目中，这些当然都是敝帚，应该尽早扔在垃圾堆上。扔旧而尚可用的，换为新而高档的，我看，所求主要是，别人看着富丽，自己像是借此提高了身分。真就能够提高吗？姑且承认能够提高，这样的身分，究竟能给自己带来什么呢？在这类事物上，我是实利主义者，以卧具为例，如果容许选择，我也许更要倒退，退到冬晚的火炕上，在如豆的灯火之下，听什么人讲鬼故事吧？这自然是难得实现的梦，但是语云，跛者不忘履，高不成，只好低就，即保留我的木板床，以期能够避避新风，离火炕和鬼故事近一些。

关于识荆

　　我健忘，当年熟悉的子曰诗云之类，也绝大部分变为恍兮惚兮了。身外之物，及身得之，及身失之，也算不了什么。可是有时候，这同一个头脑又会反其道而行，是并不想找某文句，某文句却偏偏自己跳出来。今天午睡醒后就是这样，也许梦中曾接触什么旧事吧，梦断目张，《庄子·田子方》中的一两句话忽然涌上心头，那是："丘以是日徂。吾终身与汝交一臂而失之，可不哀与？"来由如何且不管它，眼下的心境却是明确的，是有些交臂失之的怅惘。

　　交臂的自然是人，为什么以不失之为好呢？这就又想到一句常说的话，"人生只此一次"，由呱呱坠地到盖棺论定（或无人肯赏光论定），比喻是一长条素纸，总是多画上一些什么好吧？假定所画都是适意的，名花香草之类，那交臂不失的一笔，就多半是名花，或香草。退几步讲，不名也罢，不香也罢，当作篱下闲谈的资料，不是也很好吗？还是力争上游，说交臂失或不失，都指堂上堂下，值得说说的，如果回顾，算得失之账，会是什么情况呢？与我的老友玄翁相比，那就太惭愧了。他腿勤，依常情，可往可不往的，他是必往；我腿懒，依常情，可往可不往的，我是必不往。结果是明显的，他是很少交臂失之，我是常常交臂失之。

这腿懒就换来，至少是想当年的时候，轻是心的不宁静，重是悔恨。悔是有识荆的机会而没有识荆，恨是觉得应该识荆的时候机会已经不再有。到举实例的时候了，太多，只好抓一两个眼前的。

是两三年以前，一个中学时期的女弟子来，说她正在编一本中外抒情诗的书，请的主编是陈敬容。这位女诗人，我上大学时期就知道她，原因之一是诗写得不坏；之二是听说曾不顾礼教的拘束，与情人逃亡；之三是，自然也是听说，美。那时无缘见到她，半个世纪过去，也就忘了。现在居然来到眼前，据说一生坎坷不少，目前情况也不佳。我说，我打算去看看她，并说，这样一位晚景不佳的女诗人，我应该认识认识。女弟子点头称善，说时间由我定。其后，还是腿懒占了上风，有时想到，就以"就在左近，忙什么"为理由，往后推。终于书送来，没等我问，女弟子就告诉我，就在出书之前，陈敬容病故了。我又一次想到交臂失之的话，心里像是失掉点什么。

再说一位，也是女士，是日前写《诗词读写丛话》常常想到的，梁启超的女公子梁令娴。说来不是话长，是话远。还是30年代后期，我住在北京，穷困，逛旧书摊店，搜罗廉价旧书的兴趣却有增无减。其间竟先后两次买到《艺蘅馆词选》。这本书是光绪晚年，梁令娴跟着父亲梁启超住在日本，从广东的有名词人麦孟华学词，由麦帮助编选的。也是在日本印的，精装，皮脊，烫金，很讲究。选词用的还是浙派的眼，由唐五代至清末，全面而特别推重南宋，尤其吴文英。我喜爱这本书，有另外的原因，总的说是发思古之幽情。分着说就多了。只说这本本，古香古色，拿到手里，可爱。其次，词的眉端有评，其中有些是她听来的，不见经传，就特别有意思。只举一处，是晏几道《临江仙》"梦后楼台高锁"那首之上的，评曰："家大人云，康南海谓起二句纯是华严境界。"这就使我们像是看到康有为面对学生讲、梁启超面对女儿讲的情况，讲是讲词，所思飞到实境之外，与这样的旧事暗对，不也是相当难得的吗？还有其三，书有梁令娴的自序，末尾署"戊申八月新会梁令娴"，书最后有出版时间，是"光绪三十四年八月"，这在别人大概无所谓，我就不能无所谓，因为我的生辰是这一年的十二月。相差四个月，回想初见时的感触，大概是碰巧，先后，时间，终于佛门的生死事大吧？回过头来说买到两本。其时毕奂午兄也在北京，也穷困，物以类聚，我们交往不少，于是取什么什么与朋友共之义，送他一本。过几天他来，说梁令娴在北京，他想拿书去，请她签个名，问我去不去。当时怎么想的，现在不记得了，总之是没有去。这又是一次交臂失之。一晃半个世纪过去，书还在，有时翻开看，扉页空空，就不由得感伤，觉得失去的真是太多了。

写到此，想结束，看看题目，像是还应该说些不交臂失之的。说话人有话休絮烦之训，只说一位，是许丹。他是鲁迅的朋友，恍惚记得鲁迅的文章提到他，有的人以为就是许寿裳。这是因为许丹走的不是说说道道一条路，世面上就难得知道。他字季上，是深钻英文的，在开滦煤矿工作。40年代晚期住在北京什刹海北岸，大概是安度晚年吧。其时我年轻气盛，忙里偷闲，翻译罗素一本小书《哲学与政治》。译完，有个地方拿不准。记得是邓念观老先生介绍我去找许丹，说他精通英语。我去了，见到他，印象是，不愧为鲁迅的朋友，果然气度不凡，形是清秀、白净，神是深沉、淡泊。果然精于英语，并没有思索就讲得清清楚楚。只是这样一面。一面也好，总算是没有交臂失之。

真该结束了。据说，乩文，开头结尾都不容易，怎么能化难为易呢？灵机一动，想到古人有"诗云什么此之谓也"一法，决定照猫画虎。而没费力就找到《诗经·草虫》，尾部有文，曰："未见君子，我心伤悲。亦既见止，亦既觏止，我心则夷。"此之谓也。

也说一件小事

《一件小事》是鲁迅先生一篇滥竽充数的小说。小说要编造或改造，这篇似乎不是，所以是滥竽；《呐喊》是短篇小说集，这篇编入《呐喊》，所以是充数。文篇幅不大，名声不小，因为曾入中学语文课本，单说学生，数目就大得惊人。名声大会孕育独占性，而恰巧，我这篇小文的内容也是一件小事，题照用，有效颦之嫌，回避，有不实事求是之苦，不得已，用，前边加个"也说"的帽子。

且说这篇小文事虽小，却有个不很简单的来由。是随便翻阅某期刊，看某君谈自己写作经历的一篇文章，其中说到甘苦，少说甘，多说苦。苦有不少是心外的，其中之一是未必合主编大人的口味；幸而合了，不知何年何月能挤到版面上；又幸而挤上去，更苦于不知道稿酬标准从高还是从低，什么时候能够发出来。所以文章末尾说，必用，不敢求；如果已用，希望采用惩治某种罪犯的精神，稿酬也从重从快云云。

看到这里，正如不少同病的诸公，相怜之外，还不免于苦笑。笑属于苦，因为从重从快只是希望，实现则大不易。不想刚想到不易，思路竟来个三级跳，移到俞平伯先生。这自然也有来由，是前年（1990年）10月，俞先生作古之后，我写一篇悼念的文章，着重说俞先生一生过的是诗的生活，刊于《光明日报》。其后不很久，就有好心的读者送来1990年第4期《新文学史料》季刊，上有不少关于俞先生的文章。其中最长的一篇是《俞平伯的晚年生活》，我看了，感触最多。这里只说两种。其一不能算作小事，是我悼念俞先生，只看到他作《古槐书屋词》，许莹环夫人用大令《十三行》体的小楷为他誊录，住清华园或古槐书屋，居常与许夫人对坐，唱"良辰美景奈何天""则为你如花美眷，似水流年"，而没有看到老君堂老宅的被抄，夫妇同往息夫人故里的干校，因偷看《水经注》而受到批判，一再写检查而不能通过。这样说，我那篇拙作就有了相当严重的缺点，曰片面性。但一言出口，驷马难追，也就只好由它去。

其二是本篇想说的一件小事，总的说是因为多知道一些俞先生的生活情况而感到不安，或竟是惭愧。这要翻腾一些旧事。那是1947年7月，我在北京，帮助一个和尚朋友，编一种主要研究佛学的月刊《世间解》。当然要请俞先生支援写文章，记得是登老君堂之门去求。俞先生很慷慨，创刊号就给了一篇《今世如何需要佛法》，约四千字，是不久前在华北居士林的一篇讲演。大概是在排校过程中吧，收到俞先生一封信，问什么时候能给稿酬。这显然不合可以作为穷酸文人代表的王夷甫口不言钱的轨范，我很惊讶。惊讶还有讲道理的来由。这是一，自然是我的推想，俞先生是旧家底加新名位，不会没有钱用；

二，一个惯于吟诵"看翠袖，对红裙，旧情疑假又疑真"的人，怎么会想到稿酬早晚的卑微小事呢？事实是想到了，一种顺流而下的推论自然是，过于看重阿堵物。对于俞先生，我不愿意有这样一个论断，可是一时又推不倒这样一个论断。于是一时就成为多时，是直到俞先生作了古，这个小疑团还在心里横着。幸而看到《新文学史料》中的一些史料，才恍然大悟，原来其时俞先生生活很困难，以致许夫人要不断变卖些东西，才勉强可以上安老，下怀幼。俞先生问稿酬，显然是想为许夫人分担一些困苦。悟到此，我又不免于感慨万千，只说两项值得说说的。一项是，破文人口不言钱之例，应该看作"风起又花残，空怜玉臂寒"的世俗化，那就同样有诗情诗意，可惜当时未能理解。另一项是，一半由于无权，一半由于没有在意，稿酬应该从重从快而没有从重从快。应该理解的没有理解，应该做的没有做，现在借助文字般若，想略申惭愧之情，而俞先生已不能听到，还有什么用呢！

郑州《时代青年》的编辑诸公过访，寒暄、闲谈片刻，其间说明来意，是希望我写一篇准命题作文，以编入他们的一个栏目，曰"名人的遗憾"，还附加个解释，所谓遗憾指一生中最大的遗憾。我谢过盛意之后，说因为忙，又非名人，大概写不出来。诸公照例说几句"还是希望写"，以表示并未绝望，然后辞去。我以为这笔账就这样了结了，不想时过不久就接到来信，内装像片，还是问何时可以写成，给他们。依照祖国"灿烂"文化禅让故事的传统，一可能是客气，可以不算，再而三就成为真刀真枪，不接受就说不过去了。决定写，名人与非名人的胡涂账只好不管，其后不能不算计的还有遗憾，尤其一生中最大。而一算就为了难，因为一是太多，二是难得有个秤，称一下，以决定哪一个最大。不得已，只好用近水楼台先得月之法，说一件近事，仍在耿耿于怀的。

事不大又不复杂，可是说来话长。幸而《时代青年》是成本之刊而非单张之报，超过"千字文"可以不算违例，那就由远处扯起。我近年，或者可以算作响应开放吧，由闭口主义变为写些不三不四的。

借主编大人一时眼不亮之光，不只在期刊（包括日报、周报之类）上有时化为铅字，还不止一次，在薄薄厚厚的本本上化为铅字。单说这薄薄厚厚的本本，80年代前期还好，新华书店订数不少，排版付型之后不愁走上轮转机。后期不成了，订数降为多则两三千，少则几百。幸而出版社的主事者既宽宏大量又办法多，才不至于付型之后长期卧于仓库。可是印数少还带来只有我能感受的一种意想不到的困难，是常常接到读者来信，一般是外加抱怨，说跑书店，买不到，问出版社，不理，万不得已，只好寻作者。作者兼卖包销之书，近一时期也不少见，可惜我老了，腿脚慢，还赶不上这样的新潮，所以只能复信，表示歉意了事。不过事了了，问题并没有解决。这其间，一个女弟子出于悲天悯人之怀，想了个办法，是恰巧她儿子开个小书店，于是凡是我的拙作，这小书店都进一批货，既门市卖，又可以邮购。这一来，再收到读者求索的信，我当然还要复，告知售书地点，可是有了大获得，不必表示歉意之外，还可以心平气和。且说世间有时还会有"福"不单行的事，是新认识一个忘年交的小友，喜欢读书，更喜欢推荐书。于是不久，他的两个摆书摊卖书的文雅（据他介绍）小友也就卖我的拙作（由小书店取货）。

其后是销售的情况陆续传来。只说与本文有关的，是一位年过半百的妇女，风度文雅而衣着寒素，先买了摊上有的一种，大概是《负暄续话》吧，不久又来，问能不能为她找一本《负暄琐话》。我听了，心里有些——有些什么呢？说不明白。感激？感慨？像是怎么说都对，又怎么说都不全对。只好躲开定性，拉扯些远事。古语有"士为知己者死，女为悦己者容"的说法，见于《战国策·赵策》，又见于太史公的《史记·刺客列传》和《报任安书》，太史公，大手笔，一引再引，联系他的名言"藏之名山，传之其人"，后代，或说今代，率尔操觚者，听到灾梨祸枣之后还有人看，能够不感慨万端吗？还可以扯得更远些，那是《庄子·齐物论》所说："万世之后，而一遇大圣知其解者，是旦暮遇之也。"这是说知音难遇，万世得一，也会不觉得时间之长。其下如果继续说，就要说到兴奋、感激之情了吧，可惜庄子没说，可是太史公说了，是"士为知己者死"。

　　这自然只是心情，但表达却很不容易。还是转回来说事。是拙作《禅外说禅》出版之后，摊上也卖。有一天，那个忘年交的小友来闲谈，说听书摊主人说，那位妇女来，说想买，没有钱，想用一本成语词典换，摊主人不愧为文雅，换给她了。我听了，心里一震，没有再思就说，请告诉摊主人，把词典退给她，那本书我还书摊。我的想法，像这样的知音，我不赠书，就等于我扣留了她有大用的词典，那就连见自己的面目都没有了。拜托之后，如意算盘一直怀在心里。大概过了十几天吧，真就有了回音，很意外，是她不只没有接受，而且就不再到摊上来。这次我细想了想，恍然大悟，原来我凭道听途说，只知道她寒素的一面，没有知道她狷介的一面。我冒昧，甚至莽撞，以致她疑我为为食于路的黔敖吧？如果竟是这样，我的不再思的行事必是伤了她的自尊心。我应该向她致歉意，可是哪里去找她呢？我还想到致歉意之后的事，人改脾气是很难的，我还在涂涂抹抹，不久又会有不值大雅一笑的什么问世吧，我仍旧想送给她，也应该送给她。遗憾的是，这回的困难成为双重的，一是无法找到她；二是即使找到她，我还有勇气说赠书的事吗？

案头清供

名为书生的，室内都要有个书桌，也有人称为书案。如果略去多占地方这个缺点，书案以宽大为好，语云，宁可备而不用，不可用而不备之义也。书案宽大，面上可以放各种用物，写写画画，以及钻研经典，攻乎异端等等；其下还有抽屉多个，不宜于摆在面上的，可以韫椟而藏。藏了，以不说为是；单说面上的，放什么，如何放，似乎也有学问，至少是习惯。记得多年以前，大学同学卢君以懒散著名，书案上的东西一贯是多而杂。有一次，我在场，他想吸烟，找烟斗和烟包，到堆满半尺高杂物的书案面上摸，费半天力，以为摸到烟包了，拉出来一看，原来是一只袜子。这是放物多的一个极端。还有放物少的极端，是已作古的友人曹君，书案面上一贯是空空如也，他说图看着清爽。我是中间派，实用和看着兼顾。都放了什么呢？写小文不同于填登记簿，决定躲开那些估计不能引人入胜的，只说我认为值得说说的一些。名为清供，清的意义是没花钱，供的意义是我很喜欢，甚至想套用乾隆年间陈坤维女士的一句诗，"珍重寒斋（原为闺）伴我时"。

清供三件，先说第一件，是个黄色的大老玉米。这是北京通用的称呼，其他地方，如东北称为包谷，我们京东称为棒子，正名或是玉蜀黍吧。名者，实之宾也，关系不大，还是说来源。是去年秋天，老伴接受她的表妹之约，到容城县乡下去住几天。我，依义要陪着前往，依情也愿意前往，于是只是半天就到了鸡犬之声相闻的乡下。坐，吃，游观，都是例行之事，可按下不表；只说我最感兴趣的，是年成好，所养驴、鹅、鸭、鸡、鸽等都肥壮，我可以短时期偿与鸟兽同群的凤愿。人，古今一样，虽是逝者如斯夫，却愿意留些驻景。古人办法少，即如李杜，也不过写几首诗。今人同样可以写诗，只是因为不会或愿意更真切，一般是用照相法，个别的用录像法。我用照相法，请驴来，我紧贴在它身旁，照，成功。请鹅来，它摇头扭身，坚决不干，只好说声遗憾，作罢。活物不成，只好降级，院里黄色老玉米堆成小丘，坐在顶上也可以洋洋然，于是照一张，胜利结束。几天很快过去，离开之前，又想到老玉米，于是挑一个大而直且完整的，带回来。这东西在乡下不算什么，进我的斗室就成为稀罕物，常言道，物以稀为贵，所以它就有权高踞案头。

清供的第二件是个鲜红色椭圆而坚硬的瓜，我们家乡名为看瓜，顾名思义，是只供看而不能吃。也要说说来源。是今年中秋，承有车阶级某君的好意，我到已无城的香河县城去过中秋节。吃各种土产，寻开天旧迹，赏月以证"月是故乡明"等等，都是题外话，可不谈。只说这个看瓜，是一位有盛情的杜君请我到他家吃自做的京东肉饼，在他的窗台上看见的。他说是自己院内结的，大大小小十几个，如果喜欢，可以随便拿。窗台上晒着一排六七个，我选了个中等大的，也总可以压满手掌了。返京的车上，还有家乡产的月饼等等，我把这看瓜放在最上位，因为有老玉米的成例，它是清供，下车之后理应高踞案头的。

清供的第三件是个葫芦，不是常见的两节、上小下大的，是两节、上下一样粗的，据说这是专为制养蝈蝈的葫芦而种的，比较少见。也由来源说起，这回是由远在异县移到近在眼前。是同一单位的张君在单位院内种的，夏天我看见过，没注意。秋天，霜降以后，一次我从他的门前过，看见北墙高处挂着一排葫芦，也许因为少见，觉得很好看。我也未能免爱就想得到之俗，敲敲门走进屋。他热情招待，指点看他的鸟笼和鸟，已经制好的蝈蝈葫芦。我问他今年结了多少，有不成形的，可否送我一个，摆着。不想他竟这样慷慨，未加思索就说："摆就得要好的，我给您找一个。"说着就上墙，摘个最大最匀称的给了我。我当仁不让，拿回屋，放在案头，使它与老玉米和看瓜鼎足而三。

鼎足而三了，我当然会常看。是不是也常想，或曾想，这有什么意思？如果追得太深，也许竟是没有意思。所以为了不至落得没有意思，最好还是不追得太深。或者哲理与常情分而治之：坐蒲团时思索哲理，起身走出禅堂或讲堂时还是依常情行事。我是常人，因而也就如其他常人一样，有想望，也有寂寞。怎么处理呢？其中一种可行的是如清代词人项莲生所说："不为无益之事，何以遣有涯之生?" 其实，这意思还可以说得积极一些，即如我这些案头清供，有时面对它，映入目中，我就会想到乡里，想到秋天，而也常常，我的思路和情丝就会忽然一跳，无理由地感到，我们的周围确是不少温暖，所以人生终归是值得珍重的。

郇厨妙手

　　凡文，标题不是容易的事，要简明，雅驯，还要能吸引读者。人，尤其关于文，总是惯于自我陶醉的，我自然不能例外，因而常常，或文之先，或文之后，写出题目，相看，继以思，就颇为得意。这一次却不然，曾费些心思，最后决定用这一个，而自知连"明"字也没做到。其实我不过是想说说，大酒家、名餐馆之外，在常人的家门之内，也可能吃到美味，可是这样的机会难得，所以更值得费些笔墨。费笔墨，不只是记，而且要论。这都留待下面慢慢说，此处还是先说题目的蹩脚。郇厨，想来不少人都知道，用的是唐朝郇国公韦陟的典故，他阔气，吃得讲究，可能还好客，所以《云仙杂记》引当时的谚语说："人欲不饭筋骨舒，夤缘须入郇公厨。"夤缘入，情况近于早年的谭家菜，这表示是"家"，不是"酒家"；可惜这位韦公是公，不是常人，推想下厨房的必不是夫人、姬妾、小姐之类。所以借郇厨为题，意义只对了"家"的一半，另一半，谁下厨房，只好不管了。蹩脚的解释完了，还要说说家的范围。常人，在家之外，一生能够吃多少次呢？这家，几乎都是自己的家，如果有赏心之餐必录，那就会写成一部二十四史吧？所以一定要损之又损，不说家美家丑，只说非己家的家，而且技艺上上的。正面说，是只想说说，近年在常人家遇见的堪称郇厨妙手的两位夫人。

以时间先后为序，先说天津的一位。我住北京，天津亲友不少，其中有几位，或由于年高，或由于多病，不能到北京来，人，不能太上忘情，总是难忍久别，所以我和老伴，每年秋高气爽之时，就到天津流动几天。说流动，是因为亲友多，时间有限，又不能如高官之进驻行辕，坐等地方的诸色人等来进谒。且说这流动过程的一个小段落，是到河北路一位老友陈君的家里，照例是下午，依原计划小坐。也是照例，必变为大坐。陈君是医生，阔公子出身，年轻时候在日本留学，也许同是年轻时候吧，又迷上京剧，钻研谭派老生。也是天命之谓性，人总是瞧不起本业，而以为业余爱好的造诣必是天下第一。而这就会引来韩文公的《杂说》之恨，千里马在此，伯乐却远在天外。于是我与老伴自北京而降，一下子就成为伯乐。情况是，陈君就拉开话匣子，由梨园掌故说到天津京剧票友的种种，慢慢归结到谭派腔调，正与变，高与低。辨高低要举实例，于是或用旧，放自己的录音，或用新，口唱，手拍板。时间渐渐流去，而且看来毫无结束的迹象。老伴很急，大概是想到排得满满的日程。我守中道，关照主，不急，关照客，抓个机会，表示告辞之意。陈君态度坚决，是非吃晚饭不可，并且说，什么都是现成的，快。说着，他的夫人，也姓陈，江南人，年刚过花甲，聪明精干，起身就走入厨房。老伴显得更急，我只好拿出祖传的来自南华的妙方相劝，说："随遇而安吧！"果然，时间不很久，菜饭上桌，有人喝酒，有人不喝酒，就一齐下箸。下箸之前，眼先看到，就吃了一惊。我，对于菜肴，不管是理还是技，都是外行，但也听人说过，菜不只要味道好，还要颜色好。出于这位夫人之手的，先说颜色，就鲜丽而淡雅。接着就尝味道，现在还记得的有烧肉、辣子鸡丁、素烧油菜，毫不夸张地说，比北京一流餐馆的，确是有过之而无不及。我问她是不是经过名师传授，她笑了笑，说："弄不好，凑合着吃吧。"就这样，我们每次往天津，都"凑合"着吃一次，返途的车上结回忆之账，必说一次："这次到天津吃这么多次，还是以陈夫人的烹调技术为第一。"

再说北京的一位，那就不能不话长。原因是下箸之前，有关来由的许多情节宜于讲清楚。是几个月之前，我收到一位靳君的信，内附他发表于报端的短文两篇，双料地表示愿结交之意。文章是凌霄汉阁主一路，以文如其人之理推之，年龄总当在半百以上吧？对于已知天命之人，我于感激之外，还要加上点敬意。于是我们就有了书信往还，并紧接着就见了面。而一见面我就大吃一惊，原来他的年岁不过二十出头，虽然已经在某一中专任教，却连今所谓朋友的窈窕淑女还没有。他外貌清秀，谈话却胸无城府，因而不久，也因为他帮我办了不少事，我自信就彻底了解了他的为人。总的说，他是个奇人。好交，超过樽中酒不空的孔北海，文学界的不用说了，包括住在台湾的老前辈，他几乎都有交往，还有话剧界的，京剧界的，不少人，也交谊很厚。喜欢读书，喜欢买书，尤其喜欢买书送人。最值得说说的是对于老或病而无告者，他忍不住，在家，他送钱，住医院，他去陪床，而且常常伴以痛哭流涕。我老而不病，他也发恻隐之心，少机可乘，就帮我买书；还帮我卖书，办法是站在代销拙作的书摊旁，向逛书摊者介绍，说书如何好，值得一看云云。总之，他奇，就引起我的好奇心，依时风清算三代之例，有一次，就问他的父母是何如人。他讲得很详细，这里只说我最感兴趣的。他父亲是旗下人，年方半百，还在工作。多业余爱好，如一般旗下人，却超过一般旗下人，加起来有十几种。唱京戏，学裘盛戎，上台能演，台下能自拉自唱。养花，养鸟，养鱼。写字，画画，雕刻；单是雕刻就内容繁富，刻石，刻木，还搞根雕。有米颠拜石之癖，为此买小三轮车，拉石料，破开，磨，大的供观赏，小的供刻图章。我记忆力差，凑不足十几种；但有一种却记得最牢固，是最容易上当，而且屡跌跤而不悔。母亲是汉族，与我同姓，也是年方半百，还在工作。业余爱好只一种，做饭。好的程度也深，是自得其乐，不许旁人插手。这就更奇，因为，我以己之心度人之心，认为就是易牙，也不会视下厨房为乐事吧？唯有这一次我还有童心，表示想看看。只是几天之后就实践。他们住在东郊，金台夕照附近。夕照中到，登楼。先看人，父清秀，母丰满，都朴厚而热情。后看各种手制的艺术品。最后是吃，丰盛来于客气，不新奇；新奇的是菜肴，色香味俱佳且不说，竟有自创烹调之法，各菜系名餐馆没见过的。心里不由得叹息，万没想到常人的家中竟有这样的高手！古人云，在心为志，发言为诗，于是凑了一首七绝，后两句说："随缘我亦金台客，唱叹郇厨妙手功。"

唱叹之后还有些感想，是我们的烹饪文化不只应该发展，还应该调整。这方面的问题不简单，因为其解决不能离开经济条件。这里为了避难就易，只由希望方面立论，是，如果烹饪文化能够普及，钻入小门小户的厨房，像我们穷书生之流，想解馋，就不必罄一月之所得，忍痛走进大餐馆了。想到这里，对于上面提及的两位夫人，就不能不兴起深深的钦佩和怀念之情。

狐死首丘

家乡人来，说了一件大事，是他们那个小院加盖了两间房，俟内部装修完毕，欢迎我去住；还说了一件小事，是我最欣赏的早点小吃豆腐脑，仍卖一角五分一碗（北京五角），水果更贱，次等桃一元十斤。我听了，更加感到家乡好，恨不得立刻登车，去看看那两间房，然后是拂晓起来，往旧东门外的豆腐脑小铺，挤坐在长条凳上，看着家乡人，听着家乡音，吃滚烫的豆腐脑。明眼的读者当然知道，我说恨不得，等于明白表示，是欲去而并不能去，至少是难得常去。主要原因不是路远，而是我误入舞文弄墨的歧途，积重难返。这样，现实情况骑虎难下，而心又不免于逐白云而东向，怎么办？左思右想，也只能仍用古法，"情动于中而形于言"，说说而已。

说就不得不从头。为不知者道，先要说家乡。这也不简单，因为应该是一个（指出生地），而现在是两个。我出生地，就出生时说，是京东香河县的南端，北距运河支流青龙湾十里，西北距香河县城五十里。这出生地的家乡受了两次严重打击。一次是解放之后，政治区划变动，青龙湾以南划归武清县。另一次是1976年唐山大地震，家乡的老屋全部倒塌，家中早已无人，砖瓦木料充公，地基改为通道。我只好放弃这个出生地的家乡，原因之一是无房可住，关系较小；之二关系大，是改说为武清县人，心情难以接受。但无家可归也不好过。恰好这时候与香河县城的一些人士有了交往，他们有救困扶穷的雅量，说欢迎我把县城看作家乡，并且叮嘱，何时填写籍贯，要写香河县。我不胜感激涕零之至，并每有机会填写籍贯，必大书香河县，以表示至死不渝的忠心。

其实这忠心也是有来由的，是对县城早已有怀念之情。还是在出生地上小学时期，为开全县的观摩会，我到过县城。那是第一次看见城墙，高墙上有连绵的垛口，由城门洞穿过，面前是那样直而长的大街，都感到惊奇，至今七十年过了，印象还很清楚。其后是长兄到县里教育部门工作，有事或无事，我也就免不了间或进城住几天。次数多了，尚在记忆中并可怀念的事物不少。处在第一位的是那个小城，不大，据说周围只有四华里，可是完整，不知为什么，每次闭目想到它，就联想到《东京梦华录》。城门尤其有诗意，靠近它，无论内外，住小店，吃小馆，想到秦少游词的"画角声断谯门"，真可以说是神游中古了。可惜是多年不见，到80年代旧地重游，已经片砖无存。城内的建筑，印象深的有三处，城中心双层的观音阁（土音简称为gǎo），东门以北城上的魁星楼，西门内路北的文庙，现在只剩文庙的大成殿，旧瓶装新酒，改为文化馆的办公室。有时想到，因为是家乡旧物，就不免有禾黍之思。

但终归是逝者如斯夫，还是以改说近年为是。且说换了这个西北移五十里的家乡之后，以这样那样的因缘，我也曾回去不少次。村庄变成小城，有所得亦有所失。失不多，但分量不轻，这是指伏枕不能听那样多的鸡鸣犬吠，出家门不能嗅到那样多的青禾味。只有一次例外，是住在旧南门外的南台，离城远些，还是地道的村庄。鸡鸣犬吠，青禾味，可不在话下，万没想到还可以与兽同群。那是驴，母子俩，长日在我住屋的后面。子尤其驯顺，我走向它，它也走向我，俯首，安静地站在我身旁。我想说，它可能也想说，可惜语言不通，又找不到通兽语的翻译。幸而找到个精于拍照的，算是为这难得的友情留点痕迹。是一年以后吧，我下榻的这家有人来京，我问驴母子的情况，说都卖了，我很难过，是想到，原来与鸟兽同群并不容易。

　　那就转而说人。人不少，与人有关之事更多，不得不挑挑拣拣，只说两次有关游的事。一次是远游。承东道主某公的好意，借与代步，我看了运河与青龙湾的分合处。我幼年时候住在出生地的家乡，遇到两次决口，一次是运河，水由西北来，一次是青龙湾，水由东来，都不只淹了田地，还进了村。因此对于河水，总是有些怕。近些年河水少了，不再有决口的危险，但它曾经可怕，就说是马后课吧，看看它的面目也是应该的。由青龙湾分流处往东南下行十几里，在长堤的沙滩上小坐，东南望，想到河南侧不远的外祖家，等于又温了一次儿时的梦。另一次是近游。记得是中秋节下午，准备日落后，吃过家乡饭，庭前赏月。可是日迟迟不落，闲情难遣，于是由下榻之地出来，以步代车，随意走走。进旧东门，直向西行，一路上想到许多旧事，不免有些感伤，秀才人情化为打油，成七绝一首云：

　　　　绮梦无端入震门，城池影尽旧名存。
　　　　长街几许开天事，付与征途热泪痕。

　　说征途，因为纵使故土难离，也不能不即时回北京。又是离别。于今，家乡有了可以自主的住处，风晨雨夕，我有时翘首东南，就不由得想，能不能毅然回去，用实生活写遂初之赋呢？恐怕这一次又是理想（或说幻想）与实际不能合一，最终还是只能落得一些烦恼，纵使是很轻微的。若然，对于家乡，我所能做的，也许只有狐死首丘了吧？

吃家乡饭

　　谂文，题目宜于简化，以上所写就是如此，说全了应该是，我也喜欢吃家乡饭，甚至更喜欢吃家乡饭。明眼的读者一眼便可以看出，我是旧病复发，想说粗茶淡饭可以比高级餐馆的珍馐甚至胜过高级餐馆的珍馐的偏见。是不是这样？难答，因为三言两语说不清楚。只好王顾左右而言他，即述而不答。是几天以前，承有四轮车阶级某君的好意，接往京东香河县的故乡过中秋节。我虽然杂事不少，却乐得去。理由可以高雅，诗云"月是故乡明"是也。也可以不高雅，即不花车钱而可以吃几顿家乡饭。家乡饭也略有家乡的花样，只说其中的一顿晚饭，是我看到厨房之侧小屋陈列的新白薯、新花生、嫩玉米之后点的。我说："中午酒足饭饱，晚饭不管你们吃什么，我一定是这陈列的三种，外加一碗玉米楂粥。"主人慨然应允，是因为还记得我刚说过的"狐死首丘"的理论和心情。

　　说起狐死首丘，也是一言难尽。我们家乡离北京不远，可是语音有小别。小别有难于说清楚的，是韵味。极少数有显著分别，如"看不出来"，普通话或京腔，"来"读阳平，我们家乡读阴平。普通话不

280

用这个音，所以撇京腔的人听了会觉得怯；我则仍坚守"月是故乡明"的原则，不只不觉得怯，反而感到亲切。总之，回到家乡，白天逛集市，杂人入目，杂话入耳，都觉得好；入夜，不只月明，连蟋蟀叫声也显得特别清灵。话扯远了，还是说题内的吃。我老了，己身的一切零件都降级，包括胃口，具体说是连烤鸭都像是不那么好吃了。有时遇见惜老怜贫的好心人，包括家门之内的，问想吃点什么，我总是不假思索就回答："想吃小时候在家乡吃的，当然没有。"这也许是狐死首丘的心理在起作用，但又不全是，因为心理之外还有道理。

道理之一是分量轻的，来自感觉。家乡饭，以我想吃而吃不着的为限，也颇有一些。举一点点为例。一种是中秋节的芝麻红糖夹心蒸饼，一种是黄米面豆馅的粘火烧，都很好吃，论料，很平常，论工，不细，可是在家乡之外没见过。而且不只此也，即以玉米楂粥而论，我们家乡是用大锅烧柴煮，火停还不吃，任灶膛内的余火烤。还记得小时候，愿意争第一个去铲锅底，吃稠而带锅巴的，兼听铲下急促的咕嘟咕嘟的声音。所有这些，都不值常出入高级餐馆的诸位一笑，那就算作阿Q的偏爱未庄精神也好，反正我喜欢，不当说假的。

道理之二是分量重的，涉及风气，是至少我认为，关于吃，不管是什么人，什么场面，都应该吸取家乡精神，就是：主要是求饱，也可以求好；但不必再加码，追求不必要的浪费。所以这样说，需要略加解释。由浪费说起。这有来自形的，比如把萝卜削成各种花，让鱼高举尾巴，名为松鼠，我就以为大可不必，因为到嘴里还是同样的味道。浪费有来于料的，如死鱼翅，比活鲤鱼价贵百倍，吃，尤其请客，看重前者而轻视后者，我也以为大可不必。浪费还有来于量的，更常见，是凡名为宴的，都要以菜多为胜，以致尝到一半就不想再举箸。我们家乡饭就不是这样，比如吃京东名产的肉饼，就只此一味，至多再加一碗汤或一碗粥而已。就一定不及皇家的一百二十品吗？我看也未必。仍以己身的感受为例，是吃过新白薯、新花生、嫩玉米以及玉米糁粥之后，我回到北京，承某公好意，请吃四川菜，一桌不足十人，菜大大小小总不少于二十几品吧，只记得东坡肘子味道不坏，其他都忘了，因为肚子不需要，也就没有觉得好吃。肚子不需要而仍上菜不止，主人的心态大概是，熊掌已经吃不下，还要上驼蹄羹，只有这样才能表现"我有嘉宾，鼓瑟吹笙"的感意。用意似乎未可厚非。其实内涵并不这样简单，因为用上菜不止的办法以表现敬客的用意，已经成为风，就不能不有更深的根。这根，至少我看，是一种价值观，具体说是：钱和享受就是荣誉。我们都知道，引导兼督促人，干这个不干那个，荣誉信念的力量是如何大。历史上，有不少可敬的人为昏君死了，有不少可爱的人为尚未谋面的名义上的丈夫死了，因为这样可以获得荣誉。不错，推崇忠贞的时代，富厚也不能算作坏事；但其时的价值观不是单一的，比如说，寒素，俭朴，至少是有些人，包括大名人司马温公在内，以为也颇不坏。现在不同了，价值观几乎成为单一，比如说，十万元户比万元户，价值必高十倍；吸进口烟，用千元以上打火机，自己也觉得飘飘在天上了。语云，草上之风必偃，于是而吃，就以入高级餐馆，上贵菜不止，吃少量，剩大量为荣了。什么荣？说穿了不过是，我有钱，可以摆超过一般人的谱儿。也许是因为我没钱，嫉妒人有，对于用钱摆谱儿，如在公共车上所见，十指戴四五个金戒指，餐馆中所见，山珍海错堆满桌，总是不免于顿生厌恶之感。

显然，这样的不礼貌话会引起有些人的反感，所以还需要辩解几句。古人说："饮食男女，人之大欲存焉。"我是常人，自然也要饮食男女。因而也就不反对变茹毛饮血为（间或）吃烤鸭，（更间或）吃红烧鱼翅，变父母之命、媒妁之言为花前月下卿卿我我。这说堂皇了是由野蛮趋向文明，除禅师以外是都应该赞成的吧？还是单说吃，我反对的是以多花钱为荣誉，即摆谱儿。理由有浅深两种。浅是放眼全国，看大众，我们还不配，也就不应该。深呢，可说的像是不少，只说两点。其一是就文明或向上说，如果视摆谱儿为荣誉居然成为风气，历来书面上传为有价值的，如知识、道德、科学、艺术之类，也就无影无踪了吧？其二是就诗意说，算作偏见也罢，我总觉得，相知，少则三二，多则三五，相聚，把酒闲谈，诗意总是与下酒物的简约有不解缘的，所谓"盘飧市远无兼味，樽酒家贫只旧醅"是也。到此，既已请来杜老助威，我就无妨来一句总而言之的大话，是，家乡饭，不只好吃，还可以上升为精神，使在吃的方面惯于摆谱儿的诸公对照着想想。

说起想，由家乡饭不由得又引来一阵怅惘，一不做，二不休，也就说一说。读者诸君大概会以为，这是因为想吃而吃不着，所以因嘴馋而心烦。但情况并不如此单纯。说来也有三四年了，一位乡友凌公住在城内我住处的附近，他夫人一半居乡，一半来京城，每到在城内，一定在星期三（我二、三、四在城内）招待我吃晚饭。言明是家乡饭。凌夫人年过花甲，长期居乡，自然也只能做家乡饭。但做得好，比如特产的京东肉饼，她加些青菜，反而比家乡名餐馆纯肉的好吃。且说近三四年来，已经记不清有多少次，在凌公的家里吃家乡饭。所吃也有些花样，其中有些是由家乡带来的，都市见不到，就既感到新鲜，又可以温儿时之梦，所以特别有意思。有意思就值得描写，只述说有那么一次，凌夫人刚从家乡来，当然要带来一些土产，我照例去吃晚饭。依家乡旧习，凌夫人是先做而后（在厨房）吃，我和凌公是先吃而不做。下酒菜是家乡带来的，一冷，拌豆腐丝，一热，炸饹馇盒。白酒，凌公三两，我半两，之后是肉饼，最后是玉米糁粥。吃时的感受不好说，只好说吃后，是还想吃，可惜肚子已经不能容纳。参加各种形式的宴会没有这种感觉，而是菜尝到一半就没有兴趣再下箸，可见原因未必是不合口味，而是违背了圣人之道，所谓过犹不及。家乡饭简，不过，味道有乡土气息，至少是我觉得，有张季鹰的诗意。然而不幸，我这鲈鱼莼菜的美梦做得照常兴高采烈的时候，忽然传来消息，凌夫人病了，送往医院。记得是星期二上午，我赶往医院。知道是脑溢血，在急救室抢救。我同亲属多人围在病床四周，都默默地看着。忽然凌公像是想起什么，冲着我说："前天还算计，这个星期三吃什么，想不到……"他落了泪，我也落了泪。凌夫人终于没有救过来，不久就乘灵车回家乡了。从此，在北京我就不再有吃家乡饭的机会，也就不能不更加增强了对家乡饭以及其精神的怀念。

吃
瓜

又到了吃瓜的季节。一瞬间商业风就刮遍海内，有事走上街头，各种瓜，几乎由这一头摆到那一头。瓜多种，单说惯于生吃或可以生吃的，不知为什么，近些年来，我很少吃。主要原因是不怎么想吃，不是吃的机会少。可是看的兴趣却像是没有减少，觉得如西瓜，那些个儿特别大的，黄瓜，笔直的一排，顶端带着黄花的，都好看。觉得好看而不想吃，我有时禁不住想到京剧《打渔杀家》中的语句，是"老了，不中用了"。口和肠胃不中用，心却不甘于不中用，那就想想昔日的，当年勇，如果有一些，总比彻底无好一些吧？

想昔日，索性想得远些，由黄发垂髫之时起。记得夏季能从市上买到的瓜，我们家乡都是自产的，所以，走入大都市之前，没见过哈密瓜、白兰瓜之类远地产并有高名的。本地产的有这样几种：西瓜，种类不少，印象深的有两种，一种深青色皮，红瓤，一种名三白，意为白皮白瓤白籽，形细长如枕，都好吃。打（？）瓜，类西瓜而小，白瓤无沙性，黑籽却很大，种植者意在收瓜子，所以行经瓜地可以白吃，只要把瓜子给留下即可。甜瓜，北京名香瓜，长圆形，青

286

花色皮，剖开，扔掉包种子的瓤，吃，有甜香味。菜瓜，北京名老盐（腌？）瓜，细长形，也是去瓤吃，没有甜香味。酥瓜，形如甜瓜，皮浅绿色，酥脆，种植者不多。面瓜，形较甜瓜大而圆，成熟后黄色，很软，入口即烂，所以别名老头儿乐，产量也不多。还要加上一种两栖类，黄瓜，是既可以生吃，又可以熟吃。总计七种，花样不算少；至于吃，就乏善可述，因为日常饮食之外的吃，有好而可无的，在一般农家，是力有所不及并旧规不允许的。这样，关于吃瓜，就是翻遍记忆的宝库，找出一两件能够资谈助的也大不易。

不得已，只好降格以求，说说平常而值得回味的。一种，是与现在相比，可以吃到货真价实的。比如西瓜，因为产地与销地离得近，又买主的大多数也是农民，识货，上市的瓜就都是成熟的，瓤糖分多，带沙性，好吃。甜瓜、面瓜之类也是这样，都是到十成熟才摘，入口，那种滋味，是住在都市里很难尝到的。由吃熟瓜想到另一种，是兼有田野诗意的，在瓜铺上吃瓜。种瓜，瓜长到一定程度后可吃，要防备瓜田纳履那样的非君子以及顽皮孩子来偷吃。瓜地少则十亩八亩，多则几十亩，看守要能够居高望远，兼避雨和夜里睡眠，所以要在瓜地中心搭瓜铺。搭法是立几根木支柱，一人多高处架木板，上支席棚。席棚一般是东西两面固定，南北两面可支起可放下，以便瞭望兼通风。由地面到上层有小梯，上下都方便。儿时，离太远了，是否曾在上面过夜，不记得了。还记得在上面闲玩，望瓜地上横竖成排的圆圆的西瓜，背后吹来带有禾稼味的微风，很有意思。如果遇见阵雨就更有意思，倏忽间铺外变成迷蒙一片，而铺内却是清亮的，避雨的不止一个，总有故事迷会讲故事。瓜铺也会来客人，那就招待之道，变沏茶为切瓜。由瓜把式去挑选，走入瓜地，拍拍这个，拍拍那个，选定一个，必是熟得十足而瓤特好的。瓜刀直下，一分为二，必是旁边的人都喊好，接着吃，还要连声称赞。在家乡吃瓜，还可以加说一种，是生吃两栖类的黄瓜。这不新奇吗？在我，是不再有重履的机会，所以至今仍是念念不忘。是70年代前期，我由干校放还，根据永远正确而常变的一时的政策，我不得回北京有家属的家，而要回已无亲属的出生地的家。我利用我的只许服从的自由，回去了，过"室中多鼠妇，天外一牛郎"（拙句）的形单影只生活。谢上天和祖传，宋儒是能于烙饼上看到太极图，我是能用小煤油炉做成炸酱面，自得其乐。得乐之法，遵照"己欲立而立人"和"为人民服务"的古训加今训，不敢珍秘，并用小说教程之法，描述如下。早饭后往东方仅距一里多的街市，小学同学王老哥家，托买猪肉五角，切碎，要他自做的黄酱一小碗。返斗室，近午，先和面四五两，然后点煤油炉。油、葱等有备无患，下锅炸酱，由于酱好、肉好，技术也不坏，味道必臻上等。抻面法是另一小学同学裴大哥在北京教的，化整为零，一条一条抻，曰小刀面。面条下锅，微火煮，借此余闲，随便走入邻居某家院内的小园，黄瓜架前，先面向屋内喊一声："我摘条黄瓜吃。"屋内女主人立即答话："您摘吧，拣好的，随便摘。"我是用年轻人的择偶法，挑顺眼的，一条或两条，回斗室，过水，不切，享受。称为享受，是让黄瓜兼差，前半陪白酒一杯，后半陪炸酱面条一碗。话不当离题，像这样的黄瓜，来路和吃法，我根据又一次正确的政策回北京以后，是连梦中也找不到了。

说到找不到，又联想到一次遇见好面瓜，应该吃而没有吃的遗憾。记得是1963年盛夏，我受命到第二故乡通县去了解新语文教材的使用情况。同行的还有王男士和张女士两个人，王是司令，我们二张是兵。兵也有好处，是责任小，可以多看风光。调查研究，宜于全面，城只一处，不必选择；乡多处，我们选了永乐店。永乐店在县城以南四五十里，途经已废除的潞县东面。我们在永乐店住一周，下榻于当地的一个中学。永乐店是镇，每天早晨有集市，大多是农民卖自产的蔬菜瓜果。西瓜不少，我们买过一两次。有一天早晨，我们照例去转转，看见路旁坐着一个老太太，年岁总不小于六十吧，面前摆个大面瓜，见我站在她面前看，兜揽我买。瓜很大，估计也许有三斤，金黄色，熟得像是用手托起来都要加小心。我想吃，更想多看看。决定买，以为那二位会有同感，可是问他们，都说不吃。我自己吃，至多能消耗四分之一，剩下搁不住，扔？沉吟一下，只好不买。我一生处理许多事，常常失之事后才明白，这一次也是这样，事后想，其时农村生活还很困难，只此一个瓜，舍不得给孩子们吃，一定急用钱吧，其时我是有力量买也应该买的，可是一时胡涂，没有买。一晃三十年过去了，每次见到面瓜我就想起这件事，那位老太太还健在吗？希望她不再那样穷苦，如果园子里还能生产那样的面瓜，就自己吃了它吧。

　　由第二故乡又想到第一故乡，地处北京东南一百几十里的香河县。记得在一篇拙作《狐死首丘》里我曾解释，所谓家乡，依本义，应该指县城以南约五十里的一个小村庄。可是这个处所，一因政治区划变，二因受地震打击，已由原来的破损变为零。我没有禅宗大德那样的修养，可以参"狗子还有佛性也无"的"无"而得悟，就是说，还有余恋，所以就不能不舍本义而安于引申，即把县城（因为有不少温厚的东道主）看作家乡。这就可以回到瓜，是80年代末的旧历六月，家乡的人又来，带的土产是一书包甜瓜。还是青花色皮，拿到鼻孔下，有香味。洗一个，打开，尝尝，不像儿时那样好吃。但它究竟是家乡产的，可以连结思乡的梦。家乡的人走后，我心有所感，有所思，于是凑七绝一首，词句是："幽怀记取故园瓜，欲出东门路苦赊。月落天街同此夜，也曾寻梦到梨花。"梨花，也可以说是由"雨打梨花深闭门"那里来的，但我确是在梦中见过这样一个小院。至于东门，是东陵侯的青门，还是也在梦中走过呢？人生一世，梦与实的关系就是这样神秘莫测，至少有时是实难梦易，如果竟是这样，那就寄希望于梦，能在梨花小院，对坐吃一次故园瓜也好。

哑麦榆钱

连日天气干燥，骄阳如火，看挂历，知道趋近夏至节，在家乡，又是准备过麦秋的时候。这时节，身在家乡，已经是几十年前的事。可是几年以前，却有过一次在农村看人过麦秋的梦。是由一个有鹅声的小院走出，穿过街巷，顺着田园间的小路前行。遇雨，奔入建在小园一角的茅屋。由茅屋的门，穿过稀疏的雨丝，看见仍然有小车运刚收获的麦捆。身边有人相伴，雨丝断断续续，也就不会感到日长似岁。似岁，也许可以看作时间有情？而实际，时间常是无情，其表现是，许多你以为近的，不会远去的，却渐渐，甚至倏忽间，远了，而且经常是一去而不复返。即如这似梦境的鹅声小院，茅屋外的雨丝，以及看雨丝的人，就都随着时间远了。逝者如斯夫！也就无可奈何。但奇怪的是，记忆却并不也随着时间远去，于是这麦秋的临近就带来伤逝的怅惘。语云，秀才人情纸半张，我仍是旧习惯，愿意使一时的情意留个痕迹。篇幅短省力，于是凑一首五绝，词句是：

面壁谁相问？凭栏我自知。

乡园仍有梦，况是麦黄时。

说起麦黄时，梦也许不只一时一地，则伤逝的怅惘岂不要更多？怅惘由梦来，而说起梦，多与人有纠葛，还会引来难言的怅惘。有词为证：朱彝尊有句云，"共眠一舸听秋雨，小簟轻衾各自寒"，先师俞平伯有句云，"闻道同衾还隔梦，世间只有情难懂"。各自寒，隔梦，可是同舸，甚至同衾，如何消受呢？至少是如何理解呢？只好还是回到自己的比较浅易，不过是想到往昔，因一时的岑寂而更加怀念。单说麦黄时，可怀念的人和事不少，大题宜于小作，恰好日前著文，表示对时风的豪华宴没有什么好感，那就无妨顺水推舟，说说反面不豪华的可取可喜。这不豪华的食品，是麦秋前家乡必吃而且大家都爱吃的，一种是哑（？）麦碾转儿，另一种是榆钱巴（读去声）拉（读轻声）。

麦种类很多，我们家乡种的，我记得的只有四种；而用身份和地位的眼看，只有一种多一点。这一种是冬小麦，因为晚秋下种，我们家乡称为秋麦。秋与春对称，应该还有春麦。印象中是有，至于为什么要种这一种，谁家种过，性质如何，就都不记得了。还有一种名荞麦，是夏秋不得天时，万不得已，图晚种也能略有收获才下种的，所以在我的记忆里，至少我们那个小村，是几乎没有种过。少而必种的是哑麦，称为秋麦一种外的"一点"，是因为只是在园中或地头种一点点，供麦秋前的一次尝鲜，其性质有如过节之吃细粮和鱼肉，与家常的一日三餐不是一路。我家在村西端有个南北向长方形的小园，不很大，却比人还忙碌：南端有几株枣树，北端有两间土屋，长年不变；中间一大片空地则随机变化，比如两秋收获时用作场，其余时间种多种蔬菜，等等。春天和早夏一段，地盘的一部分就让给哑麦。与冬小麦相比，这种麦寿命短，春种夏熟；身材不是细高而是短粗；穗也是短粗，颗粒无芒。如果我写为"哑"不错，推想就是因为它无芒，有如人之不能出声，所以才这样叫它。又推想它一定也有学名，这要问植物学家才能知道。这里还是专说吃，是夏至以前半个月左右吧，哑麦的颗粒饱满了，趁着青而未黄就收割。因为数量不大，很容易就脱粒完毕，装在筐箩里，浅绿色，一个个短而肥，很好看。然后上锅炒，到色变为微黄时取出，运往磨房。颗粒由磨石上方的圆孔下行，随着磨石上半的转动，经过上下磨石的揉搓，就成为细圆条，由磨石的周围落下。这就成为碾转儿，盛在碗里，加蒜泥、盐或酱油，或兼芝麻酱、香油，全家人或聚坐或散行，可以尝一年一度的田园风味，饱餐一顿，味道很美。

与碾转儿相比，榆钱巴拉更有优越性，是既省力又可以享用不止一次。我们家乡榆树不少，因为木材比水性杨花的柳树坚实，人喜欢种。树是生物，同人一样，为传种而不惜一切，所以每到晚春必结不少榆钱，即嫩绿色中厚边薄的小圆饼。这在饱满而未熟落时也可以吃。我幼年时候无能，不敢上树。绝大多数顽童是能上树并喜欢上树的，于是到榆钱可吃的时候，就上树去采。各家吃法是一致的，洗干净，掺在玉米面里，加水，用手搅动（家乡土语名巴拉），到可以粘合成碎块的时候上锅蒸。蒸熟之后，也是加蒜泥、芝麻酱之类，当饭吃。就我的记忆所及，味道不如碾转儿，不过，如果我们同意孟嘉府君"渐近自然"的妙论，有机会，尝试一下还是值得的。

可惜是时乎时乎不再来，听说，就是哑麦，也是多年不再有人种，想当早已断种了吧？榆树还有，至时它仍会结榆钱，还有顽童上树采吗？就是采，还有人肯吃吗？至于我，因为由临近麦秋想到家乡的旧梦，就很想能有再吃的机会。事实自然是不再有机会。这样，事远了，人也远了，除怀念以外，我还剩有什么呢？怀念，就是上面自诌五绝中的"乡园仍有梦"，这样的梦，也许今生不会醒了吧？那就继续梦下去也罢。

螳螂

老友南星兄三四十年代写了不少新诗，也写了不少散文。无论诗还是散文，风韵都是不中而西的。一切诗都要抒情，我的体会，所抒，中西有别，中偏于所感，西偏于所思。思是在心里，或深或曲，绕个小弯，因而领会或说欣赏，就不像吟诵"夜阑更秉烛，相对如梦寐"那样容易。也就因此，南星兄的诗文之作，我更喜欢散文。南星兄是"天生"的诗人，因为不只喜欢作诗，能作诗，而且，即使不作诗，他的生活也是诗人的。这气质影响他的散文，是诗意特别浓，具体说是，所写，以及行文，都是诗的。这好不好？可以说很好，因为更耐吟味；也可以说不很好，因为意境幽渺，像是离家常远了。至于我，感觉是所写有如桃源奇境，我是南阳刘子骥之流，心向往之而无缘进入。但喜欢还是喜欢的，譬如书橱中还有他40年代出版的《松堂集》，有时经闹市，挤汽车，熏得一身钱臭，回到家中，就愿意翻开，看一两则，以期用诗境，哪怕是片时，把市俗冲淡一些。《松堂集》包括五卷，前四卷都是散文，记得第一次看过，印象长存于记忆中的是第三卷的《来客》。这篇写夜间室内灯下来的小虫，叩头虫、白蛉、钱串子、蜘蛛、蠹鱼、灶虫几种引起的情思，可谓能于屎溺中见道，草叶中见生意，秋波一转中见天心。举写叩头虫的一段为例：

> 夜了。有一个不很亮的灯，一只多年的椅子，我就可以在屋里久坐了。外面多星辰的天，或铺着月光的院子，都不能引动我。如果偶然出去闲走一会，回来后又需要耽搁好久才会恢复原有的安静。但出乎意料的是只要我一个人挨近灯光的时候，我的客人就从容地来了，常常是那长身子的黑色小虫。它不出一声地落在我的眼前，我低下头审视着，它有两条细长的触角，翅合在身上，似乎极其老实并不会飞的样子。我伸出一个手指，觉到那头与身子都是坚硬的，尤其是头，当它高高地抬起又用力放下去时就有一种几乎可以说是清脆的声音。我认识它，它是我所见过的"叩头虫"，我对它没有丝毫的厌恶，它的体态与声音都是可赞美的。它轻轻缓缓地向前爬行，不时抬起头来敲击一下。如若用手指按住它的身子，它就要急敲了，我不愿意做这事。但不留住它，它会很快地飞到别处，让我有一点轻微的眷恋。

很久以来，这种对小虫的眷恋使我想到自己，并发问，我应该也有这种感情，最喜欢的是哪一种？记得法国昆虫学家法布尔曾说，每一种生物都是上帝的一种艺术性的创造，就是说，都有它特有的美；但是我却有偏爱，而且经过比较，占首位的是一种，螳螂。

为什么？理由可以凑一大堆。先由舍的方面说，有的简直是没有理由的，比如蛇，据说无毒的还于人有利，可是我就是怕，看见它心里很不舒服，当然就谈不上眷恋了。

还有些，是由于利害观念的积累，成为厌恶。大一些的如蝎子，小一些的如蚊子，就是退到单纯的"物吾与也"的理学的立脚点，也不觉得它有什么美；对应的态度通常是反佛门的，顺手拿起什么，置它于死地而后快。

对螳螂，态度就正好相反，是喜爱，如果它是停在仅一席大的窗前小园的花叶上，就希望它愿意以此为家，不再见异思迁。喜爱，最直截的理由是觉得它很美。全身嫩绿色，丽而雅，会使人想到如芳草的碧罗裙。长身，前半（胸）轻捷而后半（腹）厚重。高足三对，能与人以飘举之感。头为上宽下尖的三角形，不大，高踞两端的眼就显得特别鲜明。触须细长而灵活，能使后重的体形得到调剂。最奇的是还有前足一对，曲折如人的上肢，向下的一面作锯形，经常前伸高举，于是长身玉立就兼有了英武之气。总之，用法布尔的意思形容，这虽然同样是上帝的创造，却是罕见的精品。

喜爱，更有力的理由是它的举止的风度，伫立，昂首，凝思，总是使我联想到一种生活态度，认真加迂阔。这样的印象，而且是古已有之，如《庄子·人间世》说：

汝不知夫螳螂乎？怒其臂以当车辙，不知其不胜任也。

这是道家的看法，以迂阔为可怜可笑。儒家就不同，如《韩诗外传》卷八说：

齐庄公出猎，有螳螂举足将拎（搏）其轮，问其御曰："此何虫也？"御曰："此是螳螂也，其为虫知进而不知退，不量力而轻就敌。"庄公曰："以为人，必为天下勇士矣。"于是回车避之。

知进而不知退，不量力而轻就敌，完全是堂吉诃德的形象，稀有，所以可爱，甚至可敬。自然，人各有见，或各有所需，古人也有不以它的迂阔为然的，如《说苑》卷九《正谏》说：

园中有树，其上有蝉。蝉高居悲鸣饮露，不知螳螂在其后也。螳螂委身曲附欲取蝉，而不知黄雀在其傍也。黄雀延颈欲啄螳螂，而不知弹丸在其下也。此三者皆务欲得其前利而不顾其后之有患也。

这是从打利害的算盘方面着眼，说螳螂顾前不顾后，不够机警。如果不把利害放在最上位，我觉得，知进而不知退，加上顾前不顾后，正是典型的堂吉诃德形象。而且不只此也,堂吉诃德是纵使与风车大战失败也不凝思的;螳螂不然,而是经常高踞嫩枝绿叶之上,仰首不动,像是在想什么问题。这形态,有时会使我想到问道的哲人和寻诗的诗人,所以就更觉得可爱,有意思。

爱,正如对于人,就希望常在眼前。记得郑板桥说过,爱听鸟叫要多种树;螳螂的居留之地是嫩枝绿叶,想多看它,就应该有个小园,以期多有嫩枝绿叶。昔年,我住屋的窗前曾经有个小园,也曾种一些花木。也许因为在人烟稠密之地吧,我经常巡视,却很少看到螳螂;偶尔见到一只,第二天去看,就不见了。不得已,想借用荀子的精神,以人力胜天然。办法有零星的,是行路,碰巧在什么地方看到一只,就把它请回家,放到小园里。看看它,立在绿丛间,没有不愉快的表现,我以为成功了。可是常常是,过一两天去看,就不见了。另一种办法是成批的,是有那么一次到家乡去,竟在一棵高粱秸上发现一个药名“桑螵蛸”的螳螂卵鞘,有手指肚那样大,黄褐色,据说春暖孵化,可以爬出许多小螳螂来。我很得意,拿回家。怕冬天受冻,放在屋里。冬去春来,把它放在小园的某一个嫩枝上,静候有那么一天,会爬出一群小螳螂,然后看着长大,并设想,土生土长,总当安居乐业了吧?万没想到,不知是什么原因,直等到春去夏来,卵鞘依然,竟没有爬出一只小螳螂来。

人力失败了。可是喜爱的心情并没有减弱,于是和其他情况一样,希望很容易就变为幻想。这幻想是换无能的人力为有能的人力,比如说，家里有个《浮生六记》的女主人陈芸，并有小园，以她的慧心，安顿一些螳螂，使它们乐不思蜀，总不会有什么困难吧？

显然，这幻想之翼真是飞得太远了，应该立即返回原地。可是一回到原地，雕栏玉砌，云想衣裳，等等，就都成为一场空。因为自从时移世变，我舍四合院而迁入楼群以来，连小园也成为空无，更不要说螳螂了。

但是眷恋的心情是难得死灭的，我有时越雷池，看到花草，或只是坐斗室，看到南星兄散文中灯下的小虫。就仍是想到螳螂，以不能看到它的伫立凝思之状为憾事。惭愧，我还没有庄子"安之若命"的修养，于是有时就想，还是用李笠翁的退一步法吧。这是求我认识的一些花鸟画家中的某一位，给我画一张花卉，其他可以随意，只是其上要有草虫，而且是螳螂。有这样的画，悬之壁间，我何时有宗少文卧游之兴，举目得见昆虫中的堂吉诃德，就是此生与名利无缘，也就可以无憾了吧？此意曾说与室中人，室中人云："你一向是想得好做得少的，这一次能够破例才好。"我谨受教，也为了螳螂，将努力争取这一次能够破例，而且越早越好。

赋得读书人

《读书人报》难产而终于产下来。我有幸获得优厚的待遇，由第一期起就可以免费看。记得拙作《负暄续话》写完，曾以"看不能白看"为理由，强迫启功先生写一篇序，现在以己之心度人之心，立刻就想到，这白看之后必也跟来强迫。人要识趣，以未雨绸缪为是。写什么呢？却怎么也想不出个题目。到拿笔想还债的时候还是这样，而一急就想到一个祖传秘方，本无可写而不得不写，可以"赋得"。赋得之下要有来自考官的什么文句，干脆顺水推舟，就用"读书人"充数。这样挤出个题目，"一"思还很得意，因为一，写读书人，读书人看，关自己痛痒，必大有兴致；二，自己也忝为读书人，揽镜自照，即使看见伤疤，不隐讳，旁人也会谅解；三，是韩文公的高见，不平则鸣，人总是难免有些不平的，有机会鸣一下，其结果就会取得心平气和之平，不是很好吗？

以下就鸣。鸣之前，先要说几句有关范围的话。读书人，另一名号是知识分子。知识分子，旧时代性质单纯，不过低则三百千，高则四部九流而已；新时代就不同了，简而明地说，是还可以科技。这不同事关紧要，是可以表现为经济地位的天渊之别。原因很简单，是科技可以取得经济效益，非科技就不成。取得经济效益，有暇当然就要置身于卡拉OK或什么夜总会之类吧？心平，也就不必鸣了。所以这里赋得的读书人，是指不能取得经济效益的那一群。且说这一群，先看看老家底就不美妙。那时候通称为书生，而一说书生，就不由得想到郑板桥向他老弟说的："汝辈书生总是会说，他日居官便不如此说了。"说而不能行，甚至口是心非，不光彩。依时风追查三代之例，再向上，书生通称为士。"士志于道"，就立身说不坏；可是立身是为致用，这就糟了，因为"士为知己者死，女为悦己者容"，只是太史公就一再引用，可见读了书是要到侯门出卖的。士再古雅，还可以称为儒。可惜这也好不了多少；据胡博士考证，儒的出身是吹鼓手。这高说（因见于《说儒》），孔老夫子未必承认；但是他却说过："女（汝）为君子儒，无为小人儒。"可见即使高升为儒，也还是有堕落为小人的危险。

且不说堕落的，儒就都成为君子儒，出路是什么呢？孟老夫子形容孔老夫子，"三月无君，则皇皇如也"，何以这样急？子路代替孔老夫子说："君子之仕也，行其义也。"孔老夫子自己说，"天下有道，丘不与易也。"这表示急的原因是想变无道为有道，或说救民于水火。志是可嘉的。办法呢？孟老夫子简明扼要，如开门见山就说："王何必曰利！亦有仁义而已矣。"这是理想主义。实际却是"寡人好货"，"寡人好色"。不幸是理想与实际战，胜利的总是后者。因而孔孟的

302

理想，于多次劝说或磕头之后，就彻底破灭。孔孟是读书人的先师，因为有理想，下场就是如此。

其后，也因为有了公羊学的"大一统也"，汉初叔孙通识时务者为俊杰，劝坐上皇帝宝座的刘邦说："儒者难与进取，可与守成。臣愿征鲁诸生，与臣弟子共起朝仪。"这是帮忙无力，走了帮闲的路，虽然可以得些残羹剩饭，境况却是颇为可怜的。

境况是事，用宋儒的分类法，属于气；气之上必有理。这理，新时代的说法更明确，是自己不能独立，必须依附另一个有力的什么。依附，如毛之于皮，要有护体之用。而时移则世异，原来有用的就多半不合用。欲变不合用为合用，就不得不脱胎换骨。脱，换，是就成品说；其前有工序，曰改造。这里的问题，该不该个头儿不小，容易不容易个头儿更大；因为前者可以装作看不见，后者不能装作看不见。如果万一情况是不容易，则伴之而来的必是多种性质的麻烦。减除麻烦的最美妙的办法是如某至人所说，他不需要改造思想，因为他没有思想。这妙论，推想读书人都愿意起而效尤吧？困难在于，头上有一顶读书人的帽子，证明头脑空空就大不易了。

祸不单行，随时风来的还有穷。穷，原因是只能挣规矩钱，而规矩的所生，数量总是微乎其微的。据说，由哲学和宪法推演，人人都是平等的。这又是理想主义，而实际则殊不然。于是，读书人也五官俱备，难免睁眼就见，或竖耳就闻，各种超级享受。临渊不羡鱼，也许只有面壁的达摩祖师有此修养吧？

于是，有的人改行了，或想改行。我也想改行，记得一两年前，深感椿柿楼主之由卖西瓜而改为任编辑，曾诌打油五律一首，尾联云，"何如新择术，巷口卖西瓜"。以表示我的有"近"见，并惋惜她的失策。可惜我还是受读书人这顶帽子之累，"总是会说"，打油诗诌完，放下笔，不久就拿起笔，又写别的了。

这表示改行很难。语云，知足者常乐，又云，人应该有自知之明，于是收回卖西瓜的意马心猿，决心"思不出其位"。本诸这样的弘愿，我写了《我与读书》，结尾说："对于'我与读书'，作为终身大事，我的态度显然还是'家有敝帚，享之千金'一路。蠹鱼行径，是人生的歧途吗？大道本多歧，由它去吧。"

像是由消极变为积极了。推想有些好心的同道，会希望我抓住这个转机，再说些鼓舞读书人之心的。君子成人之美，也很想试试。应该拣大的说。首先想到的是读书可以明理，求得不惑。这不假，但夹杂着问题不少。何谓理，问题太大，宜于装作不见。其下还有不少难得如意的。如轻些的，明理并不容易，读，要附加许多条件。还有重的，是读书也可以不明理，何以言之？有史为证，是许多大坏事，如焚书坑儒，是读书人想出来并下手干的。

这个大的不十全十美，再拣一个，是三不朽的末一位，立言。限定"写"，读书人可以自豪，垄断为私产。"说"就不一定，因为据传，禅宗六祖慧能就是不识字的。那就专说写，我的切身领会，鬼门关也不少。假定都能下笔成章，主编大人是鬼门关的第一道，通过未必容易。其后，再假定有鸡鸣之术，过了关，以至装订成册，征订数少则几十，多则几百，怎么办？现在是时势所迫，有准沿街叫卖之术，曰包销若干册，这样踏破铁鞋以求不朽，太难，也太惨了。

如果效法八家，是用"呜呼"收尾的时候了。复看一过，使英雄气短的话太多了，如何挽回？那就说说立己立人的善意吧，取今训是，与其报喜不报忧，不如报忧不报喜；取古训是（恕我也迷《易经》），"君子终日乾乾，夕惕若厉，无咎"。

关于反观乎己

有那么个传说，某人问一位略有名气的文人，谁的文章最好，文人答："第一没有，第二是我。"这话里（不是事实上）还有些谦逊，大概是因为他无位无权；如果有，那就必致由第二升为第一。这是自大病的发展为狂，再发展就成为个人迷信，司空见惯，可不在话下。这里改提高为普及，只说一般人，也是多多少少都患有这种病，通常是，财、貌、艺、学等本钱多的重些，反之轻些。显然，这样一普及就发展为全面，指名道姓是人类。"人为万物之灵"是人类自封的。太极生两仪，两仪生四象；"灵"也生，于是而道不远人，具三纲五常之德，直到死还流芳千古，都来了。孟老夫子说句比较切实的话，是"人之所以异于禽兽者几希"，但究竟还想到异，就说是一点点吧，终归是有，这异就表示有高下。真有高下之分吗？这要看站在什么地方看。站在人的立场，当然，连烤羊肉串也就可以写入什么什么文明史了吧？如果换为羊的立场，那就成为另一回事。——话扯远了，我的意思不过是，人，人类，或简直说我们，所言，所行，所信，常常并不像我们幻想的那样好。可惜是迷途知返也难，因而就需要棒喝。

话归本题，这棒喝是指用慧眼反观乎己，因而就看到可怜可笑一面的那类著作。上面说人都患有自大的病，因而反观，并立即看到己方的可怜可笑，实在太难了。物以稀为贵，所以多年以来，形象些说，如果书架也分为上上至下下九层，反观而像是泄气的那些，我总是放在第一层，另一面的，如正史本纪之类歌功颂德的，我总是放在最下层。性急的读者会问，能不能给第一层书写个目录，奇文共欣赏？很遗憾，一则这类书相比之下数量不多，二则我学浅加荒废，所知已经很少。不得已，只好用窥一斑以示全豹法，就我一时想到的说说零碎印象，也许可以起点引线的作用吧。

先说一下，这样的反观，所观的人可以多，可以少；可以明显地包括己身，可以不明显地包括己身。因为看到的是可怜可笑一面，明显包括己身的价值就更高，用佛家的话说，这才是具慧眼，得彻悟。以下应该举例了，如果零零碎碎的也罗列，只是国产的也当不很少。为篇幅所限，只举两处。先举个登大雅之堂的，是《庄子·秋水》篇开头："秋水时至，百川灌河。泾流之大，两涘渚崖之间，不辨牛马。于是焉河伯欣然自喜，以天下之美为尽在己。顺流而东行，至于北海，东面而视，不见水端。于是焉河伯始旋其面目，望洋向若而叹曰：'野语有之曰，闻道百，以为莫己若者，我之谓也。'"再举个不登大雅之堂的，是赵南星《笑赞》的一则："一秀才数尽，去见阎王。阎王偶放一屁，秀才即献《屁颂》一篇曰：'高竦（耸）金臀，弘宣宝气。依稀乎丝竹之音，仿佛乎麝兰之味。臣立下风，不胜馨香之至。'阎王大喜,增寿十年,即时放回阳间。十年限满,再见阎王。这秀才志气舒展,望森罗殿摇摆而上。阎王问是何人,小鬼说道:'是那做屁文章的秀才。'"像这样的妙文,不知别人怎么样,我乐得把它看作镜子,于是一照就照见自己的无知,以及有时写些高明会发笑的文章。照见又怎么样?是知惭愧总比丝毫不知为好。

零零碎碎的不过瘾,还得说些大块头的。也许因为患有自大病,就不再有容忍揭疮疤的雅量,我想到的一些都是小说,其意若曰:这是编造,其中人物都是莫须有先生,与阁下的威望或芳名无涉,请勿多疑云云。其实呢,"民吾同胞,物吾与也",鸟兽且可同群,况同处世间,皆名为人乎?所以涉是总不能免的。至于我,是乐得有涉,如上面所说,就可以以之为镜,照照自己,于是而必看到可怜可笑,又于是而可能,使自大病减轻,甚至根除,那就真是功德无量了。

以下言归正传。依时风,万类以引进的为好,先举外国的。第一部是西班牙塞万提斯的《堂吉诃德》。我喜欢,读过傅东华和杨绛的两种译本。作者在序文里说,主旨是讽刺当时的游侠风。可是结果却非始料所及,主角愚迂痴憨,幻想多,一往无前,至死不悟,可笑,却也可爱、可敬;其中穿插的不少故事,写得美,有诗意。我也许是断章取义吧,总觉得可笑的背后藏有更重的东西,是生的可悲。这可悲来于理想(或说幻想)与现实的不协调;不协调要战,失败的总是理想。我在这类地方是失败主义者,却又不能完全扔开理想,因而所能有的只是自己还知道自己的力量有限而已。

另一部是帝俄时代果戈理的《死魂灵》（鲁迅译）。这部小说主旨简而明，还是以镜子为喻，读它，如果肯自省，就可以照见己身，为了活，或兼向上，也带有不少世俗气。看见，说句积极的，对于进德修业就会有些帮助吧？

再说一部是日本夏目漱石的《我是猫》。这部小说我也看过两个译本，早的是崔万秋译，晚的是胡雪、尤炳圻译。同是进口货，这部小说我感到更亲切，因为我教过书，与被讽刺的书中主角苦沙弥先生是同行。还有个原因，是冷而慧的眼光自猫发出，集中射向一个臭老九。所以显示出来的身心的不光彩的录像就更加可怜，更加可笑，也就更有教育意义。

为了避免媚外之嫌，要加说点本土的，早的有《儒林外史》，尤其读书人，可以从中照见酸，即似上而实下，似清而实浊。晚的有《阿Q正传》，我看是一切人，都可以从中照见——照见什么？不好说，勉强说是受了吴妈的冷遇，以致最后走向法场，还自信为已经取得精神的胜利。

举例到此，忽然想到，说了这样多泄气的话，总会有人不以为然吧？不以为然，理由之一是片面，因为古人也说，人皆可以为圣贤。希圣希贤是好事。但是语云，好事多磨，所以我还是要说，唯其有这样的好理想，好信念，就更要把上面提及的这类著作摆在书架的最上层，时时翻开看看，以期能够取得禅师的棒喝之用，增加一点点自知之明。

自省

又是一年结尾，从今日排首位的商业习惯，应该结一下账。清人徐大椿诗云，"一生那（哪）有真闲日，百岁应多未了缘"，可见宜于结一下账的，任何人都不止一种。我这里想结的只是一种，执笔一年，写了些不三不四的，究竟得失如何。所谓得失，还要略加解释。先从反面下手，是不指稿酬的多少，原因之一是记不清；之二，记不清也好，如果记得清，而结，而看，而比，确知不如到街头去卖烤白薯，或不免于大灰其心吧？再说正面的，那就还得主观唯心论，就是限定自己的感受。这也有原因，很简单，不过是，有没有社会效益，不知道而已。

不管社会效益，只写自己感受，容易。但又不尽然，是因为多而杂，既要选择，又要认得清。只好不管难与易，试着来。得失，得排在前面，那就不避自我陶醉之嫌，先说得。搜索枯肠，也只能凑两种。一种是，遣了不少有闲的长日。我老了，不会下棋，不会跳舞，不愿意钓鱼，不愿意养鸟，不能登山玩水，不能进卡拉OK，等等，而旧的胡思乱想习惯不改，如果眼前没有纸笔，那就真会成为度日如年吧？是执笔，使可能长如四季的一天仍旧等于一昼夜，岂可不歌其功颂其德哉。另一种是，扪心自问，虽然所说不痛不痒，大多无益于国计民生，进德修业，却没有动笔前先看看四面八方，然后说非出自本心、估计有些人听了会高兴的。

得一点点，转而说失，那就多了。为了有较大的说服力，由旁观者清说起。是不远不近的以前，《读书》月刊送来一封本来可以不转给我的读者来信，因为信是写给编者的。信中说我的文章都是废话，毫无内容，不该刊用。以下并提出警告，说以后如果再登我的文章，他就把这几页撕下来寄还。我看了，当然要虚心反省。可是如何处理呢？一时真是进退两难。问编者，是不是间接通知我此后不再刊用，说不是，并且说，有些读者来信是表示愿意看的。这之后又曾刊用我的文章，我问是否照警告所说寄还，说未见。我推测，这是索性连《读书》也不买了。我当然很不好过。可是又有什么办法呢？我，如上面所说，胡思乱想的旧习不改，而又除涂涂抹抹以外毫无所能，也就只好仍旧写些不三不四的。唯一的补救之道是，与这封读者来信以特殊待遇，不只保存，而且经常置之案头，以期自己知所警惕。

再说一件，也是属于旁观者清的，可是牵涉的问题复杂得多。几乎快一年了，我看见电视中播《无极之路》，歌颂好官，心里很不是滋味。因为这同歌颂包拯、海瑞一样，实际是表示，小民一直在无保障的苦难中挣扎，为了能活，万不得已，才寄希望于碰上个好官，得一点天外飞来的公道。心中有话，想说，可是笔跟不上新时代的开放精神，很费力才凑成一篇《月是异邦明》。写时用了一点魔术技巧，即不开门见山，而把主要的意思夹在唠唠叨叨的叙述里。这主要的意思是，自古以来，小民寄希望于天道、仁政、清官、鬼神等都是乞怜，乞怜不是民主，非民主的人治不是法治；想生活有保障，要读点异邦的书，在均权、限权方面想想办法。这篇在今年《读书》九月号刊出以后，编者告诉我，有个江南的某先生来信，说文中的这点意思，用几十个字就够了。这批评是否包括连这点意思也很平常，用不着说之意，我不知道；但另一点是确定的，是行文未能简捷明快。记得我的师辈某先生曾说："写文章能够短就好了，可惜自己没这个本事。"师且如此，况其徒乎！所以我很希望某先生坐而可言，起而能行，写几篇都不超过几十个字的文章，供惯于唠叨的人欣赏并学习。

简捷，没本事，做不到。明快呢？一言难尽。也许连小学生都知道，我们说话，有多种不许明说的情况。《打渔杀家》，河上饮酒不许说"干"，义和团"全拜"要改写"全胜"，是一类。"月经"要改说"例假"，幽会要美言为"香囊暗解，罗带轻分"，是另一类。还有量最大的一类，是皇帝奸淫要说"幸"，断气完蛋要说"晏驾"。这最后一类还有个名堂，曰"为尊者讳"。这是刑不上大夫的更上一层楼，是只要拿到大权，就无往而不是。事实是权大而无限就必多不是，怎么办？两种办法：一种最高妙，是把臭的说成香的；另一种次高妙，是最上者一贯香，间或有臭味，是由其下的什么人放出来的。可是，如果小民嗅觉未失，分明觉得臭味是来自上方，怎么办？所以又须补充一种，曰不许说。两种，加补充一种，共三种，都是古已有之，于今为烈。这就为率尔操觚中的有些人带来麻烦，是言为心声，有时就此路不通。不通，如行路见"此巷不通行"的牌子，不往前走也就罢了，只是有关拿笔之事，就会碰到困难。一方面是理的，我一直认为，不为尊者讳，为社会，尤其为将来，有大好处，是，浅说为前事不忘，后事之师，深说为指明病情，才可以找出病源，根治。而一讳，好处就会成为殊少希望。另一方面是情的，即"情动于中"而不能"形于言"，未免憋得慌。顾念这理和情，理论上，明快也许是上策吧？我惭愧，经常是走不明快的路，具体说是，虽然为尊者讳的三条妙法，并未信受奉行，却没有像王婆骂街那样干脆，走出柴门，指名道姓。引亚圣之语说明，是在"舍生而取义"与"不得罪于巨室"之间，我经常是避前趋后，所以也就不免于"长见笑于大方之家"了。

刚直与明哲

承广州《随笔》赠阅未断，1992年第6期又准时寄到。我年增而精力减，可是对于不破费而送到眼前的，还是愿意翻开看看。收名人的文章不少，看了而引起沉思的是王西彦一篇，《焚心煮骨的日子》。据"编者按"，这是一本书名，共二十四章，写"文革"的回忆，这一期刊载的是书的第五第六两章和后记。第五章的题目是《三个死难者》（其实加上傅雷的夫人朱梅馥，是四个），指叶以群、李平心和傅雷。第六章的题目是《一个不识时务的老人》，指原名陈小航后来一贯用笔名的罗稷南。引起的沉思呢，很杂，想只说两种。由人生之道方面看，一种浅而明，是，用每"小"愈况法，比喻为一个人，荒唐，不会养生，以致惹来一场大病，险些死去，事过，就应该自己记住，并告诉子女，病时的情况，尤其病因的荒唐，以期此后不再病；此理甚明，也就用不着多费唇舌。我想说的是第二种，不浅而明的，是在只用暴力而不讲理的环境中，可否不走罗稷南的硬顶而不说假话的一条路，而走《诗经·大雅·烝民》说的一条路，"既明且哲，以保其身"，甚至当戏唱，说假的比真的更像真的？问题很复杂，因为牵涉到"朝闻道"的"道"，所以就一言难尽；甚至是非也很难说。

佛门视妄语为大戒。常识呢，诚也是美德，但容许少数例外，比如对病危的人说病况，实就反而不合适。常识来于常，也是对付常的，所以碰到非常就要另说。"文革"的情况是非常，单就闭门家中坐、祸从天上来的一群说，有不少人（或竟是绝大多数？），包括我在内，走的是明哲保身一条路。办法是：行动表示服从；少说话，非说不可就说假的。这就于理有亏、于德有损吗？说是，说不是，像是都不能斩钉截铁。难于论断，是因为心情很复杂。以下算作自省也好，想说说这个复杂。

复杂，要排个次序，姑且由亲及疏。也许由于"天命之谓性"？感到最亲的是生命，于是决定，或并未思索就选定，只要有办法，要争取能活下去。至于办法，上面说过，要演戏，即唱念做，观众所见，是萧恩或教师爷，下场，卸了装，回到蜗居才变成自己。这也许很苦吗？也不尽然，因为"保身"之前还有"明哲"。这明哲，化为处世之理，还可以分为远近。近的是从"政学系"那里学来的，是"对人说人话，对鬼说鬼话"。比如，对于监督我们（斯文）扫地、早晚请罪的红卫英雄，说"这样做并不好"是人话，说"我有罪，我有罪"是鬼话，我说鬼话，混过来，想到政学系的发明创造，还很得意。由政学系稍远就推到讲理是迂。还记得有个故事是讲这种情况的，那故事是：甲乙二人争论，甲说四七是二十八，乙说是二十七，相持不下，至于扭打，到县太爷那里打官司。县太爷判打甲三十大板，都逐出。甲不服，回来问责打的理由，县太爷说，"他已经荒谬到说四七是二十七，你还同他争论，不该打吗？"甲叹服。据此理，说假话，不讲理，也就有了理。由此理还可以再远推一步，是由《庄子·秋水》篇那里学来的，争论，认真，是想"藏之庙堂之上"，"留骨而贵"，我认为应该"宁其生而曳尾于涂（途）中"。就这样，我，还有不少人，就居然活过来，及见改革开放，欣赏电视屏幕上的时装表演，享受农林牧副渔的良好收成，等等。

这样说，与刚直的罗稷南相比，说假话混过来的，反而成为胜利者吗？也不能这样说，原因仍是心情很复杂，难得丁是丁，卯是卯。记得几年以前，写篱下闲谈式的文章的时候，我曾两次谈到这种心情。一次是收入《负暄琐话》的《王门汲碎》，谈房东李太太的逸事，其中一件就是"文革"中多次受批受迫，终于不承认她父亲王铁珊是贪官。我记这件事，当然是对这种刚正不阿的言行怀有深深的敬意。又一次是收入《负暄续话》的《直言》，篇末曾说："还是想想直言与世故间的纠葛，就我自己说，其中是充满酸甜苦辣的……放弃直言而迁就世故，就要学，或说磨练。这很难，也很难堪，尤其明知听者也不信的时候。但生而为人，义务总是难于推卸的，于是，有时回顾，总流水之账，就会发现，某日曾学皇清某大人，不说话或少说话，某日曾学凤丫头，说假的。言不为心声，或说重些口是心非，虽然出于不得已，也总是哑巴吃黄连，苦在心里。"说苦，显然是因为，本来也是愿意刚直，不得已才转向明哲的。这明哲，虽然可以从政学系直到《庄子》那里取得一些安慰，但清夜自思，其中总含有世故甚至圆滑的成分，与罗稷南、李太太一流人的直道而行对照，就不能不感到惭愧。

那么，还是放大为人生之道，论之，如果视刚直为义，我们就该如孟老夫子所说，"舍生而取义"吗？有些人（就说是为数不多吧）这样做了，其结果之一是，想见到他们、应见到他们的人就不能见到了。至少为想见、应见的人们着想，明哲也许是可取的吧？

说了半天，还是不能跳到两难的夹缝之外，只好另找门路。其实也很简单，不过是有个不说假话也能活的天地而已。

自欺而不欺人

不知道应该说是得天独厚还是得天独薄，用旁观者清的眼看，我比老而死的大众像是多活了几岁，于是不断有好事者或贪得者来问养生之道。我说我不会养生，并举一些行事以证并非谦逊或撒谎。可举之事很多，这里只说两件。一是饮食，在享受与懒散二者不可得兼的时候，我必是迁就后者而牺牲前者。比如间或有人惜老怜贫，送来贵重茶叶，我照例是不喝，不是因为反对陆羽的雅兴，是因为没有喝白水省事。又比如在单位过单身日子，估计晚饭不会有人招待，午饭就由食堂多买一些，晚上吃剩的一半，凉的，有人看见，说有违养生之道，我总是答："死生有命，富贵在天。"再说一件，防病，单位有善政，定期送来体检表，我总是不参加。还有不参加的高论，是：身上没什么不舒服，即无病；去检查，推想必不免的，动脉硬化，脑供血不足，出于医生之口，就成为有病，所谓自寻苦恼，何必！说到这里，问者表示理解，但未满足，而是退一步，收回"养"字，问"生之道"，因为我还活着，而且像是活得有滋有味的。对于这样的一问，我一贯是答曰："自欺而不欺人。"显然，话太简略，不能不加点解释。

先说自欺，有哲理的和闲情的两方面的意义。先说哲理的。上面提到自寻苦恼，这哲理方面的诸多问题和一些想法就是自寻苦恼寻来的。这说来话长，只好化繁为简。还是未出学房时期，也可能由于天命，忽然身在土地之上，而心跳过《三皇五帝考》和"雨打梨花深闭门"之类，想到人生究竟是怎么回事以及怎么样生活才好的大问题。求解答，不能不读，不能不思，于是读而思，思而读，也可以说是下一种海，在水里扑腾了若干年。所得呢，是不能证明人生有什么意义。但还活着，并舍不得死，总当有个说法吧？这说法，效颦，引经据典，是《中庸》的开篇："天命之谓性，率性之谓道。"古人高明，说天命之谓性是叙述事实，而不问这样的事实有什么意义；然后重点是讲生活之道，不过是率性，举例以明之，是性规定愿意活着，就争取能活，性规定烤鸭比糟糠好吃，就争取有烤鸭吃。当然，地上人不止一个，活，吃烤鸭，还要具备许多条件。这诸多问题，我想过，并斗胆，把一得之愚写成一本小书，名《顺生论》。顺生者，顺本性活下去，而不问这样活下去有什么意义是也。用事例说，我也涂抹些不三不四的，到报刊上变成铅字，觉得有意思；有时以某种机缘，与友人甚至佳人共席，目相对，杯相碰，然后一饮而下，也觉得有意思；等等。究竟有什么意思？得天独厚的人是"不识不知，顺帝之则"，自然就想不到问；并未想到，这"有意思"就稳固如磐石，正是岂不羡煞人也。至于我，是装作没有这样的问题，而享受这摇摇欲坠的

"有意思"。我也有"有意思"，但它是建基于"自欺"之上的。此即所谓"难得胡涂"，我自信我经常能够胡涂，即凭借自欺而活得有意思。这自欺是哲理性质的。

自欺还有闲情的。这是指清朝词人项莲生所说"不为无益之事，何以遣有涯之生"的为无益之事。无益有益，这"益"指常识所谓名利。用旧说，修桥补路，所得为名；不刺绣文而倚市门，所得为利。为无益之事则不然，如晨起散步时所见，湖畔林中，不少人提笼架鸟，就既不能得名，又不能得利，这是闲情，可是能自得其乐。我没有精力养鸟；也没有胆量养鸟，因为用鸟的被囚禁以换取己身的乐趣，我不忍。于是我为的无益之事就只能是，用佛家的话说，诸无情。这可以高，如古名人的书画，可以低，如最近由平谷县丫髻山拾来的猪肝色带青花的石块，等等都是。太多，只好举一斑以概全豹。这一斑还要限于有"文"为证的，记得提到过姚鼐的书札，曹贞秀的小楷，金星歙砚，"炉行者"闲章，葫芦，老玉米，打油诗。这些都是玩物，其下文不是"丧志"吗？我的想法不然。原因之一是我无志，也就不会丧。原因之二，我有时闭门面壁，也不免有杜老"今雨不来"的愁苦，这时候，譬如看到壁上有闺秀小楷，案头有金星歙砚，于是，哪怕只是一瞬间，觉得世间还有兴致甚至温暖，至少是热闹，所得也就值得大书特书了。近年来，我用这种办法，常常能够使心境的无所归变为像是有所归，也是因为我注视或抚摸的时候，只容受"有意思"而不问是否真有意思。这也是自欺，闲情性质的。

以下说题目的后一半，不欺人。欺，现时风行的办法是造假，由假药假酒直到假证件假情况，无所不有。我不造这类假，是因为不想，也不会。那就说会的。会的也不少，如小的，会挤公共汽车，中的，会念子曰诗云，大的，会积字成篇。显然，这三种之中，只有积字成篇容易欺人。就说这一种，千头万绪，也化繁为简，总括为两点。一是不扯名人，尤其女名人的裤角，如写某某名人"索隐"，某某畅销书"续编"之类，以期速得并多得一些名利。二是执笔，不写己之所不信。何以不说"必写己之所信"？因为信要表现为思路的活动，而思路有如野马，是很容易跑到礼俗和教条所规定的范围之外的。世故告诉我们，这不合适，或不合算。所以，为了上面打高分的活得有意思，己之所信往外拿，就不得不挑挑拣拣。办法很简单，是估计会惹麻烦的不写；万不得已，也要旁敲侧击，张冠李戴。这样写出来的一些，其价值就微乎其微了吧？但有一点还聊可以自慰，是全部是老实话，并未欺人。

以上解释完，还应该说两句结尾的话。语云，盗亦有道，君问生之道，我不能说没有，但也只是这既不冠冕又不堂皇的自欺而不欺人而已。

临渊而不羡鱼

近一时期，"文人下海"的声音，化为文字，常常在眼前晃动。他人门前雪，不管也罢。可是几天以前，广州《随笔》1993年第4期送来，翻了翻，感到形势有点逼人。在这一期里，我滥竽充数，优战游哉，还在那里谈"酒"，并说有决心站在陶渊明一边，而曾出东山、不久致仕的王蒙先生却按捺不住，用题目中的"再从容些"间接表态，说自己这个文学家并未见钱眼开。我忝为这一期《随笔》中的邻居，如果还是在"隔篱呼取尽余杯"，就真有点那个了，所以决定，至少是暂时，放下酒杯，也说几句有关文人下海的，凑凑热闹。

入话之前，先要说几句会有防御工事作用的话。计有两项。其一，我不止一次说过，人生是一，人生之道是多。这样，譬如同住一个大杂院，某志士在屋中编造什么主义，并坚信依之而行，婆婆世界可以很快变为天堂，而隔壁的王婆却走出屋门，在门外修建鸡窝，她的所求是鸡蛋，而不是人间的天堂。谁对？应该由著《南华经》的庄子来评断，是"鹏之徙于南冥"，"抟扶摇而上者九万里"，"蜩与学鸠"，"抢榆枋时则不至"，亦各适其所适而已。这是说，作为人生之道，只要不违俗违法，就难分高下，或竟至没有高下，人也只能各适其所适。扣紧本题说，对于下海，甲说很应该，乙说不应该，其是非就又成为庄子所说，"彼亦一是非，此亦一是非"，"庄周，吾之师也"（嵇康《与山巨源绝交书》），尊师重道，昔人所尚，所以我只当说说自己关于"自己"的一些想法，并且，即使这样的想法不无可取，也并不表示与之相左的想法就不可取。其二，下海的"文人"像是有不成文的定义，指文学家；而文学家，像是还有不成文的定义，指能编造小说的。如果我的闭门的体会不错，那就可以判定，现身说法对下海表示意见，王蒙先生及其同道有资格，我没有资格。无发言之资格而还想说，总得找个理由。理由还得由师门来，曰己身虽非蝴蝶，可以梦为蝴蝶，那么，就算我梦为文学家吧，听到门外喊，"文人们请注意，下海喽！下海喽！"我是不是奋然而起，投笔（新潮曰投电脑打字机），跑出门，也跳入东流之水呢？不须再思三思就决定，是学孟老夫子，不动心，仍然拿笔，写不三不四的文章。或问，如此顽固不化，亦有说乎？以下分项说明顽固不化的理由。

其一是没有改行的本领。我年轻时候非主动地犯了路线错误，小学略识之无之后，无路可走，而中等学校，而高等学校，又因为头脑欠清晰，不能数理化，就落在文史哲的泥塘中。由走入大学之门算起，已经超过六十年，居常面对的，除妻儿黄瘦的脸之外，就是书和笔。语云，熟能生巧，日积月累，也就能够略知文事甘苦，有时率尔操觚，还能成篇，换来量虽不大却颇为有用的稿酬。此外还有何能呢？算平生之账，也只是在干校曾经受命担粪，本领超过妻梅子鹤的林和靖处士而已。担粪之外，还有个未尝不可以自我吹嘘的非物质的本领，是自知之明，具体说是，如果丢开书和笔，那就不要说"发"，就是早晚的稀粥也难得保持坚硬，岂不哀哉。所以为了不哀哉，我坚决不改行，不要说"海"，就是再大，"洋"，我也不下。

其二，下海是为变贫为富，所谓"发"，即有大量的钱，很多人眼红，我为什么不眼红？原因很平常，只是无此需要而已。需要是个很复杂的玩意儿，非三言五语所能讲清楚。复杂，一半来于客观，是可欲之物无限，如果人没有自知之明，也许想把夜空的亮星摘下来，代替室内的电灯吧？一半还来于主观，如希特勒就想统一全球，并把他厌恶的人都杀死；希腊的某哲人就不然，只希望国王的车马仪仗不遮他晒太阳的阳光。我是常人，虽然看古代典籍，也承认"负暄"为可珍重的享受，但又不忘古人"饮食男女，人之大欲存焉"的名言，就是说，晒完太阳，还是要吃喝，并要有个蜗居，就算是黄脸婆吧，能够挑灯夜话。这就可见，我同样有需要。一切复杂，一切分歧，来于需要的限度，或加深说，来于想满足什么样的欲望。为了化复杂为简单，只好来个差不多主义，分需要为三个等级，由低而高是，温饱，享受或享乐，阔气。说差不多，因为三者有错综的关系，比如温饱也是一种乐，至少有些人，也视阔气为享受。安于差不多，可以因细小以见概括，比如食，吃烙饼炒鸡蛋可以温饱；吃红烧海参就成为享受，因为超出温饱的需要；再升，吃清炖天鹅就成为阔气，因为只是价高而未必好吃。本段开头说我没有发的需要，就因为我的所求只是温饱，而不求享受，更不求阔气。何以会这样？来由有浅的，曰"习惯"，有深的，曰"知见"。先说习惯，自然只能举一点点例。一例说温，我离开乡里家门之前睡火炕，其后由20年代中期起，直到现在，卧之时，身下都是木板。年深，旧棉絮不扔，铺在木板之上，就成为高级席梦思。盖普通席梦思，我也睡过，多软而少支持力；尤其翻身，感到别扭；所以还是不舍高级的。再一例说饱，我肠胃如蜗居，寒俭，不宜于也不惯于迎高宾，比如太阳从西方出来，中午吃得好一些，非"食无鱼"，晚饭就会犯怀旧之病，想吃玉米糁粥。这样，卧，安于木板，吃，安于玉米糁粥，眼下每月定时有祠禄，还不时会飞来大名为稿酬的外快，而需要额外买的却几乎没有，于是关于钱，所愁的就不是少，而是，比如说，月底了，检查阮囊，竟还有大额票十几张，怎么办？花，无东西可买，存，既要跑银行，磨鞋底，又怕通货膨胀加速，贬值。大额票十几张尚且带来愁苦，况发乎？再说知见，就难得像说习惯那样简明，因为不能躲开人生的价值问题。我昔年读英国薛知微教授的《伦理学之方法》，所得是，关于人生价值有多种想法，无论哪一种，都难于取得确凿的理据。这里也就只好说说自己认为合于情理的，或者说，经过深思熟虑多数人会认可的。为省力，还宜于从反面说，是享乐和阔气并没有什么价值，至少是没有值得珍重的价值。证据有正面的，借用古语，《左传》所举三不朽，立德，立功，立言，都与享乐和阔气无关。证据还有反面的，是享乐和阔气与纵欲和掠夺（包括隐蔽的形式）是近邻，所以最容易败德，就是说，乐和阔是来于他人的苦难，还有什么价值可言呢？所知所见如是，依照王文成公知行合一的理论，我也就不见钱眼开了。

其三，不见钱眼开是说见钱，而眼这东西，也有所谓"天命之谓性"，于是有时一睁，也会看见各色人等和花花世界，又于是而就不免顿生杞人之忧。忧也可以分为关于人和关于世两类。先说关于人的，为了文不离题，人指人群的一小部分，戴着文学家帽子而想下海或已下海的。所忧是这个，跳下去，扑腾，挣扎，斗争，或得胜而喜，或失败而悲，还有余暇、兴趣、精力，写烈士革命、佳人出洋之类的故事吗？这里，恕我仍是旧思想，认为鲁迅比大大小小的官都高，《阿Q正传》比内藏珠宝金条的摩天大厦更有价值。我不知道，思想改革开放以后，是否也把我这样的旧思想扔到垃圾堆上。如果扔，是道不同不相为谋。不扔呢，有的人也许有雄心，说一手抓钱，一手还可以拿笔。至于我，就仍是老框框，一直坚信：一，文学事业，有成就，要死生以之，至少也要多半个心贯注，半心半意必不成；二，文穷而后工，蒲松龄是这样，曹雪芹也是这样，腰缠十万贯，会坐在屋里写小说或凑五言八韵，不下扬州吗？我是俗人，比如眼下，肯坐在桌前一个字一个字写，原因之一就是没有多余的钱，如果得吕道士之枕，一旦发了，比如得美元百万，大概也会投笔，到什么地方去喝人头马，欣赏娇滴滴吧？再请恕我以己之心度人之心，所以才生了

326

文学不知何处去的杞忧。再说关于世的。这用不着多费笔墨，因为大家目所共见，享乐主义和拜金主义（两者是孪生兄弟）的世风已经刮到十级以上，也许只有皇甫谧《高士传》中的人物能够砥柱中流吧？至于一般人，自然就为弄钱，为享乐，无所不为了。绝大多数人为钱而无所不为，我们还在自负的神州将走向何方，也就可想而知了。

理由说了三项，我的意见就成为很明显，是希望（也只是希望!）已经挑出招牌开文学铺的，只要还能温饱，就不要改卖时装。这不容易吗？也不见得。举太史公司马迁为例，他临渊，也曾生羡鱼之心吧，但终于没有下海。《史记·货殖列传》有这样的话：

> 天下熙熙，皆为利来，天下攘攘，皆为利往。夫千乘之王，万家之侯，百室之君，尚犹患贫，而况匹夫编户之民乎？……贤人深谋于廊庙，论议朝廷，守信死节，隐居岩穴之士，设为名高者，安归乎？归于富厚也。……无岩处奇士之行，而长贫贱，好语仁义，亦足羞也。

以为贫贱足羞，是动了心。可是因为更重视"欲以究天人之际，通古今之变，成一家之言……藏之名山，传之其人"，也就没有放下笔，后世无数的人也就还是能够读《史记》，一唱三叹。"欲以究天人之际"是人生的一条路，扔开刺绣文而改为倚市门是人生的另一条路，不知道诸位文学家怎么样，至于我，即使不忘算盘，二一添作五之后，还是决定不改行，永远不能发而不悔。是想希圣希贤吗？曰不敢，"亦各言其志也"而已。

长物与戒之在得

　　题目的"长（zhàng）物"来于《世说新语》，意为多余之物，其后沿用，多指可有可无之物（如金石书画之类，有固然好，没有也无不可）；"戒之在得"来于《论语》，意为不应贪，原是警戒老朽的，这里扩大范围，把不老朽而贪的也包括在内。两者之间加个"与"字，具慧目的诸君立刻可以看出，我是想说，不要费力（精力加财力）追求长物。可是，与我交往较多的人会"以子之矛陷子之盾"，说"你当年为什么也费力追求？就是现在，你不是还在断断续续买砚吗？"这其间，还有几位，有时拿新买的长物来，最多的是砚，让我看看好不好，价若干值不值，如果有款识，并问真不真。且说这几位中有一位，贪心强而经济力量不足以副之，每次来，必问许多问题。我答不胜答，而想加重说的只是一句，最好不费力干这个。显然，对于贪心强的人，这样含混的一句必不能产生劝阻的力量。要说理由，而说就一言难尽。难尽，还因为头绪纷繁。要答，又要力所能及，只好一，限定范围，只说砚；二，图自己方便，想到哪里就说哪里。

　　买砚，目的与昔日大不同。昔日，写字都用毛笔，也就都要用砚。三家村，绝大多数穷困，端溪老坑、宋坑、歙石金星、龙尾，不要说买不起，甚至没听说过。用砚，都是由串乡卖文具的人的手里买，紫色的称为紫石，青色的称为青石，几乎都是就地取材，勉强能用，价钱便宜。高档砚只在少数上层人物中流传，可以至上，如李后主、宋徽宗；最低也要是士大夫，如金冬心、高南阜之流。但不管位高或略低，他们买得佳砚，总是既可玩又实用。现在不同了，写字，绝大多数用硬笔；极少数用毛笔的，也是多用墨汁，很少磨墨。于是买砚的目的就成为单纯的玩，或说，中游，欣赏，上游，玩古董。只是玩，与三家村的用就有了大分别，是要质量好，值得玩。这，我的经验，由起码到升高，有三个条件。一，要石（其他材料如玉、铁、澄泥同）质好。何谓好？曰润，或者加细说，是外柔内刚，细而不滑；由作用方面看，是发墨，即磨墨，可费时少而汁细好用。接着一个问题就来了，一方砚到手，或看或摸，何以知是润或不润？口无能为力，只能靠经验，而且时间越长越好。二，要形态好。形态，包括块头和做工，如厚重比小而薄好，方正比细长好；花样，古朴自然比细碎庸俗好。分辨这方面的高下，也要靠经验，还要加上个人的修养。三，最好还能有古意。所谓古意，可以指时代早，可以指有名人款识；两者相比，后者常常更重要，因为更容易使人发思古之幽情。这会带来更大的困难，是如何能够断定款识是真的。概括说也是靠经验，具体说就很难。但作为举例，可以说说常情。造假是为赢利，名人的价高，大名人的价更高，所以造假款识总是造名人的，如苏东坡、米元章、黄莘田、纪晓岚之流。又所以看见名人款识，先要这样想，"百分之九十九是假的"，不要存侥幸之心，换为这样想，"也许是真的"。留下百分之一，是容许实物为自己辩护，比如款识是王虚舟，石确是清初坑，石质上上，字风格对，刻工好，想法就可以变苛刻为宽厚。但也只能说"大致真"；说"必真"，还要有更有力的证据，最好是有砚谱作证或流传有序。石质上上是个有力的担保，因为石质好，价钱高，造假是不肯投资太多的。石的年代也可以算作有力的担保，因为，比如清朝晚年做假朱彝尊款识，通常是用清朝晚年出坑的中下级石，用清朝初年石的可能是很少的。这就又引来一个问题，是如何能够断定石出坑的年代。当然也要靠经验，看多了，比较，才可以了解个大概。还是说款识，一般说，无名的人，款识几乎都是真的，因为造假，不能多卖钱，唯利是图的人是不会干的。说"几乎"，因为可能还会有例外，例如我见过一方砚，款识是"素娘画眉砚"，就有可能是洞悉男书呆子心理的砚工造的，素娘，名不见经传，可是男书呆子见到，会幻想"微闻芳泽"，于是罄阮囊易之，也就认了。

对贪心强而经验不丰富的人而言，以上所谈就给他送来第一个困难，是见到实物，不能分辨好坏真假。所以他想学。可是我没有能力教。自己本领有限，一也；没有教具（真假实物，对比），二也。有时万不得已，为报不耻下问的人的期待之诚，只好空口说白话，谈一点点辨伪的经历。大致可以分作两类，一类是一见便知的，另一类是略思索而知的。先说前一类，可称为低级伪品，市面上流行的，绝大多数是这一类。只举两方。一方是一个熟人拿来让看看的，端石，有茶盘那样大，背面乾隆御题，石质下等，嘉道以后坑，字非乾隆风格，总之都不对，当然是假的。另一方是在西单商场一文物店所见，端石，手掌那样大，背面叶小鸾款识，诗也是"天宝繁华事已陈"那两首，刻工不坏。这砚（指真的那一方）是有名的文物，曾在龚定盦手，名眉子砚，推想应是歙石。可是这一方非歙石，且是嘉道以后坑，又侧面没有"疏香阁"三字，也是都不对，当然是假的。再说后一类，可称为高级伪品，市面流行的，像这样的也不多。只举一方，是多年前在琉璃厂一碑帖店看见的，端石，长方形，很厚，四侧面都刻名人款识，记得有黄莘田、王虚舟、余田生，刻工很好。商店视为上等货，藏在内柜，定价二百元（其时一般像样的不过二三十元）。友人有意收，让我看。我看看，断定是伪品，根据是一，石质至多只是中上；二，四个名人款识，看不出说的是同一方砚。对我的推断，友人半信半疑，直到他发现其中一人的款识是由他处翻的（直幅变为横幅），他才由半疑变为全疑。这能翻就使鉴定有款识砚的真假，比鉴定书画的真假更难，因为在书画上能够看到墨笔的痕迹，在砚上只能看到铁笔的痕迹。同一种工，把同一款识刻在两方砚上，凭款识辨砚的真假就成为此路不通。就是不同时代的不同砚工，只要技能不相上下，刻同一款识，辨别真假也必做不到。所以为玩而买砚，追古意，困难很大，不幸这困难又不是三朝两夕之力所能克服的。

以上是连昔日也包括在内的泛说。务实，应该说现在，那贪，困难就会更大。困难来自两个方面，一是佳砚难遇，二是价钱太高。其实，这两种情况是同一种祸乱的后果。这祸乱是，有权有力者发疯，革文化之命，历史文物是文化的一部分，要除，于是群起，如红卫英雄是除别人的，战栗的民是除自己的，大家一齐动手，就说只是个把月吧，所余就无几了。而自然规律或历史规律，如韩非子所说，时移则世异，世异则备变，人亡政息，不革文化之命了，文物逐渐并很快就由阶下囚上升为贵宾，公，保护，收藏，私，图利的走私，图玩的搜求。专说砚，求过于供，经济规律就插入，表现为品甚低而价甚高。我没有多余时间和精力，听说劲松每星期日上午有地摊的旧货市场，很热闹，不想去看，连询问情况的兴致也没有。可是上面说的那位贪心强的人有兴致来描述情况。只说最近的一次，来访，拿出一方端砚，说由劲松地摊买的，"他要六百元，我给他二百元，想不到他就卖了"。我看看，石质中等偏下，清朝晚年物，无盒，如果在"文化大革命"前，识货的贵贱不要，不识货的，最多出二元，而今身价竟提高百倍！据这位说，还有高得出奇的，是一个小澄泥砚，卖者说非八万不卖，已经有人给一万八。我笑了笑，然后仍不改以诚意待人之道，转为说正经的，是最好不追求这类玩意儿，因为情况已经与我逛地摊、小铺时候大不同。

为了增强说服力，我应该说说彼时的情况，以证明那时候无妨玩玩，现在大可不必。分别在于，那时候遇见佳砚不难，而且价不高；现在就正好相反，常常是割筋动骨而所得非劣即假。举我自己的所遇为证，地摊与小铺各两方。明末清初坑龙尾歙石，侧有梁山舟款识，人民币二元。端溪子石，背有三多画玉并女史小像并题，袁大头二元。以上地摊。松花石玉兔朝元砚，圆形，周围乾隆题（估计同形式不少，充上赏），人民币二元。清初坑端石，有俞瀚、袁子才等款识，人民币七元。以上小铺。试想，我头脑里有这样的先入为主，怎么敢到劲松地摊去徘徊呢？不敢，是自知不能适应新形势。其实是也不值得适应，所以对于那位贪心强的，我总是固执己见，劝他戒之在得。

可是我仍在断断续续买砚，如何解释？也不是一两句话所能说清楚。总的说，是与那位贪心强的人有大分别，他是努力追求而未必有所得，我是行所无事而多有所得。这自我陶醉的说法，含意或内容很杂，索性就顺水推舟，不避乱杂，说说。一种，我买砚，不是缘木求鱼式，而是守株待兔式，具体说是，有些是产歙砚地的一个熟人寄来，有些是卖澄泥砚的人送来，室中安坐就可以到眼前，先看而后摸之。一种，砚皆新制，无所谓假。一种，都够得上物不坏而价不高，商业意识，钱出手，物入手，值。一种，写些不三不四的，编辑大人未退稿，并寄来稿酬，如果暂时不用它换柴米油盐，就会大发其愁，放在什么地方有二怕，一丢失，二贬值，存入银行也有二怕，一费事，二也是贬值，如果恰在此时有砚来，则各种怕可一扫而光。一种，砚数增加，我那方"半百砚田老农"印章就成为写实而非妄语。一种，加重的，比如来个葫芦花样的小金星砚，刻工精致，金星多而亮，外罩楠木盒，置之案头，闭门面壁，感到"今雨不来"之苦的时候，看看它，就会像是也可以得些安慰。最后还可以说一种更重的，如不久前，一个新相知来了，表示关照，我感激而无以为报，询问，知道还没有砚，乃从案头取一方赠之，人生旅程是恍惚的，能够在磐石质的砚上留一点点鸿爪，不是很好吗？

写到此，一想，糟了，如果有人问："你这戒之在得的主张还能自圆其说吗？"我将如何答复？想了想，是应该退让一步。但也只是一步，那就成为：如果你得天独厚，偶尔去一次，就以不伤筋动骨之价买得真顾二娘，我必提二锅头一瓶登门致贺；如果你每集必到，跑三五个月，以伤筋动骨之价换来纪晓岚款识，仍是假的，那我就奉劝，还是听从孔老夫子的话，"戒之在得"为好。

幻境和实境

　　偶然得小闲，从书柜里抽出杨绛译本《堂吉诃德》看看。抽这本而不抽其他，不是偶然，因为一，多年来对这部著作有偏爱；二，看其中的故事，我可以，纵使是暂时的，更快更干净地忘掉烦琐。提到偏爱，我不由得想起许多有关这部著作的旧事。最早是看林琴南的《魔侠传》，简化并改装，没多大意思。其后看过一折八扣书的半译本，书名和译者都不记得了；看过傅东华的译本。还买到过C. Jarvis的英译本，有一千幅插图，其中第37页有个全页图，画"桑丘·潘沙和驴"，由形见神，桑君自负而驴认真，不知为什么，我每次看到，总想也骑这样一头驴到野地逛逛，以过与鸟兽同群之瘾。话扯远了，且说这次翻看，一翻就翻到大战风车那个场面。依常情应该发笑。可是我没发笑，或者说，反而有些感伤。何以故？是旧病复发，抚今追昔，想到幻境与实境，其间藏着不少值得深思的问题。这问题既家常又客远，宜于远话近说，就由堂吉诃德大战风车说起，抄译文有关部分：

这时候，他们远远望见郊野里有三四十架风车。堂吉诃德一见就对他的侍从说：

"远道的安排，比咱们要求的还好。你瞧，桑丘·潘沙朋友，那边出现了三十多个大得出奇的巨人。我打算去跟他们交手，把他们一个个杀死……"

桑丘说："您仔细瞧瞧，那不是巨人，是风车……"

他（堂吉诃德）说罢一片虔诚向他那位杜尔西内娅小姐祷告一番，求她在这个紧要关头保佑自己，然后把盾牌遮稳身体，横托着长枪飞马向第一架风车冲杀上去。他一枪刺中了风车的翅膀；翅膀在风里转得正猛，把长枪迸作几段，一股劲把堂吉诃德连人带马直扫出去……

桑丘说："天啊！我不是跟您说了吗，仔细着点儿，那不过是风车……"

照应本文题目，堂吉诃德是处在幻境中，桑丘·潘沙是处在实境中。依常见，是堂吉诃德错了，桑丘·潘沙对了。

情况就这样简单吗？恐怕不是这样。因为人生是复杂的，所求是多方面的，其中有些，像是缥缈，甚至节外生枝，却并不无力，或说更加迫切，可是难于在实境中找到，那就不能不借助于幻境。幻境有多种。有的离实境很远，如庄生梦的蝴蝶就是。由远处往近处移，可以是白日梦，可以是乌托邦思想，可以是渴想的常见于诗词、小说、戏曲中的境，可以是能实现而尚未实现的某种理想。还可以近到重合，如"犹恐相逢是梦中"所描述的就是，其特点为，就事说是稀有，就心说是惊异。稀有，惊异，表示幻境高于实境，说消极些是不干巴巴，说积极些是更可爱，更富于人生价值。这样说，大战风车场面的含意就不同了：主的幻境中有设想的情人，支持着向美妙的理想世界冲去；仆呢，却在耳边喊，那一切都是假的，只有幻灭才是真的。这是实境向幻境开炮，而如果实境得胜，那就情人和美妙理想都化为空无，也总当是不小的悲剧吧？

幻境是悬在空中的，很容易落在地上。这有如列子御风而行，旬有五日，仍须回家过柴米油盐的日子。御风而行是幻境，柴米油盐是实境，即幻灭。所以，为了避免幻灭，能够长此迷蒙也未必非福。秦始皇就是这样，自封为"始"，以为必能万世不绝，其后虽然不久就火烧咸阳，国玺易主，可是他已经不能知道，因而没尝到幻灭的滋味。

由这个角度看，《堂吉诃德》的结尾就值得再考虑，因为它让这位主人公尝到幻灭的滋味。那是这样写的：

> 我从前成天成夜读那些骑士小说，读得神魂颠倒；现在觉得心里豁然开朗，明白清楚了。现在知道那些书上都是胡说八道，只恨悔悟已迟……那些胡扯的故事真是害了我一辈子；但愿天照应，我临死能由受害转为得益。……我以为世

界上古往今来都有游侠骑士，自己错了，还自误误人。

明白了，悔悟了，也许真能得益吗？但终归是损失太大了，因为明白是用幻灭换来的。为了避免损失，至少我以为，不如保留幻境。那就可以这样写，只说向桑丘·潘沙说的那一点点：

> 桑丘朋友，我曾经许你作个海岛总督，老天爷不帮忙，到现在还没实现。但你要知道，骑士是不会说了话不算数的。不久我们就第四次出行，有慈善的老天爷保佑，有最美的杜尔西内娅小姐保佑，我们很快就会征服一个王国，你得到的将是最大最富的海岛，不要忘了，带着你的华娜，去作海岛总督吧。

然后还说了不少使外甥女、管家妈、理发师等感到奇怪的话，才"直挺挺躺在床上"，"终于长辞人世了"。

我自知狂妄，竟敢改世界名著，使堂吉诃德至死不悔悟。但也是不得已也，因为我一直认为，夸张些说，实境有如沙漠，幻境有如绿洲，生也有涯，还难免有过多的干燥和冷酷，所以，如果有可能，就应该尽人力，求绿洲不完全被沙漠覆盖才好。

神游一例

　　书有书写一义，那就看装订成册之外的也是读书。读书有所求，是掠取点身外的什么。这什么，可以是"知"，如读《齐民要术》之类的所得便是；可以是"境"，如读《牡丹亭》之类的所感便是。自然，有些作品不那么单纯，读就既可以得所知又可以得所感。专说所感，还可以扩张，即被引起的兴致又引起联想，于是由燕子楼空而想到楼中燕。这也是欣赏，只是心所经历的艺术之境更丰富，更幽远。高档次，也许可以称为"神游"吧？神，灵而不实，尤其会牵扯到楼中燕，有的人会以为不足为训。我却认为，生涯，就一切人而言，总嫌柴米油盐太多；就一部分人（或称为读者）而言，总嫌《圣谕广训》之类太多。所以，有机会，也无妨读些正经正传以外的，甚至杂七杂八的，以期能够，班余饭后，神游一下，为沙漠似的旅途添点绿洲。

　　以上这些看似闲话，其实有所为，是为这篇小文找个立脚点，以免名不正则言不顺。脚站稳，可以说神游了。由书写之书说起。这是日前整理旧物碰到的一件"诰命"。年轻人大多没见过这玩意儿，是横幅高一尺、长一丈二尺的卷状物，皇帝赐与高级人物的女眷，以提高身分的。且说这一件，里面绿色、黄色绢上画龙戏珠花样，左半部为满文，右半部为汉文，皆竖行。依原格式抄汉文部分如下（竖行改横行，加标点）：

奉天承运

皇帝制曰：次藩服以分荣，笃亲有等；端壸仪而从爵，锡类无殊。允称笄珈，宜颁纶綍。咨尔镇国公弘景正室阿颜觉罗氏，性生淑慎，德秉温柔。克相夫子，建室家之芳型；内助良多，备修齐之雅化。是用封尔为镇国公夫人，锡之诰命。缔王室之丝萝，尊荣罕匹；洁公宫之蘋藻，孝敬为先。处贵勿骄，承恩勿替。钦哉！

雍正五年九月初二日

据《清史稿·皇子世表》，弘景（也写弘暻）是康熙皇帝第三子允祉的第七子，雍正五年（1727）封镇国公。他就是乾隆皇帝弘历的堂兄，雍正五年弘历十七岁，推想弘景夫妇二十岁上下。

史实不过这么一点点，怎么能鼓联想之翼神游呢？是借近年来红学大红特红之光，这诰命也能跟宝哥哥、林妹妹拉上点关系。红迷之流会一眼就看出来，这诰命的时间是雍正五年季秋，其后三个月季冬就是曹頫罢官、抄家的时间，可见写此诰命之时，这位顽石兄大概还在过着锦衣玉食、卿卿我我的生活，这就真值得想象一阵子了。

联想之翼还可以往下飞。据永忠《延芬室集》，弘景有邻善园（今动物园西部），乾隆四十二年（1777）弘景死后，其子永珊赠与明义（可能是弘景之婿），改名环溪别墅。这样一来头绪就杂了。永忠写过吊曹雪芹的诗，三首；明义写过题《红楼梦》的诗，二十首。明字号的有明仁、明瑞、明琳等，推想都是大官僚傅恒家的子弟，都与敦敏、敦诚有亲密的交往。证据之一是敦敏于明琳养石轩的隔院遇曹雪芹，之二是敦诚曾游环溪别墅。人所共知，敦敏、敦诚兄弟与曹雪芹交谊甚厚，那么，本诸在外靠朋友之义，曹雪芹与明字号弟兄也有来往的可能性是很大的。如果这个推断可以成立，那神就会游到两处。其一，曹雪芹也许到过邻善园，那就可能见过弘景，甚至这位爱新觉罗氏。其二，敦敏在养石轩隔壁遇曹雪芹之后赋七律一首，第五句是"秦淮旧梦人犹在"，这人是谁？史湘云？敦氏弟兄知道，甚至见过，没问题；明字号弟兄呢？这就又值得想象一阵子了。

飞得也许太远了。其实神游就是这样，自由驰骋，就难免跑到预想不到的地方。这也不无好处。现实总是偏于僵硬的，借读书之力，也做个红楼之类的梦，就是片刻也好，所获总比长此在市场的人群中挤来挤去好得多吧？

错
错
错

接到一封不相识的人的信，打开看，原来是一份考卷，考题是：你一生最如意的事（得）是什么，最不如意的事（失）是什么，并要求成篇，以便辑印成书云云。大概也知道这样的考题难答吧，还附有两篇样稿。我仔细读完样稿，想了想，竟还是不能答。原因有分量轻的，是算往日之账，只计常言所谓触动灵魂的，也是一，数目不少，二，难得个公平秤，可以分辨哪一件是一斤，哪一件是八两。原因还有分量重的，我前几年写《负暄续话》，其中《记忆》一篇曾谈到这一点，为节省精力，抄现成的：

　　自然，我的记忆的口袋里还没有成为空无。有些什么呢？琐屑的，或关系不大的，包括能背诵的子曰、诗云等等，都可以不说。值得衡量一下的是与价值观念有关的，即诸多行事之中，哪些是好的，哪些是坏的；哪些是对的，哪些是错的。好的，对的，也总当有一些吧？可是很奇怪，常常浮上心头的差不多都是坏的和错的。这些还可以分为两

个等级。低级的来于自己的迂和不通世故,引起的心情是
"悔"。还有高级的,来于自己的天机浅和修养差,引起的心
情是"悔"加"愧"。

显然,凭借这样的认识,面对考卷,只能曳白出场,因为只说不如
意,而且不止一端,就成为文不对题。无力答,只好以沉默代答,这
件事了结。可是心里留个尾巴,或说疑问,是:人生旅程也许不短,
其间安插许多坏和错,然后一总以悔和愧对之,就这样结束,去寻西
方净土吗?想想,像是不应该这样。不这样,简单就变为复杂。这里
想化繁为简,只说说与错有关的一点点。

最先想到的是有大名的"错错错"。高明的读者想当都知道,这
出于南宋诗人陆放翁的一首名为《钗头凤》的词,前半阕是这样:

红酥手,黄縢酒,满城春色宫墙柳。东风恶,欢情薄,
一怀愁绪,几年离索。错错错。

旧传是为受母亲之迫不得不离绝的妻室唐氏写的。恍惚记得夏承焘
先生不承认。古语云,"君子成人之美",如果破坏了这罗曼谛克的传
说,那就读词的,直到能演《钗头凤》剧的荀慧生诸弟子,看客,都
会大扫其兴,所以还是姑且信以为真的好。幸而这样信也大有来由,
因为为这位难割难舍的唐氏,陆放翁曾不止一次写诗,其中如"此身

行作稽山土，犹吊遗踪一泫然"，直到今日还可以引来同情之泪。同情，是因为这样的错错错来于客观的"事"，不是来于主观的"己"。客观，自己无可奈何，那就用不着悔，用不着愧，只来几次"泫然"就可以了。

有更多的错是来于主观的己，这对应之道，该是以悔、愧为主，以泫然为附了吧？但也未必如此。因为人，生而有欲，欲生希望，希望生幻想，总不免于多多少少有些个人迷信的。程度之差的一半来于名位以及财、貌、艺、学、才、品等之差，另一半来于"天命之谓性"。但即如阿Q，也终于不会领悟自己配不上吴妈吧？所以错错错之后，能够悔和愧也并不容易。举高位的为例。唐明皇就是这样，宠信杨门男女将和安禄山之流，险些亡了国，逃往四川，闻铃落泪，却并不公开检讨，说自己错了。终于危而不安的，如项羽，虽然也觉得无面目见江东父老，却还是说："此天之亡我，非战之罪也。"唯一的例外也许是"挥泪对宫娥"的李后主，移住汴京以后，连小周后也保不住，悲愤至极，对旧臣已成新臣的徐铉说："当时悔杀了潘佑、李平。"

以上说错错错，有的来于客观的事，有的来于主观的己，都是陪衬。重点还是想观身，说说错错错的情况以及悔、愧之外的也许更为可取的对应态度。由错的情况说起。我不止一次想过这个问题，总括性的认识大致是这样：如果自己的生涯可以表现为思（或偏于思）和情（或偏于情）两个方面，是思方面的错远远少于情方面的错。来由是，由心理状态方面看，思为主则疑多于信，情为主则信多于疑。疑是不信，如我一向不信有所谓君王明圣，不信《易经》和《推背图》之类，除自欺欺人之外还有什么奥秘，能超科学，并预言吉凶祸福，就直到现在也没有觉得是自己错了。信是不疑，这来于希望加幻想，于是有时，甚至常常，就会平地出现空中楼阁。自然，空中楼阁是不能住的，于是原以为浓的淡了，原以为近的远了，原以为至死不渝的竟成为昙花一现，总之，就成为错错错。如何对待？悔加愧，然后是殷鉴不远，就一了百了吗？我不这样想。原因是深远的。深远还有程度之差。一种程度浅些，是天机浅难于变为天机深，只好安于"率性之谓道"。另一种程度深的是，正如杂乱也是一种秩序，错，尤其偏于情的，同样是人生旅程的一个段落，或说一种水流花落的境，那就同样应该珍视，何况人生只此一次。这样，这样性质的错错错就有了新的意义，也值得怀念的意义。如此这般，化臭腐为神奇，不知道陆放翁会不会同意，可惜不能起他于九泉而问之了。

失落

我老了，同不少老年人一样，不免有青壮年没有甚至不理解的感触。有感触是"情动于中"，照《毛诗序》的想法，随着来的还有"而形于言"。言，偏于零碎的用口，偏于成套的用笔。古人云，"言而无文，行之不远"，化大道理为现前事，是写下来，何时有兴趣算旧账，就可以一五一十重复一遍。这里也想重复一遍，走上心头的也许不很少吧，而一时捉住的是两处。一处简捷明快，是若干年前所填《贺新郎》词里的一句，"白发冯唐真老矣"。另一处絮絮叨叨，说来就话长了。是两年以前吧，电视播了短连续剧《人到老年》，因为主角中有熟人韩善续，又表现的主旨是老年人的无着落之苦，于我心有戚戚焉，所以就占用一些睡眠时间，看了一部分。不全面可以显示全面，觉得剧编得不坏，能够透过浮面，触及人生问题；演得也好，自然，像实人实事。这意思曾向有关的人说，他们希望我写出来。其后就真写了，刊于《人民日报》。我认为分量重的话是以下几句：

老之感到无着落，原因是，先则天弃之，其后才是人弃之。天弃，表现万端，人弃也表现万端，可以用一斑窥全豹法，举作《白头吟》的卓文君为证，眉如远山，肤如凝脂，曾经如此，可是时过境迁，好汉提当年勇又有何用！不幸也是天命，好汉总不甘心扔掉当年勇，枯寂的老朽总不甘心离开当年的热闹。这就造成天与天的不协调，人与人的不协调。

天不要了，而己身的"天命之谓性"却梦想回天；人不要了，而己身的梦想却希望还有人不弃。回天，谈何容易！比如头童齿豁恢复为红颜翠鬓，自然做不到。所以可能的安慰只能来于人。但这又是谈何容易，所以只好谦退，安于得一点点善意，甚至一点点世俗的和气。但世间事不少例外，比如限于我的经历，就曾不止一次，所受竟远远超过善意。这样的稀有一时使我感奋，更多的是震惊，应该如何对待？常是震惊使我莫知所措，及至心情恢复平定，想到应如何对待的时候，早已事过境迁。而感奋之情却像是有增无减，其后随着来的必是悔恨，悔恨又一次"失落"。如何补救呢？也只能写下来，以求不忘有这样的失落而已。

　　值得记下来的有两次，以时间先后为序，先说前一次。是1986年或1987年，旧历中秋节前的两三天，我预购由北京往天津的慢车票。这句话包含的事不少，需要略加解释。在中秋节前，是因为老友齐君中秋节生日，我携老伴每年秋天到天津看看亲友，此时前往就可以一箭双雕。预购，是因为同往的还有杨君，约定某次车发车前半小时在车站见面，怕万一至时票难买，计划不能实现。慢车，是因为短途，多费时间无几，可以避免车上拥挤。总之是想得不坏，然后是照预想的实行。不记得听谁说，可以到西直门售票处去买，于是坐车往西直门。到了，排队，慢慢前移，好容易到售票口，一问，才知道这里不卖。问哪里卖，说"到东单看看"。东单，比永定门车站近便，心中一喜，于是乘兴而往。又是到了，排上队。队很长，前面是个三十多岁的中年男士，衣着朴素，风度清雅。他看看我，总是出于惜老怜贫之情吧，问我买到哪里的票。我告诉他，兼说了西直门碰钉子的事。他听了，稍微沉吟一下，说："您先排着，我去看看。"说着，他走往售票厅的南端。那里墙上有各种表，他仰头看，想是想弄清楚这里是不是卖预售的天津慢车票。看了一会儿，大概终于没弄清楚，他走回来，却并不到原地插队，而挤向售票口。多人排队，跳到前面挤，是大难事。可是他终于成功了，回来告诉我，是这里还是不卖，只能到永定门车站去买。临别，他还问我是否知道坐哪路车，并说："那里准卖，就不必急了。"我心里很不平静，细看看他，想说点什么，又一时想不好说什么，只费力地挤出两个字，"谢谢"，无可奈何地走了。及至上了车，被这位的超常的善意赶跑了的灵机才溜回来，我这才领悟，像这样罕遇的人，我应该同他结为忘年交。办法也很简单，不过交换一下姓名、住址而已。不幸是心情感奋时灵机就泯灭，以致应该取得并珍重储存的竟成为失落。

再说最近的一次，乘公共汽车时的所遇。是1993年6月15日，星期二，照我的生活日程表，早晨七时半左右走出家门，由北京大学站乘332路汽车，到白石桥站换111路电车，入城。332路车由颐和园来，一般是到北京大学站就有人满之患。这一次是半满，即站着的人不太多，可以不费力而前后走动。我由前门上车，见后面人较少，就慢慢后移。移到接近中间那个圆盘，车已经过民族学院，再停车就是白石桥站。我一阵心不在焉，见后面路上无人，就想移到中门。不想刚走一两步，车忽然往我的左方一扭动，我的身体就往右方倒下去。右方有坐着的人，我靠在他身上。就在这一刹那，坐在左方的一位女士飞跑过来，用两手圈住我的左臂，把我拉起来。然后她指着她的座位，让我坐。我说我前面就下，不坐了，就走往中门。大概到长河附近吧，觉得有个人也走到中门，站在我身旁。无意中一看，竟仍是她。面目文雅和善，穿一身朴素的单衣，约摸三十多岁。我们都没说话，我想，不过是碰巧同站下，浮萍流水，走出车门，也就各自东西了。不久车到站，车门开了，万没想到，她还是伸出两手圈住我的右臂，扶我下车。我感激之情变为急迫，用辩解的口气说："我腿脚还可以，不用这样吧。"她没说什么，可是下车后还不松手，又扶着我走上边道，前行，走下边道，进了车场，才放开手。我一时不知如何是好，还是只能费力挤出两个字，"谢谢"，甚至没有多目送她，就奔上停在站内的111路电车。还是同上次一样，及至开了车，灵机溜回来，才如大梦初醒，觉得应该向她表示非同一般的谢意。自然是醒后想，也不是没有办法，因为提包里恰好带一本新出版的《张中行小品》。比如分手之前这样说："恕我冒昧，耽搁你一两分钟。我想送你一本拙作，以表示谢意，可以吗？"如果她肯接受，我愿意写上她的名字，以期我和她都记住，这惜老怜贫的善意，至少在我的心里，是比任何浮名和显位都珍贵的。然而可惜，这如意算盘只存于事后的遐想，至于实际，所得仍是两个字，失落。

失落是不幸，而又无法补偿，所以是痛苦的。痛苦，能够说说也许好一些吧？当然，如果天赐好风，这说说的声音能够吹入他和她之耳，从而这深藏于心的谢意就有了归宿，那就再好也没有了。这显然又是遐想。于是我所能做的，所能有的，也只是写这篇小文，说说而已。

常人哲语

"人非生而知之者"，见于韩文公的《师说》，《师说》入中学语文课本，所以这句话连五尺之童也熟悉。但熟悉并不等于透彻了解。——就是韩文公，了解到什么程度也会成为问题。问题来自"知"，或说知的范围，我们如何规定。有些哲学家，如康德，认为悟性的形式是先天的，这是能知的根本，如果也纳入知的范围，显然，韩文公这句话就错了，因为不是一切知都非生而知之。哲学家喜欢钻远离常识的牛角尖，是某种意义的疯子，也许以躲开为是。那就降一级，到心理学家的门口试试。这些人口中笔下有所谓本能，如甫离娘胎，碰到乳头会吮吸，有下坠感就紧握，听到大声会吃惊，渐渐成长，以男童为例，见到娇柔的女孩子会心神不定，等等，如果也纳入知的范围，韩文公的高论就又错了。求不错，就要学习韩文公，是常常用之乎者也的腔调说大话，而不深究话的涵义。不深究，或依常识，我们的很多（或应说无数）知识和技能确是非生而知之，而是学来的。学是吸收，吸收必有所自来，总称为"教"。说总称，因为教，就其性质、方式、效果等方面说，尤其具体化，会多到无限。大题只好小作，想只说一种情况，是教的一方，所费很少（既非学院式，又非长时间），而学的一方，收获很大。这样打算盘干什么？是想说明，在教和学的两方面，也容许取巧，用药语说是偏方未尝不可治大病，用诗语说是"天涯何处无芳草"。关键在于自己要能沙中见金，然后要如参禅时所求，能悟入。

说到参禅，如果像传说的那样真能得顿悟，应该说是在教的所费少方面，学的收获大方面，都拔了尖儿。如以下两个例就是这样（均见《五灯会元》）：

（金陵俞道婆）市油糍为业。常随参问琅邪，邪以临济无位真人话示之。一日，闻丐者唱莲华乐云："不因柳毅传书信，何缘得到洞庭湖？"忽大悟。

（中丞卢航居士）与圆通拥炉次，公问："诗家因缘，不劳拈出；直截一句，请师指示。"通厉声揖曰："看火！"公急拨衣，忽大悟。

禅家所谓悟，用门内话说是破了生死关，得解脱，用门外话说是看破了红尘，不再有世间烦恼，总之都是得了最"高"的受用。

可惜这"高"字会带来困难，因为据《论语》，"仰之弥高"之后还有"钻之弥坚"。钻不透，悟入就无望，不如实际些，说点有望的。

想不避自吹自擂之嫌，说自己一点点经历而真就得受用的。是40年代，也就是半个世纪以前了，有一天我由天津坐火车回北京，记得是在廊坊附近，听刚上车的两个农民对话，一个说："有享不着的福，没有受不了的罪。"其时我正在涉猎人生哲学方面的著作，脑子里旋转的常是人生的意义，听到这句话，心中一震，想得很多，其中心是定命，其极也是人生没有意义。另一件时代更早，是听我的长兄说的。其时他在县立小学工作，有个男生夜里到一个女教师门口小便，次数多了被捉住，受到开除处分，派一个老工友押送还乡，路上老工友问他怕不怕难看，他说："惯了一样。"这使我感慨更多，因为其人生方面的深远意义必是理想（或兼幻想）的破灭。这两次常人的含有哲理的常语使我更清楚地看到人生的现实，就是说，我受到教育，学到很多东西。语云，学以致用，如何用呢？计可以分为知和行两个方面。知的方面，讲到人生，我珍视象牙之塔，但永远记得，就算是象牙之塔，也只能建在十字街头。这是说，向往理想又要安于不理想。依照王阳明的理论，知会与行合伙，于是行的方面，比如"文革"自天而降，我于被批被斗之余，就仍旧能吃能睡，这是因为，"没有受不了的罪"，"惯了一样"的哲语仍在起作用。当然，安于受罪，安于不向上，总是不好的，所以这里要附加个解释是，如果不幸碰到外力限定只许受罪，只许不向上，庄子所谓"知其不可奈何"的境况，以服药为喻，上面所引的哲语是苦的，也只好忍痛下咽。最后，还可以撇开苦不苦，只泛论教和学，那是，学院式以外，街头巷尾，一言一动，如果有宋朝理学家的兴趣和精神，就可以于烙饼上看到太极图吧？这是说，有心，能悟入，就随时随地可以受教，不必一定到高文典册中去找教条。

旷达

《论语·阳货》篇说:"性相近也,习相远也。"这出于孔圣人之口,如果在昔日,不论是用一心体会还是用八股阐明,都要重复朱注,说:"此所谓性,兼气质而言者也。气质之性,固有美恶之不同矣。然以其初而言,则皆不甚相远也。但习于善则善,习于恶则恶,于是始相远耳。"感谢余生也晚,得吹改革开放之风,于是而有胆量怀疑这位朱文公,请问:"气质之性之上或之下(根),还有天理之性,如何证明?"这反还可以造得更大些,进一步怀疑孔圣人,单说"性相近也",至少也可以指摘说得含混。近,可以理解为差不多,或应该理解为差不多,那就失之多见同而忽略了异。事实恐怕是源同,如既有了生就想活下去,而流则有多种影响重大的异。只举一种,甚至可以上升为学理,同是眼看这个花花世界,却有快乐主义和悲观主义的分歧。由形而上降到形而下更是这样,话以少绕弯子为是,且说我的一个半新半旧的相识,高跟群里的,中年,境遇比上什么长、什么星不足,比下什么员、什么生有余,依常情,上班下班、柴米油盐之余,也大可以开门扬黛眉、闭门哼小调了;可是她不然,总是看见春花唏嘘，踏着秋叶落泪，非春非秋之时，仍是愁云遮面，苦雨浸心。不久前见面，她自然不改旧家风，我则忽而如孟老夫子所说，"恻隐之心，人皆有之"，或学官场，吹而言之，"众生无边誓愿度"，并开门见山，一张口就拿出处方，说："你这样下去如何得了？应该旷达。"她委婉地反问："有不少事烦心，您说我怎么能旷达？"我说："这就要如某些高高在上的人物所要求，改造思想。像你这样，确是可以境由心造。"想不到她也有"朝闻道，夕死可矣"的精神，希望我具体谈谈如何改造。这用象棋的术语说是将军，我已经自愿上钩，没有退路。可是一时又说不很清楚，只好借用某些穷国的缓期偿还之法，说容我想想，或干脆写出来，以期至少像是头头是道，或进一步，真能致用。她表示静候，暂时轻松了。我则不能轻松，要列药味，凑处方。还要坦白承认，这处方是佛门天台宗的"止观"一类，时风帽子曰唯心。但是语云，不管白猫黑猫，能捉老鼠就是好猫，止而观之的办法，也许能够捉住老鼠，就是一些小字号的也好。这就到了图穷而匕首现的时候，只得搜索枯肠，说观什么。要观的不止一种，以由悬空到落地为序。

其一是想想最大的。找证据很难，只好接受直觉，是有个宇宙，我们是，或曾是它的一部分。部分与全体休戚相关，那就应该想想全体。它花样多，几乎都是我们不能理解的。它大，大到没有边际。但可以分析，已经分析到非眼（包括仪器眼）所能见，推想还是可以分析。这是大小两端都是"无限"。这么个怪家伙从哪里来？到哪里去？其中各个部分有联系，或说有规律制约着，何以能这样？如果因果规律有遍在性，这么个怪家伙是来于"无明"，还是来于"有意"的创造？不管由于什么，何以会出现无明或有意？又不管怎么样，它像是也有生住异灭，如果竟至这样，它也会成为"无"吗？又如果竟是这样，而一切皆出于有意，则这个玩笑，真是开得太大了！这"大"又容易使我们想到空间的大，以及外界与己身的比较。就我们现在所能知，最远的星体在百亿光年以外，我们呢，中等身材不过一米七上下，太渺小了。大如宇宙，也未必有意义，能永在，何况我们这一米七上下，存没无足重轻，一点小小得失，又想它做什么！不想，烦恼也就化为空无了吧？

其二是想想虽然未必最大，却是最奇特的，生命。生命的特点，低级的是有保存自身、扩充自身的趋向，高级的是能觉知，并觉知有"自我"。这特点，用宇宙的眼看，关系也许不大；用生命自身的眼看，关系就成为非常重大。因为，缩小到佛家的"诸有情"（范围大小也有问题，如送别折柳，柳是否也有情？可不求甚解），我们就不能不想到"生而有欲"，有欲就求，求而不得就会感到"苦"。对于这样的现实，佛家是睁一眼闭一眼，睁眼是只见苦，闭眼是不见乐。其后是下大网捞大鱼，大网是灭情欲，大鱼是脱离苦海。我们常人没有这样的雄心，但是佛家睁一眼时的所见确是有参考价值。这是说，世间确是有不少苦。其中有身受的严重的如刑戮饥寒，其为难忍任人皆知；就是看似轻微的，如佛家所说爱而别离、求而不得，也总当是烦心的吧？苦还有来于见闻的，可以分大小，如纳粹集中营大规模杀人，火山、地震等天灾，是大；人杀羊，吃烤羊肉串，蛇吞蛙以求果腹，是小。这世间的多种苦，都来于出现了生命，难道这就是生命的意义吗？如果如《旧约·创世记》所描述，生命也是上帝所造，则这种创造，可以说是天地间的一种可怕的恶作剧。也无妨退让一些，说苦乐可以抵销，但是总可以提个疑问，这因有生命而出现的诸多花样，又过一段时间必致化为空无（如恐龙灭绝是小化，地球、太阳系、银河系等消亡是大化），究竟有什么意义呢？生命总的如是，则沧海一粟的自我，又何必过于认真，因而愁苦呢？

其三是再缩小，想想粘着于人的一生的一种怪玩意儿，机遇。机遇，俗话所谓正巧赶上了，永远在身边，却很难理解，尤其很难对付。难理解，因为与因果规律的关系不清楚。所谓"巧"，至少在常人的心目中，是非必然；而果来于因则是必然的。在常识的世界内，还会有不受因果规律制约的现象吗？所以最好还是理解为，同样是有因之果，只是由于因不简单明确，我们认不准，就觉得是碰巧。这样的碰巧，显然难于对付，因为已然者不可改，未然者不可知。苦是来于已然，比如希望富贵，偏偏生在贫寒之家，希望康强，偏偏羸弱，希望寿考，偏偏中年得了不治之症，等等。已然的机遇也可以是称心如意的，举古事为例，刘邦想尝尝做皇帝的味道，居然就打败了项羽，司马相如想得个佳人，居然就有文君夜奔。但是，四海之内，想尝尝做皇帝味道的，想得个佳人的，总是太多了，而真就如愿的必是极少数。这是说，称心如意的机遇并不多见。不多见，还有个可以名为主观的原因，是欲无止境，做了皇帝还想成仙，即使是天生的幸运儿，也总会感到，称心如意的机遇还是常常不来。所以对于机遇，我们需要用力思索的，不是合意的带来愉快，怎么办，而是不合意的带来愁苦，怎么办。怎么办？我想，还是只能用"观"法。可以先观大场面，或大之中的小场面，限于人群。心情可以是宗教的，就是想，人很多，而好机遇不多，"我不入地狱，谁入地狱"？可以是数学的，即想概率的情况，既然人多而好的机遇不多，自己碰到不合意的正是理有固然，也就可以虽苦而无怨。然后看小场面，己身，不合意，愁眉苦脸，甚至哭哭啼啼，又有何用？只能使机遇的影响扩大范围，所以最好还是用庄子的办法，曰"知其不可奈何而安之若命"，面对，不怕，也就可以坦然了。

以上几种观法都偏于消极，只求化有所谓为无所谓。应该改说点积极的，以求有所得，哪怕只是芥子之微也好。这就过渡到其四，要想想办法自求多福。求福前有个"自"字，注定办法没有普遍性，泛论式的文章就不好作。而又不得不作，只好不避毛遂自荐之嫌，说自己的一点点经验。我有苦，而且杂七杂八不少。同一切常人一样，我也想化苦为乐，至少是不苦。也有异于常人的，是温饱之后，常常感到心的没有着落，具体描画，是也吃烤白薯，却又常常觉得，种白薯，求多收，烤了吃，年复一年，最终都成为一场空，没意思。这不同于常的烦恼，是来于受了西方始于怀疑的哲学的污染，所以根治之法应该是易怀疑为信仰。我认识的人里，大多是不惑之年以上的，有的迷《易经》，有的迷气功，有的信观世音菩萨，有的信西方净土。还有个修道兼练各种功的，说静坐之时，自己的灵魂已经能够由头顶出来，周游之后回归肉身。这样，可以设想，一旦肉身与草木同腐，灵魂自然可以仍在，也就是得永生，还会有什么忧虑吗？我听了很羡慕，是羡慕有了信仰就可以无忧虑，而不是羡慕灵魂离肉体周游，得永生，因为我不信有灵魂。我是人死如灯灭派，知道信仰有大用，却没有资格照方吃药。那么，自求多福就剩下一条路，我擅自命名为"自欺"，借用清朝词人项莲生的话，是"为无益之事"，"以遣有涯之生"。无益，意思是不能换来名利，又远离国计民生；但也无害，这害包括害人和害己。项氏所谓无益之事的事是填词，可是他换来名，至少说马后课的话，是举例不当。举养鸟和钓鱼之举何如？佛家和鸟类、鱼类会不同意，因为不是对任何事物都无害。如此这般分析之后，我似乎就无妨自吹自擂了，因为我的办法是用杂物杂事寄闲情，确是无害，而又可以化无聊赖为微笑。这杂物杂事，包括我诌文常提到的，收廉价砚，集葫芦、玉米之类为案头清供，以及刻闲章、作打油诗等等。这些会有什么意思吗？所以还要加一味定性药，曰"自欺"。这是一种心情活动，比如新得一方龙尾歙砚，置之案头，看看，抚摸，想到它是明末出坑的，几百年，必有很多人用过，就会觉得大有意思；重要的是要到此为止，不再下行，问为什么有意思。不问，是无理由而高兴，所以说是自欺。这名称也许不雅驯，但良药苦口利于病，如果有病，也就无妨试试了。

最后说个其五，更积极的，是也未尝不可以化臭腐为神奇。办法可以分为守和攻两类。守是观照并体味人生。愁苦是人生的一种境，也许是与欢娱同样值得珍视的一种境。以有情人的聚会和别离为例，《西厢记》佳期是聚会，"只疑是昨夜梦中来"是一种境，长亭是别离，"除纸笔代喉舌，千种相思对谁说"是另一种境，由体味人生的角度看，后一种就不值得经历吗？至少李商隐不这样看，他在《锦瑟》诗的尾联中写，"此情可待成追忆，只是当时已惘然"，这是把愁苦也看作珍异，态度当然就不是厌之，而是顺受之后品味，存之。还有攻之一法，是苦闷经过象征，转化为艺术创造。形式多种，最常用的是诗词和小说。以诗词为例，杜甫"故国平居有所思"，写成《秋兴八首》，周邦彦"恨客里光阴虚掷"，写成《六丑》(蔷薇谢后作)，自己吟诵一两遍，也就可以心情安适了吧？这攻的办法还不只己身有所得，而且是有缘之人都有所得，即如果也有类似的愁苦，就可以借他人酒杯，浇自己块垒。唯一的缺点是并非人人能用，这就只好货卖识家了。

写到此，回头看看，这个处方费力不小，那位静候的就真能照方吃药，化多闲愁为旷达吗？不料一问，我就如梦初醒，是相信胡思乱想能够使阴云密布化为天朗气清，也太天真了。即如我自己，就真能顺着这样的思路，把大小闲愁都赶到无何有之乡吗？显然还没有这样的修养。这样，是自己还处于"愿学焉"的阶段，如何解释以上的"大言炎炎"呢？只能找到一个理由，是希望同病者共勉之。

生的小反抗

近几个月以来，翻阅送到手头的报纸，连续看到关于安乐死的一些消息，古人云，"死生亦大矣"，因为自己已有生，并将有死，切身之事，难得等闲视之，就一阵陷入沉思。都思了什么？有没有什么知甚至悟？想用定形于文字之法理一理试试。至于能不能理出一点像样的，值得高明的读者惠与慧目的，只好走着瞧。

我不止一次说过，生，或缩小范围，说人生，是一，即现实就是这样，人生之道则是多。《易经·系辞下》说："天地之大德曰生。"这是儒家的看法，其实也是常人的看法。由此看法演绎为行，于是说繁衍子孙是福，说"不孝有三，无后为大"，直到打倒孔家店之后、批孔之后的今日，还要大力宣讲并推行计划生育。这是想到生就拥护的一派，几乎所有的人，纵使未明说，或简直未想到，都加入了。有少数例外，是约两千年前由身毒（今曰印度）进口的，佛门，说生是四种大苦（生老病死）之一，所以想灭苦，就不当像常人，用欢迎的态度对待生。那么，如何对待呢？就是虔诚的佛门弟子也有坚决和妥协两面。坚决是比丘和比丘尼的不婚，不婚，就断了下代之生。妥协是

363

一，不断自身之生，所以还要托钵化缘；二是四众的另一半，优婆塞和优婆夷，虽然也不能不说生老病死是苦，却仍旧洞房花烛，之后自然就同常人一样，也儿女成群了。妥协，是因为生的力量太大，小躲闪也许有点希望，正面抗就必做不到。但佛门说的生是苦（或说苦之本，因为无生就不会有老病死）也并非向壁虚造，如常人也承认，俗语说苦乐悲欢，不可意的占一半，可以为证。这样胡思乱想的结果，关于生，就成为一笔胡涂账，至少是不容易理清的账，比喻为花中之玫瑰，有香味，却又扎手，你说好呢，还是不好呢？

生是怎么回事，看来是说不清了。天上的鹰，抓不着，不吃它也罢，不如算计檐前的麻雀。古人，或"不识不知，顺帝之则"，或学而后思，抽绎为理，几乎都走《中庸》开头说的一条路，"天命之谓性，率性之谓道"，即顺着走，不抗。其结果，自然还会碰到不少问题，或难题。难有玄远的，如这样做顺民，为己身计，究竟有什么意义？不知道。难还有现前的，更多，都来自率性未必能够顺利。为了减少头绪，用古人举一般以概其余之法，曰饮食男女。饮食，想的是烹对虾，端上桌面的却是清水煮白菜；男女，想的是如意佳人，点头算的却是个既不如意又非佳人。这就又回到佛门，只好承认与生相伴，确是有不少苦。那就如弘一法师，毅然出家吗？我以为，至少是理论上，出家并没有什么难，大难是想到与生有关的诸多问题，根本的，零碎的，能够处理得心安理得。不知别人怎么样，我则很惭愧，自知必做不到。不幸是又不能不识不知，于是有时，或说玄想的时候，就感到生之上，总像是有什么大力压着。什么大力呢？扩一己为大众，集零碎为概括，并取大舍小，就想到有两种，曰天命（指最根本的，即大德曰生，或能活就好），曰礼俗（指未必适当而公认为合情合理的），总是在头上（或心中）动荡，使身心不得逍遥，或者说，思和行难得越雷池一步。因为这样，若干年以来，如果发现，对于这两种大力，有表示反抗的，轻或重，思想或行动，我总是很感兴趣。以下转为说反抗，先礼俗，后天命。

礼俗，如何形成，必要性有多少，内容必是很复杂，因为专就量而论，它也是无限之多，各有各的形质，自然不能一言以蔽之。这里只说，无论哪一种，都有相当强的拘束力。戴上人文主义的眼镜看，拘束有可取的，如不当掏别人的钱包之类；有不可取的，如男的为昏君死、女的为丈夫守节之类。何以不可取？举个最微末的理由，是不平等，如臣死，君还活得好好的，妻死，去了穿红的，立刻来了挂绿的。可是，就是这不可取的礼俗，反也大不易，即以不为昏君死、不为丈夫守节为例，西风东渐之前，就必致招来非议和耻辱。人生于世，有谁肯置非议和耻辱于不顾呢？这需要相当大的勇气，抗礼俗的勇气。我，因为常常想到生的压力，所以对于有这种勇气的人，就会顿生敬仰之心。似乎应该举些例，以求此意能够更加明朗。语云，河里没鱼市上找，纵使稀有，地大时长，也会找到不少吧？为篇幅所限，只举二人二事，又为了不偏不倚，所举为男女各一。逐新潮，女先男后。

女是不待父母之命、媒妁之言，跟司马相如跑了的卓文君。事最早见《史记·司马相如列传》，是这样写的：

> 是时，卓王孙有女文君，新寡，好音，故相如缪（装作）与令（临邛县令王吉）相重（要好），而以琴心（抒情之音）挑之（文君）。相如之临邛，从车骑，雍容闲雅，甚都。及饮卓氏，弄琴，文君窃从户窥之，心悦而好之，恐不得当也。既罢，相如乃使人重赐文君侍者，通殷勤。文君夜亡奔相如。相如乃与驰归成都。

《西京杂记》卷二也记这件事，多由文君方面下笔，估计喜欢看时装表演的必更有兴趣看，也抄在下面：

> 文君姣好，眉色（外形）如望远山，脸际（颊部）常若芙蓉（荷花），肌肤柔滑如脂。十七而寡。为人放诞风流，故悦长卿（相如字）之才而越礼焉。

越礼是不管礼俗，提前两千年实行自由恋爱，实现了婚姻自主。这反抗有所得，为她想是生前嫁了如意郎君，死后在《史记》中占了一席地；由我看呢，意义就更加深远，是为娑婆世界的人生吐了一口不平之气。

366

再说一位男士，也是西汉中期人，陕西的杨王孙。他大概没做过官，班固《汉书》只说他"学黄老之术，家业千金，厚自奉养生"，也许连著作也没有吧？他得在史书中占一席地，是因为干了一件反潮流的事，不只不厚葬，而且坚决实行裸葬。《汉书》是这样记的：

> 及病且终，先令其子曰："吾欲裸葬，以反吾真（本来的样子），必无（不要）易吾意！死则为布囊盛尸，入地七尺，既下，从足引脱其囊，以身亲土。"

儿子没有反潮流的思想和勇气，想不听，又不敢，于是请老子的朋友祁侯写信劝说。阻止的理由当然是不合礼俗。依礼俗，就必须"为之棺椁衣裳"，也就是厚葬。杨王孙仍坚持自己的主张，并复信说明理由，要点是下面这些话：

> 盖闻古之圣王，缘人情不忍其亲，故为制礼。今则越之，吾是以裸葬，将以矫世也。夫厚葬诚无益于死者，而俗人竞以相高，靡财单（殚）币，腐之地下。……故圣王生易尚（奉养），死易葬也。不加功于亡（无）用，不损财于亡谓。今费财厚葬，留归（土）鬲（隔）至（难于反本），死者不知，生者不得，是谓重惑。于戏（呜呼）！吾不为也。

俗人竞以相高，即成为风，力量就大。大到帝王也在它的下而挣扎，如秦始皇用大量的兵马俑殉葬就是证明。杨王孙却造了反，这就事说不大，意义却是重大的，因为可以表明，在生的大流中，人也未尝不可以以己身为主，我行我素，以争取一些独立和自由。

争取，如果能得到，是胜利。卓文君胜利了，杨王孙也胜利了。但这是对礼俗，世间的；移到天上，对天命，也这样轻易吗？再引《中庸》，"天命之谓性"，这性表现为多种情况，琐碎到忽然大声入耳吓一跳，走累了想坐坐，等等，都是。这里想用擒贼先擒王之法，抓个最大的，或说最根本的，是前面已经指出的，坚信大德曰生，或能活就好。为什么活比死好？我们不知道。不知道而信，至少是觉得如此，是接受天命。与礼俗相比，天命的压力大多了，我们有能力抗吗？记得德国悲观主义哲学家叔本华写过一篇题为《论自杀》的文章，结尾说无妨把这种行动看作向自然的挑战。其意大概是，你（天命）让我这样，我偏偏不这样。在叔本华，这是理论，因为他本人是寿终的，并没有向自然挑战。用实际行动向自然挑战，程度也可以轻，就我一时想到的举两种。一种是世间的，传说的巢父、许由之流，有腾达（必随来富厚）的机会，不干。另一种是出世间的，玄奘、慧能之流，可以从众，饮食男女，生生不息，也不干。这都有点不同于常，对天命而言，可以说是抗。但是与舍生相比，这只是动动手脚，还说不上真刀真枪。

真刀真枪是不要命。这有多种情况，为了这里的所需，只说三大

368

类。一大类是孟子说的，"舍生而取义"，是明显地有所为。义是个抽象的道德信念，化为具体的事，就可以是殉国（经常是为某一个滚下宝座的），可以是殉夫，可以是报知己（如荆轲、侯嬴之流），等等。另一大类是走投无路，最典型的是项羽自刎乌江、崇祯皇帝煤山自缢、今代运动中跳楼之类。还有一大类性质有点特别，不是为什么义，也不是走投无路（至少由己身以外的人看，是不该寻短见），只是觉得活着没意思，或只有苦而无乐，就下了决心，不再活下去。这最后一类是感到"活腻了"，或活与断苦之间决定取后者，就走了舍生的路，由我看是地道的抗天命。其意与叔本华阐发的相类，是：你（天命）说活着好，如果听你的，我确是还能活些时候；但是我活腻了，不愿意再活下去，所以决定不听你的，自主，死。如果选择死，真就死了，又如果天命有知，看到有人造反，会有何感受呢？天道远，我们不能知道。只说迩的人道，大德曰生是一项比地富反坏右重得多且更有普遍性的帽子，有人胆敢摘，就人生的意义说，陈胜、吴广揭竿而起一类事就微不足道了。

陈胜、吴广揭竿是抗秦皇，活腻了也揭竿是抗天命，显然，必是前者易而后者难。难还表现为三个等级：初级是有人动了真刀真枪，即活与断苦之间选择了后者；中级是对于这样的选择，很多人由反对变为谅解，或更进一步，认为合理；高级是有的人无苦而也感到活腻了，并动了真刀真枪。先说初级的抗，说它难，是因为有数不清的人，苦至于难忍，而且看来没有好转的可能，却仍旧舍不得死。这是天命的信徒，服从是率性，与胆敢抗的人相比，就次一等吗？也不能这样说，因为人总不当强人所难，所以不如说是道不同。胆敢抗的人走的是另一条路，难，所以一定是少数，或极少数。少不等于无，所以历代，也总有一些人，是在活与断苦之间，毅然选择了后者。这行动的性质是抗天命，其为勇也，我以为，比孟子所谓大勇不知要高出多少倍，因为，只说自我盘算的一点点，是，己身虽然无此胆量，"民吾同胞"，也未尝不可以借光，说"惟天为大"，我们一旦气从中来，就可以揭竿而起。

再说中级的抗，是多数人的思想上的揭竿而起；比如表现为行动，遇见自裁的，不救，听到自裁之事，不反对，或不表示惋惜。与初级的抗相比，这种抗升了级，因为要求的不只是个人，而且是大众。天命高高在上，众人异口同声，说无妨抗，怎么可能呢？约一年以前，我写《顺生论·死亡》一节，就是这样保守的，那里说：

如果一个人因某种原因确信自己生不如死，他应否享有选择死的自由？以及别人从旁帮助他实现死的愿望，法律和道德应否允许？这个问题很复杂，几乎复杂到难于讲清楚。清楚由讲理来，可惜在生死事大方面，常常像是不能讲理。不信就试试。人，称为人就有了生命，并从而有了活的权利；死也是与生命有不解之缘的，为什么就没有这样的权利？有人也许会说，并没有人这样说，法律也没有明文规定。那就看事实。为什么事，某甲自杀，某乙看到，某乙有救或不救的两种自由，他可以任意行使一种自由，法律都不过问；可是道德过问，表现为自己的良心和他人的舆论，即救则心里安然，受到称赞，反之会心不安，受到唾骂。这是除自杀者本人以外，都不承认他有死的自由，甚至权利。为什么不承认？理由由直觉来，不是由理来。近些年来，据说也有不少人想到理，以具体事为例，如有的人到癌症晚期，痛苦难忍，而又确知必不治，本人希望早结束生命，主张医生可从助人为乐，帮助他实现愿望。这个想法，就理说像是本错，可是付诸实行就大难。难关还不止一个。前一个是总的，就是先要有个容许医生这样做的立法。立法要经过辩论，然后表决，推想这是同意一个人去死，没有造大反的勇气，投赞成票是很难的。

说很难，不只来于多年来慨叹天命力量之大，还来于见闻，是有些得不治之症的，求结束生命而不得，因为家属和医生都是既不忍又不敢。不忍不敢，就是都如历代祖先之率性，不想抗。事有意外，且凑巧，是近几个月以来，连续看到规模或大或小的关于抗的消息。先说大的，也许老外之国因为没有《中庸》，就不行率性之道吧，先是丹麦，继而荷兰，都通过了允许安乐死的法律。因为新奇，值得重视，抄一点点有关的情节供沉思：

自去年10月起，丹麦实施一项法律，停止延长无可救
药的病人的生命以来，迄今已有45000人明确表示愿意接受
这一做法。……只要事先立下遗嘱，医生都有义务停止延续
其生命的治疗。

（1993年2月20日上海《新民晚报》第四版）

2月9日，荷兰议会通过一项安乐死法，允许医生在严
格的条件下，可以对病人实施安乐死。……此外，该项法令
有些规定还出乎人们的意料，它规定医生无需征得病人的同
意可以给处于昏迷状态的病人、患老年痴呆症的病人、神经
不正常者以及先天畸形儿实施安乐死。

（1993年2月11日，出处同上）

通过法律，是多数人举手了。举手是表示，至少是在某些情况下，活
也可以不比死好，这由研讨人生之道的角度看，意义是重大的。老
外走在前面了，我们呢？想不到竟能具体而微。也是《新民晚报》，
1992年8月1日第十二版刊出无作者署名、标题为《我为什么让母亲
"安乐死"》的文章，说母亲史美芸患癌症，痛苦难忍，最后家属和
医生也不忍，终于在1990年12月17日，用"人工冬眠"法，经过37
小时的"静脉滴注"，病人"平静而安详地死去"。死后怎么样呢？
看文章的标题，有辩解意味，也许有些知此事者不以为然吧？这样推

想，有来由，是另一件同类的，竟闹到法院。我是在1992年10月16日《南方周末》第三版上看到的。情节平平常常，母亲夏素文，59岁，患肝硬化腹水等症，1986年6月23日住进汉中市传染病院，儿子王明成再三请求为其母实施安乐死，院长拒绝，最后主治医生蒲连升同意，用注射复方冬眠灵法，使病人无痛苦死去。事件的发展和法院的判决却大值得注意。被告是王明成和蒲连升，这是采用了既死不咎的原则，如果咎，就还要加上一个，夏素文，名次更靠前，因为更高而暗藏的原则是"不许死"，除非阎王老爷来请。原告，报道是汉中检察院，推想必有更靠前的，可以不问，总之都是活比死好的虔诚信徒。最值得三思的是中级法院的判词，是：

> 蒲连升在王明成的再三要求下同其他医生先后向重危病人注射促进死亡药物，但用药量属正常范围，不是造成夏素文病亡的直接原因，其行为虽属故意剥夺公民生命权利的行为，情节亦属显著轻微，危害不大。故此，蒲、王二人上诉人均不构成犯罪。

戴上逻辑的眼镜看，判词破绽不少，"促进死亡"与"药量属正常范围"，"故意剥夺公民生命"与"情节亦属显著轻微"，都难于和平共处。可是换上世故的眼镜看，措辞就妙不可言，因为，比喻为劝架，一方是旧信，一方是新理，都有大力，惹不起，就只好含糊其辞，以求双方都觉得自己不亏理，乐得放下拳头，满意而去。再换上本文的眼镜看，这场官司及其处理，意义就更加重大，因为它可以清楚地表明，我们的生，也正在由完全听命于天向小反抗过渡；过渡，前行，也许不很久，就会步丹麦和荷兰的后尘，视安乐死（可算作夺天命的一点点权）为合理合法吧？

还剩下高级的抗，不是为断苦而也不要活，至少我看，就没有什么可讲的。原因有表面的，是理论上可能，实际上很少可能；有骨子里的，是天命的力量太强，有了生，爱，不费吹灰之力，视为无所谓，如庄子（还乐得终其天年，可见也未能一贯），大不易，进一步，舍之如弃敝屣，就太难了。

写到这里，回顾一下，起笔时本来是想歌颂造反的，想不到思路迤逦而下，还是归结到如孟德斯鸠所慨叹："帝力之大，如吾力之为微。"但微不等于无，就算作小本钱吧，我的想法，也无妨，哪怕含有幻想成分，做一桩大生意，就是，对于天命的活着就好，或强硬，背道而行，或委婉，怀疑其权威性，算作小反抗，总比孔老夫子的单单"畏"之好一些吧？

剥啄声

剥啄是轻轻的叩门声。这是我的领会，辞书只注叩门声，叩门，因人或心情的不同，声音自然也可以不是轻轻的。且说我为什么忽而想起写这个呢？是一年以来，也许越衰老心情反而不能静如止水吧，有时闷坐斗室，面壁，就感到特别寂寞，也就希望听到剥啄声。但希望的实现并不容易，于是这希望就常常带来为人忘却的怅惘。常人，活动于世间，入室卧床，出门坐车，东西南北，南北东西，已经够繁冗够劳累了，却还愿意，哪怕是短时，住在有些人的心里，所以为人忘却，纵使只是自己的想象，也是很难堪的。总之我喜欢剥啄声，就想说说与这有关的一些情况。

叩门，还会牵扯到好不好的问题。这是"推敲"的古典，由韩愈和贾岛来。传说贾作了"僧推月下门"的诗，想换"推"为"敲"，自己拿不准，问韩愈，这位文公说是"敲"了。这故事最早见于五代何光远《鉴诚录》，可谓语焉不详。比如此僧确知院内无人，用"敲"字就说不通了。如果有人，且不是自己的小庙，不敲就等于破门而入，何况是僧，惊了内眷，岂不大煞风景？所以为慎重，韩文公的选择是对的。

叩门也可以不用剥啄，用语声代，通常称为叫门。据我所知，这比剥啄适用的范围窄，具体说是要很熟，用不着客气。故友世五大哥有个时期住在宣南某巷，萧长华的隔壁，近午夜常听见萧散戏后叫门，"开门来！开门来！"声音高而清脆。因为这是自己的家。略次一等，很近的朋友，也可照办，如"老李，开门！"主人不以为忤，反而显得亲热。

更常见的是兼用，先剥啄，紧接着叫主名，如老张老李，张先生李先生之类。剥啄而兼发声，有暗示"我是某某"之意，似叠床架屋而并没有浪费。

门有远近，有高低，叫法因而也就有不同。我幼年住在乡村，故家有外、里、后三个院落，外院不住人，所以夜晚回家，就要重掌拍门，以求里院人能够听到。这还可以名为剥啄吗？为了保存剥啄的诗意，我是不愿意它兼差的。高门指富贵之家，照例有司阍人，叩门就要小心谨慎，因为声音过小他会听不见，过大他会不耐烦。幸而多年以来，我间或须叩门，都是近而低的，能否听见，是否耐烦，就可以不费力研讨了。

叩门声大而急，会使人感到是出了什么意外。这不是神经衰弱，有无数事实为证。为了取信于人，甚至可以举自己的，一生总有两三次吧，开门看，不速之客都是携枪的。但幸而都转危为安了。可是杯弓蛇影，就宁可把叩门声分为两类，使剥啄独占轻轻一义。我喜欢的就是这轻轻的剥啄声。

何以故？深追，恐怕仍是，用哲人语说，《庄子》的"天机浅"；用常人语说，《世说新语》的"未免有情"。说到情，不只程朱陆王，一些身在今而心在古的人也会小吃一惊。仍常习，耳顺以上可以称为老，总当"莫向春风舞鹧鸪"了吧？我的体验不是这样。理由有浅一层的，是，忘情是道和禅的共同理想，而理想总是与实际有距离的，所以庄子过惠子之墓，还有"吾无与言之矣"之叹，六祖慧能说得更入骨，是"烦恼即是菩提"。这是说，忘情非人力所能，或所需。还有深一层的，是就应该安于实际，用旧话说是"天命之谓性，率性之谓道"，用新话说是，人生只此一次，矫情不如任情，那就感时溅泪，见月思人，也未尝不好。

溅泪，思人，都是由于爱恋。爱恋会带来苦。想彻底避苦是哲人，听之任之是常人，常人的一部分，觉得苦的味道也甚至更值得咀嚼，是诗人。哲人的奢望，我理解，可是不想追随，因为由理方面考虑，大道多歧，由情方面考虑，自知必做不到。这是说，我命定是常人，而且每况愈下，有时想到诗人的梦和泪而见猎心喜。显然，这就会走上反道和禅的一条路，也就是变少思为多有想望。想望什么？总的说是世间的温暖。温暖总是由人来，所以有时读佛书，想到有些出家人的茅棚生活，心里就不免一阵冰冷。我不住茅棚，说冰冷也许太重，那就说是寂寞吧。

不记得是谁的话，说"风动竹而以为故人来"，这表述的是切盼之情。终于来了还是没来呢？不知道。杜工部的处境就更下，而是"寻常车马之客，旧雨来，今雨不来"，绝望了。这切盼和绝望的心情，我也经历过，而且次数不少。这就又使我想到剥啄声，因为它常常能够化枯寂为温暖。

说常常，因为，限定我自己说，剥啄声也有多种，布衣或寒士范围内的多种。加细说还可以分为人有多种，事有多种。另外还有个大分别，是不速之客和估计会来或约定会来的。不速之客会破除寂寞，而沉重的寂寞总是来于估计会来（包括有约）而至时不来或终于未来的。这估计会引来殷切的期望。期望的是人，但比人先行的是剥啄声。试想，正在苦于不知道究竟来还是不来的时候，忽然听到门外有剥啄声，轻而又轻，简直像是用手指弹，心情该是如何呢？这境界是诗，是梦，借用杜工部的成句，也许正是"此曲只应天上有，人间那（哪）得几回闻"吧？

晨光

习见之景，用自己的心灵之秤衡量，像是可以分为两类：一类量很大，殆等于视而不见，例俯拾即是，近如室内的桌椅，远如板块状的林立高楼，等等，都是；另一类量不大，入目，不只见，而且会随来这样那样的情思，例也可以找到一些，其中排在首位的，专说我的一己之私，是晨光。

晨光指东方发白到太阳浮出地面那一段时间目所见的大景观。这景观有变化。以年为背景，冬夏差别最大，冬，晨光来得晚；夏，晨光来得早。以月为背景，月的有无、圆缺、位置，日日不同。一日，以起床早晚为背景，早，有稀疏的星光闪烁，晚，星就隐去。总之，都是晨光，也就都能引起这样那样的情思。情思，无形，以佛家所说五蕴的"识"来捉，也是恍兮惚兮，何况还有这样那样的杂乱，怎么说呢？不得已，只好用以事系情之法，主要说事。事与晨光的关系，也苦于多而不很清晰，挑挑拣拣，想只说两类，哲理的，家常的；家常的还可以分为两种，总起来就成为三种。

先说哲理的，是由辨析逻辑的归纳法来。我当年未疯学疯，念穆勒，念休谟，念罗素，才知道围绕着归纳法，也可以提出疑问。穆勒的疑问是枝节的，他在所作《逻辑系统》里说，如果能够知道什么样的事例可以推出正确的归纳判断，什么样的事例不能，他就是最聪明的人。这样说，他是承认自己还办不到，但至少是理论上，也可能办到。可是到休谟和罗素手里，疑问就成为根本的，那是：归纳判断的可靠，要以自然齐一（永远如此运行，不变）为条件；何以知自然是齐一的？由于信赖归纳判断（赵大、钱二、孙三、李四都死，所以人都要死，等等，由部分如何推断整体如何），这就成为连环保，其结果必是都靠不住。记得他们还以明天太阳一定出来为例，也说是来于归纳判断，并非绝对可靠。这使我的思绪变为哲理和家常两半。万分之九千九百九十九是家常，如傍晚，我从众到奶站去取牛奶，因为不疑惑明天必来，就还要吃牛奶。问题是还有那万分之一，通常是早起，忽然瞥见晨光的时候，哲理就闯进来；像是电光一闪，引来感慨万千。这感慨，化为疑问是，难道我们的宇宙真是规规矩矩，可以永远托靠的吗？如果竟是这样，我们就应该感谢吧？感谢谁呢？可惜我们不能知道。就这样，我常是始于怀疑，终于慨叹，慨叹存在的神秘，己身的微弱。

再说家常的，先前一种。事非一，只说一次印象最深的。还是20年代后期，在通县念师范的时候，照例于旧腊月中旬放假，回家乡过年。其时还未改革开放，过年是大事，也是乐事，闲中忙，要买这个买那个，贴这个贴那个，还要听鞭炮声，今年元夜时追花会，看红男绿女。语云，没有不散的筵席，终于开学的日期近了，只得准备走。只有京津公路上有长途汽车，最近的河西务站离家三十里，要九时以前赶到，用驴代步，起程就必须在六时以前。起程了，照例是借西邻王家的驴，我呼之为韩大叔的长工送。天很黑，出村，几乎对面不见人。走出六七里，到村名大新庄的南侧吧，韩大叔牵着驴在前面走，我步行跟着，忽然觉得昏暗的程度稍减。我停住，转身，看到东方露出一线微明。由微明反衬，参照新学来的一点点天文地理知识，用目光远扫上下左右，然后缩到脚下，清楚感到，原来我们置身于其上的大地，真是个飘动的圆球。它在向日光那一方转动，无知觉，无目的。我呢，与它相比，太渺小了，也在动，却有知觉，这有什么意义呢？我想到明天，因不知道明天怎么样而惶惑。就这样，村野的晨光曾经使我感到人生的渺茫。

接着说家常的后一种。想哲理，慨叹人生，都是远水不解近渴。正如列子御风而行，虽然"泠然善也"，旬有五日，还是不得不返。我也这样，虽然也曾心逐白云而飞往天边，但天边是不能起火做饭的，于是不得不敛翅落地，仍然公则阿弥陀佛，私则柴米油盐。而一晃就到了庄子所谓"佚我以老"的时期。佚是好的理想，但能佚要有条件，专说主观方面，低级的是"不识不知，顺帝之则"，高级的是"回坐忘矣"。这些可意的造诣，我都做不到，于是也就只好安于不佚。佚的反面是忙，忙什么呢？只说一种唯心而最放不下的，是感到枯寂，说具体些是心情有如行沙漠中，渴望遇到绿洲芳草。不记得是不是弗洛伊德学派的理论，人是日有所思，不得，夜就有所梦。庄子说："至人无梦。"我不是至人，多有所思，所以入睡必有梦。遗憾的是，梦经常是杂乱的，远离现实的，也就大多是不可意的。我很希望有个可意的"犹恐相逢是梦中"的梦。而有那么一次，我就真入了这样一个梦，真切，细致，简直是梦的现实，使我惊异。可惜的是，和往常一样，梦断之后，情境就成为像是同样迷离恍惚；只记得当时想诌韵语抒情怀，苦思不得，只好略改贺方回句，默诵云："凌波一过横塘路，渐目送芳尘去。"就是这次梦断之后，我早起出门，望见几颗疏星闪烁的晨光，心里感到热乎乎的，因为确认，在这样的晨光的映照之下，我的生活还不少温暖，并且，今天之后一定还有明天。有明天，我就期待着看明天的晨光，接受明天的温暖。

才女·小说·实境

　　我幸或不幸，是宝二爷所谓泥做的，因而有机会说说道道，涂涂抹抹，脚就不能不站在泥上，化比喻为直说，即不能不男本位是也。但语出于男，正如室内的小方凳，街头的大轿车，闺中的玉人也未尝不可以利而用之。这是说，我写的那些不三不四的，其中的情理，如果有，至少主观上，是通用于泥和水的。这一回，看题目就可以感到，要破例，不只脚站在泥上，心也要倒向泥，直截了当说，是想，出于男的一面之私，写，为了男的一面之利。那么，是不是可以说，如果这样的文也可以问世，是专供男士看的？我想是可以这样说。接着一个问题就来了，如果有多事的女士也赏以慧目，怎么办？也就只好由她看，因为我们的法制还没有某种印刷品只许男性看或女性看的规定。那么，看之后不会出现某些不愉快的情况吗？女士的心总是很难测定的。那就只能脚踩两只船：一只是部分悲观的，有些（比例如何，只有天知道）女士自知非才女，因而浮沉一世，没有得到希望的什么，不免于遗憾；另一只是全部乐观的，所有女士，浮沉一世，看到过温馨的脸色，听到过温馨的话语，于是自信己身必是才女。如果闺中的玉人都上这后一只船，那就好了。但是可能吗？已经拿起笔，不能俟河之清，只好且说自己的胡思乱想。

由何以会胡思乱想到才女说起。原因有深远的，以不追问为好，因为穷追不舍，就会走入宋儒天理与人欲之分的死夹道。且说临近的，是翻阅《清代闺阁诗人征略》，又碰到乾嘉时期陈基（苏州人，号竹士）的先后两位夫人金逸和王倩，记得《随园诗话》也提到这几个人，旧识（志）加新知，印象就特别深。金逸是苏州人，有名的美女，林黛玉式的，娇弱，字也如其人，是纤纤，有才，能诗，虚岁二十五就死了，所谓不许人间见白头，留有诗集名《瘦吟楼集》。王倩是绍兴人，不见得有金逸那样娇艳，却也有才，不只能诗，而且善画，也没有活到上寿，留下的作品有《问花楼诗钞》和《洞箫楼词》。印象深，一部分来由是想到陈基的机遇。天生一些才女不稀奇，两次娶，入室的都是才女，竟这样受到上帝的关照吗？这使我想到人生，想到命运，想到幻想，想到苦乐，想到绝望和眼泪，等等，心情乱杂，最后剩下的是一些怅惘。怅惘由才女来，干脆让笔跑一次野马，写才女及其相关的种种。

何谓才女？估计也是时移则世异。新潮，我不亲近，不懂，比如是否要包括能在卡拉OK如何如何，我不知道；不知为不知，只好说旧时代的。一，或说最基本的，要长得美。记得西方某哲学家说过，美是上帝给予女性的最有力的武器；武器加有力，其结果自然是战无不胜，攻无不克。这情况是自古而然，于今为烈，于是而美加风头，就很容易换来高名和大利。还是回到旧，说第二个条件是多艺，会诗词歌赋，或兼会琴棋书画；如果出身不高，沦为伺候人的，就还要能歌善舞。像是还要有个性格方面的条件，温顺；但也可以不提，因为经过几千年的礼教的调养，这温顺的性格已殆等于与生俱来。那就只说前两个，美和多艺。美，根据目验或统计，大概都不容易。我有时想，这或者也是不信《旧约·创世记》的一个有力的理由，因为上帝既然全知全能全善，为什么造女人不求都是美的，至少多数是美的？事实是上帝且无能为力，女士，揽镜自知不足，男士，高不成而低就，也就只能徒唤奈何了。多艺半靠天，所谓才，半靠人，所谓学，也不易。天，没有什么可说的，只说后天的学。旧时代，男性学文化的机会也是少数人有；女性，无才便是德是个限制，不能到家门以外的场面活动是又一个限制，学，至于登高能赋，就太难了。此外还有个原因，是有而未必能传，如春花之自开自落，也就等于无了。语云，物以稀为贵，所以提起才女，男士，除了修佛门的不净观而真有成就的以外，心不随风动幡动，如止水，就更是太难了。

但我们还是要歌颂帝力之大，才女虽然罕见，以华夏而论，地大年久，著于竹帛的，为数也不很少。作为举例，只说眼下在我的脑海里出现的。最早也许是班昭吧？因为有个好爸爸班彪，好哥哥班固，就成就大，续成《汉书》。这是多艺，具备第二个条件；第一个呢，可惜不能如现在的什么星，可以通过各种渠道把眉细唇红之容送到有眼福的人的面前。但是古语有云，"君子成人之美"，如果我们不甘于下降为小人，也就只好把美名送给班昭这样的人了。准此例，对于曾飘流于异域的蔡文姬，我们也只好这样看，说她美而多艺，是才女。才女，不幸如王昭君，可惜。这就要颂扬曹孟德，他一生做好事不多，把蔡文姬赎回来这件事却是应该大书特书的。这之后就来了才貌都没问题的谢道韫，才有咏雪的"柳絮因风起"为证，貌有看不起出于名门（王羲之之子）的王郎（王凝之）为证。再之后，有大名的杨玉环大概不能算，因为赏牡丹，"解释春风无限恨，沉香亭北倚阑干"的诗句要找李白作。鱼玄机、薛涛之流要算，尤其薛涛，因为与风尘有了牵连，不少男士就更加觉得有意思。以后来了有大名的李清照，传世词有"人比黄花瘦"之句，总不会过于丰满需要减肥吧，这是第一个条件，美，大致不成问题。第二个条件多艺更不成问题，因为不只有词作《漱玉词》传世，而且直到现在，女士填词的成就，还要推她为第一位。可惜也是佳人薄命，赶上宋徽宗之流不争气，要弃家南逃，之后是珍藏丧失，丈夫命尽，以至于在江南多处流浪，最终嫁个不如意的张汝舟（一些好心人不承认有此一幕）。这也可以不管，反正她是有高成就的才女，是无数男文士难于忘怀的。再之后是蒙古入主中原，主的年代不长，可是值得说说的才女也颇有一些。从俗，眼往上看，珠帘秀、谢天香之流就不提了，只说一位出于名门、嫁于名门的，是管仲姬（名道昇）。推想她也通诗词。非推想而有确证的是书法、绘画都造诣高，作品，玩古董的至今仍视为珍宝。这位佳人不薄命，嫁个比她造诣更高的，赵孟頫。再之后一跳就到了晚明，礼教的绳子更粗、捆得更紧了，才女是名也难得出闺门，于是风头就只好让给以秦淮河房为主流的风尘女子。例外自然也有，如吴江叶小鸾，甚美而能诗，可惜天不假以年，虚岁十七就死了。为多贪多嫉的大量男士着想，这也好，免得入他人之门，心里萌发难以言传的哀愁。还是说风尘女子，余怀《板桥杂记》写了不少，为节省笔墨和精力，我想只说个《板桥杂记》以外的，柳如是。为这位，我写过文章，因为她的才使人不能不倾倒。出身婢女、妓女，二十岁上下，诗词成家，书札可以比晋人杂帖，其成就，简直是有教育家头衔的人也不能解释的。才高的另一证是走访半野堂，震动了当时学和笔都执牛耳的钱牧斋。其后是东山酬和，为她筑我闻室，有情人很快成为眷属。我后生将近三百年，不隐瞒观点，对于这位河东君，笔下说了不少钦慕的话。她是女的，慕，还不忘程朱陆王的正人会以为不妥吧？为辩解，我想拉一位大牌子挡箭，那是陈寅恪先生，他写《柳如是别传》，三卷，八十万言，我只是一篇，几千字耳。到此，才女，旧时代的，已经写了不少。想结束，忽然又跳出一位，顾太清，是欲不写而不得。何以不得？因为她很美，有不少目见者的笔录为证；多艺，有传世的诗作《天游阁集》和词作《东海渔歌》为证。还可以加个旁证，是据说，多才与艺的龚定盒也不免于"仁者心动"。动，又有何用！"侯门（奕绘）一入深如海"，与若干"前不见古人"的后来者一样，都是遐想连翩，最后只能徒唤奈何而已。

往者不可见，且放过，改为说现代的。这就变为难于下笔，因为更多闻而加一些亲见，数量变大，单说取舍，也就不易。不得已，又只得用一次大题小作之法，想只说两位，林徽因和陆小曼。碰巧，两位都同徐志摩有瓜葛。徐志摩，很多人都知道，是有名的才子，写诗，写散文，都充满浪漫气，许多比他年轻的才子，还有佳人，爱读。他使君有妇，但如温源宁所说，永远是孩子，爱美，想飞。在西方遇见林徽因，在东方遇见陆小曼，都思而慕之。林徽因是罗敷自有夫，梁思成，出身于名门（梁启超），而且是建筑学的同业，也就只好发乎情，止乎礼义。陆小曼，据说是已字的，但赤诚能感动上天，况地上之人乎，多磨多磨，好事也就成了。不幸是终于好景不长，在30年代初，一次由上海飞北京，飞机失事，就真如诗中所遐想，飞了。这两位才女我都没见过，可是她们生在有照相机的现代，我见过照片。美不美？窃以为或后于顾太清，因为顾是存于想象中，这两位挑帘出场，想象就帮不上忙了。因此就获得一个规律，或经验，美人如环肥燕瘦，不留下写真或小照也不无好处，是给世间多留一些想象美。

想象，连言内也有望而不可即之义。本师释迦牟尼佛四圣谛法列"苦"为第一，理由不止一端，我想，这望而不可即必是重要的一端，尤其对于男士。更可悲的是念完"是诸法空相"之后，还不扔开想象。岂止不扔开，还会火上浇油，比如这只手推开《板桥杂记》，那只手就拉来另一种记，《石头记》，继续做红楼之梦。这是找才女，扩大了地盘，由史部而走入小说家者流。小说中的才女，更可望而不可即，

388

是不优越的一面。但也有优越的一面，是小说家造人，有比上帝还多得多的自由，比如也可能只是中人，走《太平广记》的路子，就可以说"天人也""艳绝"之类，走话本的路子，就可以说"有沉鱼落雁之容，闭月羞花之貌"，反正没有对证，看客也就只好信，也乐得深信不疑。在这方面，曹公雪芹确是大手笔，用小毛锥建筑个园子，其中布置那么多才女，描画，多靠才女自己的言行加性情。于是上上下下，也分阶级，多少钗，就如搬上舞台，或请到室内，未语先罄了。这是曹公雪芹给他的无数的同根（意为出淤泥而染）送来的厚礼。礼者，可以享用也。如何享用？只说一次亲见而高消费的：泥做的数人，聚坐，异想天开，说可以任意从大观园里娶一位，抓阄，数码靠前的先说。依次选定的是湘云、宝钗、可卿、妙玉、平儿、香菱；黛玉和凤姐落选，问理由，是不敢和惹不起。对于凤丫头，我不想说什么；黛玉落选，原因是不敢，我深为赞赏，因为都有自知之明。才女就是这样，想象，可以，思而慕之，也可以，难得更近，盖如杜工部诗所云，"此曲只应天上有，人间那（哪）得几回闻"也。

显然，人是只能住在人间的，对于才女，想象，或更进一步，想望，都既不违法，又不违天理人情。不过说到化蝶梦为实境，那就不能不感慨系之。感慨，是想到机遇的力之大，可怕。人生只此一次，不管出门如何颠簸，入门有画有诗，这样的良机也许不及万分之一吧？这就使我又想到陈竹士，据说他与续娶的夫人王倩相伴，室内挂一副对联，词句是："几生修得到，何可一日无。"意思是居然得到，也就离不开。此亦一境也，在他是"实"；他以外的人呢，大多是修而不到，也就只能安于无。每念及此，回首前尘，不禁为之三叹。照应开头，叹仍是男本位，水做的诸位，尤其才女，或不以过贪而嗤之以鼻乎，则幸甚矣。

寿则多辱

这句话出于《庄子》，多年前看到，想到人生，不免有些感慨。但感慨的确切情况，一时又说不清楚。何以故？因为人生，总的看，天命，人性，爱好，规律，等等，是复杂的；分别看，古今中外，森罗万象，头绪更加纷繁。专就寿说，以为会随来多种辱，至少由庄子看，有道理；可是放眼看看世人，讲卫生，勤锻炼，饱食暖衣之余，还要加些补药，所为何来？不过是多活些时候，何况依常见，也确是有荣华舒适与高寿相伴的。但也是依常见，尤其红粉佳人，最怕天增岁月，老之将至。这是一笔胡涂账，来于由不同的角度看，或由不同的人看，甚至同一个人而由不同的时间看。这不同就给寿则多辱的看法留有余地，或者说，由某时以及某个角度看，情况也可能正是这样。我老了，有时想到这句古话，原来轻飘飘的感慨就变为质实而沉重，就算作只是心情的一个方面吧，既然有此一面，就无妨说说。

由话的出处说起，《庄子·天地》篇说："尧观乎华（地名），华封人（守封疆之人）曰：'嘻！圣人。请祝圣人。使圣人寿。'尧曰：'辞。''使圣人富。'尧曰：'辞。''使圣人多男子。'尧曰：'辞。'封人曰：'寿、富、多男子，人之所欲也，女（汝）独不欲，何邪（耶）？'尧曰：'多男子则多惧，富则多事，寿则多辱，是三者非所以养德也，故辞。'"单说这寿则多辱，成玄英疏有解释，是"命寿延长，则贻困辱"。释辱为困辱，依注疏的通例，是成玄英认为，原话的辱，也包括困。如果他的理解不错，我们就可以说，尧用的是辱的广义，除了自己须负道德责任的失误以外，还包括受外力的限制，不能腾达、不能如意一类事。范围这样扩大有好处，一是其小焉者，"寿则多"就可以得到较多方面的支持；二是其大焉者，才可以借用孟老夫子的话，说"于我心有戚戚焉"。径直说，是因为寿命延长，自己觉得不顺心，旁人看着不赏识甚至不光彩的事就本来可以无而成为有或本来可以少而成为多。这是伴随寿而来的辱，也许无法避免吧？命也，所以就不能不感慨。感慨属于心，不好说；命表现为事，可以说说。事太多，只得大题小作，用以管窥豹法；并先泛说，然后反求诸己，说一些感触最深的。

泛说，用窥豹法是窥世人，显然，因寿而来的辱就会无限之多。幸而"窥"之后还有"一斑"，即容许用少量的事以显概括的理。这事，想只举三种。其一是佛门所说四苦之一的"老"。任人皆知，老，除年岁以外，会带来一切可意事物的下降。最明显的是活动能力的下降，如当年力能扛鼎，变为至多仅能缚鸡；当年走南闯北，变为至多扶杖到门外转转；一些通文的，当年下笔千言，倚马可待，变为江郎才尽，举笔不能成篇；等等。这分的种种还必致变为总的，是当年有本领，家门之内，仰足以事父母，俯足以畜妻子，走出家门，帮助这个，指导那个，可谓"固一世之雄也"，变为"而今安在哉"。这种种情况又必致由外而内，即由觉知深化为痛心。总的说是没落感，不再有人重视，或简直被人忘了。这"人"，有只是路遇点头微笑的，关系不大；由远而近，到亲友，就分量加重；更近，到心之所系，就不能不兴白居易的"尽日无人属阿谁"之叹。因老而来的困辱，还有实际更难忍的，是也常见的兼贫而且病。贫来于社会，是收入少了甚至没有收入；病来于自然，因为身体的各部位健壮情况下降，病就更容易侵入。如果不幸而老与贫病俱来，自力更生的办法行不通了，可能的路就只有两条：一条好些，是靠人；另一条很坏，是无人可靠。无人可靠，困辱的情况会如何剧烈，可以想见；就是有人可靠，想到昔年的"行有馀力"，甚至曾叱咤风云，也总是很凄惨的吧？

其二，再窥个一斑，是美人迟暮。上面说过，红粉佳人，怕老之将至。其实应该说最怕。何以最怕？因为美将变为不美。男性，或女性而非佳人，如无盐、孟光之流，随年岁之增长也变，但变化的距离小，就不那么彰明较著，怕的程度也就可以浅一些。这里也许应该岔出一笔，问问何谓美，以及美为什么比不美好。答可以走烦难一条路，那就不得不绕个大圈子，估计连佳人以及爱佳人的人也未必有耐心听。所以不如走简易一条路，把判断权交给以"天命之谓性"为基础的常识，这是美的，会使多数人兴起爱慕之心。所谓多数，还包括被爱慕的，所谓顾影自怜是也；甚至本来抱敌意的，如桓大司马的尊夫人所说我见犹怜是也。佳人，据未经调查研究的所知，没有不欢迎爱慕之心的，换句话说，都爱美如命，或甚于命，纵使对于兴起爱慕之心的，未必都乐得给予"临去秋波那一转"。可是很遗憾，这比命还贵重的美，偏偏如春花之不能长此艳丽，而是随着岁月的增添，由消减而终于成为空无。话归本题，是寿使美变为不美；不美的程度还可以加深，就成为丑。变化如此之大，佳人本人有何感触，自然只有佳人自己能知道；我想说一点点来于外观的，以证取这样的一斑不是杞人忧天。我以莫知所自来的机缘，认识三位年龄与我相仿的女性，上学时期都是校花，即公认的佳人。佳人，而且公认，其为美自然不容置疑。可是由于寿，古稀以后，我见到，怎么说呢？只好慨叹上天之有始无终，或说先是厚之，而后则薄之。有没有一厚到底的办法？驻颜是理想；至于实际，就只有不寿的一法，如明朝末年的才女叶小鸾，虚岁十七，未嫁而卒，给人的印象就总是娇滴滴的。另一面，如南明秦淮第一美人顾媚就不成，得寿，传说辞世时现老僧相，僧而老，与美大异其趣，还有谁会兴起爱慕之心呢？佳人而不再有人兴起爱慕之心，所失真是太多了，究其因，是寿在作祟。

其三，还可以窥个一斑，以证寿的影响更加重大。仍用以事见理法。这方面，如果翻腾旧文献，就会说之不尽。想只取个时代近并便于对比的，是绍兴周氏弟兄，二弟寿而长兄不寿。先说寿的二弟，如果写完五十自寿的打油诗，天不假以年，见了上帝，就不会有其后的出山，戴本不该戴的乌纱帽，住老虎桥监狱，解放后闭门思过，直到大风暴自天而降，受折磨而死。不寿的长兄呢，如果也寿，且不说八年的兵荒马乱，解放之后会如何呢？那支笔，仍写自由谈吗？还是学尹吉甫，应时作诵呢？总之，会有些问题，我们想不明白。而不寿，则一切问题都灰飞烟灭，剩下的只是功成名就。这样说，尤其在这类大关节上，寿则多辱的看法就更值得深思了。

泛说完，照前面许的愿，要改为说自己的感触。如果人生一世，只分为寿夭两类，我当然要划归寿的一群。这不好吗？我是常人，虽然拿起哲学书本，也曾想入非非，可是由禅堂而走入食堂，就不能不恢复常态，就是说，同常人一样，仍旧觉得活着比死好，蛋糕比窝窝头容易下咽。但这只是生活的一面；人生是复杂的，一面之外还有其他方面，这其他方面之中就有个不小的户头，是因寿而有的一些困辱。只说常在心头动荡的。一种，是由他人的怜悯而来的失落感。比如约一年以前，我的办公桌连升三级，由一楼迁到四楼，每天要上下若干次，路上遇见的人几乎都比我年轻，并都有惜老怜贫的善念，常常要说这样一句："慢点，别摔倒！"我口说"不要紧"，心里感谢，紧跟着感谢之情来的就是失落的凄凉。失落什么？健康，能力，甚至青春，什么都有。但想想，这是定命，又有什么办法？另一种，是记忆力的减退。这有时使我很难过，只举两类事为例。一类是找书。我存书不算多，"文革"中毁了一半，所余更是有限，可是已经有几次，找某种书，以为必在某处，却找不到，结果只能望书橱而兴叹。另一类是记人。有很多次，见到不很生的人，人家近前，热情寒暄，我却叫不出人家的大名。问？装作记得？不免于左右为难。再说一种，是思辨力的减退。有些问题，昔日拿起笔，可以说清楚，现在像是不那么轻易了，有时甚至发现前后不能照应。这使我不能不感到，丧失的真是太多了。最后还可以说一种，是情意的没有归宿。用道家的眼看，我天机浅，又择术不慎，走了与"不识不知，顺帝之则"相反的路，因而清楚地感到有人生问题，也就禁不住思索人生问题。都想了什么？有何觉知？一言难尽。只说与这里有关的，是心作逍遥之游，可以趋向情灭的禅境，也可以趋向情生的诗境，凭理智，认为趋向禅境是上策，可是情意更有大力，所以实际总是经常趋向诗境。可惜寿与诗境是常常难于协调的，比如诗境中有微笑的温存，表现为湘笺，为履迹，为剥啄声，由于寿就会变为去者日以疏。还能剩下什么呢？恐怕只能是"今雨不来"的孤寂之境之感吧？以上几种都是随寿而来的困辱，有什么办法能消除吗？理想的妙法是佛典的《金刚经》所说："应无所住，而生其心。"但是可惜，这又是禅境，刚说过是易知而难行的。于是剩下的就只有道家的一条路，曰"知其不可奈何而安之若命"。但围绕着"安"也还有些问题，一方面，能安并不容易；另一方面，比如勉为其难，似有所获，这胜利怕也是阿Q式的吧？事实总是比想象更难对付，所以有时想到寿则多辱这句话，就不禁联想到孔子说的"畏天命"，天道远，可是不可抗，除慨叹以外，还能怎么样呢？

归

　　锦瑟无端，忽然想到一件事，居常舞文弄墨，所写有几番是心底的幽微，连自己追寻辨认，也若隐若现，难以名状的？也许有，总是不多。这有原因。总的说是难，分着说是有不同的难。其一是我乃街头巷尾的常人，也就与常人一样，日出而作，日入而息，常在心头徘徊的是柴米油盐，至多是觉得这种表演长，那种表演短，而很少是幽微。其二是刚才所说，若隐若现，难于捉住。其三是，幽者，深而暗，微者，细而软，比如藏在卧室某角落的什么，与陈列在客厅案头的什么有别，有谁愿意己身以外的人"刮目相看"呢？但我写柴米油盐，以及说长道短惯了，颇想换换口味，或大而言之，反一下潮流，即写一次幽微。且说这也并非制艺之文，而是事出有因。是前不久，主要是有那么一天，我感到岑寂，也许盼什么人，今雨也来吗？但终于连轻轻的叩地声也没有，于是岑寂生长，成为怅惘，再发展为凄凉。我没有传说的达摩面壁的修养，又不能树立烦恼即菩提的信念，因而感到苦，也就渴想飘泊的心能有个安顿之处。秀才人情，"不有博弈者乎"的路，既不会又无兴趣，只好找书。谢天地，一翻腾就碰到丁宁的《还轩词》。其后是神游，与词的意境会，甚至与词人会。所得呢？又是难说，也因为分量太重，想留到后面试试。为不知者设想，要先说说丁宁及其词作。这在1992年8月，我曾以"丁宁词"为题写过，其中一部分可以移到这里，也就不另起炉灶，摘抄如下。

丁宁，姓丁名宁，字怀枫，女，1902年生于镇江，后移居扬州。庶出，生母及父都早亡，依嫡母生活。十六岁出嫁，生一女，四岁病殁。其后即离婚，仍与嫡母共同生活。1938年嫡母去世，此后即孤身度日。解放前在南京几处图书馆任管理古籍工作。解放后在安徽图书馆工作，仍管古籍，直到1980年9月去世，卒年七十八岁。所著书名《还轩词》，四卷，卷一为《昙影集》，收1927年至1933年所作；卷二为《丁宁集》，收1934年至1938年所作；卷三为《怀枫集》，收1939年至1952年所作；卷四为《一厂（ān）集》，收1953年至1980年所作；量不算多，总共才204首。四卷外有《拾遗》，收词9首，诗10首，还有一副怀念母亲的联语。专说词作，我读后的所感，由浅入深可以说三种。其一是功力深厚。由所作的意境和辞藻看，三十岁前后，她已经能够深入宋人以及五代的堂奥。这评论是由感觉来，找感觉以外的证据不容易。勉强找，似乎可以到有迹象可寻的地方试试，这就是学什么像什么。卷二有《鹊踏枝》八首，注明"用阳春均（韵）"，想来也是学冯延巳，其第一首是：

断雁零鸿凝望久，待得来对，消息仍如旧。常日闲愁浓似

酒，吟魂悄共梅花瘦。　　心事正如堤上柳，剪尽还生，新恨
年年有。独倚危阑风满袖，朦胧淡月黄昏后。

这就确是五代气味。再如《莺啼序》，是字数最多的词调，吴文英喜
欢填的，有一首想来是学吴文英，开头部分词句是：

　　疏更暗催滟蜡，飐轻虹万转。绛心苦，微雨浮烟，似说
身世如茧。峭寒重，繁声渐息，前尘冉冉。春云乱，趁低迷
摇荡沉宵，倦怀重唤……

这就换为南宋气味。笔下风格多样，自然只能由深入各家的堂室来。
其二是深入各家之后，能够融会贯通，生成自己的。这自己的是离北
宋（或兼五代）近，离南宋（主要指吴文英一流的风格）远。举短调
长调各一首为例：

　　十载湖山梦不温，溪光塔影酿愁痕。数声渔笛认前
村。　　芳草绿迷当日路，桃花红似昔年春。天涯谁念未归
人？

（卷四《浣溪沙》）

　　淡月窥云，昏烟阁水，夜深清露初零。络纬惊秋，凄吟

399

直到三更。无端唤醒机窗梦，渺瀛涯莫问归程。最销魂，万缕千丝，锦字难凭。　　便教幽意从头数，问迷金醉粉，能几人听？为汝低回，有声争似无声。青芜未必埋愁地，胜筠笼绮户长肩。许知音，风露深宵，萤火星星。

（卷三《庆春泽慢·戊子孟秋乌龙潭步月闻络纬感赋》）

一看或一念就知道，这不是南宋风格，因为可以用耳欣赏；像吴文英那种"七宝楼台，眩人眼目，碎拆下来，不成片段"的，是只能用目，还要加上查辞书，才能推测个大概的。可是由不少文人看，南宋词风有个大优点，是晦而曲，文气重，可以显示作者有不同凡俗的高雅。也就因此，有清一代，除极少数人，如纳兰成德以外，几乎都是浙派的路子，拿起笔就掉书袋，剪红刻翠。丁宁词没有走这条路，譬如与王鹏运、郑文焯等相比，像是出语平易，其实正是她的值得赞许之处。其三是感情真挚，几乎所有的篇什都是用词人之语，写得一字一泪。也举短调长调各一首为例：

薄幻轻尘不暂留，那堪重过旧西州。愁怀阅日长于岁，老境逢春淡似秋。　　拼一醉，解千忧，烽烟满目怕登楼。分明已是无家客，偏向人前说去休。

（卷三《鹧鸪天》）

霜意催砧，黄香恋袂，倦吟人在沧洲。梦冷东篱，那堪
重省清游。近来身似庭前树，感西风一例惊秋。听沉浮，不
说飘零，只算淹留。　　明年此日知何处，问夕阳无语，衰
柳含愁。匝地风波，几番误了扁舟。莼丝已共江枫老，甚人
前犹说归休。恨悠悠，手把黄花，独上层楼。

（卷三《高阳台·九日感赋》）

这正如她在《还轩词存》的序中所说："第以一生遭遇之酷，凡平日
不愿言不忍言者，均寄之于词。纸上呻吟，即当时血泪。"是血泪，
不同于浙派词之绣花，所以有强大的感人力量。

以上一大段是抄现成的，如此不避重复，是因为有偏爱，就愿意
效先贤子路，"与朋友共"之。以下要转到现时的有那么一天，感到
凄凉，想使飘泊的心能得个安顿之处。可用的办法像是不少。年轻时
候常用的是身移以求心随境转，老了，不宜于用也不想用。再一个办
法是找点什么物或什么活动，比如新得的书画册和歙砚之类，欣赏，
以求把注意力引进去，也就可以"坐忘"了吧？想想，也不行，因为
终是身外之物，力量不会这样大。书生，剩下一个可用的办法是找书
看，目牵心，如果能深入，就可以取得境由心造的效果了吧？书，就
内容的性质说有多种——还是少纠缠，只说此时此地，我，最合用
的就是这本《还轩词》。何以这样说？理难明，而且隔，只说事。是
找到这个小本本，室内无人，靠窗安坐，随便翻到一页，恰好是卷三

开头，就一首一首往下读。一般是读两遍，特别喜欢的读三遍或四遍。就这样，只三五首吧，尤其是这类句子，"漫从去日占来日，未必他生胜此生"，"千里月，五更钟，此时情思问谁同"，"鹤侣难招，陇愁谁递，回首瑶台梦一场"，"分明，身世等浮萍，去住总飘零。任写遍乌丝，歌残白纻，都是伤情"，使我像是立即离开现境，移入词境，与作者同呼吸，共命运。这词境可以说是苦吗？又不尽然，因为其中还有宁静，有超脱，以及由深入吟味人生而来的执着、深沉和美。对照这样的词境，一时的失落和烦恼就化为淡甚至空无。总之，就算作只是短时间吧，我像是真就飞升了。飞升到哪里？是到这类词里：

一载淞滨效避秦，寻幽问竹渐知津。昏昏白日云垂野，渺渺荒波海沸尘。　　谁是主，孰为宾，红娇绿暗自成春。凭阑多少凄凉意，唯有黄花似故人。

（《鹧鸪天·过兆丰花园感赋》）

小艇偏生稳，双鬟滴溜光。几回兜搭隔帘张，却道凫庄那块顶风凉。　　杨柳耶些绿，荷花实在香。清溪虽说没多长，可是紧干排遣也难忘。

（《南歌子·索居无俚，缀扬州
土语，忆湖上旧游，兼怀船娃小四》）

402

湖海归来鬓欲华，荒居草长绿交加。有谁堪语猫为伴，
无可消愁酒当茶。　　三径菊，半园瓜，烟锄雨笠作生涯。
秋来尽有闲庭院，不种黄葵仰面花。

（《鹧鸪天·归扬州故居作》）

　　读词，"生活"于词境中，是神游。而神游又不到词境为止，是"凭阑多少凄凉意""不种黄葵仰面花"一类句子使我不由得更前行，想到作词之人。我爱读的词不少，都有作者，比如李清照，也生涯多难，为什么特别心系丁宁？因为她不只是多情种子，而且生于光绪壬寅，我生于光绪戊申，相距六年，应该算作同时代人。同时，就容易勾起更多的思绪，比如卷一有一首《台城路》，调名下解题是："冷雨敲窗，乱愁扰梦，拥衾待旦，咽泪成歌。时己巳重阳后三日也。"就使我立即想到昔年，己巳是公元1929年，作者二十七岁，我还在通县师范学校上学，其时已经写日记，可惜毁于七七事变战火，不然，就可以查查，九九登高之后三日，我在做什么呢？"隔千里兮共明月"，这心情使我更爱读她的有些解题，抄几则如下：

　　往事如烟，清宵似水，年年秋叶黄时，病怀如是。

（卷一《阮郎归》）

尽日西风，衰秋难驻浮生急景，回首凄然。

（卷二《乌夜啼》）

江南故里，一别且二十年，丙子秋登平山堂，望隔江山色，感事怀乡，遽成此阕。用美成均。

（卷二《蓦山溪》）

申江除夜，拥衾听门外笙歌，忆年时欢乐，惘惘如梦。忽风振檐铎，凄响泠然，恍如庭闱唤小名之声，感音成调。效福唐体。

（卷二《唐多令》）

壬寅岁暮，偶向南图借书，中夹旧书签，尚系十余年前所手订。往事如烟，感成此解。

（卷四《买陂塘》）

这就有如她自己说的，都是"当时血泪"。我也有血泪，可是没有丁宁那样的天赋和学力，因而虽也想把血泪固定在字面上，以期日后能够重温情怀的旧梦，却力有不逮。不得已，只好"乞诸其邻而与之"。就是怀抱这样的愿望，我读丁宁的词作。感受呢，是与她的心情近了，甚至"相看泪眼"。这是感伤，其所得，推想热心寻欢作乐的人不会理解吧？至于我，以这一次为例，就感到，由读前的凄凉（或说彷徨）变为读时的平静、温暖、别无所求。有所求，求而不得，是"终日驰车走，不见所问津"；别无所求是有了归宿。

说到归宿，我神游的神忽而飞到昔年。是四十而不惑前后吧，我有希冀，渺茫的，但并不无力，因而带来惶惑，甚至愁苦。我常常想到定命。但安命也难，于是有时也就想到，不可意的，幻想及其难于实现；可意的，终于寻得归宿。本诸古训"情动于中而形于言"，今训"苦闷的象征"，我也想写小说。因为这种情怀，一是形体恍惚，二是分量太重，都宜于用小说的形式表达，而且要长篇。并已拟定标题，先是《中年》，写定命下的愁苦；后是《饭》，写终于寻得归宿。事实是没有写。不是没有能力写；我自信，有了主旨，正如其他所谓作家，我也会编造。而终于不写，是因为时移世异，这世有要求，表现手法可以殊途，所表现则必须同归，山呼万岁。我的《中年》的愁苦，《饭》的设想，都与万岁无关，行祖传明哲保身之道，只好不拿笔。一晃三十年过去，文网不那么密了，可是已经是吟诵"酒债寻常行处有，人生七十古来稀"的时候，即使好汉不忘当年勇，也终于不能不如京剧《女起解》中崇公道所说："心有余而力不足，这个岁数办不到了。"自然，办不到是写，至于设想的《饭》中的所求，至少是有时，就并不较昔年为不强烈。但我有自知之明，整个生命的"饭"，由于天机过浅，做到是不可能了。只好用李笠翁的退一步法，即如这一次，先是感到岑寂，接着发展为凄凉，以至飘泊的心没个安顿之处，就可以投奔丁宁，读词集，相看泪眼，如面对其人，就说是有限时间吧，生命就真是得了所归。人生有多种愁苦，心的无所归是渺茫的，唯其渺茫就更难排遣，所以得所归就特别值得珍重。专说这一次，使我得所归的是丁宁，所以神游半日，掩卷之后，我感谢她。感谢她写了这样好的词，创造一个充满温情和美的精神世界，我一旦感到无所归，就仍然可以向她求助，以期飘泊的心能够有所归，就是短到片时也好。

桑榆自语

　　我老了，虽然服老，却没有《庄子·齐物论》南郭子綦那样的修养，"心固可使如死灰"，或者说，其寝仍梦，其觉有忧。有所思，有所苦，这合起来可以名为远于道的心理状态。究竟是什么状态？言不尽意，难说。少半由于有人约写，多半出于自愿化恍兮惚兮为半明半暗，所以决定知难而不退，拿笔试试。心理状态很杂，想化很难写为较易写，要一，排个由近于理想移向近于实际的次序；二，尽量少泛论而不避亮自己的（即使是不怎么冠冕的）色相。内容不少，效浮世损人必列十大罪状之颦，也分十节，以小标题表示重点说某一方面。称为"自语"，也只是表示不必装扮并可以不求人洗耳恭听而已。

一、吾谁与归

　　稍知中国文献的人都清楚，这题目来自范仲淹的《岳阳楼记》，在一篇的末尾，前面还有半句，是"微斯人"。说微斯人，是已经有了斯人；我则只取后半句，是并没有斯人。有没有，差别很大。盖斯人者，是"先天下之忧而忧，后天下之乐而乐"的，说轻些是有抱负，说重些是有信仰。这抱负非范仲淹自创，而是自古以来不少仁人志士所共有。《孟子·离娄下》篇说："禹、稷、颜回同道，禹思天下有溺者，由（犹）己溺之也，稷思天下有饥者，由己饥之也，是以如是其急也。禹、稷、颜子，易地则皆然。"这道是自信为有道理的生活之道，如果有追根问柢的兴趣或癖好，还可以学新风，选用进口货，那是边沁主义，其私淑弟子小穆勒也认为可以依从的，具体说是：所谓生活的价值，应该是"最大多数人的最大幸福"。这论断，作为人生哲学的一个信条，知方面问题不少，行方面问题也不少。但是人类有个或天赋或历练而来的大本领，是跳过（甚至视而不见）问题而活得称心如意。于是而某人舍己命救人命，我们赞扬不已，某人拾金不昧，我们也赞扬不已。我呢，所患是常识与哲理常常不能合一的什么症，以拾金不昧为例，依常识，我也觉得不坏，因为拾者积了德，失者得了财。但这只是常识。不幸是哲理常来捣乱，比如它插进来问："德和财的究竟价值是什么？"至少是我，茫然了。这是说，我还不能抓住边沁主义而就安身立命。

说起安身立命，我昔年也曾幻想过。其时还是中年，胆大包天，并有春光易逝、绮梦难偿之痛，于是借用"苦闷的象征"的理论，也想立伟大之言，写小说。已定长篇两部，前者为《中年》，写人在自然定命下的无可奈何；后者为《皈》，写终于知道应该如何，或最好如何，有了归宿。明眼的读者当然可以看出，写无可奈何是有案可查；至于归宿，不过是镜花水月而已。后来终于没有动笔，说句狂妄的话，不是主观没有能力，是客观只许车同轨、书同文，而不许说无可奈何，以及不同于教义的归宿。我是常人，与其他常人一模一样，舍不得安全和生命，于是在保命与"苦闷的象征"之间，我为保命而扔掉象征，这是说，终于没有拿笔。这也好，不然，《中年》完稿以后，面对《饭》，我就会更加无可奈何了吧？

更加无可奈何，是因为找不到心的归宿，即不能心安理得。说心，说理，表明问题或困难不是来自柴米油盐，如想当年那样，"仰不足以事父母，俯不足以畜妻子"。正面说，现在是有饭吃能饱，有衣穿能暖；可是仍有问题，或更大的问题，是吃饱了，穿暖了，想知道何所为，穷思冥索，而竟不能知道是何所为。有时还想得更多，因而就扩张，直到爱因斯坦所说有限而无边的宇宙。它在动，在变，能够永在吗？即使能，究竟有什么意义？

缩小到己身当然就更是这样，由身方面看，再说一遍，我同其他常人一样，也是日出而作，日入而息，吃烤鸭比吃糠秕下咽快，穿羽绒服感到比老羊皮分量轻，以至也，至少是有时，目看时装表演的扭而旋转，耳听昔日梅兰芳、今日毛阿敏的委曲悠扬；不幸是又有别，人家是吃了穿了，看了听了，身心舒适之外，还盼下一次，我则觉得，至多不过尔尔，少呢，那就会大糟其糕，而且心中暗忖，年华逝水，这一切究竟有什么意思？显然，是连时装模特，直到梅兰芳和毛阿敏，也答不上来究竟有什么意思。我有时想，人类，或说人生，就是这样，都在吃，穿，看，听，等等，用旧话说是都在饮食男女，而不知道，也不问，有什么意思。不知，也不问，是"不识不知，顺帝之则"，至少在老庄眼里，是造诣高的人物。我则因为择术不慎，早已堕落而不能高攀，到老年就更甚。情况是身从众而心不能从众，比如见到大家所谓有意思的，领带男士和高跟女士蜂拥而上，我也许尾随其后，或破费或不破费，捞点什么。事过，这诸多男士和女士的所得，大概是"得其所哉"吧？我则力不能及，所以还要加一把劲，心里说："应该不问有什么意思而相信确是有意思。此之谓'自欺'，不能自欺，活下去还有什么意思呢？"自欺或者可以算作执着的一种（散漫的）形式，但其根柢是彷徨。彷徨是无所归依，所以或自问或人问，我的老年心境如何，我只能答，是"吾谁与归"。但一日阎王老爷不来请就还得活下去，如何变无所归依为有所归依？语云，得病乱投医，以下就用各种处方试试。

二、入世

入世是和尚从印度经由西域带进来的附产物，因为没有"出世间"就谈不到入世。中国传统的生活之道，由性质（不是由数量）方面可以分为两大类，进和退，或热和冷。这主要是就对利禄的态度说的，以水边垂钓的人为例，姜太公代表热的一群，一旦得有权势者赏识，就扔掉钓竿去帮忙；严子陵代表冷的少数，被征入洛，与高高在上者共同过夜，不在乎，以至客星犯了帝座，其后还是南返，又拿起钓竿，去钓他的鱼。有入官场的机会而不入，虽然数目不多，也是古已有之，如传说的巢父、许由之流。所有这类人物，传统的称呼是隐士，只是不肯作官而不是出世间，因为同一切常人一样，还可以娶妻生子，吃肉喝酒。这样说，本节的小标题就有庞大或模棱的缺点，因为除理想的出世间之外，任何形式的生活，高如发号施令，低如长街乞讨，都是入世。可是一时又想不出另一个既具体又合适的。不得已，只好借用古人常用的解题之法，是所谓入世，不过是顺应时风，用近视之眼看看左近，尽己力之所能及，尾随同群的人之后，人家怎么走，自己紧跟着而已。

题解了，自己看看，所指也还是不够明确。只好继续解，或边述说边解。由时风说起。如人人所眼见耳闻，现在的时风，就最重大的价值观念说，成为单一的，是，钱是一切。这一切中包容很多，如有钱是荣誉，从而阔绰，享乐，以至浪费，也是荣誉。人总是以荣为荣，因而趋之，以辱为辱，因而避之的，于是而弄钱（新潮语曰"发"）成为指导行为的唯一原则，即只要能发，就可以无所不为。有人会说，这也是来自"天命之谓性"，因为人总是趋乐避苦的，而乐，至少是常人的，绝大部分不能不以有钱为条件。所以就是人心古的时候，俗话也说："人敬有钱的，狗咬挎篮的。"这样说，拜金主义有继承性，并非新创。我也承认有继承性，但也要承认，这继承并非"无改于父之道"。改是变原来的非单一为单一。所谓非单一，以人为例，古代，原宪与子贡对比，一贫一富，大量的书呆子都是高抬原宪而小看子贡。还可以以文为例，六朝有人肯写《高士传》，所谓高士，几乎都是清寒的；至于现在，昔年颂扬高士的笔，有不少变为努力为企业家立传了，因为据说，这会有大的两利。利者，至少在这里，是钱的别称，总之，还是上面说过的话，是为了弄钱，可以无所不为。这样，本节前面说顺应时风，莫非我也要舍掉刺绣文而去倚市门吗？不是。原因不单单是我清高，不屑，而是一，无此能力，虽欲改行而不得；二，所求有限，深信钱超过某限度反而会成为负担。所以前面说顺应时风，后面紧跟着还说看看左近云云。

原话看看左近之后，还有尾随同群的人等等，是想尽量把范围缩小，以便如果自己真就有所欲，也伸手可及，不至于兴望洋之叹。这引"子曰"来助威，就是"君子思不出其位"。但看看左近同群的人，顺应时风的行事，限于以钱取乐、可有可无的，也太多了。为篇幅所限，也怕话絮烦听者会打瞌睡，想只说三项，都是司空见惯而行之者甚感兴趣的，仅仅算作一隅之例。其一可以名为内装修。内，我这里用，包括两种意义：一大，是住房之内；二，位未必小而体积小，是内人之内。这内装修也是古已有之，但确是于今而大烈。还记得当年，迁入新居之前，办法有简繁两种：简只是扫帚一把，顶棚一，墙四面，地一片，过一遍，了事；繁是清扫后兼以粉刷，以求看着净而且白。现在不同了，即如新房交工，净和白自然都不成问题，可是依时风，你问已拿到钥匙的人何时迁入，必答："内部还没装修。"这所谓装修，据说小举是用什么花花绿绿的材料贴片，大举是还要换地的水泥为木条。小举所费数千，大举过万。但不如此则不合时风，也就不足以显示住室主人的讲究。这讲究能够换来亲友的赞叹，主要还是主人因赞叹而收获的心满意足。夫心满意足，"吾谁与归"之对立面也，依理或为利，我应该立即起而效尤。不幸是这时候哲理又来捣乱，以致心里又想，这又有什么意思？算了罢！算了，合于佛门的好事不如无之道，而且省了钱。可是所失甚大，是不能如热心装修者之在贴片或木条上安身立命。内装修的另一桩，旧所谓荆钗，变为手指之上，颈项之围，都金光闪闪，我也觉得没什么意思。且不说费钱，另外还有两个理由是：老随来不美，不会因为金光一闪就变为美，一也；腹中墨水不多，由金光闪闪一反衬，就会像是更少得可怜，二也。所以不如以汉朝的桓少君为师，还是卸掉珠光宝气，去推曳鹿车的好。总而言之，用内装修之法以求心安理得，在我是不能生效；而也就是为了世说"新"语的所谓"效益"，我虽然有意入世，也就碍难从众了。

于是移转到其二，由上文顺流而下，我名之为外装修，即各种形式的游历或旅游。说各种，表明一言难尽，只好举大类之例以明之。曰有远近。远是国外，如罗马、纽约之类。何以不远到南极、北极？因为太冷，不舒服。也可以是国内山水，山如泰山、黄山，水如三峡、西湖，都可以。以上称为远，因为要乘飞机或火车。改为乘公共汽车，甚至骑自行车或步行，如家住北京之登长城、入故宫，等等，都是近。旅游，还有一个大类，因为与钱有血肉联系，更不能不着重说说，是费由谁出。据说，依时风，百分之九十以上是由公家出，所谓公费旅游是也。这且不管，反正游就可以开扩眼界，充实心胸，也就可以取得心满意足，夸而大之，无妨说是也就换来安身立命，纵使是非永久的。可惜这个入世之道，我也碍难从众。责任应该全部由自身负。因为一，是自己已经没有东奔西跑的精力。这还是其小焉者，另有大的两种。其一应该排行第二，是多少年来我一直认为，听景胜过看景，及至看到，会感到不过尔尔。其二应该排行第三，是对于楼太高，饭太贵，人太挤，我一直有些怕，夫战战兢兢，离安身立命就更远了。

外装修也不成，自然就转移到其三，是还我书生本色，寄心于书。这像是容易生效；而且有诗为证，是十几年前吧，曾诌一首打油五律，尾联云："残书宜送老，应不觅丹砂。"连丹砂也不想了，可见必足以安身立命。其实，想当年，我也曾是这样，无多余之钱而有多余的精力，于是而四城跑，逛书摊书店，搜求自己认为不贵而又有意思的，幸而得到，高高兴兴拿回家，未必有时间读，可以插架，看着也高兴。高兴，不想其他，正是心有了归宿。诌打油诗，说"宜送老"，就是这样想的。这样想，在某时，对于某些人，应该说并不错。空口无凭，可以请藏书家友人姜君来做证，是他以上好机遇，买到钱（牧斋）柳（如是）的《东山酬和集》，已经过去几个月，同我谈起，还笑得合不上嘴。人生难得开口笑，以此类推，钻故纸，也就

414

可以乐不思蜀了吧？然而，至少是我，就不然。何以故？最重大的原因是觉得，余年日减，精力日减，快用不着了。还有次重大的，是有不少好心人，以己之心度人之心，不收费而送，于是寺未加大而僧日多，先是占满架，继而占满案，仍扩张，截止到执笔之时，又将占满床。这样下去，书就成为侵略性的负担，还谈什么安身立命！

三项顺应时风的生活之道，上面说过，只是一隅之例，古人云，"举一隅（不）以三隅反"，推而远之，入室搓麻将，出室进卡拉OK，就可更不在话下了。总而言之，顺应时风是从俗，浅易；求安身立命，涉及命，走浅易的路大概是不成的。

三、信仰

浅易不成，只好走向对面，往深处试试。我的经验或领会，深是抓到信仰，即心有了归宿，自然就一切完事大吉。而说起信仰，就含义说也并不简单。如程度有浅深。我在拙作《负暄续话》里收一篇《祖父张伦》，说他一生致力于兴家，幸而不及见后来的连根烂，这兴家是他的信仰，就是与通常的所谓信仰相比也是浅的。深的种类也很多，如新旧约的信士相信死后可以到上帝身旁安坐，佛门净土宗的信士相信死后可以往生极乐世界，都可以充当典型。就性质说更有多种。如适才说的相信能够坐在上帝身旁，相信能够往生极乐世界，是宗教的。习见的还有政治的，如相信依照某教义革故鼎新，有求必应、心情舒畅的人世天堂就可以很快出现，以及望见教主就顶礼膜拜，视为平生最大幸福，就是此类。有信仰比没有信仰好，因为唯有具备了这个，心才能找到最后的或说最妥靠的归宿，也才能够心安理得，安身立命。这想法还可以引圣贤之言为证。圣是国产的，孔老夫子所说："朝闻道，夕死可矣。"贤是进口的，英国培根所说："伟大的哲学，始于怀疑，终于信仰。"孔老夫子的口气是盼望，如愿以偿没有呢？不知道，因为"七十而从心所欲，不逾矩"，能不能算，难定。至于培根，如果开始连生命的价值也怀疑，最终能够相信如何如何就得其所哉了吗？对于这些，也只能"多闻阙疑"了。

　　不必疑的是信仰有大价值而取得并不容易。这句总括的话说得嫌含混，还需要分析。有不少人真能像《诗经》说的，"不识不知，顺帝之则"，或老子所想望的，"虚其心，实其腹"。这有如随着人流往前走，而不想问走向哪里，不想，也就用不着来个目标，即所谓信仰，作支柱。也有不少的人想问问，即求有个信仰，以便清夜自思，或弥留之际回光返照，能够如赌徒的大胜而归。这类不少人的取得信仰，有难有易。难易之别由两种渠道来。一种是信仰的性质，这是带或多或少的神秘性而不求（或不能求）理据。程度高者如西方净土，你乘超音速飞机往西飞几日夜也找不到，这是神秘性；如果你不是信士弟子，问是否有西方净土，信士弟子必以为你太可怜，因为将永沉苦海而不自知，这是不求有理据。程度浅的也是如此，比如你对于压在你头上的教义及其魔术般的功效有怀疑，并敢表示，得到的答复必

416

是思想反动，急需改造。难易之别的另一个渠道是个人的气质或心态方面的条件。这也不简单，大致说，是头脑中知较多并遇事喜欢追问其所以然的，取得信仰就较难，反之就较易。记得过去谈这类问题，曾举我的外祖母为例。她不识字，信一种所谓道门，主旨大致是，信而有善言善行必可得善报，善报之一或最显著者是死后魂灵进土地庙，连土地老爷也要起身让坐。其时我已经受了西学的"污染"，不信有灵魂，更不信有土地老爷，有一次，胆大并喜多言，说了这个意思，惹来的是充满大慈悲心的大怒，因为她既不怀疑自己的道门，又不愿意她的外孙一旦呜呼，会受小鬼和土地老爷的折磨。

很遗憾，我竟辜负了外祖母的慈心，是直到现在，不要说土地老爷，就是高出千寻万寻的，写在纸面上，由"说""论""主义"之类收尾的，仍是"吾斯之未能信"。我说这话，丝毫没有自负自夸之意；如果一定让我承认是自什么，那就最好说是自伤，因为我一直，或说越来越觉得，"伟大的哲学"确是应该"终于信仰"。没有信仰，等于前行赶路而没有目的地，不只可笑，而且可怜。我的可怜来于知之而未能行，或加重说，热切希望得到而终于尚未实现。关于这方面，近几年来我写过两篇文章，《怀疑与信仰》和《我与读书》，较详地说了望道而未之见的情况及其原因，内容多而杂，不便重复。这里想从另一个角度，或说理的角度，说说欲求而难得的情况。所谓理，是追问信仰的根柢，即所求究竟是什么。这显然应该由"天命之谓性"说起。也可以简而明地说，人，胡里胡涂地有了生，就无理由（儒家说得好听，是"率性"）地乐生。一切活动，由小到描眉，大到成家立业，一切希望甚至幻想，由小到上车不挤，大到长生不老，都来于乐生。信仰，寻求信仰，也是人生的一种活动，其本源当然也是乐生。于是由这里，我们就可以推出信仰的最深沉的所求，这是：上，不灭，往生极乐世界之类是也；中，不朽，人过留名之类是也；下，觉得怎么样活就最有意思，大至动手建造乌托邦，小至提笼架鸟，皆是也。

到此，由泛论收缩到己身，文章就好作了。具体说是，我之未能树立信仰，是对于这上中下三种，都不能不问理据而就接受。而一问理据，不幸我受了多种异道多种杂说的熏染，总是认为，这一切之所以看似有价值，都要以能自欺为条件。正面说，不灭是十足的幻想，事实是人死如灯灭；不朽云云确是事实，可惜是得不朽之名的本主已经不能知道；至于再世俗，以为如何如何就意义重大，至少是有趣，自欺的意味就更加浓厚。总而言之，我确信，如果能够像我外祖母那样就真是有福了，可是我苦于做不到。

可是还活着，总当想想办法吧？办法是由李笠翁那里学来的，曰退一步。或者说得冠冕些，取《礼记·中庸》的头部以下，即只要"率性之谓道"而不管"天命之谓性"。天命，只有天知道，不问可以省心。不只省心，如果不惮烦，还可以穿堂入户，也琢磨出一些说东道西的所谓议论。也就是本此，不久之前，我还不自量力，写了一本讲生活之道的书，取名《顺生论》。顺生者，即率性也。严格说，这够不上信仰，因为容纳自欺成分是有意的。但也无妨宽厚一些，称为信仰，因为"安"于自欺，能安，有了实效，也就不愧称为信仰。到此，借宽厚之助，我也算是有了信仰。也就靠有了这个退一步的"率性之谓道"式的信仰，以下的若干节才好写下去。

四、山林精舍

请不要误会，我不是想升高官，或发大财，也在庐山之类的胜地来一所别墅，以便有时，带着如意之人，到那里住一个时期。精舍是佛教名称，专心修行者之舍，如印度的祇园精舍，中国通名为寺为庵者是也。这样，以山林精舍标题，莫非我也有意出家吗？一言难尽，因为非简单的"是"或"否"能够说明白。话要由远处说起。昔年我杂览，也看过一些有关佛教的书。又以某种机缘，与四众中的二众（比丘和优婆塞）有些交往。不与另外二众（比丘尼和优婆夷）有交往，并非有歧视之意，而是因为中国之圣，依礼，印度之佛，依戒，都要慎而远之。且说读了书，亲其人，对其生活之道就不免略有所知，并进一步，不免有所见。何所见？又是一言难尽。不得已，就多唠叨几句。还是由信和疑说起。记得不止一次，有人问，我是不是居士，意思是我信不信佛教。我说，在这方面，名实有点合不拢，比如，我写过有关佛学的文章，编过有关佛学的期刊，有些人，主要是佛门的信士弟子，望文生义，呼我为居士，我不便声辩，也就顺口答音，表示承认。而其实，我不是信士弟子，也就不能入四众之列。不人，不是不肯或不屑，是不配。不配，是因为在信的方面我不具备条件。什么条件？恕我仍安于保守，不能尾随有些所谓信士弟子之后，高喊合时宜的口号，以求能生存，或快腾达。这保守的所守是佛门的基本教义：人生是苦，应以四圣谛法求证涅槃，以脱离苦海。如果是"真"的信士弟子，就应该"真"信这样的基本教义，然后是奉行。我呢，不要说奉行，是连信受也做不到。做不到，自然是因为有不同的想法。比如人生是苦，你问我是不是这样，而限定必须一言以蔽之，我只好答，不知道。如果许多说几句，麻烦就来了，就是取总括而避具体，也要说，因时、因地、因人、因事等的各异，而看法必有种种不同。时、地、人、事、看法等都上场，就证明我们难于一言以蔽之。其中的事就更有走向反面的大力，比如不少已经出了家的，不是也常含笑，吃高级素菜，喝杭州龙井吗？然后说涅槃，与人生对衬，是不生不灭之境，我是常人，脑子里装的是常识，总觉得太玄妙，恐怕只能存于想象中。如果竟是这样，四圣谛法的"灭"成为水中之月，其余"道"无用，讲"苦"和"集"也就没有意义了。

以上是说，如果严格要求，我不能入佛门，称为信士弟子。但任何事物都可以分等次，严格之下有凑合，如果也容纳凑合，我就不能在长安大慈恩寺，甚至曹溪宝林寺，至少是山门之外，徘徊一阵子吗？我反躬自省，因为"山门"之下还有"之外"，我就无妨胆大一些，说："总可以算作在信徒与异教之间吧？"这正面由心情方面说是虽不能至而心向往之。向往什么？又是说来话长。长话短说，我是部

420

分地或重要部分地同意佛家对人生的看法：是人生确是有苦，就是不走佛家斩草除根的路，也要承认，有不少刺心因而难忍的苦，是来于情欲。国产的道家也有类似的看法，如《庄子·大宗师》篇曾说："其耆（嗜）欲深者其天机浅。"天机指与生俱来的资质，庄子分上下，恰好与常见相反，以红楼中人物为例，是傻大姐上，林黛玉下。佛家平等看人，认为都有情欲，因而就都有苦。治病要除病源，所以佛家的灭苦之道是扔掉情欲，戒律数百条，所求不过如此。这看法和办法，问题不少，而且不小。只说两项：一轻，这做得到吗？另一重，假定情欲能够除尽，那还能够称为人生吗？在这方面，我一直觉得，还是儒家玄想成分少，不问"性"之所自来，以及好不好，设计生活之道，安于"率性"。率性会出毛病，或危及个人，或危及社会，要补救，办法是"修"，或说以礼节之。佛家除病心切，或说去苦心狠，不满足于修，主张砍掉。这难度大，但是，至少我觉得，值得天机浅的人参考，或进一步，引以为师。我自己衡量，实事求是，属于天机浅（或很浅）那一类，于是，为了安身立命，至少为了心境平和，就宜于不停止于儒家的修，而进一步，兼到佛门去讨些对症药。到此，可以话归本题，是有时，甚至常常，我也想扔开笔砚，到山林精舍去面壁，撞钟。佛家的顿悟，道家的坐忘，我不敢想，原因之一仍是天机浅，之二是境界过高，疑为恐非人为所能及，但退一步，只求于静寂的环境和生活中，思减少，情减弱，心境由波涛起伏变为清且涟漪，也就可以安身立命了吧？

但是这也有困难，不是来自理想，而是来自现实。现实有比较明显的，来于客观。这可以分作两个方面。一方面是已经没有这样的山林精舍。原因是，"文革"之后，一些幸存的都是赫赫有名的，趋钱第一的新潮，辟为旅游点，于是山林就变为比市井更加市井，住进去，求心静就办不到了。另一方面，即使有这样的山林精舍，会容纳我这样的信徒与异教之间的人吗？现实还有比较隐蔽的，来于主观，是入山林精舍，求静寂，如果天机浅的本性执拗不变，还会有忍受静寂的能力吗？至少是未必。这就会使想象的心向往之化为肥皂泡，五光十色，只是一刹那就成为空无。不得已，只好把一度飞向天空的心猿意马收回，改为想想坐而能言、起而能行的。

五、玉楼香泽

这个题目，或者不当写，因为玉楼中人是红颜的，不宜于像我这样白发的人，哪怕只是平视一下。也实在难写，情境幽微，就是在所感中并不微弱也嫌形质恍惚，难于用语言捉住，一也；勉强捉，言不尽意，甚至言不称意，就难免惯于巧思的人见清辉而推想必有玉臂之寒，二也。可是再思之后，还是决定勉为其难，是因为实生活中有此一境，躲过，有违应以真面目见人之义。真面目是什么？姑且算作泛论，是桑榆晚景，与玉楼香泽，也还是会有剪不断、理还乱的多种牵连。干脆就沿着泛论说下去。孟老夫子说："人之所以异于禽兽者几希。"几希是不多，但终归是有，我这里借古语表今意，是这不多之中，就应该包括"情爱"的远离生育之根而蔚为大国。为大国，是独立了，可以表现为多种形式。说重大的。一种是希腊哲人柏拉图所想象的，情离开欲而独自飘摇于清净的精神世界。这或者是惯于玄想的哲学家的愿望，就算是愿望，估计禽兽是不会有的，所以也就无妨聊备一说。一种是衡量人生中各种事物的价值，至少是西学占上风之后，除某种教义的信徒以外，都把情爱举到上位。还有一种，与本题关系更密切，是老境的岑寂，至少是为数不少的人，感到或兼认为，是来于情爱的渐渐远去。

感到岑寂是有所失，或有所缺，要补偿。但这很难，只好拉一些可能的充数。想不知为不知，限于男本位。先说现实的。旧时代，男尊女卑，男，天机浅而地位不低的，白发而愿近红颜不难，如白乐天，而且不止一个，有樊素和小蛮。可是这近之中有不少力的成分，非纯的情爱，能够算数吗？至少是并非满宫满调，有白自己的诗为证，曰："永丰坊里东南角，尽日无人属阿谁？"这是不免于"冯唐易老"之叹。其后，也是有名的文人，钱牧斋或者可以算数，得二十四岁的才女柳如是，是女方自己找上门的。东山酬和，不只自己得意，还为其时及其后的不少老书呆子所艳羡。以上白和钱都是实得，即情爱有了寄托之所。退一步，不得而情爱仍有所寄托，可能不可能呢？苏东坡词有云，"天涯何处无芳草"，一厢情愿，想来机会不少；至于如《聊斋志异》所写，意中人真就自天而降，那就真如《庄子》所说，

"是旦暮遇之也"。现实难，还有幻想的路。可以分为清晰和模胡两个级别。清晰的，可以举堂吉诃德为代表，持长枪，骑瘦马，带着忠实的仆人桑丘·潘沙出征，心里时时想着有美丽的杜尔西内娅小姐呵护，就既有信心可以打败一切魔鬼，又可以虽处处碰壁而心情舒畅。写到此，禁不住要喊，美丽的杜尔西内娅万岁！可是喊，如果没有堂吉诃德那样的痴迷气，这条路必是坎坷而难通。于是不少书呆子就甘心，或不得不再退一步，安于得个模胡的，而且大多是顷刻之间的。这是指读某些诗文，依傍纸面上的文字，添油加醋，以描画其形，体会其情。如真就盼情爱如饥渴，读下面这样的诗词，就会似有所得，或慰情聊胜无吧？

昨夜星辰昨夜风，画楼西畔桂堂东。

身无彩凤双飞翼，心有灵犀一点通。

隔座送钩春酒暖，分曹射覆蜡灯红。

嗟余听鼓应官去，走马兰台类转蓬。

（李商隐《无题》）

落日逢迎朱雀街，共乘青舫度秦淮，笑拈飞絮胃金钗。　洞户华灯归别馆，碧梧红药掩萧斋，愿随明月入君怀。

（贺铸《掩萧斋》）

两首"写"的境都会使人感到飘飘然，这是其所长。但也有所短，是前一首，终于"嗟"，后一首，终于"愿"。可见幻想不管如何美妙，变为现实终归是可欲而难求的。

泛论论得差不多了，图穷而匕首现，不得不现身说法，即对于玉楼香泽，我是什么态度，也应该说说。说，也不是三言两语所能讲明白。原因是一，我是常人，而且是天机浅的常人，就不能不与常人一样，去日苦多而有时仍不免于有玉楼香泽之思；二，幸或不幸，我念过《庄子》，并觉得"其耆（嗜）欲深者其天机浅"的看法大有道理，又接近过佛门，并觉得苦来于情欲的看法也大有道理。觉得是"知"，如果是真知，或良知，照王阳明的理论，我就应该并能够修不净观、效颜回的坐忘而大有所获吧？可惜我天机过浅，不只如胡博士所说，陷于"知难，行亦不易"，而且加了码，成为"知难，行益不易"。不能行，则不净观、坐忘等等就成为天边的彩虹，虽然美，可是抓不着。在这方面，我还有自知之明，是文字般若之后，就不再想抓。这是说，至少是单看行，就坦然走率性一条路，即有玉楼香泽之思就任其有。有是存，会变为放，这见于形迹，就成为住地震棚时作的打油诗，并收入拙作《负暄琐话》的《神异拾零》篇。诗云：

> 西风送叶积棚阶，促织清吟亦可哀。
>
> 仍有嫦娥移影去，更无狐鬼入门来。

推想会有力争上游并具大悲心的好事者要说，《聊斋志异》不只多写狐鬼，也不少写仙女，你为什么期望狐鬼入门而不期望仙女入门？答曰，非不期望也，乃不敢奢望也。提起奢望，又想起一首打油诗，是：

> 几度微闻剥啄声，相依锦瑟梦中情。
>
> 何当一整钗头凤，共倚屏山对月明。

这像是仙女不只入门，而且"犹恐相逢是梦中"了。真会有这样的梦吗？无论如何，由桑榆而走到玉楼香泽，而仙女之梦，总是跑得太远了。其实本意不过是想说，由情思方面看，老年的生活，常常并不像他们形貌所表现的那样单调。人生只此一次，在即将离去之前，也许正应该不这样单调吧？

六、事业

玉楼香泽在天上，可望而不可即，应该赶紧收视反听，回到地面之上。于是未能免俗，也想想事业。何谓事业？表现形式万端，本质则很简单，不过是求多占有而已。多占有，旧时代所谓富有天下，是拔了尖儿的，诸葛亮《出师表》所谓"先帝创业"之业是也。这样的业缺少时代气息，又依照什么规律，四海之内不止一个孤家寡人，人人求多占有就不能不争，争则不能不有胜败。于是而必有刘邦的享受朝仪之乐，项羽的乌江自刎之苦。乐，苦，有别，其别，用枝节的眼看，可能来于多种条件的差异；用整体的眼看就不同，而是总会有不少倒霉的。所以古往今来，道不同，有的人，如庄子，就主张宁可"曳尾于涂（途）中"。但庄子也要吃饭，有"贷粟于监河侯"为证；也娶妻，有"鼓盆而歌"为证。这是说，不管如何谦退，也不能一点不占有；何况花花世界，又有几个人肯谦退呢。

所以，至少是就常人说，大前提，就不得不承认事业的必要性。其下的问题是最好创什么业。这也可以分为理想的和现实的两个级别。理想，当然是最可意的，像是问题不多，或不大，其实不然，主要原因是人心之不同，各如其面。各个，一言难尽，只好还是由概括方面下口。概括不能离开常人，创业的所求是什么呢？不过是多占有，以期有生之年多享受，百年之后得不朽而已。可是说到享受，说到不朽，又是各式各样，而人心之不同，又各如其面。总之，就是限于理想，事业以何者为上也不好说。不得已，只好扔开理想，谈现实。现实，限于现时的，也可以概论。如人人所眼见耳闻，求多占有，择术，要利于多拿权，多拿钱（指不违法败德的）。但由此概论就不得不立刻跳到具体，即所谓个人，或更切近，己身的条件。比如己身是小民，离权十万八千里，走多拿权的路就必不通；同理，多财善贾，如果既不多财又不善贾，想走多拿钱的路也就难上加难。但天无绝人之路，客观，事业有大小，主观，所求有多少，即如蝼蚁之微，只要锲而不舍，也会有所建树吧？

有所建树，是乐观的大话；我的本意还是泛说，但依理，泛说就不排除己身，我是否想以此为由，自己也跳出来，大吹一通？曰，不敢，也不配。也许有的宽厚的相知会说："古有三不朽之说，曰立德立功立言，单说立言，你手勤，这些年写了不少，还不是事业上有了成就吗？"我说，写了不少是事实，但能否算作事业，至少还是仁者见仁，智者见智。且不管仁者智者，我说我自己的。未必能够算作事业，理由很多，可以统于一纲，曰并非主动。任何人都知道，看作事业，都是要，或说有浓厚的兴致大举出击，如为权之竞选，为钱之大做广告，就是好例。我呢，提到手勤的写就不怎么堂皇。记得几年以前，知道赵丽雅女士是投切西瓜之刀而改为执笔以后，我曾表示惋惜，并把此意写入一首打油五律，尾联云："何如新择术，巷口卖西瓜。"但终于没有改行，原因很简单，是除拿笔涂涂抹抹以外，什么也不会。自然，其他不会，也可以不写；而勤于写，不正好证明是主动吗？曰，仍是不然。理由，由远到近可以举出三种。其一，又须扯到"天命之谓性"，我多年来喜欢杂览，览，就难免把别人的各式各样的所知和所见收揽到自己的脑子里，然后是经过自己思考，也吵架也融合，竟生长出一些自己的。而仍由本性来，没有孔老夫子"予欲无言"那样的弘愿和修养，于是有所知所见，就禁不住想说，或想拿笔。依时间顺序就过渡到其二，是年至不惑，躬逢说话会犯罪的特殊时代，于是由故纸堆中找出"既明且哲，以保其身"的破烂儿，藏之心中；说藏，表明就不再说，更不写。但正如俗话所说，"十年河东，十年河西"，风有变，法也有变，不少人张口了，拿笔了，我见猎心喜，又因为饥者易为食，正如所谓三年天灾时期之忽然碰到容许放开肚皮吃的炸油饼，天理人情，自然就难免狼吞虎咽。这是说，多写一些是时势使然，动力并非皆由己出。还有其三，是我老了，既然还活着，就不能不干点什么。干什么呢？入卡拉OK之类，不会舞，不欣赏唱，更怕挤；远游之类，没有精力。而上天以平等待人，一昼夜同样是二十四小时，如何遣此长日？左思右想，还是只有铺上稿纸，涂涂抹抹一条路，这情况，仿古话说就是，因为日暮途远，所以才执笔为文。

这样成的文，我自己看，还有两种难于高攀称为事业的缺点。一种是无计划，也就可见并没有什么像样的大志。以《禅外说禅》和《诗词读写丛话》两种拙作为例，费时费力不少，而说起写的原由，前者不过是受老友玄翁的一激，后者不过是受上海执翁的一促，激和促都是他力，也就是并非主动。这还是主题有定的，至于《负暄琐话》之类，就下降到篱下去闲谈，离"藏之名山"就更远了。另一种是所说都未必能够合于圣道，通于世风，此一己之私也，用新潮的算盘核计，会有什么社会效益吗？这后一种缺点来于旧习的不会作时文，其更深的来由也许竟是如苏东坡之一肚子不合时宜，夫装束的人面不入时，尚且没有人愿意看，况纸面上之文乎！

可是，有的评论来于恕道，有的评论来于世道，说我写成书，灾了梨枣，并引出一些读者口袋里的钱，正是事业方面有了成就。据说灶王老爷上天，好话多说，连玉皇大帝都听信，我乃匹夫编户之民，何必顽固不化，而不顺水推舟呢？也好，如果天假以年，我还要写，而执笔之时，竟至相信这就是自己的事业，其后随来的也许就是世风吹来的胜利、光荣之类吧？谢谢。

七、友谊

人要活，可是活并不容易，所以希望，或说需要，从多方面得到帮助。多方面，其中重要的一方面是朋友。可以引旧话为证，是"在家靠父母，出门靠朋友"。也可以引新话为证，是难办的事，拍拍肩膀，叫一声"哥们"，就会变成易办。正是友之时义大矣哉！但同是大，我的体会，程度又会因年龄的差异而有不同。记得一年以前吧，在电视上看《人到老年》连续剧，有些感触，也因为演老年之一的韩善续是熟人，就写了一篇评介。主要知见是同意剧的主旨，老年人都有难以消除的孤寂之感，可怜。写评介不能止于此，于是进一步，由天道兼人道下笔，说老年心境上的这种情况，是由于先是天弃之（身和心都下降），然后才是人弃之（轻而远之）。这样说，姑且假定衣食等等物方面的条件都不成问题，老年的可怜仍是来于定命，命也，又有什么办法？

两条路。一条是认命，虽然如《庄子·大宗师》篇所设想，是无上妙法，可是由常人看就成为没有办法。没有办法之法是忍受。另一条路是至圣先师的"知其不可而为"，或更积极些，如荀子所想望，人定胜天。胜天也要有办法。办法像是同样不少，我想其中之一，或重要的之一，应该是于友谊中求安慰，求喜悦，甚至求心安理得。友谊有各种情况。如东汉的张劭和范式，是最上等的，其下由上中到下下，说也说不尽。单说以老年为本位，专从年龄方面着眼的，可以是忘年交的小友，也可以是年龄不相上下的老友。我的经验或偏见，如果容许挑选，那就还是要年龄不相上下，并且交往多年的。因为，且不说易于心心相印，只说记得经历的旧事多，翻翻旧账，哪怕其中有不少忆及会脸红的，说说，也会大有意思。

写到此，不由得想到老友之一的刘佛谛。可惜他在60年代后期，本性并不整饬而竟不能忍，过早地自动去见上帝了。列他为老友之（第）一，是因为他具有相交时间长、一同过过穷日子、谈得来、住得近几个条件。这样的一个人离我而去，当时的心情动荡，主要还是为他而悲痛，为世事而感慨。这是说，没有多从自己方面考虑。何以故？原因有主要的，是自己还不很老，也就还没有彰明较著的天弃之、人弃之的感觉。原因还有次要的，是自顾不暇，想别人的余力已经不再有。是将近二十年之后，我有了自顾之暇，虽然天弃之、人弃之的感觉还不很明显，孤寂之情（以及之实）却渐渐滋长。这使我不能不想到老友，尤其是不能再对面谈笑的他。这怀念之情写入《负暄琐话》的《刘佛谛》一篇，开头一段是这样：

周末总是很快地来到，昔日晚饭的欢娱已经多年不见了，可是忘却也难。对饮一两杯，佐以闲谈的朋友不过三两个，其中最使人怀念的是刘佛谛。

怀念属于望梅止渴一类，为了真能止渴，应该把目光移向健在的。这在80年代早期，写怀念刘佛谛文章的时候，也还有几位，可惜绝大部分不住在北京，不能像刘君那样，差不多每逢周末，就推门而入。还有更可惜的，是这一些人之中，又有几位先我而去，于是到目前，借友情以破孤寂的希望就更加渺茫。天命如此，我还能做什么呢？也只是翻腾一些旧事，以表示曾经不孤寂而已。旧事不少，想只说两个人的：一远，是天津齐君，三年前逝世的；一近，是北京裴君，五年前逝世的。重点是说靠友情以破老年孤寂的难于如愿，所以多说近年。

齐君名璞，字蕴堂，长我一岁。同乡，所以20年代中期起就认识。他先在家乡教小学，其后一直在天津工作，我们交往不少。最后由中学退休。年趋古稀，一次骑车被人撞倒，骨受伤，其后走路就不能灵便。由他那方面说，病而不富，就更加思念老友。我当然理解这种心情，何况也多有这种心情，他的生辰是中秋节，所以成为惯例，我和老伴每年秋天到天津去看亲友，总是中秋节前一两天到，节日那天中午到他家，共酒共饭。见面时间不长，可是所得不少，是感到并没有被世间所有的人都忘掉。是他去世前一年的中秋节，我们同往年一样，又聚会。看得出来，他的健康情况明显下降，消瘦，咳嗽，精神不振。席散的时候，他说："能不能春天也来一次？"我还没想好怎样答，他小声说，像是自言自语："还见得着吗？"我大概把常态看得太牢固了，没有在意，而来年的初夏，离中秋节还有四个月左右，他果然等不及，就走了。

另一位是裴君，名庆昌，字世五，长我两岁。我们关系更近，因为一，不只同乡，而且邻村；二，同时上小学，在同一个课桌上念共和国教科书；三，由启蒙老师主盟，结为金兰兄弟；四，由30年代起，又相聚于北京，连续五十多年，住在一城之内，常常见面，直到送他到八宝山，几乎没有分离过。以下专说这第四的常相聚。他来北京比我早，是上中学。只念了两年，因为家境突降，必须自己谋生，改为在街头卖早点。在外城菜市口一带，与两位表兄住在一起，共吃而分别卖自己的豆浆、杏仁茶之类。他忙，下午备货，早晨挑担出去，所以聚会总是在他的住处，对着灯火共酒饭。酒总是白干，饭常是小米面窝头，家常菜一两品。可是觉得好吃。更有意思的是裴君记性好，健谈，两三杯酒下咽，面红耳热，追述当年旧事，能使我暂时忘掉生活的坎坷，感到世间还有温暖。就像这样，连续几十年，一年聚会几十次，就使我们的友情不同于一般。怎么不同？难于说清楚。我认识人不算很少，自然也就间或有交往，交往中会感到善意，甚至亲切，可是与裴君相比，就像是远远不够。一般的友谊，比喻是花，与裴君的是家常饭，花可以没有，家常饭就不能离开。可是他终于先我而去，一年四季，晚上还是至时必来，我常常想到昔日的聚会，也就禁不住背诵《庄子·徐无鬼》篇的话："自夫子之死也，吾无以为质矣，吾无与言之矣！"话归本题，"老者安之"，安，也靠友谊，可是这个处方不难，买到高效药却不大易。

八、为无益之事

这题目是从清代词人项莲生《忆云词》的序里借来的，说全了是"不为无益之事，何以遣有涯之生"。这类意思，就我的记忆所及，西方的名人也说过。早的有莎士比亚，忘记哪一个剧本里有这样的话："连乞丐身上也有几件没用的。"（我想插一句话，是项上有金链、指上多金环的女士闻之，可以更理直气壮矣。）晚的有罗素，曾著文（原为一篇，后即以之为一文集之书名），题目是 *In Praise of Idleness*（商务印书馆有译本，名《赞闲》，其实"懒散"较"闲"义更近），歌颂懒散，不急功近利，而又不能身心如止水，也就难免为无益之事了。这里所谓益，可以大，指国计民生，可以小，指个人名利；显然，无益，就既无关于国计民生，又无关于己身名利。但习惯用法，也要无害。年轻人是不是需要这样呢？项莲生年未至不惑就死了，他所谓无益之事是填词，可见始作俑者是认为年轻人也需要的。他需要，是遣有涯之生，如果他真有这种实感，像我这样年龄比他不只加倍的，就更宜于用他这个妙法，因为不只是遣有涯之生，而且是遣更有涯并深知必不能再有所作为之生。这是来日无几之实加上俗话所说老了不中用之实，如果不为无益之事，生活就该更少欢趣了吧？我要挣扎，死马当活马医，于是，算作自欺也好，就随机，碰到无益之事，只要是性之所近，为之就会换来或多或少欢趣的，就为。为了贴近题目完篇，有两个问题需要先说明一下。一是上文提到的涂涂抹抹，算不算无益之事。我想不算，因为算，推想必有人反驳，说那是事业，而且换来稿酬。抬杠与为无益之事的精神不合，以息事宁人为是。二是好事者会想知道，这无益之事，单说我乐于为之的，究竟有哪些。哎呀！这是"文革"办法，让我交代。我怕，所以想避难就易，只说由现前抓到的三个，我孜孜为之，并直到目前还未感到烦腻的。依《颜氏家训·涉务》的精神排列，这三个是：集砚，刻闲章，诌打油诗。

由排头说起。我年轻时候误入歧途，由有禾草味的家乡出来，而通县师范，而北京大学，所近之地为课堂和图书馆，所近之人为老老少少书呆子。近朱者赤，近墨者黑，渐渐，于各种学之外，还迷上法书。说法书，不说书法，因为书法要兼动手，如我敬重的启功先生就是，只迷法书，就可以君子动眼不动手。其后是由法书连类而及，也喜欢砚。喜欢，人之常情，如佳人，就愿意筑金屋藏之，砚也当准此。幸而砚比佳人体积小，且不食不动，没有金屋也可以藏，于是先是想买，继而真买。起初不辨佳劣，上当次数不少；借阮囊羞涩之助，损失不多。九折肱者成良医，渐渐也就能够辨质的佳劣，款识的真伪。眼力好转，但得佳砚，还要靠有多余之钱，天助之缘，所以总计半个世纪，所得，能够摆上桌面，让同好看看的，为数很少。至于总数，由手头过的不算少，可是有些送了人，有些在"文革"中扔掉，直到目前，才烦王玉书先生刻一半自慰半自吹的闲章，曰"半百砚田老农"。这半百中包括一些新得的歙砚，家住歙县的一位中年友人寄来的。由这条路收些新砚，也可以模仿时文八股，罗列意义多种。其一是旧而佳之砚已不可见，万一遇见也买不起。其二，新而佳的端砚，如出于老坑的，小则数千，大则逾万，也买不起。其三是没有和尚，秃子也未尝不可充数，此李笠翁之贫贱行乐法也。其四，何况寄来之砚，有眉子甚至金星等花样，做工也不坏，颇可以玩玩。其五，说起雕刻之工，是出于一女砚工之手，我求顾二娘不得，也乐得遇见今代顾二娘，于是求赵丽雅女士用《十三行》式闺秀小楷，书"新安杏珍女史造"几个字，寄去，其后寄砚，有的居然就刻上这样的款识。总之，我用这个为无益之事的办法，费精力不很多而所得不少。老年，"戒之在得"，是圣训，可是在这类事情上，还是为无益之事实惠，那就暂时不管圣训也好。

其次说刻闲章。刻闲章要先有图章石。买石藏石，我也未必没兴趣，只是因为好的，即使小也很贵，不敢问津，所以直到现在，也几乎没有能够上桌面的。又所以不敢上追米颠，爱而拜之，而只是利用他，并揩相知的篆刻家之油，刻上几个字，以过自我陶醉之瘾。多少年来，闲章刻了一些，文不当离题，只说成于近年并认为值得说说的与佛门有关的两方，一是"炉行者"，另一是"十一方行者"。先说这炉行者的一方，为上海挚翁所刻，这关系不大。关系大的是文字的含意，计值得大书特书的共有三项。其一，我虽然没有出家，却曾长时期在山门内外徘徊，称为行者，自信可当之无愧。其二，炉者，因为在干校曾受命烧锅炉数月也。其三，说来会使禅门的信士弟子并惯于耳食的肃然起敬，因为六祖慧能，得五祖衣钵之后，广州法性寺剃度之前，也只能称为"卢行者"。这会有假冒之嫌吗？管它呢，反正得这么个大号心里舒服。再说另一方的十一方行者，为北京让翁所刻。取义既简单又明确，是：和尚吃十方，曾有不少次，和尚招待我吃素斋，我比他们多吃一方，故成为十一方，凡事以多为胜，我自己觉得也就占上风了。

最后说诌打油诗。我的旧家风，间或读诗词，决不写诗词，因为自知无此才此学。不幸这旧家风也被"文革"革了命，是由干校放还之后，闲情难忍，万不得已，才乞援于平平仄仄平，以期还能够活下去。尝试，也积累一些经验，其中最能产生（人生的）经济效益的是：想自讨苦吃，写正经的；想取乐，写打油的。昔人昔事也可以为证，如杜公子美，不打油，总是写《羌村三首》之类，自然就不免于"歌罢仰天叹，四座泪纵横"了。前事不忘，后事之师，加以为安老，我拿起笔，常常喜欢打油，也就从其中捞到不少油水。为篇幅所限，只举五言的绝和律各一首为例：

有梦思穿壁，无缘听盖棺。

南华寻坐忘，未废日三餐。

无缘飞异域，有幸住中华。

路女多重底，山妻欲戴花。

风云归你老，世事管他妈。

睡醒寻诗兴，爬墙看日斜。

思穿壁，没有真穿，无益；骂完管他妈，上公交车仍不能不用力挤，也无益。但这类无益一时能使我眉飞色舞，人生难得开口笑，敝帚自珍也罢。

九、衣褐还乡

这题目有远祖，是别姬的项羽所说："富贵不归故乡，如衣锦夜行。"有次远祖，是舍身同泰寺的萧衍所说："卿衣锦还乡，朕无西顾之忧矣。"可是承嗣不能照抄，因为我既未富又未贵，只是思故土的心意一点通，所以用了换字之法，说是衣"褐"还乡。这说的还乡还同于贺知章的"少小离家老大回"，简而明地说，是到风烛之年，才更有故土难离之感。关于这种情怀，不久前我写了两篇小文，一篇是《吃家乡饭》，说一日三餐，总是想吃幼年在家乡吃的那些；一篇是

《狐死首丘》，说大有结庐在乡土之意，而多方牵扯，事实难于做到。这次写，像是没有什么新意好说，但既然要坦白老年的心境，略去则不合为文的体例，所以不避旧话重提之嫌，再唠叨一次。

说起家乡，一言难尽。这言，有离乡之人共同的，用情意最深重的话说，是叶落要归根。有我独有的，是这根竟有了变动。如何变？为了偷懒，抄《狐死首丘》那篇写的：

　　说就不得不从头。为不知者道，先要说家乡。这也不简单，因为应该是一个（指出生地），而现在是两个。我出生地，就出生时说，是京东香河县的南端，北距运河支流青龙湾十里，西北距香河县城五十里。这出生地的家乡受了两次严重打击。一次是解放之后，政治区划变动，青龙湾以南划归武清县。另一次是1976年唐山大地震，家乡的老屋全部倒塌，家中早已无人，砖瓦木料充公，地基改为通道。我只好放弃这个出生地的家乡，原因之一是无房可住，关系较小；之二关系大，是改说为武清县人，心情难以接受。但无家可归也不好过。恰好这时候与香河县城的一些人士有了交往，他们有救困扶穷的雅量，说欢迎我把县城看作家乡，并且叮嘱，何时填写籍贯，要写香河县。我不胜感激涕零之至，并每有机会填写籍贯，必大书香河县，以表示至死不渝的忠心。

两个，关系不同，情况不同，因而唤起的感触也不尽同，总的说是，前者失多得少，后者失少得多。以下分说常常浮现于记忆中的得和失。

前一个，入世后的最初十几年是在那里过的，可怀念的当然不会少。就是现在脚踏实地，或只是在想象中，也还会碰到不少熟识的形貌，大到街巷的格局，小到亲串的名号。可是遗憾的是，必伴来强烈的禾黍之思。举家内和家外各两种为例。说起家，最值得伤痛的是这个家已经化为空无，于是幼年生活的许多欢娱，如年时的提灯放炮，冬夜的围坐吃炒花生，以至外出晚归之受到狗的欢迎，等等，都成为更加镜花水月。村西端的场地兼菜园没有了，想到当年，秋风过后的清晨，到枣树下拾落枣的情形，也不免于怅惘。村外，东北行约二里的药王庙，是小学所在地，当年曾在后殿观音大士旁过夜，现在是小学仍在，不要说坐莲花的观音大士，是连殿也没有了。由药王庙东南行到镇中心，路南有关帝庙，年底卖年画的地方，风景的，故事的，都曾使我儿时的心灵飞向另一充满奇妙的世界，现在也是都没有了。不幸是记忆以及伴随的怀念之情并不因现实之变而变，于是这个家乡，如果容许我评价，就具有两重性，是既可亲近又不可亲近。

不得已，我也只好接受韩非子的理论，"时移则世异，世异则备变"，忍痛扔开前一个，只取后一个。这后一个，如上面所说，只是情谊的接纳，并没有定居，如何成为家，至少是看作家？曰，因为有热情的东道主，也就有了安适的食宿之地。任人皆知，在异地有食宿之地，要靠人事的因缘。这因缘，牵涉面广，琐碎，幸而不说也关系不大，决定循前一个家乡之例，多说自己的感受。显然也只能说一点点印象最深的。由近及远，先说家门之内，是一日三餐，可以吃地道的家乡饭。这家乡饭，并不像都市高级餐馆，菜要精致，有名堂，而是朴厚，实惠，但是至少我觉得，更好吃；而且有口腹之外或说精神方面的获得，请孟老夫子代为说明，是"王何必曰利，亦有仁义而已矣"。再说家门之外，大宗是散步于大街小巷，逛集市，那就可以看乡里人，听乡音，以掠取"纵使是衣褐还乡，也终归是还乡了"的满足。美中不足的是，当年常见并印象深的，如方正完整的砖城，城中心的观音阁，东门以北城上的魁星楼，都不见了。语云，在劫难逃，想开了也就罢了。

还有想不开的，是因为把它看作家乡，就觉得连青菜都比其他地方长得肥嫩，好吃，就是有了难以理喻的留恋之情。这情会产生叶落归根的想望，也许正是来于叶落归根的想望。说起叶落归根，中国的传统办法是先下手为强，比如有官位，致仕，就立即衣锦还乡；无官位，在外混得差不多了，或得意或失意，也要及时返故里，无事可做，可以废物利用，看孩子。现在不同了，是哪里领粮票哪里就是家。可是历史是连续的，有不少遗老遗少，或只是仍珍藏遗老遗少思想的，还是愿意叶落归根，先下手为强有困难，就弥留之际叮嘱下一代，千万把骨灰送回去，如我的业师死于台湾的钱穆先生就是这样。我非遗老遗少，又凡事惯于甘居下游，可是也竟有纵使模胡却并不微弱的叶落归根的情怀，而且有时像是真想先下手为强，趁仍能室内看《卧游录》、出门挤公交车的时候，衣褐还乡。这是说，听从幻想，我就会迁入家乡的某一个小院，换面对稿纸的生活为伏枕听鸡鸣犬吠，出门踏乡土，听乡音，吃家乡产的豆腐脑之类。显然，这一切美妙是来于幻想！另一面还有力大无边的现实，即多种组成无形纽带的社会关系，想动，就必是"蜀道之难，难于上青天"。一面是想，一面是难，如何处理？还是只能用李笠翁的退一步法，可以大举，是忙里偷闲，乘车东行，小住三两日；可以小举，仍是秀才人情纸半张，如曾诌《己巳荷月述梦》一首，说，"幽怀记取故园瓜，欲出东门路苦赊。月落天街同此夜，也曾寻梦到梨花"。写思而不得之感，就是。总而言之，家乡虽然是理想的安老之地，却思而难得，人生不如意事常十八九，可叹。

十、随所寓而安

《庄子·大宗师》篇说，道家心目中的圣人"其寝不梦，其觉无忧"，后一句郭象注："随所寓而安。"其意是，因为能够随所寓而安，所以睡醒以后才无忧无虑。说所寓，不说所遇，是表示在任何处境中都心情平静，意义更深。这里取此为题，是因为以上说了（我的）老年心境或说安老设想的许多方面，都是处方不少而疗效不大，现在到该结束的时候，譬如作战失利，一退再退，已经退到必须背水的地方，只好由庄子那里讨个法宝，孤注一掷，试试能不能有点转机。

我天资不行，思而不学，就连"师姑元是女人作"也不能悟入；正面说，是所有关于人生之道的所说所想，都是偷来的。被偷的老财有离家门远的，如边沁、罗素之流；只说离家门近的，是儒、道、释。范围还要缩小，限于本篇会用到的，是"老者安之"，他们有没有办法呢？儒之圣，孔子，说自己的修养所得，是"七十而从心所欲，不逾矩"，但这是所得，至于取得之方，可惜没有简而明地一言以蔽之，于是，至少是对于我，就用处不大。勉强搜寻，"戒之在得"一句还值得思考一下。剩下道与释，释主张用灭情欲之法以驱除烦恼，还是我看，与道的任运相比就难得占上风。说理由，一方面是行，太难，且躲开实事，只看戏剧所扮演，已入门的，有的下山了，有的思凡了，可见情欲，不要说灭，就是减又谈何容易！另一方面是理，释求灭是来于怕苦，又连带而殃及情欲，都不免于执著，或说放不开；至于道，就把这一切都看作无所谓，采取来者不拒、去者不追的态度，所以风格更高。随所寓而安就是来者不拒，去者不追，由道家看，人生于世，时时应该这样，由我看，至少是老年，可以这样。所以，为了安老，乞援于道释，我的想法，无妨以道为主，加一点点释。

以道为主的生活态度会引来非议，只说两种。一种来自争上游，可以是哲理的，说不如走荀子的路，求人定胜天；可以是社会的，说不如走陈胜、吴广的路，求变不可忍为可忍。上游，也许很好或较好，但是，正如《左传》僖公三十年烛之武所说："臣之壮也，犹不如人；今老矣，无能为也已。"无能为而仍不能不活，所以只好退守，安于居下游。另一种来自考实际，说长此心安是幻想，因为可遇之境千差万别，总有些境，如饥渴、病苦、刑罚之类，是难得心安的。这说得不错，以之为根据评论道之为道，是应该承认，失之把客观的影响看得太轻了，把主观的力量看得太大了。但我们也要承认，太大失实，并不蕴涵缩小也失实，比喻为真药，大病未必能治，治小病也许还可以吧？佛家说境由心造，也是不免夸大，但常识也承认情人眼里出西施，可见主观也不是总不起作用。这样，我想仍用退一步法，把随所寓而安的"所寓"限定为不过于恶劣的，用道家之道，看看能不能取得"而安"。

这道，有"行"方面的表现，是任运，或加细说，不求得，不患失。得，失，指常识认定的，如贫富，富是得，贫是失；荣辱，荣是得，辱是失；穷（用古义）达，达是得，穷是失；聚散，聚是得，散是失；大到生死，生是得，死是失；小到与人有小接触，所得为笑脸，是得，所得为咒骂，是失，等等，都是。得会带来乐的情绪，失会带来苦的情绪。道家的所求，所谓心安。主要是对付失，以及带来的苦。其意境是视失为无所谓，也就不以为苦。这是内功，借用佛家的话说，是对境心不起，显然不容易。因为不容易，也许有时还需要"理"来帮助，这理是一，一切都是自然的，就无妨冤亲平等；二，一切都没有究极价值，因而求什么，舍什么，就都不值得。显然，如

444

果我们能够坚信此理，并惯于视得失（或小得小失）为无所谓，至少是有些烦恼，可以消除至少是减轻些吧？

所以在道理上，尤其是近年，我重视这随所寓而安的道，并很想试行之而真有所得。是否真有所得呢？可惜无处去买可以衡量这种情况的秤，称一称。也就仍不得不请问自身的主观印象。答复竟是恍兮惚兮，因为目光向某处，像是颇有所得，比如多年聚集的长物，书籍、书画等所谓文房之物，近年来失散不少，想到，我就曾以道家之道为算盘，说这样也好，居可以少占地方，搬家可以省车钱，心里同样感到飘飘然。可是这所得终归有个限度，比如贫富，如果经济情况坏到无力买烤白薯，聚散，真有佛家所谓爱别离苦，以及一旦阎王老爷派小鬼来请，我都能够"而安"吗？至少还要走着瞧。可见"道也者"，虽然"不可须臾离也"，至于能否通行，就还要靠自己的天资和修养。想到这些，我还是不能不为自己的天机过浅而慨叹。

该结束了，回顾一下，唠唠叨叨说了超过两封万言书，关于老年的心境，除杂乱以外，还有什么呢？或进一步问，开头说"吾谁与归"，到结尾，能够改为说"微斯道，吾谁与归"了吗？显然没有这样的信心。没信心，可见是折腾如清仓，而终于毫无所获了。但细想想，也不尽然，因为，借用时风的说法，既已反省又检查，总可以增加一点点自知之明吧？这也好。

跋语

  这本小书编定时尾部曾列"读后小记"一题，因为其前曾与一位新相知约，由她写。如文题所示，写要在读后，所以为不延误发稿，商定寄一份初校样，看后动笔。可是这位新相知远在南国，近几个月来一直无音信，而这本小书，去岁11月取去书稿，今岁1月就送来校样。我明白，这是适应改革开放之风，变过去的坐牛车为坐火车而兼特快。快而加特，即使能够找到这位新相知，往返寄，先读后写的办法总是不适宜了。不得已，为了已留的座位不空，只好自己写几句，改题目为"跋语"。自己写也不无好处。一是不必读而后动笔，合于经济原则。二是换捧场为自我招供，会近真，且夫真，今世最稀有之物也，如果这小小的尾部竟能蕴涵一点点，不管读者有什么感受，我总可以飘飘然了吧？因缘说完，以下正式招供。

  记得编定《负暄续话》时写"后记"，曾说不想再写，怕是已经道一变，至于鲁，如果再写，就会鲁一变，至于齐。可是言犹在耳，或墨迹未干，我还是写了，而且老尺加一，单说篇数，既超过"琐话"的六十四，又超过"续话"的五十五。是有意犯佛门的妄语大戒吗？曰不敢。反省，找理由，也不过是旧情难忘，旧习难改而已。认定两难，是我多有了自知之明。这明使我不得不甘居中游，甚至下游，其在这里的表现就成为，如果有人问我是否还写这类琐话，我就不再引高文典册《论语》的"齐一变，至于鲁，鲁一变，至于道"，而改为引我们家乡的俗语，"人不辞路，虎不辞山"，这是说，既然还食息于人间，就不免情动于中，也就不免还要写。还要如何，忘其所以，是一面。但还有另一面，即刚才提到的自知之明。就是凭借这种明，我知道，我这本再而三，确是走了我担心的路，鲁一变，至于齐。总的说，写"续话"，还有些微唐宋八家所谓"气"，到这本"三话"就泄了气。表现在多方面。如其一，由集部分为整体看，彼时较完整，此时变为琐碎。其二，如"续话"所收《闲话古今》，还敢谈论古今，收《由吴起起的东拉西扯》，还为某卒母打抱不平，到这本"三话"就成为欣赏螳螂，想吃家乡的玉米糁粥，总之是由有志变为连小志也无。其三，仍与"续话"比，两本末尾都谈安老之道，彼时是一半"心在天上"，此时就变为全部"随所寓而安"，即不再执著理想，我迷恋幻想，安于有烤鸭吃烤鸭，无烤鸭，吃清水煮白菜也好。总而言之，是与过去相比，后来居下了。

下，赖读者宽厚，据印书、卖书的人反映，说还会有人买。那么，我"人不辞路"，如果还写，积少成多，有没有胆量来个三而四呢？我想过这个问题，一思再思之后，是决定不三而四。理由有内向的，是"后来居下"，不容再下。理由还有外向的，是事不过三，过三，宽厚的读者也会感到厌烦。那么，还写，积少成多，怎么办呢？为了换得一些买烤白薯的钱，我乐得有人拿去印，至于如何结集，语云，车到山前自有路，现时未到山前，不想它，亦养生之道也。

招供的话说完，依不成文法，雕虫有幸得灾梨枣，出版之前要明文表示一谢再谢，出版之后要自买若干册，明文书写某某先生（或女士）指正，送货上门。现在是出版之前，明文书写一谢再谢的时候，就应该依法写。礼多人不怪，决定天网恢恢，疏而不漏。想以齿德为序。首先是谢萧劳老先生，他高龄近百，据说多卧床颐养，可是由徐乐先生便中去求，还是给写了书名。其次是启功先生，印"续话"，他赏了序，我想是靠他这篇序，出版社没有赔钱。这次的再而三，序只得饶了他。原因之小者是不好一而再；还有大者，是他有更重大的任务，目录场上列队，他充当排头。这位置必够累的，喊立正，要先正，喊报数，要先大声喊"一"。他近些年能者多劳兼多苦，我也不少"老者安之"之心，可是没办法，"琐话"抓个太老师章太炎，"续话"抓个北大旧人辜鸿铭，"三话"想不出人，只好上浮光掠影楼抓他。依法，抓他，应该让他签名或按手印，可是因为发稿急，这个法定程序也免了。有人担心，这样先印后送给他看，他不会有意见吗？我说，不会，因为他已经受过训。什么训？曰，经过调查研究，知道他的法书伪品几乎遍地皆是，有时他看见，不是先则勃然大怒，继以到什么该管地方去告状，而是笑得比看颤动的兔儿爷还开心。我这篇拙作《启功》，不管怎么样，总不是伪品，推想即使有些地方说得不得体，他也会一笑置之的。如果不笑呢？曰，我还有个后备军，是在这跋语里，白纸黑字，大写"谢，谢，谢"。再其次是谢谷林先生，我求，赵丽雅女士从旁助威，他写了清灵如散文诗的序。此序之前，他还著文评介"琐话"和"续话"，所以也应该依启功先生之例，说三声谢。再再其次是谢徐秀珊女士，是她帮我编成这本书。在此之前，她还帮我编一本《观照集》，以及有时同行多方关照，都使我感到她为人的可亲可敬。何以为报呢？也只能在这里说一声谢谢。最后还要谢谢读者，据说，有不少是既买了"琐话"，又买了"续话"，而且有的是用邮购之法，那就不只要掏"自己的口袋"，还要加邮资百分之十五。我写的这些不三不四的，对得起读者的血汗钱吗？我不知道，因而我所能做的，也只是自勉，不说非自己之所感和所信，外加一声多谢而已。

1994年1月30日于京郊燕园

图书在版编目 (CIP) 数据

负暄三话 / 张中行著. — 北京：北京十月文艺出
版社，2024.1
ISBN 978-7-5302-2291-1

Ⅰ．①负… Ⅱ．①张… Ⅲ．①散文集—中国—当代
Ⅳ．① I267

中国国家版本馆 CIP 数据核字 (2023) 第 032367 号

负暄三话
FUXUAN SANHUA
张中行　著

出　　版　北 京 出 版 集 团
　　　　　北京十月文艺出版社
地　　址　北京北三环中路 6 号
邮　　编　100120
网　　址　www.bph.com.cn
发　　行　新经典发行有限公司
　　　　　电话 010-68423599
经　　销　新华书店
印　　刷　河北鹏润印刷有限公司
版　　次　2024 年 1 月第 1 版
印　　次　2024 年 1 月第 1 次印刷
开　　本　890 毫米 × 1270 毫米　1/32
印　　张　14.5
字　　数　284 千字
书　　号　ISBN 978-7-5302-2291-1
定　　价　55.00 元
如有印装质量问题，由本社负责调换
质量监督电话　010-58572393